Buch

Sie sind graue Jäger, unsichtbar, unhörbar und eine tödliche Bedrohung für alles Leben auf der Erde. Niemand weiß, wo sie sich gerade befinden, niemand kennt ihre Ziele, kaum jemand weiß von ihrer Existenz: atombetriebene U-Boote, die mit nuklearen Sprengköpfen bestückt sind. Lautlos patrouillieren sie in zweimonatigem Turnus auf geheimgehaltenen Routen durch die Weltmeere, ohne aufzutauchen oder ein anderes Zeichen ihrer Präsenz zu geben, jederzeit bereit, auf Befehl ihre tödlichen Waffen gegen ein unbekanntes Ziel abzufeuern.

Aus der Sicht des Bordarztes wird in diesem Roman das Leben der Besatzung geschildert: 132 Männer, die zwei Monate lang auf engstem Raum leben, ohne Tageslicht, ohne Kontakt zur Außenwelt und ohne zu wissen, in welchem Winkel der Weltmeere sie sich gerade befinden. Ein Leben unter ständiger Bedrohung im Bauch eines stählernen Kernreaktors, in einer Fabrik, in der die Maschinen rund um die Uhr laufen und wo der kleinste Materialfehler, das geringste menschliche Versagen unabsehbare Folgen haben kann.

Robert Merle war selbst bei Patrouillenfahrten zweier französischer Atom-U-Boote dabei. Seine Erlebnisse bilden die Grundlage für diesen ungemein fesselnden und gleichzeitig beklemmend authentischen Roman.

Autor

Robert Merle wurde 1908 in Algerien geboren. Er war Hochschullehrer unter anderem in Algier, Rouen und Nanterre und erhielt den Prix Goncourt. Merle schrieb Romane, Essays, Biographien und Theaterstücke, edierte die Schriften Che Guevaras und übersetzte Gullivers Reisen ins Französische.

Als Goldmann Taschenbücher liegen bereits vor:

Der Tod ist mein Beruf. Roman (8388)
Die Insel. Roman (6864)
Malevil oder die Bombe ist gefallen. Ein phantastischer Roman (6808)
Die geschützten Männer. Ein utopischer Roman (8350)
Madrapour. Roman (8790)
Hinter Glas. Roman (8595)
Moncada. Fidel Castros erste Schlacht. Roman (8957)
Wochenend in Zuidcoote. Roman (9094)

ROBERT MERLE
NACHT JÄGER
ROMAN

Aus dem Französischen
übertragen von Martin Schulte

GOLDMANN VERLAG

Deutsche Erstveröffentlichung
Titel der Originalausgabe: Le jour ne se lève pas pour nous
Originalverlag: Librairie Plon, Paris

Der Goldmann Verlag
ist ein Unternehmen der Verlagsgruppe Bertelsmann

Made in Germany · 3/89 · 2. Auflage
© der französischen Originalausgabe 1986 by Librairie Plon, Paris
© der deutschsprachigen Ausgabe 1989 by Wilhelm Goldmann Verlag,
München
Umschlaggestaltung: Design Team München
Umschlagfoto: The Image Bank, Michael Melfort, München
Satz: Fotosatz Uhl + Massopust GmbH, Aalen
Druck: Elsnerdruck, Berlin
Verlagsnummer: 9242
Lektorat: Ria Schulte · Au
Herstellung: Gisela Ernst
ISBN 3-442-09242-6

Den französischen U-Boot-Streitkräften und insbesondere den Besatzungen der *Foudroyant* und der *Inflexible* ist dieses Buch in freundschaftlicher Verbundenheit gewidmet.

Vorwort

Vor einigen Jahren schrieb mir ein französischer Journalist prophetische Gaben zu. Der Grund: In meinem 1967 erschienenen Roman *Un animal doué de raison* (»Ein vernunftbegabtes Tier«) hatte ich »vorhergesagt«, daß Ronald Reagan – den ich in diesem Buch unter einem leicht durchschaubaren Pseudonym darstellte – die Präsidentschaft der USA erreichen würde. Ich hatte auch beschrieben, wie Delphine nach einem Spezialtraining eines Tages für militärische Zwecke verwendet werden könnten: Sieben Jahre später wurden sie tatsächlich im Golf von Tongking gegen die nordvietnamesischen Froschmänner eingesetzt.

Ich bilde mir nichts auf diese »Vorhersagen« ein. Ich beanspruche, das versteht sich von selbst, keinerlei prophetische Gaben, und ich bin glücklich darüber. Meine absolute Blindheit bezüglich der Zukunft, einschließlich meiner persönlichen Zukunft, erlaubt mir, auf eine Lebenszeit von einhundertzwanzig Jahren zu spekulieren, ohne daß ich befürchten müßte, von einer plötzlichen hellseherischen Eingebung widerlegt zu werden.

Dagegen beobachte ich sehr aufmerksam, was in der Welt geschieht, und ich habe dank dieser Beobachtung eine gewisse Sensibilität für den Ablauf eines geschichtlichen Prozesses entwickelt. Wie ließe sich sonst erklären, daß ich vierzehn Jahre nach dem Erscheinen von *Malevil* wieder begonnen habe, mich für die Problematik der Atomkraft zu interessieren, ein Jahr vor der Katastrophe von Tschernobyl?

In *Malevil* habe ich ein zugleich phantastisches und realistisches Bild von den entsetzlichen Überlebensbedingungen einiger über Europa verstreuter isolierter Gruppen nach einem Atomkrieg zu zeichnen versucht. Aber heute wissen wir: Diese Schilderung war allzu optimistisch. Stellen Sie sich die Auswirkungen von Tschernobyl millionenfach vergrößert vor, dazu eine halbe Milliarde Tote, die für alle Zeit irreparable Kontamination des Wassers und des Bodens, die Finsternis und die eisige Kälte, die mindestens ein Jahr andauern würden. Wir müssen unweigerlich zu dem Schluß kommen, daß das Verschwinden allen pflanzlichen, tierischen und menschlichen Lebens zumindest auf der nördlichen Hemisphäre mehr als wahrscheinlich ist.

Ich nehme Wahnsinnige und Fanatiker aus, aber jeder Mensch, der ein gesundes Urteilsvermögen besitzt, muß mit heißem Herzen für eine weltweite erhebliche Abrüstung eintreten. Es wird ein langwieriger Prozeß sein, und wir dürfen in unserer Wachsamkeit nicht nachlassen.

»Es gibt sicher einen Ort, wo man besser aufgehoben wäre«, sagt ein Sprichwort, »aber vorerst leben wir hier.« Auf diesem Planeten, »der jetzt so zerbrechlich ist«, wie der stellvertretende Kommandant des Unterseeboots sagt, von dem ich in diesem Buch berichte. Wir müssen nicht nur mit der ständig drohenden Gefahr seiner Vernichtung leben, sondern auch als aktiv Handelnde selbst Teil dieser Bedrohung sein. Eine Homöopathie der Verzweiflung: Wir versuchen, durch den Schrecken den Schrecken zu vertreiben.

Ich habe in diesem Buch das gefahrvolle Leben der Besatzungen unserer Atom-U-Boote beschrieben, denen diese Aufgabe anvertraut ist. Je besser ich diese Seeleute kennenlernte, um so menschlicher, offener und sympathischer fand ich sie. Es gilt für sie, was zweifellos auch für ihre englischen, amerikanischen oder sowjetischen Kameraden gilt: Sie sind durchaus keine kampflüsternen Krieger. Sie sind sich ganz im Gegenteil viel stärker als die meisten Menschen dessen bewußt, was aus dem Vaterland der anderen und aus ihrem eigenen Vaterland würde, wenn sie den Befehl erhielten, ihre Raketen mit den Atomsprengköpfen abzuschießen.

Ich sage keineswegs voraus – ich möchte das mit aller Deutlichkeit aussprechen –, daß sie diesen Befehl eines Tages erhalten werden. Aber daß diese Möglichkeit existiert, zeigt, wie sehr die Zeit, in der wir leben, aus den Fugen ist. Schon Hamlet beklagte sich darüber. Aber wenn das Überleben des Menschengeschlechts auf dem Spiel steht, wäre es vielleicht an der Zeit, Tag und Nacht daran zu denken.

1. Kapitel

Ich habe mir vorgenommen, Sophie in einer Art Tagebuch ausführlich von der Patrouillenfahrt zu erzählen, zu der man mich so überraschend abkommandiert hat. Da ich aber im Augenblick gewisse Zweifel bezüglich des Interesses hege, das sie an meiner Person nimmt, und da ich nicht weiß, ob bei meiner Rückkehr – in ungefähr siebzig Tagen – meine Beziehungen zu ihr noch so sind, wie sie bei meiner Abreise zu sein schienen, muß ich wohl in Betracht ziehen, daß nicht sie, sondern andere diese Aufzeichnungen lesen werden.

Ich würde mich freuen, wenn dann auch einige hübsche weibliche Wesen unter ihnen wären; denn die Tatsache, daß ich Sophie liebe, bedeutet durchaus nicht, daß ich die Absicht habe, alle anderen aus meinem Leben oder zumindest aus meinen Gedanken zu verbannen. Ich bin kein Mönch.

Übrigens ist es nicht einmal sicher, daß ich sie liebe. Mir fällt auf, daß meinen Gedanken immer eine gewisse Ironie anhaftet, wenn sie sich mit Sophie befassen. Ich vermag offenbar weder ihr Milieu, noch ihre Eltern, noch ihre Erziehung angemessen zu würdigen.

Ihr Vater hat dank der Findigkeit seiner Ingenieure und der Tüchtigkeit seiner Direktoren ein Produkt erfolgreich vermarkten können, das zu seiner Zeit für den Automobilbau revolutionierend war. Er machte damit also ein Vermögen, und dann starb er. Nach meinem Empfinden kann man ein solches Leben, in dem nur das Geld, nicht das berufliche Engagement zählt, nicht als besonders großartig betrachten.

Seine Witwe ist eine Frau, bei der Prinzipien das Innenleben ersetzen, die den Mund nicht öffnet, ohne Leute zu richten und in den meisten Fällen zu verurteilen. Als ich in ihrer Gegenwart die Existenz der Hölle in Zweifel zog, rief sie aus: »Aber die Hölle *muß* existieren! Es wäre eine zu große Ungerechtigkeit, wenn sie nicht existierte!« Ich schloß daraus, daß meine Vorstellung von Gerechtigkeit doch sehr verschieden von der ihren ist.

Vierzehn Tage später kam sie auf meine Anmerkungen über die Hölle zurück und sagte mit einem durchdringenden Blick ihrer harten stahlblauen Augen: »Es ist einer der hinterhältigsten Tricks des Teufels, uns einzureden, daß die Hölle nicht existiere.« Wir saßen in ihrem Salon, und ich warf einen verstohlenen Blick auf meine Füße, um mich zu vergewissern, daß sie sich noch nicht in Pferdehufe verwandelt hatten.

Sophies Erziehung erkennt man auf den ersten Blick an ihrer Kleidung. Sie trägt nur flache Absätze und Plisseeröcke oder Burberry-Tailleurs. Als ich sie einmal fragte, warum ich sie noch nie in Jeans gesehen hätte, sagte sie, die Lider schamhaft über die schönen schwarzen Augen senkend: »Weil das unzüchtig ist.«

Man wird schon verstanden haben, daß Sophie eines der seltenen gewordenen Exemplare einer aussterbenden Spezies ist. In gewisser Hinsicht ist sie faszinierend. Wenn man sie beobachtet, hat man den Eindruck, in die Zeit um die Jahrhundertwende zurückversetzt zu sein. In ihren Manieren, im Ton ihrer Stimme, in ihrer Haltung, in ihrer Art, zu gehen oder sich zu setzen, ist sie, wenn ich es so ausdrücken darf, unerbittlich wohlerzogen. Sie ist zweiundzwanzig Jahre alt und hat niemals einen Jungen auf den Mund geküßt.

Das sagt sie zumindest, um meine Küsse abzuwehren, die sich manchmal, wenn sie mir die Wange darbietet, aus Unachtsamkeit auf ihren Mundwinkel oder sogar auf ihren Hals verirren.

Sophie erduldet diese Verirrungen, ohne sie jedoch zu ermutigen. Sie weiß, daß sie der Roheit der menschlichen Natur kleine Konzessionen machen muß.

Damit die Marine wöchentlich einmal ein »Familigramm« (ich werde den Ausdruck später erklären) von Sophie akzeptieren kann, habe ich sie mit dem Titel »Verlobte« ausgezeichnet – illegitim, versteht sich, denn ich bin von ihrer Mutter noch nicht zu diesem schmeichelhaften Status zugelassen worden. Sophie hat diese scherzhafte Lüge – nicht ohne Zögern – akzeptiert. Ein Familigramm ist auf zwanzig Worte beschränkt. Aber in der ersten Woche hat sie sich, der ihr eigenen Zurückhaltung gemäß, mit fünf begnügt: »Ich denke an Sie, Sophie.« Wenn wir eines Tages heiraten sollten, wird sie, so vermute ich, bis zu zehn Worten gehen.

Um die Wahrheit zu sagen, ich weiß nicht recht, wie ich mit ihr dran bin, ebensowenig wie sie aller Wahrscheinlichkeit nach weiß, wie sie mit mir dran ist. Als ich ihr sagte, daß ich sie liebe, habe ich wohl einem Gefühl etwas vorzeitig Ausdruck gegeben, das ich vielleicht dann empfinden würde, wenn sie es erwiderte. Sie, liebe Leserin, werden mir aber sicher zustimmen, daß schließlich einer der beiden das Schlüsselwort aussprechen muß. Andernfalls würde man nie zu Rande kommen.

Auf der anderen Seite läßt sich nicht leugnen, daß man fast immer weiß, was man denkt, daß es aber sehr viel schwieriger ist, zu wissen, was man fühlt. Möglicherweise habe ich vor allem deshalb zu Sophie gesagt, daß ich sie liebe, weil mir die Unklarheit unserer Beziehung unerträglich wurde. Was Sophie betrifft, so hat sie mich angehört, die Arme in Abwehrhaltung vor der Brust gekreuzt, obwohl von dieser Seite kein Überfall zu befürchten war, und als ich meine Ansprache beendet hatte, hat sie kein einziges Wort gesagt, sondern sich damit begnügt, ihre Lider wie einen Vorhang über ihre Augen fallen zu lassen. Es ist manchmal sehr bequem, ein Mädchen zu sein.

Jemand hat mir gesagt, daß die schreckliche *Madame Mère* – in deren Schatten meine archaische »Verlobte« lebt – sich durch unglückliche Spekulationen ruiniert hat. Ich war darüber nicht enttäuscht, es hat mich schließlich nicht berührt. Ich verdiene meinen Lebensunterhalt als Offizier der Marine, und das reicht recht gut für zwei. Beachten Sie bitte den kleinen Unterschied: Ich bin nicht Marineoffizier, sondern Offizier der Marine. Der Unterschied ist übrigens gar nicht so klein, ich werde darauf zurückkommen. Ich trage zwar auf meiner Uniformjacke drei goldene Ärmelstreifen, aber der dritte ist eingefaßt von einer roten Samtlitze, die anzeigt, daß ich nicht Krieg führe, sondern mich darauf beschränke, denen ärztliche Hilfe zu geben, die Krieg führen.

Es war allerdings, das muß ich zugeben, der Gedanke an die zusätzlichen Kosten, die eine eventuelle Heirat mit Sophie nach sich ziehen könnte, der mich bewogen hat, um eine Versetzung zum Dienst auf U-Booten nachzusuchen, bei dem es erhebliche Besoldungszuschläge gibt.

Ich hatte mir ausgerechnet, daß ich dann auf ungefähr 20 000 Francs kommen würde. Für mich ist das viel. Für Sophies Mutter ist es wenig. Nach dem Lebensstil der Familie zu urteilen, könnte man von den Überresten eines ehemals großen Vermögens ohne Einschränkungen noch genügend abzweigen, um zusätzlich den Lebensunterhalt mehrerer armer Familien zu bestreiten.

Meine eigene Familie ist ehrbar und von bescheidenen Mitteln: Mein Vater ist Steuerinspektor in der Gegend von Bordeaux. Ich war der Benjamin der Familie, und da ich bemerkte, wie schwer es meinen Eltern fiel, das Studium meiner beiden älteren Brüder zu finanzieren, entschloß ich mich, ihnen eine weitere finanzielle Belastung zu ersparen und mich um die Aufnahme an die *Ecole de Santé* in Bordeaux zu bemühen. Das ist der Grund, weshalb Sie mich in dieser schmucken Uniform mit den goldenen Ärmelstreifen sehen. Da mir der soldatische Geist fremd war, fürchtete ich mich ein wenig vor dem Zusammenleben mit Kriegern. Aber als ich sie näher kennenlernte, fand ich, daß sie höfliche, herzliche Menschen mit gefälligen Umgangsformen sind.

Ich bin dreißig Jahre alt, und als Entschuldigung dafür, daß ich

Sophie liebe, kann ich anführen, daß sie außergewöhnlich hübsch ist. Jedoch habe ich in Augenblicken geistiger Klarheit den Eindruck gewonnen, daß ich bei der Gorgo, die über Sophie wacht, wegen der Lauheit meiner religiösen Gefühle und der relativen Schwäche meiner finanziellen Ressourcen nicht sonderlich hoch im Kurs stehe. Was Sophie in dieser Hinsicht denkt und empfindet, bleibt für mich ein Geheimnis. Der Vorhang ihrer Augenlider wehrt jede unerwünschte Neugier ab.

Ich mache mir daher wenig Illusionen über meine Chance, Sophie zu heiraten. Wenn die eheliche Vereinigung jedoch stattfinden sollte, werde ich selbstverständlich die bisher geschriebenen Seiten zerreißen, da meine ziemlich unklaren Beziehungen zu Sophie sich dann präzisiert haben und die schreckliche *Madame Mère* meine geliebte Schwiegermama geworden ist. Wenn Sie also diese Seiten lesen, so bedeutet es, daß Sophie sich zwischen Anfang und Ende dieser Erzählung aus meinem Leben zurückgezogen hat.

Um auf die Unterseeboote unserer Marine zurückzukommen, denen ich zur Zeit meine guten Dienste zur Verfügung stelle, so muß man wissen, daß es zwei sich durch Antriebsart und Aufgabenstellung unterscheidende Arten gibt. Zum einen die der Abschreckung dienenden, mit Raketen großer Reichweite bewaffneten Atom-U-Boote. Man bezeichnet sie mit dem Kürzel SNLE – *Sous-marins Nucléaires Lanceurs d'Engins* (mit Raketen bestückte Atom-U-Boote).

Die andere Art sind die Angriffs-U-Boote, auch klassische U-Boote genannt, die durch Diesel- und Elektromotoren angetrieben werden und mit Torpedos bewaffnet sind. Sie werden im Seekrieg eingesetzt. Einige Angriffs-U-Boote werden auch schon durch Kernreaktoren angetrieben.

Die Angriffs-U-Boote, deren Übungsfahrten meist von kurzer Dauer sind und auch Zwischenlandungen vorsehen, haben im allgemeinen nur einen Sanitäter an Bord. Die SNLE, deren Patrouillenfahrten in Brest beginnen und dort auch enden, sind sechzig bis siebzig Tage unterwegs, ohne einmal aufzutauchen oder gar einen Hafen anzulaufen – die Fahrtrouten der SNLE unterliegen strengster Geheimhaltung. Sie haben wegen der langen Fahrtdauer und der Personalstärke ihrer Besatzung einen Arzt und zwei Sanitäter an Bord.

Obwohl ich also für den Dienst auf einem SNLE vorgesehen war, habe ich meine erste Fahrt auf einem kleinen Angriffs-U-Boot gemacht, da der Kommandant dieses Bootes ausnahmsweise wegen der Dauer der Fahrt – sie sollte drei Wochen betragen – einen Arzt angefordert hatte.

Sie dauerte tatsächlich nur vierzehn Tage, und nach ihrem Ende kam ich nach Brest auf die Ile Longue zurück – die Basis unserer SNLE –, wo ich in Erwartung einer neuen Verwendung meine Kunst in einem Marinelazarett ausübte.

Die neue Verwendung kam sehr plötzlich, als der Schiffsarzt eines SNLE in letzter Minute durch Erkrankung ausfiel. Ich wurde zu seiner Vertretung bestimmt und ging sozusagen »auf dem Ankerarm« an Bord, wie die Seeleute sagen – ein treffendes Bild: der Anker, der gelichtet wird, und der unglückliche Nachzügler, der sich an einen seiner Arme klammert, um an Bord zu kommen.

Die SNLE waren mir zwar nicht ganz unbekannt. Ich hatte eines besichtigt. Aber ich wußte nichts vom Kommandanten dieses Bootes, von seinen Offizieren und seiner Besatzung. Und, was schlimmer ist, ich wußte auch nichts von seinen beiden Sanitätern, die bereits unter meinem Vorgänger Dienst getan hatten.

Die Metapher vom Anker ist nicht wörtlich zu nehmen: Eine Stunde vor dem Auslaufen gehe ich, wie die ganze Besatzung, über die Gangway an Bord, vom Pascha (wie die U-Boot-Leute salopp den Kommandanten nennen) erleichtert, wenn auch ein wenig reserviert empfangen. Er fragt sich natürlich, ob dieser neue Toubib (die familiäre Bezeichnung für den Schiffsarzt), den man ihm in letzter Minute geschickt hat, auch ein vollwertiger Ersatz für seinen Vorgänger ist.

Vor mir, auf dem einförmig schwarzen, hier und da von kleinen kreisrunden Löchern durchbohrten Oberdeck ist das

Einstiegsluk weit geöffnet, der Stahldeckel nach hinten geklappt. Ich werfe einen letzten Blick zum Himmel. Als sollte ich seinen, wenn auch nur temporären, Verlust noch stärker spüren, hat der Wind ihn am Abend zuvor vom Brester Nieselregen gesäubert, und strahlender Sonnenschein liegt über der Ile Longue. Um bei der Wahrheit zu bleiben, ich sehe ihn nur durch das riesige Glasdach, welches das Betonbecken vor Regen schützt, wo unser Wal darauf wartet, mich zu verschlingen.

»Nach Ihnen, Doktor«, sagt der Pascha.

Nachdem ein Matrose mich von meinem Gepäck befreit hat, packe ich die beiden Handläufe aus kaltem Stahl. Auf einem U-Boot steigt man nicht hinauf an Bord, sondern man steigt hinab ins Innere. Ich hoffe, daß ich mich nicht zu ungeschickt anstelle, daß ich nicht zu verkrampft mit den Füßen herumtappe. Obwohl meine vierzehn Tage auf einem kleinen Angriffs-U-Boot mich ein wenig mit dieser Übung vertraut gemacht haben, bin ich mir immer noch nicht klar, auf welche Art man sie am besten absolviert. Die vorsichtige Methode: den rechten Fuß auf die nächste Sprosse setzen, dann den linken Fuß nachziehen und erst, wenn beide Füße nebeneinanderstehen, den rechten Fuß eine Sprosse tiefer setzen. Dann mit dem rechten Fuß eine Sprosse überspringen usw. Die letztere Methode ist mit ausladenden Bewegungen der Hüften verbunden, bei denen man Gefahr läuft, sich an der stählernen Rückwand des engen runden Einstiegzylinders den Hintern abzuhobeln. Nach einem kurzen sportlichen Versuch komme ich auf die vorsichtige Methode zurück.

Im Eilschritt schleppt mich der Pascha durch ein Labyrinth von Gängen. Natürlich ist ein SNLE im Vergleich zu einem klassischen U-Boot riesengroß. Aber diese Größe ist relativ, denn die Maschinen, die Rohre, die Anschlüsse und Schieber, die Meßinstrumente, die Bedienungspulte, der Computer und die Instrumententafeln nehmen so viel Raum in Anspruch, daß nur wenig Platz für die Gänge bleibt. Wenn Ihnen jemand entgegenkommt, müssen Sie sich jedesmal seitlich an die Wand drücken. Und der Verkehr in den Gängen ist weiß Gott nicht gering, die metallischen Eingeweide des Monsters wimmeln von geschäftigen

Ameisen: etwa 130 bis 137 Männer, wenn mich die Erinnerung an die bei der Besichtigung genannten Zahlen nicht täuscht.
»Ich werde Ihnen Ihre Kajüte zeigen«, sagt der Pascha.
Es gibt Nuancen der Höflichkeit, und die seine – das überrascht mich nicht – läßt erkennen, daß ich in seinen Augen kein echter Seemann bin, wenn ich auch die Uniform der Marine trage. Natürlich hat er recht. Ich diene nicht dem Schiff, ich diene den Männern, die dem Schiff dienen. Und da sie jung sind und von strahlender Gesundheit, werde ich zweifellos wenig zu tun haben. Ich bin für den Notfall da. Wie ein Rettungsring. Nur gibt es an Bord keine Rettungsringe, denn hier braucht kein Mann zu befürchten, daß er über Bord fällt.
»Ich hoffe, daß Sie es in Ihrer Kajüte bequem haben«, sagt der Pascha.
»Danke, Commandant, das werde ich sicher.«
Wenn Sophie hier wäre, würde sie in diesem Dialog einen unfreiwilligen Humor entdecken. Denn die Kajüte eines Offiziers – ich habe im Vorbeigehen die meisten gesehen, und sie sind alle gleich – mißt in der Länge zwei Meter und in der Breite ein Meter fünfzig. Man sagt übrigens »Kajüte«, nicht »Kabine«. Kabinen gibt es auf Passagierschiffen, und sie sind fast doppelt so groß. Ich werfe einen Blick rundum, es gibt allerdings nicht viel zu sehen. Wir sind hier nicht auf der *Nautilus* des Kapitäns Nemo mit ihrem luxuriösen Salon, der Orgel und dem großen Aussichtsfenster auf die leuchtenden Tiefen des Ozeans.
»Ich lasse Sie allein«, sagt der Pascha.
Aber er geht nicht, er betrachtet mich schweigend, und ich schaue ihn meinerseits an. Er ist von mittlerer Größe, kräftig gebaut, gerader Rücken, nicht die geringste Spur von Bauch, Haar und Bart schwarz und kurzgeschnitten, blaue Augen. Er fügt hinzu: »Wir haben ziemlich schwere See. Es wird am Anfang etwas lebhaft hergehen. Sie kennen das ja, denn Sie sind schon auf einem kleineren U-Boot gefahren. Aber wenn wir getaucht sind, bleiben wir unter Wasser, und dann wird die Fahrt ganz komfortabel.«
Dieses »ganz komfortabel«, das er mit einem Lächeln aus-

spricht, beruhigt mich. Alle Seeleute haben die Seekrankheit gehabt und werden sie in Zukunft haben. Ich auch. Aber ich kann mir nicht vorstellen, einen Blinddarm zu operieren, wenn das Schiff rollt.

Der Pascha fährt fort: »Ich werde Ihnen Ihre beiden Sanitäter schicken: Le Guillou und Morvan. Dr. Meuriot kam gut mit ihnen aus. Die drei waren ein hervorragend eingespieltes Team.«

Da ich in dieser Bemerkung einen Anflug von Bedauern zu erkennen glaube – wenn sie nicht sogar eine versteckte Warnung enthält –, sage ich: »Ich hoffe, daß ich mit ihnen und sie mit mir gut zurechtkommen werden.«

»Ich zweifle nicht daran«, kommt die prompte Antwort.

Folgt eine letzte Bemerkung: »Wie Sie zweifellos wissen, trägt man an Bord nur T-Shirt und Bluejeans, ohne Rangabzeichen, außer am Samstagabend und am Sonntag, wo man sich schön macht, um das Wochenende aus dem Alltagstrott herauszuheben.«

Er nickt mir noch einmal zu und geht.

Prophylaktisch nehme ich eine Tablette gegen die Seekrankheit, dann packe ich meine Sachen aus und ergreife Besitz von meiner Kajüte. Sie ist ganz mit Eichensperrholz ausgekleidet, was ihr ein helles, warmes und wohnliches Aussehen gibt. Ein Engländer würde sagen *cosy*. Die Beleuchtung ist ebenfalls sehr angenehm, und das Miniaturmaß trägt zur *Cosiness* bei.

Wenn man eintritt, sieht man zuerst ein schmales Bett, das fast die ganze Länge der Kajüte einnimmt. Beachten Sie bitte, daß man nicht mehr »Koje« sagt, sondern »Liege«. Am Fußende der erwähnten Liege befinden sich kleine, sehr zweckmäßig eingerichtete Wandschränke und sogar ein kleiner Kleiderschrank. An der schmalen Wand neben der Tür ein kleines Waschbecken aus Duralumin (Sie werden verstehen, daß in diesem Rahmen Porzellan deplaciert wäre).

Der Schreibtisch, an der rechten Wand gegenüber meiner Liege, ist so klein, als gehörte er in eine Puppenstube. Er ist gleichfalls aus Eiche, ebenso wie die Wandschränkchen und

Regale, die über ihm hängen. Ich sollte besser sagen »das« Regal, denn es gibt nur eins; längs seiner Mitte verläuft zusätzlich eine schmale Holzstange, die verhindern soll, daß die Bücher bei schwerem Seegang herausfallen. Kaum genügend Platz, um meine medizinischen Fachbücher unterzubringen. Zu meiner Überraschung entdecke ich in einem der Wandschränke einen kleinen Safe.

Auf der linken Seite meiner Liege – ich meine von mir aus gesehen links, wenn ich mich hinlege, was ich probeweise tue – ist die Sperrholzwand nach oben einwärts gebogen, was mir zu denken gibt: *Primo*, daß ich mich nicht zu plötzlich aufsetzen darf, wenn ich meinen Schädel schonen will. *Secundo*, daß diese Biegung *grosso modo* die Form eines Bootsrumpfes hat. Also ist zu meiner Linken, von mir lediglich durch das dünne Sperrholz und die starke Stahlwand des Rumpfes getrennt, das unermeßliche, schwarze, geheimnisvolle Meer. Mein Verstand mag mir noch so überzeugend sagen, daß die Rumpfwand absolut wasserdicht ist, daß sie so konstruiert ist, daß sie dem stärksten Druck standhält, diese unheimliche Nähe ist nicht ohne Wirkung auf meine Phantasie. Eine zweifellos unbegründete Angst, denn der Ozean und ich werden zwar Nachbarn sein, aber, so hoffe ich jedenfalls, keine nähere Bekanntschaft schließen. Allerdings, wenn unser Wal ein Ungeheuer ist, das Element, in dem er schwimmt, ist ebenfalls eines, aber unendlich stärker! Sollte infolge eines Versagens seiner großartigen Maschinen das Boot tiefer tauchen, als seine Konstruktion zuläßt, würde der Wasserdruck es wie eine Nußschale zerbrechen.

Ich habe in dem Gang, auf den sich die Kajüten der Offiziere öffnen, bemerkt, daß keine Tür geschlossen war, wenn die Bewohner anwesend waren. Ich frage mich, ob sie zur besseren Durchlüftung offen bleiben, ob sich die Bewohner dadurch vor Klaustrophobie schützen wollen oder ob ein ungeschriebenes Bordgesetz verlangt, daß jeder für alle sichtbar sein muß, zumindest bei Tage. Wie dem auch sei, ich lasse ebenfalls meine Tür offen und setze mich an meinen Schreibtisch, vor mir das in Leder gebundene Buch, das Sophie mir an meinem dreißigsten

Geburtstag geschenkt hat, damit es mir, wie sie sagte, »als Tagebuch diene«.

Ein Besucher erscheint im Türrahmen.

»Ich melde mich zum Dienst, Monsieur: Le Guillou, Narkosesanitäter.«

Dieses »Monsieur« hört sich für den, der mit den Usancen der Marine nicht vertraut ist, etwas sonderbar an. Man sollte erwarten, daß ein Sanitäter, wenn er zu einem Arzt spricht, ihn mit »Doktor« anredet oder, strenggenommen, mit dem vom Protokoll der Marine vorgeschriebenen Terminus: Monsieur le Médecin. Tatsächlich hält sich die Besatzung, die zum größten Teil aus Berufssoldaten besteht, an die offizielle Anrede, mit Ausnahme der jungen Einberufenen, die das Protokoll nicht kennen und mich »Doktor« nennen – wie übrigens auch die Offiziere, die allerdings, wenn sie mich näher kennen, die vertrauliche Anrede »Toubib« bevorzugen. Warum also das »Monsieur« der Sanitäter? Ich weiß es nicht, und ich glaube, daß auch niemand anderer eine Erklärung dafür hat. Aber da die Marine in ihren Konventionen so konservativ ist, wie sie in ihren Techniken modern ist, habe ich den Eindruck, daß diese Gewohnheit noch lange weiterbestehen wird.

Zurück zu Le Guillou. Ich stehe auf und schüttle ihm die Hand. Offenbar ein Bretone. Mittelgroß, stämmig, grüne Augen, Haare ins Rote spielend, vorspringende Backenknochen, fast mongolisch.

»Le Guillou, Sie stammen aus dem Finistère, glaube ich?« Ich glaube es nicht, ich weiß es. Sobald ich meinen Einsatzbefehl bekommen hatte, habe ich mich über ihn und den anderen Sanitäter, Morvan, informiert.

»Ja, Monsieur«, sagt Le Guillou. An seinem zufriedenen und naiv stolzen Gesichtsausdruck ist sein Gedankengang leicht abzulesen: Das Beste, was es in Frankreich gibt, ist das Finistère.

»Und was ist mit Morvan?«

»Er ist an Bord, aber er läßt sich entschuldigen, er ist krank.«

»Krank? Am Tag, an dem er an Bord gekommen ist?«

»Eben«, sagt Le Guillou. Und er deutet ein halb verlegenes,

halb komplizenhaftes Lächeln an.

»Sagen Sie ihm, daß ich ihn morgen auf dem Revier sehen will.«

»Er wird da sein«, sagt Le Guillou.

Eine Prognose, die eine Diagnose bestätigt, die auszusprechen ich mir versage.

»Monsieur, wünschen Sie das Krankenrevier zu sehen?«

Ich habe die *Foudroyant* besichtigt, und ich weiß daher, wie das Krankenrevier eines SNLE aussieht. Aber wie könnte ich Le Guillou das Vergnügen verweigern, den Hausherrn zu spielen und mir seine Ausrüstung detailliert vorzuführen.

»Sehen Sie, Monsieur, alles ist vorhanden: Operations- und Reanimationseinrichtung, Röntgenapparatur. So etwas finden Sie nicht auf einem Angriffs-U-Boot! Und haben Sie den Operationstisch gesehen? Eine tolle Sache! Er läßt sich mit ein paar einfachen Handgriffen in einen Zahnarztstuhl verwandeln! Und hier der Bohrer!«

Ich verziehe das Gesicht.

»Nun ja, diese Zahngeschichten – das ist nicht gerade berauschend.«

»Wie viele Zahnpatienten mußte Dr. Meuriot behandeln?«

»Sie meinen bei der letzten Patrouille? Ein halbes Dutzend...«

»Das ist viel.«

»Ach, wissen Sie, Monsieur, man kann den Burschen noch so einbleuen, sie sollen sich an Land behandeln lassen. Sie verschieben, sie verschieben... Und wir haben dann die Last damit.«

Ich finde dieses »Wir« ziemlich aufreizend, wo doch ich allein den Bohrer zu betätigen habe.

»Und hier«, fährt Le Guillou fort, »sind die chirurgischen Instrumente. Sie sehen, Monsieur, nur Nadeln, bei denen der Faden fest mit dem Nadelende verbunden ist. Ich habe noch die Zeit der Nadeln mit Einfädelöhr erlebt, bei denen während des Zunähens der Wunde der Faden manchmal aus dem Öhr gezogen wurde.«

Ein echtes Problem, in der Tat. Aber für den Chirurgen, nicht für den Narkosesanitäter. Das ständige »Wir« scheint mir darauf hinzudeuten, daß Guillous Ego ein wenig überentwickelt ist.

»Und sehen Sie, Monsieur«, fährt er fort, »wir haben jetzt ein elektrisches Skalpell bekommen! Die Ärzte haben es seit langem angefordert.«

Ich nicke ein wenig zögernd, ohne mich aber zu äußern. Der Vorteil des elektrischen Skalpells ist, daß es beim Schneiden kauterisiert: Der Zeitgewinn ist beträchtlich. Aber seine Benutzung ist auch mit einem gewissen Brandrisiko verbunden, unter anderem durch die Ätherdämpfe. Ich habe mir von einem Augenzeugen erzählen lassen, wie ein Patient auf dem Operationstisch Feuer fing. Ich hoffe nur für das unglückliche Opfer, daß es gut narkotisiert war. Das ist übrigens nicht bei einer Operation auf See passiert. Sollte ich bei dieser Fahrt operieren müssen, werde ich darauf achten, daß das Skalpell nicht unter Strom steht, wenn ich nach der Operation zur Reinigung der Wunde übergehe.

»Monsieur, möchten Sie, daß ich Ihnen die Apotheke zeige? Es sind alle Medikamente geliefert worden, die Dr. Meuriot bei der Basis bestellt hatte. Wollen Sie schauen, ob die Sortierung Ihren Wünschen entspricht?«

Natürlich entspricht sie meinen Wünschen. Und wenn es nicht so wäre, würde ich mich aus Rücksicht auf meinen Vorgänger hüten, es zu sagen. Ich werfe jedoch einen kurzen Blick auf die Medikamente.

»Was ist das hier?«

»Nun ja, Sie sehen, Monsieur: eine Packung Tampax.«

»Ist denn eine Frau an Bord?«

»Gott bewahre, Monsieur, kein Gedanke! Das dürfte sich um einen kleinen Ulk der Basis-Apotheker handeln.«

Ich werfe noch einen Blick rundum. Wenn die Apotheke auch Miniaturformat hat, sie ist jedenfalls bestens sortiert. Und wenn ich an mein kleines Angriffs-U-Boot denke, wo sie sich auf vier Schachteln Medikamente beschränkte, erscheint sie mir geradezu luxuriös. Damals mußte ich, um ein Knie zu verbinden, den Patienten auf einen Tisch in der Cafeteria legen lassen.

Ich gehe in den kleinen Nebenraum hinüber, und auf einer der beiden Liegen erblicke ich einen Mann, der mir den Rücken zuwendet und kräftig schnarcht.

»Nanu«, frage ich Le Guillou, »Sie haben schon einen Kranken?«

»Nein, Monsieur, das ist Morvan.«

»Und er schläft hier?«

»Das ist seine Liege«, sagt Le Guillou, etwas verlegen, aber offenbar nicht bereit, ein Gewohnheitsrecht antasten zu lassen.

»Und meine ist die obere.«

Ich wage mich sehr vorsichtig auf dieses verminte Gelände vor: »Aber ich glaubte, dies sei der Isolierraum.«

»Ja, Monsieur«, erwidert Le Guillou, »das ist seine Funktion. Wenn ein Mann der Besatzung krank ist und isoliert werden muß, dann tritt ihm einer von uns seine Liege ab und zieht in sein Quartier.«

»Ach, so ist das, ich verstehe.«

Tatsächlich verstehe ich überhaupt nichts. Handelt es sich um einen Brauch oder um einen Mißbrauch? Aber da solche Grenzfälle schwer zu entscheiden sind und da es zweifellos seine Vorteile hat, wenn das Krankenrevier nachts nicht ohne Aufsicht ist, schweige ich. Daß derjenige, der gegebenenfalls seine Liege einem Kranken abtritt, Morvan ist, darauf möchte ich wetten.

»Wie schön«, sage ich, »Sie haben ja ein Fernsehgerät.« Dieses »Sie haben«, das Le Guillou stillschweigend ein Eigentumsrecht einräumt, oder zumindest ein Nutzungsrecht, beruhigt ihn endgültig.

»Ja«, bestätigt er. »Aber wenn ich einen Film sehen will, gehe ich in die Cafeteria, denn um neun Uhr schläft Morvan.«

Ich gehe in den Behandlungsraum zurück, wo ich einen etwa zwanzigjährigen Matrosen hereinkommen sehe.

»Doktor«, sagt er, »zu Ihren Diensten: Jacquier. Ich bin einer der beiden Stewards der Offiziersmesse. Der Kommandant läßt Ihnen sagen, Sie könnten, wenn Sie wollen, auf das ›Massiv‹ heraufkommen, um einen letzten Blick aufs Land zu werfen.«

Ich stelle fest, daß Jacquier, ein kleiner dunkelhaariger Bursche mit lebhaften Augen, mich weder mit »Monsieur« noch mit »Monsieur le Médecin« angeredet hat, sondern mit »Doktor«, wie es die Offiziere tun, denen er dient. Einleuchtend, denn nach seiner Meinung, wie übrigens auch nach derjenigen der Offiziere, gehört er zur Messe, wie ja auch der Butler zum Club gehört. *He belongs*, wie die Engländer sagen.

»Ich werde Sie führen, Doktor«, sagte Jacquier, dem klar ist, daß ich mich in den Eingeweiden eines SNLE noch nicht gut zurechtfinde.

»Ich folge Ihnen«, sage ich.

»Entschuldigen Sie, Doktor«, sagt Jacquier nach einigem Zögern, »es würde vielleicht besser sein, wenn Sie Ihre Seemütze aufsetzten und Ihren Parka überzögen. Es ist ziemlich frisch da oben.«

Das Schiff rollt schon kräftig, und ich schaffe es nicht ohne einige Schwierigkeiten, in meiner Kajüte den »Parka«, sprich die Ölhaut, überzuziehen. Auf der »Baille«, der Marineoffiziersschule, nannte man diesen Überzug..., aber ich möchte das Wort lieber nicht zitieren, um nicht das Schamgefühl meiner Leserin zu verletzen und sie zu erschrecken. (Ich muß hier eine kurze Anmerkung machen: Im ersten Entwurf dieses Berichts wandte ich mich an Sophie, aber da diese im Lauf der Patrouille stillschweigend die Beziehung zu mir abgebrochen hat, habe ich überall ihren Namen getilgt und ihn durch »Leserin« – oder »Leser« – ersetzt, ohne aber etwas im Text zu ändern. Das erklärt, warum ich hier meiner Leserin eine Prüderie unterstellt habe, die wohl ein bißchen antiquiert ist.)

Jacquier, der sich mit der Hand am Türstock abstützt, um das Gleichgewicht zu bewahren, schaut mir bei dem schwierigen Unternehmen mit einem leichten Lächeln zu, dem er geschickt eine zugleich spöttische und respektvolle Note zu geben versteht. Ich begreife sehr gut: Der Respekt gilt dem Arzt, und der Spott dem Elefanten – Elefanten nennt man in der Marine alle die, welche keine Seeleute sind. Er hat nicht unrecht, aber ist ein Steward mehr Seemann als ein Arzt?

Als Massiv bezeichnet man auf dem U-Boot den kleinen Turm

mit zwei Seitenflügeln (in Wirklichkeit Tauchruder), die ihm seine typische Silhouette geben. Der Turm trägt auf seiner Spitze ich weiß nicht wie viele kleine Masten, Antennen und Periskope. Rund ist er übrigens nur auf der Vorderseite, nach hinten verschmälert er sich stromlinienförmig, um, wie ich vermute, bei der Tauchfahrt den Wasserwiderstand zu verringern. Die U-Boot-Leute bezeichnen den Turm als »Badewanne«; der Grund ist, wie ich bald selbst erleben werde, daß man kräftig mit Wassergüssen eingedeckt wird, wenn man sich bei der Überwasserfahrt dort aufhält.

Jacquier öffnet das Luk, das mir Zutritt zum Turm gibt, und schließt es rasch wieder hinter mir, um zu verhindern, daß eine Sturzsee eindringt. Kaum stehe ich oben, peitschen mir Wasser und Wind ins Gesicht.

Außer dem Pascha, der mir schweigend zunickt, sind noch vier Männer hier. Einer sucht mit einem großen Fernglas die Umgebung ab. Ein zweiter trägt Kopfhörer. Der dritte ruft irgendwelche Dinge in seine Sprechanlage. Was der vierte tut, kann ich nicht erkennen. Da ich vermute, daß ein kompliziertes Manöver durchgeführt wird, gebe ich keinen Piepser von mir und versuche, mich in eine Ecke zu verdrücken, wo ich niemanden störe.

Der Seegang ist stark. Eine gute Meile vor uns läuft unser Begleitschiff, die *Maillé-Brézé*, deren Eleganz mir bei der Besichtigung der Werft aufgefallen war. Die *Maille-Brézé* spielt eine ähnliche Rolle wie eine Motorradeskorte vor dem Wagen des Staatspräsidenten. Solange wir über Wasser fahren, wird sie uns den Weg frei machen und andere Schiffe aus unserer Fahrtroute entfernen. Danach ist ihre Mission erfüllt, und sie kehrt in den Hafen zurück.

Es ist strahlender Sonnenschein, aber der Südwestwind und die Sturzwellen peitschen mir ins Gesicht, und ich muß ihnen den Rücken zuwenden, um die Augen aufhalten zu können.

»Einen letzten Blick aufs Land werfen«, das hat für den, der zwei Monate lang in hundert bis hundertfünfzig Meter Tiefe unter der Meeresoberfläche in einem U-Boot fahren wird, ohne auch nur einmal aufzutauchen, eine sehr präzise und sogar ein wenig dramatische Bedeutung. Man müßte in diesem Fall eigentlich hinzufügen, daß »der letzte Blick« auch die Sonne und die Wolken einschließt – die Wolken vor allem, die den Menschen, die sich auf die Abgeschlossenheit des U-Bootes einstellen müssen, so frei und glücklich durch den blauen Himmel zu schweben scheinen. Erde und Himmel, Eltern, Geliebte und Freunde, es ist vieles, was man hinter sich zurücklassen muß.

Die Luft auf See riecht würzig und salzig – sofern sie nicht verschmutzt ist –, aber die Erde strömt eine Vielfalt von Gerüchen aus. Wenn ich auf meinem Segelboot vier Stunden durch die Baie de Carnac gekreuzt war und zum Strand zurückkehrte, dann sprang mir plötzlich der Geruch der Erde in die Nase. Es roch nach Holz, nach moderndem Laub, nach Pflanzen und nach Humus, so erfrischend und so sinnlich, wie für eine Mutter die Haut ihres Babys duftet.

Je mehr wir uns der engen Hafeneinfahrt nähern, durch die wir das offene Meer erreichen werden, um so höher geht die See, und um so stärker peitschen uns die Sturzseen und der Wind. Ich bin bis auf die Knochen durchnäßt, und ich fühle mich alles andere als wohl, wehrlos nach rechts und links geworfen wie ein Teddybär, den ein Kind herumschwingt. In diesem Augenblick würde ich es vorziehen, auf der *Maillé-Brézé* zu sein, wo ich aus größerer Höhe völlig trocken die Hafeneinfahrt betrachten könnte und die Hügel, zwischen denen wir hindurchfahren. Seit wir die Ile Longue verlassen haben, sind wir dem Land nie so nahe gewesen, wir können unter den Bäumen Menschen promenieren sehen, die uns zuschauen und zuwinken. Schade, daß ich kein Fernglas zur Hand habe, ich hätte gern ein letztes Mal vor dem Rückzug in die klösterliche Abgeschiedenheit ein liebliches weibliches Antlitz gesehen.

Als ich mich triefend anschicke, das Massiv zu verlassen, begegne ich einige Stufen tiefer zwei Offizieren, die im Schutz der Stahlwand, gegen die man die Wellen schlagen hört, den Rauch ihrer letzten Zigarette inhalieren.

»Doktor«, sagt einer von ihnen (natürlich wissen inzwischen

alle, wer ich bin), »nach Ihrem Aussehen zu urteilen, scheinen Sie ein paar ganz nette Spritzer auf die Nase bekommen zu haben. Das ist sozusagen Ihre erste Taufe als U-Boot-Fahrer. Die zweite werden Sie erhalten, wenn wir die Hälfte der Patrouille hinter uns haben.«

»Verzeihung«, sage ich, »aber darf ich Sie darauf hinweisen, daß ich bereits auf einem klassischen U-Boot gefahren bin?«

»Das zählt nicht, Doktor«, sagt der andere. »Wir sind hier auf einem SNLE.«

Sie lachen und mustern mich mit freundlichen Blicken, etwas herablassend vielleicht, aber kameradschaftlich. Als ich das Luk öffne, um ins Boot hinabzusteigen, ruft der eine mir nach: »Vergessen Sie nicht, es hinter sich zu schließen, Doktor! Für ein Leck wäre es zu früh.«

Ich bin noch nicht am Ende meiner Qualen, denn unten erwarten mich drei junge Offiziere (vermutlich von Jacquier herbeigeholt), die mich umringen und mir jeder den ausgestreckten Arm vors Gesicht halten, als hätten sie ein Mikrofon in der Hand und wollten mich fürs Fernsehen interviewen. Ich gehe bereitwillig auf das Spiel ein.

»Doktor, Ihre ersten Eindrücke?«

»Es näßt sehr und ist salzig.«

»Doktor, haben Sie eine Erklärung dafür, daß es so sehr näßt?«

»Aber sicher. Ein Unterseeboot ist so konstruiert, daß es durch das Wasser fährt, es kann also nicht auf den Wellen reiten. Dadurch ist die Berührung mit dem Wasser unvermeidlich.«

Gelächter.

»Doktor, eine letzte Frage: Sie sind früher auf anderen Schiffen gefahren; warum haben Sie sich für die U-Boote entschieden?«

Ich überlege rasch. Wenn ich ihnen den wahren Grund sagte (den der Leser kennt), würde mein Kurs in den Keller fallen. Ich mache ein ernstes Gesicht und sage:

»Meine Herren, ich muß Sie bitten, diese Mitteilung vertraulich zu behandeln: Ich kann nicht schwimmen. Und das U-Boot ist das einzige Schiff, bei dem man nicht über Bord gehen kann.«

In dem allgemeinen Gelächter kann ich entkommen und erreiche nun unbehelligt meine Kajüte, nehme die nasse Kappe ab und ziehe den Parka aus. Ungeschriebenes Gesetz hin oder her (wenn es überhaupt existiert), ich schließe meine Tür und strecke mich auf die Liege aus.

Ich habe offenbar ziemlich lange geschlafen, und als ich aufwache, rollt das Schiff sehr stark. Ich fühle mich nicht ganz wohl, aber auch nicht richtig seekrank. In regelmäßigen Intervallen gähne ich kräftig, damit die Bogengänge meines Ohrs wieder richtig funktionieren. Und ich versuche auch, meine Moral durch einen Akt des Glaubens in die Haltbarkeit des stählernen Rumpfes zu stärken. Schließlich suche ich, da mein Zustand sich nicht verschlechtert, in meinem therapeutischen Arsenal einen beruhigenden Wachtraum.

Dazu bedarf es, wie der Psychologe es vielleicht ausdrücken würde, einer gewissen Komplizenschaft zwischen dem realen und einem irrealen Ich.

Ich beginne also scheinheilig damit, mich nach dem Grund zu fragen, weshalb eine Insel mich immer fasziniert hat. Da ich mir diese Frage nicht zum erstenmal stelle, habe ich keine Schwierigkeiten, sie mir zu beantworten: Es hängt damit zusammen, daß eine Insel sehr abgeschlossen ist, nach allen Seiten durch eine Art natürlicher Wassergräben vor Eindringlingen geschützt. Im ersehntesten Fall ist sie sogar menschenleer, obwohl paradoxerweise gut versorgt mit Wasser und Nahrungsmitteln; was mir erlaubt, eine Idylle ohne Rivalen zu erleben, da ich der einzige Mann für eine einzige, eine einzigartige Frau bin.

Da wären wir also! Auf die Gefahr einer Selbsttäuschung hin möchte ich behaupten, daß diese Frau nicht Sophie sein kann. Abgesehen davon, daß mein Verhältnis zu Sophie nicht diesen Grad von Intimität zuläßt, würde ein Traum, der sie als Objekt wählt, sich sofort verflüchtigen und einer ziemlich quälenden Realität Platz machen: meiner sehr ungewissen Beziehung zu ihr.

Um ein Gefühl der Geborgenheit zu geben, um seine Rolle als psychisches Bonbon voll zu erfüllen, muß ein Wachtraum außerhalb der Wirklichkeit angesiedelt sein. Daher ist die Frau, die vor meinen Augen erscheint, eine Unbekannte, die mich ihr Gesicht und ihren Körper nach meinen Wünschen modellieren läßt und die, nachdem ich sie erschaffen habe, ihrem Schöpfer vollkommen hörig ist. Glauben Sie aber nicht, daß ich gleich aufs Ganze gehe. Ein Wachtraum erfordert ein langsames und überlegtes Vorgehen. Und wenn er sich, nachdem er dich bezaubert hat, verflüchtigt, darfst du nicht versuchen, ihn wiederzubeleben. Zumindest nicht am selben Tag.

Was ihn diesmal verschwinden läßt – meine Sirene löst sich, ach, im malvenfarbigen Wasser der Lagune auf, in der ich mit ihr badete –, das ist die plötzliche Wahrnehmung, daß das Schlingern und Stampfen des Boots aufgehört hat.

Dieses Fehlen der Bewegung rüttelt mich, so paradox das klingt, wach. Ich befinde mich wieder auf meiner engen Liege, alle Lampen brennen. Ich stehe auf, um mir etwas kaltes Wasser ins Gesicht zu schütten und mein Unwohlsein damit vielleicht zu vertreiben. Kaum habe ich den Fuß auf den Boden gesetzt, falle ich beinahe hin, so groß ist die Neigung des Parketts. (Auf einem SNLE sagt man bizarrerweise »Parkett« für den Fußboden, obwohl dieses Parkett aus Stahl ist.) Ich halte mich am Schreibtisch fest, und ein Blick auf meine Liege belehrt mich, daß es nicht nur die Bewegungslosigkeit des Schiffs war, die mich aufgeweckt hat, sondern auch die ungewöhnliche Lage: Kopf niedriger als Füße.

Sie, liebe Leserin, haben es sicher schon begriffen: Die plötzliche Schräglage ist darauf zurückzuführen, daß das SNLE dabei ist zu tauchen. Und wenn überhaupt nichts mehr vom Rollen zu bemerken ist, dann deshalb, weil es schon eine solche Tiefe erreicht hat, daß der starke Seegang, den wir beim Auslaufen hatten, sich nicht bis hierher auswirkt. Nun, der Pascha hat die Entscheidung zu treffen, in welches Distanz zur Meeresoberfläche das U-Boot fahren wird, und wenn es die gewünschte Tiefe erreicht hat, wird er es wieder in die Horizontale bringen, und dann wird die Fahrt »ganz komfortabel« sein, wie er es mir versprochen hat. In der Tat, Sie könnten sich im Traum keine ruhigere Kreuzfahrt vorstellen, als wir sie erleben werden – auf die bräunende Sonne werden wir allerdings leider verzichten müssen.

Auf einem kleinen Diesel-U-Boot fährt es sich nicht so ruhig, denn es muß häufig zur Oberfläche – oder fast zur Oberfläche – auftauchen, sowohl weil es Luft für den Diesel und die Menschen braucht, als auch, um seine Beute aufzuspüren. Das SNLE ist diesen Zwängen nicht unterworfen. Es erzeugt selbst seine Luft. Es eliminiert ihre Verunreinigungen. Und es fährt so diskret wie möglich im tiefsten Wasser des Meeres, ohne jemals die Spitze eines Periskops zu zeigen. Die Gründe werde ich Ihnen später erläutern.

Als ich zum erstenmal auf dem kleinen Angriffs-U-Boot, auf dem ich meine Jungfernfahrt machte, erlebte, wie der Fußboden beim Tauchen diese beunruhigende Schräglage einnahm, war ich ziemlich aufgeregt. Die Phantasie gaukelte mir alle möglichen Schrecken vor: Waren die Tiefenangaben auf den Seekarten wirklich ganz zuverlässig? Und was würde passieren, wenn unsere Sonargeräte plötzlich verrückt spielten und wir auf eine Untiefe aufliefen? Eine seltsame Sache, nicht die Vernunft hat meine Befürchtungen zerstreut, sondern die Gewohnheit.

Erst wenn ein Zimmer völlig in Schräglage ist, wird einem klar, wie angenehm die horizontale Lage unserer Wohnungen ist und wie sehr sie uns das Leben erleichtert. Ich habe zum Beispiel gerade versucht, mich vor meinen Schreibtisch zu setzen, und ich muß feststellen, daß meine Brust so hart gegen die Platte gepreßt wird, daß ich mich mit den Händen dagegen stemmen muß, um mir Erleichterung zu verschaffen. Der Bleistift, den ich bei dieser Aktion loslasse, rollt bis zur Wand, an die der Schreibtisch stößt, und das Buch, in dem ich zu lesen und Anmerkungen zu machen beabsichtigte, rutscht hinterher.

Zum Glück scheint sich das Schiff jetzt nicht zu bewegen. Ich habe den Eindruck, daß es in seiner augenblicklichen Schräglage verharrt und sich nicht mehr vom Fleck rührt. Übrigens hat man ein ähnliches Gefühl in einem Airbus, der in zehntausend Meter Höhe fliegt, nur daß dort das Geräusch der Triebwerke zu hören ist. Hier sind die Turbinen zu weit entfernt, als daß ihr Geräusch bis zu mir dringen könnte. Es herrscht eine beklemmende Stille.

Nein, nicht ganz. Etwas hört man doch noch. Und anfangs ist das ziemlich alarmierend: In unregelmäßigen Intervallen läßt der Rumpf des U-Bootes (dessen eine Wand meiner Liege ganz nahe ist) knarrende Geräusche vernehmen, die ich als furchterregend bezeichnen müßte, wenn sie sich verstärkten. Ich bin mir durchaus darüber klar, daß sie durch den wachsenden Druck des Wassers bei zunehmender Tauchtiefe verursacht werden. Man hat das Gefühl, sich in einer großen Nuß zu befinden, die ein gewaltiger Nußknacker aufzubrechen versucht. Das Gefühl ist sehr unbehaglich, und man kann sich nur dadurch von ihm befreien, daß man der Kompetenz unserer Ingenieure vertraut und sich sagt, daß sie bei der Festsetzung der Begrenzung für die Tauchtiefe des U-Boots eine genügend große Sicherheitsmarge berücksichtigt haben, damit das Schiff nicht bei einer geringfügigen Grenzüberschreitung von den Wassermassen zerschmettert wird.

Während ich mich mit der linken Hand gegen die Tischkante stemme, um meine Brust von dem Druck zu entlasten, gelingt es mir, mit der rechten Hand sowohl Buch wie Bleistift zu ergreifen. Das Lesen klappt ziemlich schlecht, weil meine Haltung zu verkrampft ist. Und auch, weil ich immer auf die Knarrgeräusche des Schiffsrumpfes horche, obwohl ich mir einzureden versuche, daß sie mich als alten U-Boot-Fahrer kalt lassen.

Plötzlich kehrt alles in die gewohnte Ordnung zurück. Meine Hand kann Buch und Bleistift loslassen, ohne daß sie entwischen. Meine Kajüte befindet sich wieder in waagerechter Lage. Mit kurzer Verzögerung hören auch die Knarrgeräusche auf. Wir haben unsere Tauchtiefe erreicht, und mein Universum ist wieder in Ordnung. Es stampft und schlingert nicht mehr, es ist nicht mehr kopflastig, es knarrt nicht mehr, selbst die Vibration hat aufgehört. Nichts rührt sich. Ich habe den Eindruck, der Pascha hat das Boot sanft auf eine Sandbank gesetzt, um ihm eine

Ruhepause zu gönnen. Jedenfalls kann ich mir auf das Gefühl der völligen Bewegungslosigkeit keinen anderen Reim machen.

Es klopft, und auf mein »Herein« erscheint ein Besucher in der Tür.

»Aspirant Verdelet.«

Ich stehe auf und schüttle ihm die Hand. »Guten Tag. Leisten Sie hier Ihren Wehrdienst? Was machen Sie im Zivilleben?«

»Auf welche der beiden Fragen soll ich zuerst antworten?« sagt Verdelet.

Ich lache. »Die zweite.«

»Politologie. ENA.«

Ich bin beeindruckt. Die *Ecole Nationale d'Administration* – die nationale Verwaltungshochschule –, da kommt man nicht so leicht hinein.

»Gütige Mutter!« rufe ich aus. »Wie meine Concierge zu sagen pflegt: ›Es gibt Leute, die haben's im Kopf!‹ Sie werden also eines Tages zu den großen Tieren gehören, die uns regieren?«

»Machen Sie sich keine Sorgen. Ich werde es besser machen als die. Doktor, Befehl des stellvertretenden Kommandanten: Ich soll Sie zum Diner in die Messe abholen.«

»Ich will mir nur eben die Haare kämmen, dann folge ich Ihnen.«

Während ich mich kämme, sehe ich mir dieses frisch ausgeschlüpfte Küken etwas näher an: 1,85 m, gut gebaut, hübscher Junge. Die Rundung seiner Wangen hat noch etwas Kindliches bewahrt. Die blauen Augen haben einen lebhaften und intelligenten Ausdruck. Ein braver Seitenscheitel schafft es nicht ganz, den blonden Schopf zu bändigen. Der Aspirant Verdelet strahlt beste Gesundheit aus. Man sieht auf den ersten Blick, daß er von guter Familie ist. Und für sein geistiges Format zeugen die Politologie und die ENA. Für beide sind die Zulassungsbedingungen sehr schwierig. Er hat sich bei aller Begabung kräftig ins Zeug legen müssen, um das zu schaffen. Er ist also offenbar auch ehrgeizig und strebsam.

Da ich selbst aus einer einfachen Familie komme, finde ich

das Attribut »gute Familie« etwas aufreizend, aber in diesem speziellen Fall wird es durch die gute Erziehung, den strebsamen Charakter und vor allem die von ihm ausstrahlende Gutherzigkeit aufgewogen.

Als ich gerade mit der Verschönerung meiner Haare fertig bin, erscheint eine andere Person in der Tür.

»Aspirant Verdoux. Befehl vom Pascha, ich soll Sie zur Messe bringen.«

»Sie auch! Nun, da laufe ich sicher nicht Gefahr, in diesem Labyrinth verlorenzugehen!« lache ich.

»Wer kann jetzt schon sagen, ob der Verlust groß wäre?« gibt mir Verdoux maliziös zurück.

»Beunruhigen Sie sich nicht, Doktor«, sagt Verdelet. »Verdoux hat eine Marktlücke an Bord gefunden: die sorgfältig dosierte Impertinenz.«

»Womit dosiert?«

»Mit einer Feinwaage, meiner«, erwidert Verdoux. »Die auf jede Nuance reagiert, sei sie noch so haarspalterisch. Ich habe schließlich ENA-Ausbildung.«

»Gott im Himmel! Zwei Enarchen! Verdoux und Verdelet!«

»Die Ähnlichkeit der Namen ist rein zufällig«, winkt Verdoux ab. »Wie ein profunder Denker der Antike einmal gesagt hat: ›Er ist er, und ich bin ich.‹ Ich habe, Gott sei's gedankt, weder strohblondes Haar noch wässerige blaue Augen.«

In der Tat, das Kolorit ist unterschiedlich. Verdoux ist dunkelhaarig und hat samtige schwarze Augen. Dennoch sehen unsere beiden Midships sich sehr ähnlich, und ich könnte von dem scharfzüngigen Verdoux dasselbe sagen, was ich von dem gutherzigen Verdelet gesagt habe: 1,85 m, gut gebaut, hübscher Junge. Eine weitere Beschreibung erübrigt sich. Man wird schon verstanden haben, daß das zwei Küken aus derselben Brut sind.

Während ich mir die Schuhe anziehe, ergreift Verdoux wieder das Wort: »Ich bin nicht sehr glücklich darüber, daß man ausgerechnet mir diesen Auftrag gegeben hat. Ich mag Ärzte nicht. Sie haben mir auf der rechten Seite des Bauches eine fürchterliche Narbe hinterlassen.«

»In welcher Beziehung fürchterlich?«
»Lang! Lang! Acht bis zehn Zentimeter!«
»Manche Appendices sind schwer auszumachen. Sie haben den Schnitt erweitern müssen, um ihn zu finden.«
»Was für ein ekelhaftes Metier, puh! Mit den Händen in den Innereien seiner Mitmenschen herumzuwühlen!«
»Ich«, sagt Verdelet, »bekomme Hunger, wenn ich das Wort Innereien höre. Wie wäre es, wenn wir zum Essen gingen? Wir sollten den Pascha nicht warten lassen. Doktor, Sie sind so schön genug.«

Wegen der Enge des Ganges gehen wir im Gänsemarsch. Ich freue mich sehr, diese netten Burschen kennengelernt zu haben. Das gute Einvernehmen war vom ersten Augenblick an vorhanden.

Die Offiziersmesse, das sogenannte »Carré«, ist trotz des Namens kein Viereck. Sie besteht ganz im Gegenteil aus einem kleinen runden Salon und einem anschließenden kleinen ovalen Speiseraum.

Der Ausdruck »klein« ist natürlich relativ. Auf eine Wohnung bezogen ist er gerechtfertigt. Nach den Maßstäben eines SNLE – und im Vergleich etwa zu einer Offizierskajüte – ist das Carré groß. Im Salon stehen vier Klubsessel um einen kleinen niedrigen Glastisch. Man könnte keinen Stuhl mehr dazustellen.

Der Reiz dieses Salons besteht vor allem darin, daß er ringsum mit einer seiner runden Form angepaßten Bibliothek ausgekleidet ist – so etwa muß Montaignes Turmbibliothek gewesen sein, bevor seine undankbare Tochter nach seinem Tod die Bücher verkaufte.

Im ovalen Speiseraum haben die Wände eine lachsrote Farbe, und der Tisch bietet Platz für zehn Personen. Ein zweiter Service ist für die Offiziere vorgesehen, die Wachdienst haben, und auch für die, welche aus irgendwelchen Gründen den zweiten Service dem ersten vorziehen.

Das SNLE verfügt über sechzehn Offiziere, mich eingeschlossen. Da im Salon nur vier Klubsessel stehen, sollte man annehmen, daß die Konkurrenz groß sei. Ich werde bald feststellen können, daß dies nicht der Fall ist, so ausgesucht höflich geht man miteinander um, und auch Rangabzeichen – die niemand trägt – oder Dienstalter spielen dabei keine Rolle.

Wir müssen doch wohl etwas zu früh dran sein, denn die Sessel sind leer, und wir belegen sie ohne Bedenken mit Beschlag. Immerhin aber ist der Tisch im Speiseraum bereits gedeckt, und kaum haben wir uns gesetzt, da kommt ein Steward aus seiner Pantry – es ist nicht Jacquier – und fragt uns, was wir zu trinken wünschen. Jeder bestellt einen Fruchtsaft. Nicht, daß hier kein Aperitif serviert würde, aber man muß an seine Linie denken.

»Doktor«, sagt Verdelet, »ich stelle Ihnen unseren Messesteward Wilhelm vor.«

»Guten Tag, Doktor.«

»Guten Tag, Wilhelm. Ich habe schon Ihren Partner Jacquier kennengelernt.«

»Er ist der zweite Steward.«

»Wilhelm«, sagt Verdelet, »hat ein sehr ausgeprägtes Hierarchiebewußtsein.«

»Und außerdem«, sagt Verdoux, »ist er ein Filmfan. Man behauptet, daß er nie einen versäumt.«

»Wilhelm«, sagt wieder Verdelet, »hat einen altmodischen Geschmack. Er schwärmt für Marilyn Monroe.«

Wilhelm, dessen Miene zeigt, daß er sich von diesen kleinen Frotzeleien geschmeichelt fühlt, setzt sich in respektvoll vertraulichem Ton zur Wehr: »Monsieur l'Aspirant, Schönheit hat nichts mit der Mode zu tun.«

»*Hear! Hear!*« von Verdoux.

»Warum ›*Hear! Hear!*‹«, wieder Verdelet, »und nicht ›*Bravo! Bravo!*‹?«

»Meine Mutter ist Engländerin.«

»Was sehe ich da«, leite ich auf ein anderes Thema über, »das Carré besitzt ein Aquarium? Und nur einen einzigen Fisch?«

»Wenn dieser Fisch denken könnte«, sagt Verdelet, »würde er sich fragen, warum er bloß auf dieser Seite des Bootsrumpfes ist und nicht auf der anderen.«

Verdoux schnauft verächtlich durch die Nase: »Er würde es sich nicht fragen: Das ist nämlich ein Süßwasserfisch.«

Verdelet schlägt zurück: »Wie sollte er wohl wissen, daß er ein Süßwasserfisch ist? Er hat nie ein anderes Wasser kennengelernt.«

»Wie auch immer«, lenkt Verdoux ein, »fest steht jedenfalls, daß ein Fisch nicht denkt, man braucht sich nur sein stupides rundes Auge anzuschauen. Kein Fisch hat intelligente Augen, vom Delphin abgesehen.«

Verdelet läßt nicht locker: »Der Delphin ist kein Fisch. Er ist ein Wal.«

Mit diesem Schmetterball gewinnt Verdelet den Satz, und da ich die Partie für beendet – oder zumindest unterbrochen – halte, kann ich mich vermutlich wieder am Gespräch beteiligen.

Ich stelle Verdelet eine Frage: »Haben Sie eine spezielle Aufgabe an Bord?«

»Ich nehme am Wachdienst der Offiziere teil, und zwar als Chef des Ortungsdienstes. Das heißt, man erwartet von mir, daß ich Männern befehle, die ihr Handwerk besser verstehen als ich.«

»Und Sie, Verdoux?«

»U-Boot-Abwehr. Ich kann die Bemerkung des Herrn Verdelet nur bestätigen. Stellen Sie sich eine Fabrik mit hervorragenden Ingenieuren und tüchtigen Technikern vor, dann haben Sie eine gute Idee davon, was ein SNLE ist. Was mich angeht, so bemühe ich mich, den Technikern immer das zu befehlen, was sie von mir zu erwarten scheinen. Schließlich bin ich kein Ingenieur.«

»Doktor, geben Sie gut Obacht auf Verdoux' Worte«, sagt Verdelet. »Sie werden nicht oft Gelegenheit haben, ihn so bescheiden zu erleben.«

»Nach meinem Verständnis«, sage ich, »ist die besondere Qualität der Disziplin an Bord eines U-Boots darin begründet, daß die Ingenieure genau wissen, wie unentbehrlich die Techniker auf ihrem Spezialgebiet sind. Und das gleiche trifft umgekehrt zu. Ich bin der Ansicht, daß es zwischen einem Offizier und einem Unteroffizier an Bord einen Konflikt nur geben kann, wenn einer von beiden ein schwieriger Charakter ist. Und im Prinzip eliminiert der Filter des Ausleseverfahrens diese Charaktere von vornherein.«

»Aber es kommt vor«, bemerkt Verdelet anzüglich, »daß der Filter nicht ordentlich funktioniert. Beweis: Er hat Verdoux passieren lassen.«

»Aber das ist doch unglaublich!« sagt Verdoux im Ton tiefster Entrüstung. »Toubib, ich rufe Sie zum Zeugen an! Verdelet versucht, mir das Aggressivitätsmonopol streitig zu machen! Er will mir meine Marktlücke stehlen!«

In unser schallendes Gelächter platzt der Pascha herein. Wir erheben uns aus den Sesseln.

»Doktor«, sagt der Pascha lächelnd, »ich freue mich, daß Sie sich so gut mit unseren beiden ›Mimis‹ verstehen. Sie wissen sicher, daß der Toubib und die Mimis traditionsgemäß für gute Stimmung im Carré zu sorgen haben.«

In diesem Augenblick erscheinen sechs Offiziere, die sich laut und lebhaft unterhalten. Wir sind jetzt zu zehnt in diesem engen Raum. Das Durcheinander ist groß, und ich will die Gelegenheit nutzen, um Ihnen, liebe Leserin, zu erklären, daß ein Aspirant in unserer Marine dem Rang nach einem deutschen Fähnrich zur See und einem englischen *Midship* entspricht. Von letzterem ist, wie Sie leicht erkennen können, das Diminutiv Mimi abgeleitet. Es hat für die älteren Offiziere einen nostalgischen, liebevollen Beiklang, denn sie sind vor zwanzig oder fünfundzwanzig Jahren selbst *Midships* gewesen, und die heutigen Mimis könnten ihre Söhne sein.

Der Pascha ruft mich zu sich und stellt mich seinen Offizieren bzw. seine Offiziere mir vor, entsprechend Dienstgrad und Dienstalter. Dieser Ritus nimmt einige Zeit in Anspruch und ist, wie jedermann weiß, ebenso notwendig wie nutzlos, denn in neun von zehn Fällen behält man den Namen der vorgestellten Person nicht. Aus diesem Grund ziehe ich Verdelet beiseite – und beiseite heißt hier in den Gang, denn das Carré erscheint jetzt ein wenig überfüllt.

»Mein Sohn«, sage ich, »befreien Sie mich von einem Zweifel, wie Corneille sagen würde. Der Pascha hat mich drei Männern vorgestellt, die er als Commandant bezeichnete. Ich bin mir nicht sicher, ob ich mich richtig erinnere, wer von ihnen wer ist und welche Funktion er an Bord hat.«

»An erster Stelle«, erklärt mir Verdelet, »kommt der Commandant en second Picard. Er hat, wie diese Dienstbezeichnung besagt, die Funktion des stellvertretenden Kommandanten. Dem Rang nach ist er Capitaine de frégate. Er ist der kleine Dunkelhaarige, der gerade mit dem Pascha spricht.«

»So klein ist er nun wirklich nicht.«

»Es kommt auf den Blickwinkel an. Von meiner Höhe aus gesehen sind Sie selbst auch nicht gerade groß. Beachten Sie, das Wort ›lebhaft‹ könnte eigens für Picard erfunden sein: Er hat lebhafte Gesten, lebhafte Augen, einen lebhaften Geist, eine große Schlagfertigkeit und ein abruptes Lachen. Das Wort ›kompetent‹ hat, auf Picard angewendet, fast etwas Abschätziges. Er ist supereffizient, dynamisch, unermüdlich. Man hört von allen Seiten, daß man ihn während der Patrouillenfahrt Tag und Nacht in allen Ecken des U-Boots auftauchen sieht. Einige behaupten sogar, daß er nie schläft.«

»Ein brillantes Porträt. Ich gebe Ihnen neun von zehn Punkten.«

»In aller Bescheidenheit gesagt, die Bewertung ist eher niedrig angesetzt. Ich fahre fort. Der größte von allen hier, der Mann mit dem prachtvollen schwarzen Bart, der sich gerade mit ernster Miene Verdoux' Albernheiten geduldig anhört, das ist der Commandant Alquier. Herkunft: Elsaß-Lothringen. Er ist Capitaine de corvette (vier Streifen). Er wirkt kühl und reserviert, was er in Wirklichkeit aber nicht ist. Er wollte Jagdflieger werden, das war jedoch nicht möglich. Zu groß. Er hätte den Schleudersitz nicht betätigen können, ohne sich die Beine zu brechen.«

»Und der dritte Commandant?«

»Forget. Ebenfalls Capitaine de corvette. Aber ihn nennt man nicht Commandant. Man nennt ihn Chef.«

»Er ist also der Chefingenieur?«

»Auf dem SNLE«, korrigiert mich Verdelet mit herablassendem Kopfschütteln, »sagen wir ›Chef der Gruppe Energie‹. Er hat drei ›Loufiats‹ unter sich, wie wir im Baille-Argot die Lieutenants de vaisseau (drei Streifen) nennen.«

»Würden Sie mir bitte noch sagen, welcher es ist?«

»Er spricht mit Picard. Um Ihnen nicht wieder zu nahe zu treten, werde ich nicht sagen, daß er klein ist.«

»Danke.«

»Ich werde sagen, daß er nicht größer ist als Picard. Aber während Picard schlank ist, muß man Forget als korpulent bezeichnen. Außerdem ziehen sich Forgets Haare fluchtartig von seiner hohen Stirn zurück.«

»Ein treffliches Bild.«

»Danke. Ich fahre fort. Forget ist Bretone, er hat sich aus dem Mannschaftsstand hochgearbeitet. Ein unermüdlicher Arbeiter. Ein Ausspruch des Paschas: ›Ein Kommandant, der einen Ingenieur wie Forget hat, kann auf beiden Ohren schlafen.‹«

»Kein Porträt diesmal?«

»Spricht mit leiser, bedächtiger Stimme. Bescheiden, reserviert. Verfügt aber auch über eine große Kraftreserve. Spricht ungern und selten von sich selbst.«

»Kurz, ein Bretone.«

»Ein bestimmter Typ von Bretone. Der Nordbretone. Ihr Le Guillou ist Südbretone. Soll ich fortfahren, Toubib? Zu den Loufiats übergehen?«

»Monsieur l'Aspirant«, sage ich in gekränkt zurechtweisendem Ton, »ich glaube nicht, daß Sie mit so ungenierter Lässigkeit von Offizieren sprechen sollten, die drei Ärmelstreifen tragen. Schließlich trage auch ich drei Streifen.«

»Aber die rote Samtlitze drückt Ihnen das Stigma zivilistischer Unwürdigkeit auf. Ansonsten ist es nicht so übel, Loufiat zu sein. Laurent Fabius, unser Premierminister, ist Loufiat der Reserve. Bei der Marine ist der Loufiat der Offizier, der alles machen muß, vor allem alles Unangenehme. Er ist die treibende Kraft. Ohne ihn läuft nichts.«

»Nach Ihren starken Worten zu urteilen, scheinen Sie die

Absicht zu haben, in Fabius' Fußstapfen zu treten.«
»Gewiß doch! Der zukünftige junge Premierminister Frankreichs bin ich.«
»Entschuldigen Sie mich, junger Freund, ich glaube, der Pascha gibt mir ein Zeichen, an den Tisch zu kommen. Danke für alles.«
Der Pascha weist mir den Platz rechts neben sich zu. Vermutlich verdanke ich diese Ehre der Tatsache, daß ich der Neuling bin. Gegenüber dem Pascha nimmt der Commandant en second Picard Platz, flankiert von den beiden anderen Commandants, dem langen Alquier und dem Chef Forget. Die anderen setzen sich, wie mir scheint, ohne feste hierarchische Ordnung. Die beiden Mimis sitzen am Ende des Tisches, aber das ist ihre eigene Wahl, nicht von der Rangordnung bestimmt. Die jungen Offiziere, die mir mit ihren Fragen zugesetzt haben, als ich triefend vom Massiv herabstieg, sehe ich nicht. Sie werden Wachdienst haben.
»Sie fühlen sich nicht zu beengt?« fragt der Pascha mit leicht ironischem Unterton.
»Zu beengt« ist ein Euphemismus. Zehn Personen an diesem Tisch, mehr geht wirklich nicht. Wilhelm hat kaum genügend Platz, die vielen kleinen Horsd'œuvre-Schalen auf seinem großen Tablett um den Tisch zu balancieren, und es kostet ihn bei aller Geschicklichkeit große Mühe, sie zu servieren.
»Überhaupt nicht, Commandant«, sage ich betont übertreibend. »Und wenn ich Sie beim Schneiden des Bratens behindern sollte, machen Sie mich nur durch einen Stoß mit dem Ellbogen darauf aufmerksam.«
Alle Blicke sind auf mich gerichtet. Der eine oder andere grinst über die vorlaute Bemerkung. Die um diesen Tisch versammelten Offiziere sind schon durch zwei Patrouillenfahrten von je sechzig oder siebzig Tagen zu einem Team zusammengewachsen. Verständlich, daß man den Neuankömmling mit vorsichtiger Reserviertheit betrachtet. Ich komme mir vor wie Kiplings kleiner Mowgli, den die Wölfe der Seeonee-Berge in ihrer Ratsversammlung mißtrauisch beschnüffeln, bevor sie ihm erlauben,

im Rudel mitzulaufen. Eine andere Ähnlichkeit mit Mowgli: Auch ich muß ihnen die Dornen aus den Pfoten ziehen, wenn sie sich verletzen.

Die Unterhaltung, so munter sie ist, bleibt für mich fast unverständlich, denn dieses Team hat im Laufe seiner beiden Missionen einen ganzen Schatz kleiner Erlebnisse angehäuft, die mir unbekannt sind und über die mit vielen scherzhaften Andeutungen geplaudert wird.

Der Pascha hat offenbar bemerkt, daß ich mich durch diese familiären Insidergespräche etwas ausgeschlossen fühle, denn er gibt der Unterhaltung eine allgemeinere Richtung: »Na, Alquier, haben Sie Ihre letzte Zigarette geraucht?«

»Ja, Commandant, leider«, ist die bedauernde Antwort.

»Fällt es Ihnen immer noch schwer?«

»Nun ja, ziemlich. Jedesmal nehme ich mir vor, wenn ich von der Patrouille zurückkomme, fange ich nicht wieder an. Und jedesmal gebe ich der Versuchung doch wieder nach. Es fällt übrigens nicht nur schwer, vor der Patrouille aufzuhören, auch das Wiederanfangen hinterher ist unerfreulich.«

»Das habe ich schon einmal gehört«, merkt der Pascha augenzwinkernd an. »Als ich Commandant en second war, fiel mir auf, daß es jedesmal die erste Handlung meines Paschas war, wenn er nach einer Fahrt an die frische Luft kam, eine Zigarette aus dem Päckchen zu nehmen und sie ins Meer zu werfen. Als ich ihn eines Tages erstaunt nach dem Grund fragte, antwortete er mir: ›Sehen Sie, Rousselet, ich habe festgestellt, daß die erste Zigarette, wenn ich mich zwei Monate lang des Tabaks enthalten habe, einen sehr schlechten Geschmack hat. Daher werfe ich sie weg und rauche die zweite.‹«

Man lacht. Man genießt die Pointe. Schließlich haben nicht nur die angelsächsischen Seeleute Humor.

Da ich nicht die Rolle des stummen Statisten spielen will, nutze ich die erwartungsvolle Stille während des Servierens des nächsten Ganges, um das Wort zu ergreifen: »Ich habe mir sagen lassen, der Grund, weshalb man an Bord des SNLE das Rauchen verboten hat, sei der, daß man bei einer Analyse des Tabakrauches mehr als hundert verschiedene Schadstoffe gefunden habe.«

»Das ist nicht der wirkliche Grund«, widerspricht der Pascha prompt. »Aber die Beantwortung dieser Frage sollten wir Chef Forget überlassen. Er ist der Spezialist für die Regeneration der Luft an Bord.«

Forget fährt sich mit der Hand über den kahlen Schädel. Er scheint einigermaßen verlegen zu sein, daß er öffentlich das Wort ergreifen soll.

»Ich möchte nicht gern in den Verruf kommen, durch einen langweiligen Exkurs über technische Detailfragen die angenehme Atmosphäre bei Tisch zu stören...«

»Nur los, Chef, lassen Sie sich nicht bitten«, muntert der Pascha den Widerstrebenden auf. Von allen Seiten wird Zustimmung laut, und Verdoux sagt: »Sie müssen den Toubib aufklären, Chef, er ist unwissend wie ein neugeborenes Kind.«

»Verdoux, Sie vorlautes Bürschchen«, wendet sich der Pascha ihm zu, »wer hat Ihnen erlaubt, den Doktor ›Toubib‹ zu nennen?«

»Ich selbst, Commandant«, komme ich Verdoux zu Hilfe. »Und ich würde mich freuen, wenn auch alle anderen diese Anrede benutzten.«

Forget hustet und fährt sich noch einmal mit der Hand über den Schädel. Ich spüre in diesem Augenblick, und es wird mir später allgemein bestätigt werden: Dieser kleine beleibte Mann genießt ein großes Ansehen an Bord. Er ist kompetent, bescheiden, großmütig. Er hat drei Bereichschefs – alle drei Loufiats – unter sich, und ich erfahre schon bald, daß er dreimal in der Woche reihum für einen von ihnen die Wache übernimmt, um ihnen etwas Zeit zum Verschnaufen zu geben.

»Doktor«, beginnt er nun, nachdem er sich noch einmal geräuspert hat, mit seiner leisen, ruhigen, aber auch energischen Stimme, »auf einem SNLE kann man sich wegen der Notwendigkeit unbedingter Diskretion nicht erlauben, aufzutauchen bzw. ein Rohr auszufahren, wie das die Diesel-U-Boote tun, um die Luft zu erneuern. Selbstverständlich ist bei der Ausfahrt Frischluft im Boot vorhanden, und das Problem besteht darin, während der Tauchfahrt den Anteil des Sauerstoffs an der Luft zwischen 20 und 22 Prozent zu halten und den des Kohlendioxids nicht über 0,5 bis 0,7 Prozent steigen zu lassen. Man eliminiert das Kohlendioxyd durch Molekularsiebe, und man erzeugt den Sauerstoff durch die Elektrolyse des Wassers. Das ist eine ziemlich heikle Sache.«

Forget macht eine Pause, und da er mir am Tisch gegenübersitzt und seine Erklärung ja auch für mich bestimmt ist, versuche ich ihn zum Weitersprechen zu ermuntern: »Wieso ist das eine heikle Sache?«

»Der Wasserstoff wird an der Kathode freigesetzt und der Sauerstoff an der Anode. Wenn die beiden Gase wieder zusammenträfen, würde es zu einer Explosion kommen. Um dieses kleine Mißgeschick zu vermeiden (Lachen), bedient man sich des Amiants. Der Amiant läßt nur den Wasserstoff passieren. Dieses Verfahren wurde von den Briten erfunden.«

»*Hear! Hear!*« Der Zwischenruf kommt natürlich von Verdoux.

»Das ist das Prinzip«, fährt Forget fort. »Aber wir arbeiten auch mit Filtrierverfahren, um uns von den Öldämpfen und den Schweiß- und Geruchsausdünstungen zu befreien – vor allem natürlich den WC-Gerüchen und dem Fluorkohlenwasserstoff, dem Freon, von dem immer ein wenig aus den großen Kühlmaschinen entweicht. Kurz, um auf Ihre eigentliche Frage zurückzukommen, Doktor« (er stößt einen kleinen Seufzer der Erleichterung aus, daß er mit seinem Vortrag fertig ist), »es würde uns wahrscheinlich keine größeren Schwierigkeiten bereiten, den Tabakrauch zu eliminieren. Das einzige, was uns wirklich etwas Sorge bereitet, ist der Alkohol der Gesichtswässer, die die Besatzung benutzt. Diese Emanationen können auf Dauer für die Gesundheit gefährlich sein.«

»Das ist eine höchst unerfreuliche Feststellung«, bemerkt Verdelet. »Man wird bald nicht mehr das Recht haben, gut zu riechen.«

»Danke, Chef, für Ihr Exposé«, sage ich, Forget anblickend. »Danke und Verzeihung, daß Sie durch meine Schuld Ihren

Kalbsbraten haben kalt werden lassen.«

»Das macht überhaupt nichts«, antwortete Forget höflich, »ich esse sowieso nicht gern heiß.«

»Was den Tabak betrifft«, sagt der Pascha, »möchte ich noch etwas anfügen. Es war der erste Kommandant des ersten SNLE, der damalige Capitaine de frégate Louzeau, von dem die Intiative zum Rauchverbot an Bord ausgegangen ist. Es ist ihm sicher nicht leichtgefallen, denn er war selbst starker Raucher, aber für seine Entscheidung hatte er gute Gründe, da das Rauchen die Feuergefahr vervielfacht. Wie Sie wissen, Doktor, haben wir zwei große Sorgen an Bord des U-Boots: das Feuer und den Wassereinbruch.«

Kurze Stille. Ein Schatten zieht vorüber. Wilhelm bietet der Tischrunde zum zweitenmal das *Gâteau au chocolat* an, aber ich lehne bedauernd ab: »Bei dieser Beköstigung werden wir alle Gewicht ansetzen.«

Austausch von Blicken. Gelächter.

»Dieses Lachen gilt nicht Ihnen, Doktor«, sagt der Pascha, »sondern Ihrem Vorgänger, der sich große Sorgen um die Gewichtsprobleme der Besatzung machte.«

»Er fürchtete nämlich,« ergänzt jemand, »daß uns nach zwei Monaten das Übergewicht der Besatzung am Wiederauftauchen hindern würde.«

»Doktor«, sagt ein junger Offizier, der neben Verdelet sitzt – wie ich später erfahre, heißt er Angel, ist Enseigne de vaisseau und kommt direkt von der Baille –, »würden Sie mir eine Frage beantworten?«

»Aber sicher.«

»Hat man Ihnen schon den Blinddarm herausgenommen?«

»Nein.«

Dieses »Nein« entfesselt ein stürmisches Gelächter. Ich nehme es hin, ohne mir etwas anmerken zu lassen, aber innerlich bin ich doch ein wenig irritiert, weil ich mir keinen Reim auf diesen Heiterkeitsausbruch machen kann.

»Doktor«, kommt mir der Pascha zu Hilfe, »dieses Gelächter ist nicht auf Sie persönlich gemünzt. Die Tatsache, daß Ihr

Krankenrevier eine Operationseinrichtung besitzt, ist vor allem darauf zurückzuführen, daß man an Bord immer das Auftreten einer Appendizitis fürchtet. Nun, was geschieht aber, wenn es der Arzt selbst ist, der sie bekommt?«

»Ist der Fall schon einmal eingetreten?«

»Ja, vor einigen Jahren ist es auf einem SNLE passiert, und es hat eine heikle Situation hervorgerufen, da unsere Instruktion strengste Verschwiegenheit im Funkverkehr gebietet. Wir empfangen, aber wir senden nie.«

»Und wie wurde dieses Dilemma gelöst?«

»Da der Arzt große Schmerzen hatte und seine Prognose pessimistisch war, hat man einen Funkspruch absetzen müssen. In weniger als drei Tagen hat ein Hubschrauber Verbindung zum U-Boot aufgenommen. Es ist aufgetaucht, und der Arzt konnte vom Hubschauber aufgenommen werden.«

»Aber was war mit der Diskretion?« fragt Angel mit besorgt ehrfurchtsvollem Tonfall.

»Beruhigen Sie sich«, antwortet der Pascha, »das U-Boot ist unter solchen Konditionen aufgetaucht, daß sie voll gewahrt wurde.«

Ich weiß nicht, ob ich erwähnt habe, daß es sich bei dieser Mahlzeit um ein Abendessen, nicht um ein Mittagessen handelt. Aber da wir im Bauch unseres stählernen Wals eingeschlossen sind, nehmen wir den Übergang vom Tag zur Nacht nur durch eine künstliche Nuancierung der elektrischen Beleuchtung wahr, die jeden Morgen und Abend umgeschaltet wird. Am Tag ist das Licht weiß, nachts hat es eine rötliche Färbung. Praktisch ist es so, daß ich selbst den Anbruch der Nacht daran merke, daß ich eine gewisse Müdigkeit und ein Schlafbedürfnis verspüre. Diesen Regulator können aber diejenigen nicht haben, die regelmäßig Wachdienst machen und deren Schlafzeiten über Tag und Nacht verteilt sind.

Nach dem Diner ziehe ich mich in meine Kajüte zurück und strecke mich auf der Liege aus, nachdem ich die Tür geschlossen und das Licht gelöscht habe. Ich lasse den Film dieses für mich so wichtigen Tages noch einmal vor meinen Augen ablaufen, des ersten der fünfundsechzig oder siebzig Tage, die ich hier verbringen werde, ohne jemals den Himmel und die Erde zu sehen.

Ich bin nicht unzufrieden mit diesem ersten Kontakt mit den Gefährten der Patrouillenfahrt. Aus der Nähe gesehen fand ich sie recht sympathisch, und ich glaube, daß das Rudel seinerseits es nicht schwierig finden wird, Mowgli zu integrieren.

Ein beunruhigender Gedanke überfällt mich plötzlich in meinem Halbschlaf. Das köstliche Mahl, serviert von einem vorzüglichen Steward und in angenehmer und heiterer Gesellschaft eingenommen, hat mich fast vergessen lassen, daß der Wal in seinen Flanken außer einem Atomreaktor, der für den Antrieb und für die Stromerzeugung sorgt, nicht weniger als sechzehn Raketen mit nuklearen Sprengköpfen trägt.

Diese Raketen sind der Sinn und Zweck unseres Einsatzes. Weil sie die Träger dieser Raketen sind, patrouillieren von unseren sechs SNLE drei in Permanenz durch die Weltmeere, auf einer streng geheimgehaltenen Route und mit der absolutesten Diskretion, bereit, augenblicklich dem über Ultralangwelle gegebenen Befehl des Präsidenten der Republik Folge zu leisten und ihre Tod und Vernichtung bringenden Raketen auf die ihnen vorgegebenen Ziele abzufeuern. Wir sind sozusagen die Wachhunde Frankreichs, die seine vitalen Interessen verteidigen, die ständig die Zähne zeigen, um nicht beißen zu müssen.

Wörtlich ist diese Metapher übrigens nicht exakt. Denn wir zeigen nicht die Zähne, wir zeigen überhaupt nichts. Das Wort »Diskretion«, das ich an diesem Abend mit so ehrfurchtsvollem Tonfall habe aussprechen hören und das ich im Verlauf der Patrouille noch mehr als hundertmal vernehmen werde, ist an Bord eines SNLE das Losungswort, das Schibboleth, das absolute Imperativ, die goldene Regel. Niemals seine Anwesenheit verraten. Nie die schützende Tiefe verlassen. Nie sich zu erkennen geben, nie die Spitze einer Antenne oder eines Seerohrs zeigen. Während acht oder zehn Wochen wird unser U-Boot durch die Ozeane schleichen. Es empfängt Funksprüche. Aber um nicht entdeckt zu werden, sendet es niemals selbst welche. Es taucht nie auf. Es bleibt unsichtbar und stumm. Es hat keine

Fenster aufs Meer und braucht sie auch nicht, denn in der Tiefe, durch die es sich bewegt, ist die Sicht gleich null. Sie würden ihm ebensowenig nützen wie die mächtigen Scheinwerfer der sagenhaften Nautilus. Es hat keine Augen, aber es hört, es findet seinen Weg durch seine Sonargeräte und seine Hydrophone. Es sieht sozusagen mit den Ohren.

Ich schaue auf die Leuchtzeiger meiner Armbanduhr. Es ist 22 Uhr 10. Auf dem Meer ist es Nacht, aber morgen wird der Tag wieder über ihm aufgehen. Nicht über uns. Da, wo wir sind, innerhalb wie außerhalb des Schiffes, herrscht ewige Finsternis. Ich versuche mir etwas vorzustellen, was menschliche Augen niemals sehen werden: wie dieser riesige Wal von einhundertdreißig Metern Länge durch das dunkle Wasser gleitet – machtvoll und unsichtbar –, ohne Augen, aber mit wachsam gespannten Ohren.

Seine Hydrophone fangen jedes verdächtige Geräusch auf. Er mißtraut allem, was sich ihm nähert. Sobald er fürchtet, entdeckt zu werden, verkriecht er sich oder flieht.

Wenn man ihn entdeckte, könnte er durch einen Präventivschlag zerstört werden, und dann bestünde die Gefahr, daß irgendein machtberauschtes Land einen nuklearen Überraschungsangriff gegen Frankreich starten und es in wenigen Minuten in Schutt und Asche legen würde. Das Überleben der SNLE ist auch unser Überleben.

2. Kapitel

Am folgenden Morgen bin ich nach dem gefährlich kalorienreichen Frühstück um 9 Uhr im Krankenrevier. Ich finde dort Le Guillou vor, der in den Händen eine Metallkassette und eine Menge Papiere hält, die er, während er mich mit einem Kopfnicken begrüßt, in einen Wandschrank legt, worauf er diesen abschließt.

»Le Guillou, hatte Dr. Meuriot einen festen Stundenplan für seine Ambulanz?«

»Nein, Monsieur, das war auch kaum möglich wegen des Wachdienstes. Die Kranken kommen zum Revier, wenn sie Zeit haben. Wir sind ja nie weit weg. Wie der Pascha zu sagen pflegt: ›Auf einem U-Boot geht niemand verloren, es ist rundum dicht.‹«

Die Formulierung ist typisch für den Humor der U-Boot-Fahrer. Nach kurzer Überlegung sage ich: »Dann werde ich es wie Dr. Meuriot halten.«

Vielleicht sollte ich Ihnen, liebe Leserin (denn ich hoffe, daß Sie mir in meiner Einsamkeit weiter Gesellschaft leisten werden), an dieser Stelle erklären, was es mit dem Wachdienst in der Marine auf sich hat. Auf Schiffen muß durchgehend Tag und Nacht Wachdienst gemacht werden. Eine Wache dauert im allgemeinen vier Stunden. (Das System ist allerdings nicht überall gleich: Es gibt auch Wachen zu sechs, zu drei und zu zwei

Stunden.) Dazu wird die Besatzung in drei Gruppen eingeteilt. Innerhalb von vierundzwanzig Stunden macht jede Gruppe im Durchschnitt acht Stunden Wachdienst. Die Frei- und Ruhezeiten richten sich also nach dem Wachturnus. Wenn der Schiffsarzt daher feste Sprechstunden einführte, würde das zur Folge haben, daß die ambulant Kranken, deren Wache in diese Zeit fällt, ihn nicht aufsuchen.

Le Guillou hat abgewartet, bis ich aus meinen Gedanken zur Erde zurückkehre. Nun meldet er sich zu Wort: »Also, Monsieur, wollte ich Ihnen sagen...«

Wie ich bald feststellen werde, hat dieses »also« keinen Zusammenhang mit dem Vorhergehenden, und wenn es doch einmal einen gibt, ist das rein zufällig. »Also wollte ich Ihnen sagen, daß Morvan wirklich krank ist. Er hat Fieber.«

»Ich glaubte Sie so verstanden zu haben, daß er seinen Rausch auschlief.«

»Das hatte ich auch geglaubt.«

Ich schaue ihn an. Zu seinen mongolischen Backenknochen würden eigentlich schwarze Augen und pechschwarzes Haar gehören. Aber er ist wider Erwarten rotblond und hat grüne Augen. Ich würde ihm gern antworten: »Sie haben also eine falsche Diganose gestellt.« Aber ich halte mich zurück. Ich erinnere mich, gehört zu haben, daß die Bretonen sehr empfindlich sind. Sie fressen den Ärger in sich hinein, statt zurückzuschlagen.

»Sehen wir uns den Kranken an«, sage ich und gehe in den Isolierraum hinüber.

Morvan ist ein großer sonnengebräunter Bursche, der allerdings jetzt unter der Bräune ein etwas fahles Aussehen hat. Er dürfte nicht oft krank sein. Er macht einen nervösen, ängstlichen Eindruck. Es sind übrigens meist die großen, kräftigen Burschen, die ohnmächtig werden, wenn man ihnen eine Blutprobe abzapft.

»Guten Morgen, Morvan, Sie machen ja schöne Sachen! Wo tut es Ihnen weh?«

»Im Hals, Herr Doktor.«

Ich untersuche ihn. »Das ist nicht schwer festzustellen: Sie haben eine schöne Angina.«

Der Ausdrück »schön« im Zusammenhang mit einer Angina wirkt durchaus nicht beruhigend auf Morvan. Er sagt jedoch nichts. Wie Verdoux (oder war es Verdelet) erläutert hat, ist er der Typ des schweigsamen Bretonen im Gegensatz zu Le Guillou, dem schwatzhaften Bretonen.

»Bettruhe, Aspirin, drei Oracillin täglich.«

»Jetzt kannst du dich mal richtig ausschlafen, du Glückspilz«, sagt Le Guillou.

Morvan schweigt. Ich gehe in den Behandlungsraum zurück.

»Übrigens, Le Guillou, was ist mit dieser Kassette und den Papieren, die Sie vorhin eingeschlossen haben?«

»Das ist die ›Coop‹. Unser Kiosk sozusagen. Wir verkaufen alles: Bonbons, Kaugummi, Rasierklingen.«

»Und Sie führen die Coop?«

»Nein, Monsieur«, sagt Le Guillou mit leichtem Grinsen, »Sie führen die. Ich bin der Verkäufer.«

»Und worin besteht meine Geschäftsführung?«

»Nach Abschluß der Patrouille die Abrechnung zu machen.«

Ich mache mich hier und dort im Revier zu schaffen, mit unbeteiligter Miene versuchend, mir einen Reim auf diese merkwürdige Geschichte zu machen. Schließlich sage ich: »Seltsam, daß man die Coop dem Sanitätsdienst angeschlossen hat.«

»Also das ist nicht so abwegig, wie man glauben könnte. Sie werden sehen.«

Da er mehr Dienstjahre hat als ich, sowohl insgesamt als auf den SNLE, will ich seine Position nicht noch zusätzlich stärken, indem ich ihm zu viele Fragen stelle. Wie er gesagt hat: Ich werde schon sehen.

Ich fahre fort: »Macht die Coop Gewinne?«

»Das denke ich doch!«

»Und was geschieht damit?«

»Man kauft Preise für die Wettspiele, die an Bord veranstaltet werden. Und man beteiligt sich finanziell an den Kosten für die Glückwunschkarten, die im Namen des Schiffes gedruckt werden und die die Besatzung zu Weihnachten an Verwandte und Freunde schickt. Die Auflage beträgt zweitausend Stück. Mit spezieller Gravierung für unsere Waffengattung.«

»Ist das nicht sehr teuer?«

»Was sein muß, muß sein! Wir sind schließlich stolz darauf, U-Boot-Fahrer zu sein.«

Ein Mann erscheint im Türrahmen. Groß. Korpulent. Der Overall voller Ölflecken. »Salut, Le Guillou. Ist der Toubib zu sprechen?«

»Der bin ich.«

»Oh, Verzeihung! Monsieur le Médecin, zu Ihren Diensten: Premier maître Bichon.«

»Guten Tag, Bichon. Was führt Sie her?«

»Hm, ja, ich habe Halsschmerzen und Husten.«

»Klassischer Fall«, bemerkt Le Guillou. »Das ist die Klimaanlage.«

»Machen Sie den Oberkörper frei, Bichon.«

Ich horche ihn ab. Ich schaue mir seinen Hals an. »Nichts Ernstes. Le Guillou wird Ihnen Tabletten und einen Hustensaft geben. Haben Sie Fieber?«

»Ich glaube nicht.«

»Le Guillou, lassen Sie ihn Temperatur messen.«

In der Zwischenzeit schreibe ich den Bericht über seinen Fall, denn jeder Fall, mag er noch so harmlos sein, muß seinen schriftlichen Niederschlag finden. Das sind die Freuden der Bürokratie: für eine Viertelstunde Konsultation eine Viertelstunde Papierkram.

»Sechsunddreißig acht«, sagt Le Guillou. »Diesmal wird man deine Überreste noch nicht in Zellophan einwickeln und in den Kühlraum schieben.«

Bichon lacht über den makabren Scherz. Er ist, seinem Aussehen nach zu urteilen, ein lebenslustiger Mensch, die Augen flink und humorvoll, die vollen Lippen sinnlich, die Taille ein wenig zu stark.

»Kontrollieren Sie Ihr Gewicht, Bichon?« frage ich ihn.

»Ich versuche es. Um die Wahrheit zu sagen, man ißt an Bord

einfach viel zu gut.«

»Und da gibt es Leute, die sich über das Essen beklagen!« Le Guillou schüttelt mit heuchlerisch empörter Miene den Kopf. »Verwöhnte Kinder sind das.«

»Welche Aufgabe haben Sie, Bichon?«

»Ich bin Mechaniker beim Antrieb.« Der Antrieb ist ein Teil der Sektion Maschinen.

»Da wird es sicher ziemlich heiß sein. Wie hoch ist die Temperatur dort etwa?«

»Zwischen 30 und 35 Gad. Und wenn die Kühlschränke nicht wären, würde sie bei 50 liegen.«

»Die Kühlschränke?« frage ich erstaunt.

»Nicht solche, wie man sie in der Küche verwendet«, klärt mich Bichon etwas belustigt auf. »Unsere Kühlschränke erzeugen kaltes Wasser, das in Radiatoren geleitet wird. Die Luft wird durch diese Radiatoren geführt und mit Ventilatoren umgewälzt. Die erkaltete Luft wird dann in den Raum zurückgeführt.«

»Und auf diese Weise holt man sich die schönste Tracheitis«, bemerkt Le Guillou.

»Die Klimatisierung ist nicht die einzige Ursache«, stellt Bichon richtig. »Im Maschinenraum haben wir 35°. Und wie ist die Temperatur in der Cafeteria? Knapp 22°. Wenn man zum Essen geht, erkältet man sich leicht.«

»Du solltest das Essen aufgeben«, rät ihm Le Guillou. »Eine Abmagerungskur täte dir bestimmt gut.«

»Nichts zu machen«, sagt Bichon grinsend. »Was man auf der einen Seite entbehren muß, dafür muß man sich auf der anderen schadlos halten.«

»Eins verstehe ich nicht«, sage ich zu Bichon. »Da Sie die Erkältungsgefahr doch kennen, warum werfen Sie sich nicht einen Pullover über die Schultern, wenn Sie vom Maschinenraum zur Cafeteria gehen? Denken Sie in Zukunft daran.«

»Ja, gut, Monsieur le Médecin«, sagt er, offenbar nicht recht überzeugt.

Als ich mich meinem Papierkram wieder zuwende, höre ich,

wie er halblaut zu Le Guillou sagt: »Was würde man wohl von mir denken?«

Die Mechaniker sind natürlich robuste, harte Burschen, die schwere körperliche Arbeit gewohnt sind. Sie fürchten sich weder vor ihren Turbinen noch vor Kälte und Hitze. Und sie glauben sich lächerlich zu machen, wenn sie sich wie die Muttersöhnchen einen Pullover umhängen, um sich gegen eine Erkältung zu schützen. Und davor fürchten sie sich.

Im Laufe des Tages sehe ich noch weitere fünf oder sechs Patienten, die über Schmerzen im Hals, in den Ohren oder in der Stirn- oder Kieferhöhle klagen.

»Klassisch«, wiederholt Le Guillou. »Das kommt von der Ventilation. Nach einer Woche wird sich das legen.«

Mit diesen Worten verläßt er mich, um nach Morvan zu sehen, und ich höre durch die Tür zum Isolierraum, wie er in seiner etwas autoritären Art versucht, ihn zu trösten. »Drei Tage«, sagt er. »Nur drei Tage. Dann bist du wieder auf den Beinen.«

Ich mache mich auf den Weg zu meiner Kajüte, und auf dem Gang begegne ich dem kleinen Jacquier, den ich nicht wieder gesehen habe, seit er mir am Vortag den Weg zur »Badewanne« gezeigt hatte. Mir fällt erst jetzt auf, wie jung er aussieht.

»Ich war auf der Suche nach Ihnen, Doktor«, sagt er mit einem jungenhaften Lächeln. »Der Kommandant bittet Sie, ihn nach 16 Uhr 30 im Carré zu erwarten.«

Ich werfe einen kurzen Blick auf meine Armbanduhr. Es ist 16 Uhr 30.

»Ich mache mich auf den Weg. Wie kommt es übrigens, Jacquier, daß ich Sie weder gestern abend noch heute morgen im Carré gesehen habe?«

»Wilhelm und ich wechseln uns wöchentlich mit dem Dienst in der Messe ab. Diese Woche ist er an der Reihe.«

»Und was machen Sie, wenn Sie nicht Messedienst haben?«

»Hauptsächlich die Kajüten der Offiziere: Ich wische Staub, ich reinige die Waschbecken, und ich mache die Betten. Übrigens, Doktor, habe ich bemerkt, daß Sie Ihre Liege selbst in Ordnung gebracht haben.«

»Ja«, sage ich, »ich bin das so gewohnt.«

»Nun, wenn es Ihnen nichts ausmacht, Doktor, wäre es mir lieb, wenn Sie es in Zukunft ließen.«

»Nanu, warum?«

»Weil das ziemlich gefährlich ist. Die Stahlfedern des Matratzenrahmens sind nämlich sehr scharf, und es haben sich schon viele an der Hand verletzt, wenn sie die Decken unter die Matratze stopften.«

Ich betrachte ihn: Er ist blond, die Augen von sehr hellem Blau, die Nase kurz, mit Sommersprossen bedeckt, zwei Grübchen, ein fröhliches Lächeln auf den Lippen.

»Gut, Jacquier, und danke, daß Sie mich gewarnt haben.«

Ich mache mich auf den Weg zum Carré. Ich finde den Salon leer, die Sessel frei, und kaum habe ich in einem von ihnen Platz genommen, taucht auch schon Wilhelm auf.

»Möchten Sie Tee, Doktor?«

»Gern, danke.«

Das Teewasser muß schon kochen, denn kaum eine Minute später ist er wieder da und serviert mir ein Kännchen Tee, dazu einige Stückchen trockenen Kuchen – die übrigens köstlich schmecken. Und da ich bemerke, während ich sie (nicht ohne Gewissensbisse) knabbere, daß Wilhelm nicht in seine Pantry zurückkehrt, sondern im Salon bleibt, frage ich ihn: »Wilhelm, Sie sind, glaube ich, Elsässer?«

Eine Frage, die nicht ganz ins Blaue zielt. Denn an Bord sind, wie man mir erzählt hat, die Bretonen zwar das dominierende Element, aber gleich danach kommen die Elsässer und Lothringer, und dann die Männer aus dem Norden. Es folgen die Pariser und schließlich ein buntes Gemisch aus den verschiedensten Regionen Frankreichs.

»Nein, Doktor«, sagt er mit leicht gekränkter Miene, »ich bin Lothringer.«

Gut. Ich werde es mir merken: Nie einen Elsässer mit einem Lothringer verwechseln, und nie einen Elsässer oder einen Lothringer mit einem Vogesenbewohner verwechseln!

Ich beobachte ihn aus dem Augenwinkel, während ich meinen

Tee trinke. Er ist groß, schlank, elegante Bewegungen, regelmäßige Gesichtszüge, kurzes Haar, lebhafte Augen. Und er hat eine sehr professionelle Art, diskret in den Hintergrund zu treten. Da ich das Gefühl habe, daß er mir etwas sagen möchte, setze ich die Unterhaltung fort: »Sie sind mit Jacquier zufrieden, Wilhelm?«

»O ja. Doktor, sehr zufrieden. Für einen Wehrpflichtigen mit verlängerter Dienstzeit macht er seine Sache ausgezeichnet. Nach meiner Ansicht hat er das Zeug zum Maître d'hôtel. Ich dränge ihn, einen Motel-Lehrgang an der Schule in Rochefort zu machen.« Motel, das ist Argot für Maître d'hôtel, und in Rochefort ist die Schule, wo man sie wie auch die Köche heranbildet – zum Besten der Marine, aber auch des Elysée, des Matignon, und des Verteidigungsministerums.

Da Wilhelm sich nach diesem Gespräch wieder in Schweigen und diskrete Zurückgezogenheit hüllt, nehme ich einen neuen Anlauf: »Geht es Ihnen gesundheitlich gut, Wilhelm?«

»Sehr gut, danke, Doktor.« Nach kurzem Überlegen fügt er hinzu: »Abgesehen davon, daß mir ein Zahn weh tut.«

»Aber wie ist das möglich?« sage ich in halb ernsthaftem, halb scherzhaftem Ton. »Sie haben die Zähne doch sicher vor Beginn der Patrouille kontrollieren lassen. Hat man Ihnen nicht gesagt, daß Sie diesen Zahn behandeln lassen müssen?«

»Doch, Doktor.«

»Aber Sie haben es nicht getan?«

»Ich hatte keine Schmerzen«, antwortete Wilhelm. »Und der Zahnarzt hat gesagt, daß es sich um eine kleine Karies handelt.«

Moral: Niemals einem Mann sagen, daß er eine »kleine« Karies hat.

»Kommen Sie morgen nach dem Dienst ins Revier. Ich werde es mir ansehen.«

»Es ist nur«, sagt Wilhelm, »daß es sich um einen Vorderzahn handelt. Ich möchte nicht, daß er gezogen wird.«

»Ich ziehe die Zähne nicht einfach so. Wenn er zu retten ist, werden Sie ihn behalten.«

»Danke, Doktor.«

»Für mich auch einen Tee, Wilhelm«, sagt der Pascha, der mit raschem Schritt ins Carré kommt und sich in einen Sessel neben mir setzt.

»Ja, Commandant«, sagt Wilhelm und ist schon verschwunden.

»Wilhelm macht sich Sorgen«, sage ich zum Pascha. »Er hat Angst, daß ich ihm einen Zahn ziehe, den er eigentlich an Land hätte behandeln lassen müssen, was er aber versäumt hat.«

»Und werden Sie es tun?« fragt der Pascha und schaut mich mit seinen zugleich durchdringenden und freundlich-warmen Augen an.

»Absolut nein.«

»Und damit tun Sie recht. Ich habe einen Schiffsarzt gekannt, der bei jeder Patrouille fünf bis sechs Zähne zog. Das war eine Straf-Extraktion. Er bestrafte die Burschen, die es unterlassen hatten, sich an Land behandeln zu lassen. Das Resultat...«

Er verzieht das Gesicht, hebt die Schultern und die Hände, läßt es bei diesem Kommentar bewenden. Er fährt fort: »Doktor, wenn Sie Wilhelms Zahn behandeln, ohne ihn zu ziehen und ohne sonstige schmerzhafte Eingriffe, wird die Besatzung Sie für einen Toubib halten, und das wird sich auch günstig auf Ihre Rolle allgemein auswirken, die, wie Sie sehen werden, vielfältiger und unterschiedlichster Art ist.«

»Sie werden sehen« – wie Le Guillou. Sehr erhellend. Und nun noch der Pascha! Aber auch ihm stelle ich keine Fragen.

Schweigen. Er führt die Tasse an die Lippen und trinkt in kleinen, andächtigen Schlucken. Mir ist inzwischen dieser ungewöhnliche, interessante Kontrast zwischen seinem kurzen schwarzen Bart, seinem brünetten Teint und seinen blauen Augen vertraut geworden. Seine Manieren sind einfach und natürlich, aber unter dieser Einfachheit und Natürlichkeit spürt man eine gewisse moralische Strenge und eine sichere Urteilskraft, die seinen Standpunkt zu den Problemen des Lebens bestimmen. Doch macht er auch einen aufgeschlossenen, weltoffenen Eindruck, was vielleicht etwas paradox anmutet bei jemandem, der die Hälfte seines Lebens in ein enges Stahlgehäuse eingeschlossen verbringt.

Er setzt seine Tasse ab und fragt in interessiertem Ton: »Wie fanden Sie diesen ersten Kontakt mit den Offizieren?«
»Herzlich.«
»Sie sind nicht der Meinung, daß man Ihnen zu sehr zugesetzt hat?«
»Überhaupt nicht. Es war sehr sympatisch.«
»Man hat Sie auch sehr sympatisch gefunden. Übrigens, Doktor, fühlen Sie sich nicht aus übertriebener Diskretion verpflichtet, sich in Ihrer Kajüte oder im Krankenrevier zu verschanzen. Die Tatsache, daß Ihr Aufgabengebiet die Menschen sind, sollte Sie nicht davon abhalten, sich auch für die Sachen zu interessieren... Ein SNLE ist ein Wunderwerk der Technik. Gehen Sie durch das Schiff, stellen Sie Fragen. Man wird Ihnen antworten.«
Nach einer kurzen Pause korrigiert er sich lächelnd: »Nun ja, auf alles natürlich nicht.«
Er steht ebenso lebhaft auf, wie er sich gesetzt hatte, nickt mir kurz zu und sagt freundlich: »Bis heute abend, Toubib!«

Kaum acht Tage sind seit diesem Gespräch vergangen, da mache ich, als ich morgens im Krankenrevier mein Gewicht kontrolliere, die verblüffende Feststellung: Ich habe ein Kilo zugenommen! Ich bin schockiert. Damit hätte ich wirklich nicht gerechnet. Eine rasche Kalkulation überzeugt mich: Wenn ich in diesem Rhythmus weiter zunehme, werde ich am Ende der Patrouille acht Kilo zugelegt und meine jugendlich schlanke Linie verloren haben.
Ich fasse sofort eine strenge Diät ins Auge: kein Zucker im Tee. Kein Dessert beim Mittagessen. Keine Horsd'œuvres bei beiden Mahlzeiten. Ach, ich vergaß (Freud würde in diesem Vergessen vermutlich eine Fehlleistung sehen): kein Pain au chocolat zum Frühstück.
Aber das genügt mir nicht. Zu dieser spartanischen Diät soll sich ab sofort der Schweiß gesellen.
»Le Guillou, wissen Sie, wo sich das Trainingsrad befindet?«
»In der Sektion Raketen. Haben Sie zugenommen?«

Ich bejahe durch ein Kopfnicken, und ich warte gereizt darauf, daß er sagen wird: »Klassisch!« Aber er begnügt sich mit einem Grinsen, und ich sage kurz: »Sie wissen, wo ich bin, wenn ich gebraucht werde.«

Der Ausdruck »Sektion Raketen« wird Ihnen, liebe Leser, vermutlich wenig sagen. Ich will versuchen, Ihnen an Hand eines Beispiels den Begriff verständlich zu machen. Stellen Sie sich das SNLE wie einen Kuchen in Kastenform vor, den man in einzelne Stücke aufschneidet. Und zwar in sieben Stücke, sieben ist bekanntlich eine magische Zahl. Die sieben sogenannten Sektionen des SNLE sind, vom Heck zum Bug fortschreitend:

1. Die Sektion A, das ist die Sektion Maschinen. Sie ist sehr umfangreich und setzt sich aus mehreren Bereichen zusammen, von denen ich später im einzelnen sprechen werde.
2. Die Sektion B, die die Elektrizitätsversorgungsanlagen und verschiedene für die nukleare Heizungsanlage notwendigen Hilfsmaschinen enthält.
3. Die Sektion C, den Atomreaktor. Zittern Sie nicht. Das ist ein Ungeheuer, gewiß. Aber es ist in einem sicheren Käfig. Und während der Fahrt steigt man nie hinab, um es zu sehen.
4. Die Sektion D ist für die Regeneration der Luft, über die Chef Forget mir während unserer ersten Mahlzeit im Carré einen kleinen Vortrag gehalten hat. Sie enthält auch die Reserveaggregate für die Stromerzeugung.
5. Die Sektion E: Die Sektion Raketen, wo ich in die Pedale trete.
6. Die Sektion F. Sie enthält die Kommandozentrale, die Quartiere für die Besatzung und das Reich Ihres ergebenen Dieners: das Krankenrevier.
7. Die Sektion G, oder Sektion Torpedos, die auf der *Inflexible* auch zwei Exocets aufweist, taktische Raketen zur Bekämpfung von Überwasserfahrzeugen, die aus der Tauchposition abgefeuert werden.

Die Sektion des SNLE hat, der Form des Bootes entsprechend, einen kreisförmigen Querschnitt – einen Kreis mit einem Durchmesser von etwa zehn Metern. Sie enthält, außer an den schmalsten Stellen – Heck und Bug –, drei vertikal angeordnete Decks, oder, um einen laienhaften Ausdruck zu benützen, drei Etagen. Die Verbindung zwischen den einzelnen Decks bilden Niedergänge, die entweder senkrecht oder geneigt sind. Wenn sie geneigt sind, haben sie eine gewisse Ähnlichkeit mit dem, was wir im Zivilleben Treppen nennen. Sie sind besonders heimtückisch. Denn die Neigung ist so gering, und die Stufen sind so eng, daß man, um den Füßen einen guten Halt zu geben, am besten seitlich wie eine Krabbe herabsteigt.

Im Laufe der Patrouille werde ich zwei Zerrungen zu behandeln haben, und in einem weiteren Fall stelle ich einen Meniskusriß fest – eine Verletzung, die es häufig bei Fußballern gibt. Der Matrose ist wahrscheinlich zu schnell eine der schrägen »Treppen« herabgestiegen, und sein Knie hat der Bewegung des Fußes nicht folgen können. Eine Operation ist natürlich an Bord nicht möglich. Er wird bis zu unserer Rückkehr nach Brest warten müssen, und bis dahin muß er mit dem Schmerz im Kniegelenk leben.

Wenn ich Fernsehmoderator wäre, würde mir das Knie eine willkommene Überleitung geben, um von meinen schweißtreibenden Pedalübungen zu sprechen. Aber ich verzichte darauf, ich spreche lieber von der Sektion Raketen, die von allen Sektionen des SNLE den größten Raum einnimmt: Vertikal beansprucht sie alle drei Decks, also die ganze Höhe des U-Boots, und horizontal eine Fläche von 20 zu 10 Metern. Außerdem ist der Gang, der sie auf allen vier Seiten umläuft, der breiteste aller Gänge im Boot. Und schließlich ist sie von allen Sektionen am hellsten erleuchtet.

Wie ich bereits erwähnt habe, sind die SNLE per definitionem mit Raketen bestückte Atom-U-Boote, und zwar handelt es sich bei diesen Raketen um ballistische Raketen großer Reichweite – die im Bug untergebrachten Torpedos und die Exocets dienen lediglich der Abwehr von Überraschungsangriffen durch feindliche Schiffe oder U-Boote. Ich verstehe sehr gut, liebe Leser, daß diese Raketen – es sind sechzehn, und alle sechzehn tragen nukleare Sprengköpfe – Assoziationen des Schreckens bei Ihnen hervorrufen. Mir geht es nicht anders. Absurderweise ist die Sektion Raketen nicht nur die größte aller Sektionen des U-Boots, sondern auch die freundlichste. Sie erweckt mit ihrer makellosen Sauberkeit, dem Blitzen des Stahls und dem Leuchten des Kupfers irgendwie den Eindruck von Heiterkeit und Eleganz.

Ich habe erwartet, daß dieses Radfahren auf der Stelle (das ich zum erstenmal mache) mir die Möglichkeit gibt, mich meinen Träumereien zu überlassen. Aber das ist ein Irrtum. So stupide dieses Sisyphusarbeit ist, der ich mich gewissenhaft unterziehe, ich merke bald, daß sie meine Beine, mein Kreuz, meine Arme, meinen Atem mobilisiert und sich schließlich auch meines Gehirns bemächtigt. Nach kaum einer Minute kann ich an nichts anderes mehr denken als an den Druck meiner Füße auf die Pedale. Wenn mir einmal ein Gedanke kommt, dann hat er nichts Spekulatives: Ich bedaure, daß ich nicht einen Pullover angezogen habe, der Schweiß würde dann schneller kommen – dieser Schweiß, den ich nun in Strömen vergießen muß als Strafe dafür, daß ich zuviel Zucker verzehrt habe.

Als er endlich auf meiner Stirn perlt, an meiner Nase entlangrinnt und auf die Lenkstange fällt, verlangsame ich das Tempo und verschnaufe. Der Second maître Roquelaure erscheint hinten im Gang, und obwohl er noch weit entfernt ist, sehe ich auf seinem Gesicht ein breites Grinsen, das seine langen Zähne entblößt. Ich habe bei ihm eine beginnende Mittelohrentzündung behandelt und habe ihn in der Sprechstunde immer als letzten drangenommen, weil ich wußte, daß bei ihm zwei Minuten Behandlung immer zwanzig Minuten Konversation nach sich zogen.

Er stammt aus Marseille, aber da seine Frau aus Brest ist, hat er seinen provençalischen Akzent verloren. Seinen provençalischen Charakter hat er aber bewahrt. Er ist ein brünetter, drahtiger Bursche, dünn wie ein Bindfaden. Er redet wie ein Maschinengewehr, dem die Munition nie ausgeht. Er ist sechsundzwanzig Jahre alt und hat einen elfjährigen Sohn, womit er einen Rekord an prokreativer Frühreife hält, für die ich ihn ehrerbietig beglückwünscht habe. Er hat diese Huldigung mit verständlichem Stolz entgegengenommen.

»Doktor«, sagt er, mein schweißtriefendes Gesicht mit Anerkennung betrachtend, »Sie sind ein fleißiger Mann, alle Achtung.«

»Vor allem bin ich ein Mann, der ein Kilo zugenommen hat.«

»Ich auch«, sagte er lachend.

»Ja, aber Sie haben genügend Spielraum. Ich nehme an, daß Sie nach mir das Gerät benutzen wollen?«

»Es pressiert mir nicht.«

»Ich werde sowieso gleich Schluß machen.« Ich trete noch, aber ohne mich anzustrengen, leicht und entspannt.

»Wenn mein Gedächtnis mich nicht täuscht, Roquelaure, sind Sie bei der Tauchsicherheit.«

»So ist es, Doktor.«

»Wie viele Mechaniker sind Sie bei der Tauchsicherheit, Roquelaure? Ich weiß, Sie haben es mir schon gesagt, es war eine große Zahl, aber ich erinnere mich nicht mehr.«

»Etwa dreißig.«

»Wirklich, so viele! Das ist allerdings erstaunlich. Und wie kommt es, daß ich nur Sie kenne?«

Roquelaure hätte auf diese idiotische Frage antworten können: »Weil nur ich eine Mittelohrentzündung gehabt habe.« Aber diese Antwort hätte nicht dem Stil eines Mannes aus dem Lande Tartarins entsprochen.

»Weil ich ein sehr bekannter Mann an Bord bin, Doktor. Jeder kennt meine große Schnauze. Ich rede und rede! Ich kann drei Stunden an einem Stück quasseln, ohne einmal zu verschnaufen!«

»Und Sie sind lieber Mechaniker bei der Tauchsicherheit als zum Beispiel beim Antrieb?«

»Das ist nicht zu vergleichen, Doktor!« sagt er in etwas herablasssend-überlegenem Ton.« Die Tauchsicherheit ist wohl das

Wichtigste, was es bei einem U-Boot gibt. Zum Tauchen ist es schließlich gemacht.«

»Und wie geht das Tauchen vor sich?«

»Nun«, sagt er, über soviel Unwissenheit den Kopf schüttelnd, »man öffnet die Entlüftungsklappen, die Tauchzellen, auch Ballasttanks genannt, füllen sich mit Wasser. Die *Comptabilité* des U-Boots wird negativ, und es taucht.«

Ich bin verblüfft. Ich glaube, er will sich aufspielen, um mir zu imponieren. »Die *Comptabilité* des U-Boots wird negativ«: Welch bizarre Ausdrucksweise, um zu sagen, daß das U-Boot durch das Fluten schwerer wird und sinkt! Ich frage mich, ob er das Wort *Comptabilité* – das für mich als Laien nur die Bedeutung Buchhaltung hat – nicht mit einem anderen verwechselt.

»Das scheint mir eine ziemlich komplizierte Sache zu sein.«

»Das kann man wohl sagen, Doktor, daß das eine komplizierte Sache ist! Wenn man die Entlüfungsventile öffnet, bewirkt man, daß das Schiff schwerer wird, klar? Das muß genau überwacht werden. Damit es nicht außer Kontrolle gerät. Damit nicht der Druck des Wassers irgendwelche Dinge, Verbindungen, Ventile, Klappen oder was weiß ich lockert oder löst. Die Dichtheit, das ist eine ständige Zwangsvorstellung an Bord!«

»Gut«, sage ich, »aber wenn der Tauchvorgang beendet ist und das Boot seine Fahrttiefe erreicht hat, was tun Sie dann?«

»Ach, Doktor«, sagte Roquelaure vorwurfsvoll, »Sie stellen mir dieselbe Frage wie meine Frau! Die hat auch die Idee, daß ich dann im Lehnstuhl sitze und Däumchen drehe. An Bord muß ständig gewartet, kontrolliert, geprüft werden. Und dann dürfen Sie nicht das Einsteuern vergessen, das Ausgleichen der Gewichtsänderungen.«

»Sie meinen, daß die Änderungen im Verhältnis des Gewichts des U-Bootes zur Schwere des Wassers den Schwebezustand gefährden? Das Gewicht des U-Bootes bleibt aber doch immer konstant.«

»Aber nicht die Schwere des Wassers!« ruft Roquelaure triumphierend. »Der Ozean ist nicht immer gleich, Doktor. Die

Temperatur ändert sich. Und mit der Temperatur die Wasserdichte. Und plötzlich sackt das Schiff durch die geringere Dichte mehrere Meter ab, oder die größere Dichte läßt es entsprechend steigen. Sehen Sie sich das Tote Meer an, Doktor, es hat eine enorme Wasserdichte.«

»Waren Sie schon am Toten Meer, Roquelaure?«

»Nein, Doktor, aber ich habe darüber gelesen. Ein Selbstmörder kann sich in ihm nicht einmal ertränken!«

Die Idee amüsiert ihn. Er lacht lauthals. Ich kann ihn mir wahrhaftig nicht in der Rolle des verzweifelten Selbstmordkandidaten vorstellen. Er hat einen Beruf, der ihm Freude macht, einen guten Sold, einen unkündbaren Arbeitsplatz, er bekommt Pension schon nach fünfzehn Dienstjahren. Seit seiner Beförderung zum Second maître trägt er nicht mehr die Matrosenmütze, sondern die Schirmmütze der Marineunteroffiziere. Er ist sechsundzwanzig Jahre alt, hat eine Frau und drei Kinder und ist bereits Eigentümer eines Hauses in der Umgebung von Brest. Ich beglückwünsche ihn dazu.

»Das Wichtigste im Leben ist«, sagt er stolz, »etwas zu haben, das einem selbst gehört. Drüben an Land habe ich mein Haus, und hier habe ich mein Schiff.«

»Immerhin gehört aber das Schiff nicht Ihnen allein!«

»Pardon! Pardon!« wehrt er sich lachend. »Es ist meine Zweitwohnung. Wenn ich sie auch mit einigen Kumpels teile.«

In diesem Augenblick kommt ein »Petit matelot«, ein »Kleinmatrose« – so nennt man die Dienstpflichtigen, ob sie nun klein oder groß sind – in den Raum und richtet mir aus: »Doktor, Sie möchten in die *Cuisse* kommen.«

»Sag mal, Moses«, weist ihn der Second maître zurecht, »wenn du mit einem Offizier sprichst, kannst du dann nicht, wie es sich gehört, *Cuisine* sagen? Und weißt du nicht, daß es ›Monsieur le Médecin‹ heißt und nicht ›Doktor‹?«

Der Matrose wird rot und schweigt. Er weiß, daß er damit am besten fährt. Und Roquelaure, der mich selbst Doktor nennt, genießt seine Autorität, die er mir auf diese Weise demonstriert hat.

Ich überlasse ihm das Fahrrad und folge dem »Moses« – wohl eine Anspielung darauf, daß man das Knäblein Moses in einem Schilfkörbchen auf dem Wasser treibend gefunden hat. Da unser Kleinmatrose noch nicht einmal sechzehn Jahre alt ist, bietet sich der Spitzname der Schiffsjungen natürlich für ihn an.

Im engeren Sinne zählen zur »Cuisse« – pseudoerotische Abkürzung von Cuisine – der Koch Tetatui und der Hilfskoch Jegou. Im weiteren Sinne werden auch der Bäcker (genannt der »Boula«) und der Commis aux vivres Marsillac dazu gerechnet. Alle vier sind wichtige Leute an Bord.

Ich stehe gewissermaßen in organischer Beziehung zur Cuisse: Da die Hygiene meine Domäne ist, muß ich immer ein wachsames Auge auf die Qualität der Lebensmittel und auf die Sauberkeit der Leute haben, die mit ihnen umgehen. Aber ich habe auch viel Mitgefühl für sie. Sie sind diejenigen, die an Bord wohl am härtesten arbeiten. Die beiden Köche von 6 Uhr 30 morgens bis 20 Uhr 30 abends. Es bleibt ihnen nicht viel Zeit zum Verschnaufen, wenn sie täglich zweihundertsechzig Mahlzeiten zubereiten. Und der Boula backt von 20 Uhr 30 abends bis 6 Uhr 30 morgens, ohne auch nur einmal zu verschnaufen: 1. – im Durchschnitt einhundertachtzig Baguettes, 2. – Kuchen und Gebäck, 3. – die Brioches, Croissants und Pains au chocolat fürs Frühstück und 4. – oft Pizzas und Quiches, die die Küche in Auftrag gibt.

Wenn Sie die einhundertdreißig Männer der Besatzung fragen, wie sie die Verpflegung an Bord finden, werden sie einstimmig antworten: »Sie ist ausgezeichnet.« Aber wenn sie auch en bloc voller Bewunderung sind, so ändert das nichts daran, daß sie als gute Franzosen en détail ständig etwas zu kritisieren haben.

Diese Kritiken verletzen die Cuisse in höchstem Grade; sie offenbart hier eine Empfindsamkeit, die derjenigen der Künstler nicht nachsteht.

Ich habe gesehen, wie Tetatui (den alle Welt an Bord den Tahitianer nennt, obwohl er von den polynesischen Gambier-Inseln stammt) vor Zorn bleich wurde – will sagen, daß seine Gesichtsfarbe sich von Dunkelbraun zu Hellbraun verfärbte –, weil ein Kleinmatrose ihn in aller Unschuld »Cuistot« (Küchenbulle) genannt hatte.

»Cuistot!« knurrte er durch die zusammengebissenen Zähne, »hat man so was schon erlebt! He! Hört euch diesen Grünschnabel an! Ist das eine Kaschemme hier! Setze ich dir einen Fraß vor?«

Den Ausdruck Cuisse hingegen findet er nicht beleidigend. Er und Jegou fühlten sich sehr geschmeichelt, als man ihnen berichtete, der Pascha habe im Carré geäußert: »Die Cuisse macht eine vorzügliche leichte Küche.«

Es ist eine oft beobachtete Tatsache, daß die Köche und der Bäcker eine liebenswürdige Schwäche mit den Hausfrauen teilen: Sie wollen, daß man sie liebt, daß man ihre Gerichte schätzt und daß man das auch mit Komplimenten zum Ausdruck bringt.

Ich versäume das nie. Statt eines banalen »Guten Tag« sage ich: »Köstlich, Tetatui, Ihre Fischplatte heute morgen!« Oder: »Boula, wenn ich bis zum Ende der Patrouille acht Kilo zunehme, dann sind daran Ihre Pains au chocolat schuld.«

Die Besatzung ist nicht so taktvoll. Sie findet immer etwas auszusetzen. Aber da Tetatui und der Boula »alte Männer« sind – der eine ist dreiunddreißig, der andere sechsunddreißig – und da sie zudem noch Premiers maîtres sind, halten sie sich an den Proviantmeister Marsillac, der nur Quartier-maître ist.

»Commis, sage dem Boula, daß seine Baguettes alles andere als knusprig sind, sie lassen sich biegen wie ein Gummischlauch«; oder: »Commis, sage dem Boula, daß der Boula von der blauen Besatzung [für jedes SNLE gibt es zwei Besatzungen, die sich ablösen] jeden Tag Kuchen backt.«

Der Proviantmeister Marsillac – der aus Narbonne stammt und noch immer einen leichten Languedoc-Akzent bewahrt hat – ist der sozusagen souveräne Herrscher über alles, was an Bord verzehrt wird. Er hat, präziser gesagt, die Verfügungsgewalt über die Kartons mit Nahrungsmitteln, die er vor dem Auslaufen nach einem minutiösen Plan hat stapeln lassen, und zwar unter Berücksichtigung der Tatsache, daß nach Ablauf von vierzehn Tagen der gleiche Menüzyklus wieder von vorn beginnt. In der

Wirklichkeit laufen die Dinge nicht nach so starren Regeln ab. Der Commis verfügt über eine gewisse Menge Nahrungsmittel, die er nach Belieben zurückhält oder freigibt, immer aber mit größter Umsicht, damit er nicht am Ende der Patrouille ohne Reserven dasteht.

Es ist daher verständlich, daß diese Enscheidungsgewalt ihm gelegentlich den Vorwurf einbringt, er lasse die Besatzung darben, vor allem von denen, die bei der Rückkehr nach Brest Vorwürfe von ihren Frauen zu hören bekommen werden, weil sie zehn Kilo zugenommen haben!

»Ich bin in jedem Fall der Sündenbock«, sagt Marsillac zu mir. »Die Vorschrift sieht eine Büchse Cassoulet für vier Personen vor, aber Sie sollten mal das Geschrei hören, wenn ich mich wirklich daran halte! Gerade, daß man mir nicht die Teller an den Kopf wirft. Essen, essen, essen, an was anderes denken sie nicht! Nun ja, es ist wahr, das ist ihr einziges Vergnügen hier.«

»Nun, und wie lösen Sie das Problem mit den Cassoulet-Büchsen?«

»Was soll ich schon machen! Ich nehme eine Büchse für drei Personen! Ich bin es leid, mich als Knauserer beschimpfen zu lassen.«

Als ich in der Küche ankomme, finde ich die ganze Cuisse versammelt – den »Tahitianer« Tetatui, den Bretonen Jegou (schweigsam wie Morvan) und den im Languedoc beheimateten Marsillac. Sogar der Boula ist da. Normalerweise müßte er jetzt schlafen, da er nachts arbeitet. Sie alle betrachten mit ernstem Gesicht vier Lachse.

»Wir haben ein Problem«, wendet sich Marsillac an mich. »Ich habe diese vier Lachse aus dem Gefrierschrank genommen, und ihr Aussehen gefällt mir nicht besonders. Was halten Sie davon?«

Ich werfe einen Blick auf die Fische. Vom Gewicht her sind sie beeindruckend: vier oder fünf Kilo jeder. Und ich kann, weiß der Teufel, nicht erkennen, warum ihr Aussehen dem Commis nicht gefällt.

»Was halten die Köche davon?« frage ich.

»Nun«, sagt Tetatui, »man müßte sehen, wie sie innen aussehen.«

»Dann schneiden Sie sie auf.«

Tetatui und Jegou machen sich an die Arbeit, und während sie die Biester zerlegen, schaue ich auf die Hände, die die Messer halten. Sie sind sauber. Die Fingernägel sind kurz geschnitten, und ich sehe keine Schnittwunden, die sich entzünden und damit eine Gefahr nicht nur für sie selbst, sondern auch für die Besatzung werden könnten. Jeden Morgen, wenn ich sie mit einem kleinen Kompliment begrüße, prüfe ich mit einem verstohlenen Blick ihre Finger. Ich hoffe, daß ich sie niemals schmutzig sehen werde. Es würde mich sehr in Verlegenheit bringen, wenn ich gegenüber einem von ihnen eine mahnende Bemerkung machen müßte. Es ließe sich jedoch nicht vermeiden.

»Aha, da haben wir's, hier, sehen Sie«, sagt Tetatui.

Ich schaue, aber das macht mich nicht klüger. Ich habe keine Ahnung, wie das Fleisch des Lachses normalerweise aussieht, wenn es nicht gekocht ist. Und da es überdies, weil es aus dem Gefrierschrank kommt, geruchlos ist, setze ich auf gut Glück eine etwas besorgte Miene auf und sage: »Was halten Sie davon, Tetatui?«

»Nicht berauschend.«

»Jegou?«

Jegou sagt nichts, verzieht aber das Gesicht.

Mir wäre lieber, wenn sie sich etwas deutlicher ausdrückten, damit ich wenigstens etwas in der Hand hätte, woran ich meine Entscheidung aufhängen könnte. Schweigen. Wir betrachten alle fünf die vor uns liegenden zerlegten Lachse mit stummer Mißbilligung.

»Dieser hier«, sagt der Boula, auf den größten der vier Lachse zeigend, »ist wirklich ein schönes Stück.«

»Es ist ein schönes Stück«, bestätigt Tetatui.

»Es ist weniger schlimm, als ich dachte«, sagt Marsillac, mit dem Zeigefinger über seinen Bürstenschnurrbart streichend. »Es wäre schade, sie in den Abfall zu werfen. Vielleicht sind sie doch noch genießbar.«

Ausgerechnet er, der Initiator dieses Prozesses, der sich selbst als Vertreter der Anklage aufgespielt hat, er übernimmt nun die Rolle des Verteidigers. In Wirklichkeit ist es natürlich so, daß der Verlust der Lachse sein Gewissen bedrückt. Bei ihm trägt jetzt der sparsame Verwalter den Sieg über den verantwortungsbewußen Hygieniker davon. Er wiederholt: »Vielleicht sind sie doch noch genießbar.«
»An der Grenze«, sagt Tetatui.
Jegou sagt nichts, und der Boula hat sowieso nicht mitzureden. Erneutes Schweigen. Sie schweigen alle vier, die Augen auf die Lachse fixiert. Sie blicken mich nicht an, aber sie erwarten meine Entscheidung. Sie ist gefallen. Im Zweifelsfall ist – im Gegensatz zu den Prinzipen des Schwurgerichts – nicht zugunsten des Angeklagten zu entscheiden. Ich habe eine schreckliche Vision: Eine Gastroenteritis-Welle überschwemmt das Schiff, ergreift zwei Drittel der Mannschaft und der Offiziere, desorganisiert den Wachdienst, läßt die Moral auf einen Tiefpunkt fallen.
»Es hilft alles nichts«, sage ich, »wir können kein Risiko eingehen. Die Lachse kommen auf den Abfall. Ich werde dem stellvertretenden Kommandanten Bericht erstatten.«
Ein Wort über die Abfallwirtschaft an Bord. Man preßt den Inhalt der Abfallbehälter zusammen und verpackt die kompakte Masse in Container, bevor man sie auf den Meeresgrund befördert. Es ist nicht genügend Platz vorhanden, um sie an Bord zu lagern. Man fabriziert die Container aus Blechen, die man in eine runde Form biegt und vernietet. Dann werden die Container mittels einer Schleuse ins Meer gebracht.
Ebenso verfährt man mit den Exkrementen. Der »Kackekasten« (welch schöne Alliteration) wird täglich bei Anbruch der Nacht auf gleiche Weise ins Meer befördert.
Ich habe diese Details vom Quartier-maître Pinarel, einem kleinen, lustigen blonden Burschen, den ich bei der Rückkehr aus der Küche in meinem Krankenrevier antreffe. Er kommt heute zum drittenmal zur Behandlung einer eitrigen Fingerentzündung, deren Heilzungsprozeß Fortschritte macht.

»Jungchen«, sagt Le Guillou, »du läßt dich verwöhnen wie ein Hätschelkind.«
»Was sein muß, muß sein«, erwidert Pinarel. »Wenn die Gangrän sich in meinem Finger breitmacht, schneidet man mir noch die ganze Hand ab.«
»Höchstens den Daumen«, sagt Guillou mit vor Mitgefühl triefender Stimme.
»Und dann?« regt sich Pinarel auf. »Ohne Daumen, ich denke nicht, daß das meiner Verlobten gefallen würde, wo wir doch bei Marée-Ende heiraten wollen.«
Die Offiziere sagen »Patrouille«, aber die Mannschaften sprechen von der *Marée*, der Tide. Natürlich ist es sprachlich unkorrekt, das Wort auf ein Schiff anzuwenden, das weder mit Ebbe und Flut noch mit der Meeresfauna in Berührung kommt. Aber ich finde es schön, daß die Matrosen auch das U-Boot in eine jahrhundertealte Tradition einbeziehen, die mit dem Wort *Marée* sowohl die Vorstellung vom Steigen der Flut verbinden, die das im Hafen liegende Schiff wieder flottmacht, als auch (anders als das deutsche Wort Tide) von der Dauer einer Fischfangexpedition, und das im weiteren Sinn auch auf das Fangergebnis angewendet wird. Bei Marée-Anfang, bei Marée-Mitte, bei Marée-Ende, das sind Ausdrücke, die ich täglich aus dem Mund der Matrosen höre.
Le Guillou lächelt, und seine breiten Backenknochen heben sich bis zu den Schläfen: »Solange es nur der Daumen ist.«
Ich werfe ihm einen Blick zu, und er hört mit der Frotzelei auf.
»Herzlichen Glückwunsch, Pinarel«, sage ich, während ich seine Finger verbinde. »Kann man das Foto der Braut sehen?«
Er strahlt übers ganze Gesicht. Er trägt das Foto über seinem Herzen, in einem Plastikumschlag, gleich hinter dem Dosimeter. Er reicht es mir.
»Sie sieht sehr gut aus«, sage ich.
»Sie ist super«, lautet das Urteil von Le Guillou.
»Es ist nämlich so«, sagt Pinarel mit ernster Miene, als er das Foto wieder an sich nimmt, »ich werde bald zweiundzwanzig Jahre alt sein. Es ist Zeit, daß ich heirate.«

»Wenn du meinst«, sagt Le Guillou, »obwohl, zweiundzwanzig Jahre, das ist eigentlich noch sehr jung.«

»Entschuldige«, erwidert Pinarel heftig. »Ich bin zweiundzwanzig, aber bedenke, ich bin ein langgedienter, erfahrener Seemann: Ich habe die *Foch* gemacht, ich habe zweieinhalb Jahre bei den klassischen U-Booten gemacht, und das ist jetzt meine zweite Marée auf einem SNLE.«

»Hat es Ihnen auf der *Foch* gefallen, Pinarel?«

»Also da, überhaupt nicht! Ein großes Überwasserschiff wie die *Foch*, das ist eine Fabrik mit zweitausend Leuten. Der Kommandant ist der liebe Gott. Man weiß, daß es ihn gibt, aber man sieht ihn nie. Ein U-Boot, Doktor, ist das genaue Gegenteil. Jeder kennt jeden, und dem Kommandanten begegnen Sie jeden Tag in irgendeinem Gang. Er ist gekleidet wie Sie und ich. Nicht die Spur von Rangabzeichen. Und er sagt guten Tag zu einem. Vor ein paar Tagen, du wirst es nicht glauben, Le Guillou, hat er zu mir gesagt: ›Pinarel, vergessen Sie nicht, Sie spielen eine wichtige Rolle an Bord!‹«

»Jeder einzelne spielt eine wichtige Rolle an Bord«, sagt Le Guillou abschätzig. »Ein Schiff ist ein Ganzes. Alle wirken zusammen.«

»Das hat nichts damit zu tun«, erwidert Pinarel gekränkt.

Er wendet sich an mich, vielleicht hofft er, bei mir mehr Verständnis zu finden. »Ich bin für die Kühlschränke und für die Toiletten verantwortlich, Doktor. Was meinen Sie, passiert wohl, wenn die Kühlschränke defekt werden und ich das nicht bemerke: Das ganze Fleisch muß in den Abfall geworfen werden. Und was wird es dann zu essen geben? Oder eine andere Annahme: Die Toiletten sind verstopft, oder man kann den Kackekasten nicht loswerden...«

»Du brauchst es uns nicht weiter auszumalen«, fällt ihm Le Guillou ins Wort. »Wir haben schon verstanden.«

»Pinarel, Sie haben doch gesagt, daß Sie zweieinhalb Jahre bei den klassischen U-Booten waren, nicht wahr?«

»Ja, Doktor.«

»Und hat es Ihnen da gefallen?«

»Oh, là, là!« sagt Pinarel, »und ob es mir da gefallen hat! Viel besser als auf dem SNLE! Trotz der warmen Liege und allem!«

Von einer warmen Liege spricht man, wenn es zwei Liegen für drei Männer gibt. Wenn der eine aufsteht, um seine Wache zu machen, nimmt der andere seinen Platz zum Schlafen ein.

»Das ist nicht gerade bequem.«

»Sicher, es ist besser, wenn man seinen eigenen Platz hat, wie hier«, antwortet Pinarel. »Aber auf einem klassischen U-Boot, da ist eine ganz andere Atmosphäre. Es ist viel kleiner als ein SNLE. Da ist man noch eine richtige Familie...«

Gegen 6 Uhr begebe ich mich zum Carré, um mir ein Buch aus der Bibliothek zu entleihen. In einem Sessel des Salons sehe ich den Enseigne de vaisseau de 1re classe Becker sitzen. Er ist ein großer, stattlicher Mann von ein Meter neunzig, brünett, Bartträger, kräftiger Körperbau, große Füße, große Hände, die ernst und ziemlich kühl blickenden Augen hinter einer großen Hornbrille verborgen.

Er hält in seiner breiten Pranke eine Nadel und stickt eine Teeserviette, anscheinend eine Kreuzsticharbeit.

»Lieutenant«, sage ich (der Enseigne de vaisseau wird mit Lieutenant angeredet), mich zu ihm setzend, »ich wußte gar nicht, daß Sie solche Talente haben.«

»Oh, Doktor«, antwortet er mit leiser, ernster Stimme, »das kann man kaum ein Talent nennen. Der Kreuzstich ist eine ganz einfache Sache.«

»Das wird eine Teeserviette?«

»Ja.«

»Wie viele werden Sie davon machen?«

»Sechs und eine kleine Decke.«

»Und das schaffen Sie bis zum Ende der Patrouille?«

»Das will ich doch hoffen! Es soll eine Überraschung für meine Gattin werden.«

Ich schaue ihn prüfend an. Mit seinen breiten Schultern, dem athletisch gebauten Körper, der hohen Stirn, den schwarzen

Augen, dem dichten schwarzen, sorgfältig gestutzten Bart, dem kurzgeschnittenen und glatt zurückgekämmten Haar hat Becker fast die Schönheit klassischer Marmorstatuen. Das Kühle und Abweisende ist aber nur äußerlich. Er ist ein warmherziger, liebenswerter Mensch. Ich finde es rührend, wie dieser Riese in seinen Mußestunden eine Teegarnitur für seine Frau stickt. Er sagt nicht »meine Frau«, sondern »meine Gattin«. Er dürfte kein Mann sein, der die eheliche Bindung leichtnimmt. Er nimmt vermutlich überhaupt nichts leicht.

Ich schaue zu, wie seine Hand die Nadel betätigt. Sie scheint mir weder ungeschickt noch besonders flink zu sein. Nach meiner Erinnerung machte meine Großmutter das besser. Möglicherweise war aber der Eindruck der wirbelnden Geschwindigkeit, den ich bei ihr hatte, der Kleinheit oder Zartheit ihrer Finger zu verdanken.

»Macht Ihnen diese Arbeit eigentlich Spaß, Lieutenant?«

»Sie ist entspannend. Leider muß ich feststellen, daß das Neonlicht meine Augen ermüdet.«

Kurz, nichts ist vollkommen, und die Entspannung selbst ist ermüdend. Es reizt mich, es ihm zu sagen, aber ich fürchte, daß er für eine solche Frotzelei kein Verständnis aufbringen wird. Sein Gesichtsausdruck ist so ernsthaft, daß ich mich frage, ob Humor überhaupt zu ihm durchdringen kann.

Ich fahre fort: »Sie stammen aus unseren Ostprovinzen, nicht wahr?«

Sie werden gemerkt haben, daß ich, durch Erfahrung gereift, ihn nicht gefragt habe, ob er Elsässer, Lothringer oder Vogesenbewohner ist.

»Ja«, antwortet er, »ich bin Elsässer.«

»Und hat es unter Ihren Vorfahren Soldaten gegeben?«

»Nein, keinen. Abgesehen«, sagt er mit einem Anflug von Lächeln, »von meinem Großvater, der 1940 zwangsweise zur deutschen Wehrmacht eingezogen worden ist.«

»Und was hat Sie als Landratte dazu bewogen, zur Marine zu gehen?«

»Ich könnte es nicht sagen. Als ich mich mit achtzehn Jahren, gleich nach dem Abitur, freiwillig meldete, hatte ich noch nie das Meer gesehen.«

»Vielleicht hatten Sie einfach Lust, es kennenzulernen.«

»Vielleicht«, sagt Becker, der es offenbar für unnütz hält, seine Motive zu analysieren.

»Sie haben also nicht die Marineoffiziersschule besucht?«

»Nein. Nach drei Jahren Dienst in der Marine habe ich die Ausbildung zum Reserveoffizier absolviert, und die Marine hat mit mir einen Fünfjahresvertrag abgeschlossen. Ich bin Reserveoffizier im aktiven Dienst. Wenn mein Vertrag abläuft, kann es durchaus sein, daß die Marine ihn nicht wieder erneuert.«

Er spricht mit leiser, ernster Stimme, die Augen auf seine Stickerei gesenkt, die Hände tätig, ohne eine Spur von Emotion. Ich muß mich korrigieren: ohne eine sichtbare Spur von Emotion. Wem könnte es schon gefallen, mit dreißig Jahren plötzlich arbeitslos dazustehen, nachdem man zehn oder zwölf Jahre lang einen interessanten und befriedigenden Beruf ausgeübt hat?

»Besteht denn keine Möglichkeit, da diese Situation doch sehr unbefriedigend ist, daß Sie sich in den unbefristeten aktiven Dienst übernehmen lassen?«

»Doch, möglich ist das schon. Aber die Aktivierungsrate ist sehr begrenzt. Man muß verstehen, daß wir für die Marine eine sehr nützliche fliegende Reserve sind, jederzeit da einsetzbar, wo ein plötzlicher Mangel auftritt. Die Marine behandelt uns nicht unkorrekt. Wir wissen, wenn wir den Vertrag unterschreiben, daß wir nach seinem Ablauf abgemustert werden können.«

Keine Beschwerde, kein Vorwurf. Alles hat seine Richtigkeit. Becker ist Realist. Und er ist korrekt, zugeknöpft, wenig gesprächig. Kurz, das genaue Gegenteil von Roquelaure. Ich finde ihn sehr sympathisch. Aber ich mag Roquelaure auch. Es würde langweilig sein, wenn alle Menschen gleich wären.

Ich gehe zu einem anderen Thema über. »Einer der Männer von der Tauchsicherheit hat mir heute nachmittag etwas gesagt, was mich sehr erstaunt hat. Um mir zu erklären, daß das Boot absinkt, wenn die Tauchzellen mit Wasser gefüllt sind, hat er sich so ausgedrückt: ›Die *Comptabilité* des U-Boots wird negativ, und es taucht.‹«

»Er hat sicher sagen wollen, die *Flottabilité*«, sagt Becker, der den Kopf hebt, aber ohne zu lächeln.

Nun, Schwimmfähigkeit hat wirklich nichts mit Buchhaltung zu tun. Ich lache.

»Man muß wissen«, sagt Becker, der seine Stickerei unterbricht, »daß das U-Boot einen Doppelrumpf hat, der aus einem dicken, dem inneren, und einem dünnen, dem äußeren Rumpf besteht. In dem Raum zwischen diesen beiden Rümpfen befinden sich Behälter, die man Ballasttanks oder Tauchzellen nennt.«

»Also«, sage ich (Le Guillous sprachliche Eigenart färbt ab), »ein Ballasttank, was ist das genau? Und welche Form hat er?«

»Das ist ein zylinderförmiger Behälter zwischen dem inneren und dem äußeren Rumpf. Es gibt acht davon.«

»Und wie kommt es, daß man diese acht Behälter nicht sieht, wenn das U-Boot im Trockendock liegt?«

Meine Frage muß wohl ziemlich töricht sein, denn Becker braucht einige Zeit, bis er sie versteht.

»Aber«, erklärt er schließlich, »der dünne äußere Rumpf umschließt das ganze Schiff rundum wie eine Haut. Das U-Boot muß eine glatte, stromlinienförmige Oberfläche haben, um eine gute Geschwindigkeit zu erreichen.«

»Und wie gelangt das Wasser in den Ballasttank?«

»Durch eine vergitterte Öffnung neben dem Kiel, die ständig geöffnet ist.«

»Keine sehr angenehme Vorstellung, dieses ›ständig geöffnet‹«, sage ich etwas beunruhigt.

Ich frage Sie, meine Leser: Würde Ihnen der Gedanke gefallen, in einem Schiff durch die Ozeane zu fahren, bei dem ständig neben dem Kiel acht offene Löcher im Rumpf klaffen?

»Aber was ist denn«, frage ich weiter, »wenn das U-Boot aufgetaucht ist und über Wasser fährt? Was hindert dann das Wasser, in die Ballasttanks zu steigen?«

»Die Luft, die sich in ihnen befindet.«

Klar, wenn man eine leere Flasche mit dem Hals nach unten senkrecht in eine mit Wasser gefüllte Wanne taucht, dringt kein Wasser ein.

»Und wie bekommt man die Luft heraus, wenn man die Ballasttanks füllen will, um zu tauchen?«

»Ich komme gleich darauf. Tatsächlich besteht ein solcher Ballasttank aus zwei voneinander unabhängigen Halbtanks, der eine backbords, der andere steuerbords gleich neben dem Kiel. Jeder hat unten, also in Kielrichtung, eine vergitterte Öffnung und oben ein Entlüftungsventil, durch das die Luft ausströmen kann.«

»Aha, jetzt geht mir ein Licht auf. Kristallklar: Man öffnet das Ventil, die Luft zischt heraus, als ob man eine Flasche Sprudel aufmacht. Das Wasser kann in die Ballasttanks steigen, das U-Boot wird schwerer und sinkt.«

»Und man schließt die Ventile«, sagt Becker, zum erstenmal lächelnd. »Vergessen Sie nicht, die Ventile zu schließen.«

Er sollte öfter lächeln. Man würde sein freundliches Wesen besser wahrnehmen.

»Warum?«

»Wenn man sie nicht schließen würde, könnte man nicht anblasen, das heißt, Druckluft in die Tauchzellen pressen, um das Wasser durch die Gitteröffnungen unten hinauszudrängen, so daß das U-Boot leichter wird und Auftrieb bekommt.«

»Braucht man lange zum Tauchen?«

»Das ist ähnlich wie beim Start eines Airbus. Man muß eine genau festgelegte Folge von Schritten oder Stufen durchlaufen, und es darf keine einzige Stufe übersprungen werden.«

»Zum Beispiel?«

»Wenn ein U-Boot aufgetaucht ist, sagt man, es befindet sich im Navigationszustand. Um zu tauchen, muß man es zuerst aus dem Navigationszustand in den Bereitschaftszustand versetzen. Das bedeutet, man trifft auf dem Schiff alle Vorbereitungen zum Tauchen. Man schließt die Lukendeckel. Man stellt von Belüftung mit natürlicher Luft auf künstliche Belüftung in einem geschlossenen Luftkreislauf um. Man kontrolliert die Entlüf-

tungsventile, die Reglerzellen, die Trimmzellen. Und wenn alles in Ordnung ist, dann gibt man Tauchalarm.«
»Die Reglerzellen? Die Trimmzellen?«
»Ich werde Ihnen später erklären, was das ist. Für den Augenblick bleiben wir beim Alarm.«
Ich hätte darauf gefaßt sein müssen. Der Enseigne de Vaisseau Becker ist sehr methodisch. Und geduldig. Man braucht Geduld zum Sticken. Und man braucht noch mehr Geduld, um einen Elefanten zu instruieren.
»Gut«, sage ich, »man geht also vom Bereitschaftszustand zum Alarm über. Was geschieht dann?«
»Man taucht in zwei Etappen. Erste Etappe: Man öffnet die Entlüftungsventile, aber nicht gleich alle. Man läßt die der beiden mittleren Ballasttanks geschlossen.«
»Warum?«
»Sie werden es gleich verstehen: Das U-Boot sinkt, aber nur leicht. An seiner Instrumententafel kontrolliert der diensthabende Unteroffizier in der Kommandozentrale noch einmal, ob alle Rumpföffnungen sicher verschlossen sind. Wenn er Vollzug meldet, gibt der Wachoffizier den Befehl, auf einundzwanzig Meter zu Tauchen. Man öffnet die Entlüftungsventile der beiden mittleren Ballasttanks (die sich in Wirklichkeit nicht in der Mitte des Schiffs befinden, sondern zu beiden Seiten der Sektion Raketen), und jetzt taucht das U-Boot.«
»Und damit ist der Tauchvorgang beendet?«
»Damit beginnt er. Jetzt muß das Boot eingesteuert werden. Aber Achtung! Es gibt eine doppelte Einsteuerung. Man steuert das Gewicht des Bootes ein. Und man steuert seine Lastigkeit ein.«
Ich wiederhole: »Man steuert das Gewicht des Bootes ein. Und man steuert seine Lastigkeit ein.«
Sie werden selbst schon bemerkt haben, daß man, wenn einem etwas erklärt wird, immer einen leicht idiotischen Eindruck macht, weil man dazu neigt, die Worte des Erklärenden zu wiederholen. Sowohl um sie dem Gedächtnis einzuprägen, als um zu zeigen, daß man ihren Sinn verstanden hat.

»Sehen wir uns zuerst die Gewichtseinsteuerung an«, fährt Becker fort. »Wie Sie wissen, hat jedes Schiff einen bestimmten Tiefgang, es schwimmt, wenn sein Eigengewicht gleich dem Gewicht des verdrängten Wassers ist. Wenn Sie nun in das U-Boot 32 Tonnen Nahrungsmittel, plus Material, plus 130 Menschen, plus das Gepäck dieser 130 Menschen bringen, wird es schwerer, und damit es im Schwebezustand bleibt, muß es genau eingesteuert werden. Das macht man mit Hilfe von Reglerzellen.«

»Aha! Damit haben wir den ersten der beiden Begriffe.«

»Beachten Sie«, sagt Becker mit unfreiwilligem Humor, »wir an Bord nennen sie meist Regler, aber ich ziehe ›Reglerzellen‹ vor, weil dieser Terminus zum besseren Verständnis beiträgt.«

Er hat recht. Er trägt zu meinem besseren Verständnis bei. »Reglerzellen« ist konkreter. Ich frage weiter: »Und was sind Reglerzellen?«

»Behälter, wie die Tauchzellen, aber sie befinden sich innen, und zwar unten an der dicken Rumpfwand. Sie können durch Fluten oder Lenzen mit mehr oder weniger Wasser gefüllt werden. Es gibt vier von ihnen, zwei vorn und zwei achtern – und man lenzt oder flutet, um es im Schwebezustand zu halten. Diese Einsteuerung ist, wohlverstanden, niemals endgültig. Es muß immer wieder nachgesteuert werden, da sich die Wasserdichte ständig mit der Wassertemperatur ändert.«

Das hatte Roquelaure mir bereits gesagt. Er hatte sich zur Demonstration sogar auf das Tote Meer berufen.

»Was die Lastigkeit des Schiffes betrifft, so wird sie durch zwei Trimmzellen reguliert, die sich ebenfalls innerhalb des Innenrumpfes befinden, eine ganz vorn, eine ganz achtern. Zwischen den beiden Trimmzellen wird das Wasser je nach Lastigkeit hin und her gepumpt. Wenn das Schiff achtern zu schwer ist, wird Wasser nach vorn gepumpt. Ist es vorn zu schwer, wird Wasser nach achtern gepumpt.«

»Ist das nicht eine recht heikle Sache?«

»O ja, ziemlich. Solange das U-Boot mit einer gewissen Geschwindigkeit taucht, ist es schwer zu erkennen, ob ein Einsteuerungsfehler vorliegt, weil die Tauchruder ihn kompensieren. Aber wenn die Geschwindigkeit gedrosselt wird, läßt ihre Einwirkung nach, und man kann die Feinsteuerung durch die Reglerzellen durchführen. Ein gut eingesteuertes Schiff ist durch eine perfekte vertikale und longitudinale Stabilität gekennzeichnet. Es ist ein unbewegliches Schiff in gleichbleibender Wassertiefe.«

»Sie meinen, ein Schiff, dessen Tauchtiefe sich nicht ändert und das weder kopf- noch schwanzlastig ist?«

»Ja, eben unbeweglich. Das ist natürlich eine Redensart, die nicht wörtlich zu nehmen ist, denn das U-Boot bewegt sich ja vorwärts.«

Ich weiß nicht, ob das eine Redensart ist, aber sie stellt mir ein prachtvolles Bild vor Augen, das unwiderstehlich zu der Zwangsvorstellung führt, die mich verfolgt, seit ich an Bord bin. Zu sehen – und wäre es nur mit den leuchtenden Augen eines Fisches der großen Meerestiefen –, wie unser großes schwarzes Schiff »unbeweglich in gleichbleibender Wassertiefe« liegt.

Becker hat seine Ausführungen beendet und wendet sich wie selbstverständlich wieder seiner Stickerei zu.

»Danke, Lieutenant«, sage ich, »Sie haben mich großartig aufgeklärt.«

»Über was?« erkundigt sich der stellvertretende Kommandant Picard, der mit raschen Schritten in das Carré eintritt.

»Über das Tauchen des U-Boots. Lieutenant Becker war sehr geduldig mit mir, dem unwissenden Elefanten. Ich habe ihm eine Menge Fragen gestellt.«

»Ein neugieriger Elefant ist schon kein Elefant mehr«, belehrt mich Picard. »Was einen Elefanten gemeinhin charakterisiert, ist eine trostlose Uninteressiertheit.«

Picard und ich lachen. Mit einer gewissen Verzögerung lächelt Becker.

»Ich wollte Ihnen melden, Commandant, daß ich heute morgen vier Lachse habe ausmustern müssen.«

»Ich weiß. Sie haben richtig gehandelt. Ich habe es wenige Minuten nach Ihrer Entscheidung erfahren. An Bord eines

SNLE funktioniert der Buschtelegraf mit verblüffender Geschwindigkeit. Toubib«, sagt er mit einem Blick auf seine Armbanduhr, »Sie vergessen nicht, daß heute Samstag ist?«
»Nein. Wieso?«
»Weil man am Samstagabend und am Sonntag die Uniform anzieht. Marineblaue Hose und kurzärmeliges weißes Hemd mit Schulterstücken.«
»Ja, richtig!« sage ich. »Ich hatte es total vergessen.«
Nach einem nochmaligen »Danke« an Becker begebe ich mich eiligst in meine Kajüte, wasche mir die Hände, kämme mich und werfe mich in Schale, nicht unzufrieden damit, daß die Bordsitte es mir zur Pflicht macht. Nach nochmaligem Überlegen ziehe ich das Hemd wieder aus, das ich gerade angezogen habe, und rasiere mich.
Die Besatzung eines SNLE unterteilt sich in ständige Bartträger (Alquier und Becker), in Gelegenheits-Bartträger, die sich nur bei der Patrouille einen Bart wachsen lassen, und in Bartgegner. Die Sitte, sich während der Patrouille einen Bart wachsen zu lassen, hat eine U-Boot-Tradition, die auf die deutsche Marine im Ersten Weltkrieg zurückgeht. Sicher war in den damaligen kleinen U-Booten das Wasser knapp und die Hygiene schwierig. Aber ich kann mir auch vorstellen, daß an Bord eines SNLE der wilde Haarwuchs von der Härte, der Gefährlichkeit und der hoffnungslosen Einsamkeit der unterseeischen Existenz zeugen soll, bei der es kein Auftauchen, keinen Zwischenaufenthalt, keinen weiblichen Trost gibt. Die Bartgegner – zu denen auch ich gehöre – ziehen entweder das bartlose Erscheinungsbild der britischen Seeleute vor, oder sie eifern dem Beispiel Stendhals nach, der sich während des Rückzugs aus Rußland jeden Tag rasierte (eine spezielle Art heroischer Tradition), oder sie glauben ganz einfach, daß ihr Bart zu dürftig und zu schütter ist, um ihn zur Schau zu stellen.
Während ich beim eintönigen Kratzen des Rasierers auf meiner Haut vor mich hindöse, fühle ich mich eigentlich recht zufrieden mit der Instruktionsstunde bei Becker, und mehr als zufrieden, daß ich dem Rat des Paschas gefolgt bin, mich für alles

auf dem Schiff zu interessieren. Seit ich mein Medizinstudium beendet habe, habe ich mich, das wird mir plötzlich bewußt, für wenig anderes als für mein Spezialgebiet interessiert. Weil die Gelegenheit fehlte. Vielleicht auch, weil das Verlangen danach fehlte. Es ist bedauerlich, feststellen zu müssen, daß man mit dreißig Jahren dazu neigt, sich in seinen Beruf abzukapseln und mit geschlossenen Augen in einer unbekannten Welt zu leben, ohne sich zu bemühen, sie näher kennenzulernen, ohne jemals etwas in Frage zu stellen, weder bei sich selbst noch außerhalb der eigenen Person.

Ich habe gerade die Operation Sauberkeit beendet, als Becker in der Tür erscheint. »Entschuldigen Sie, Doktor«, sagt er mit etwas zögernder Stimme. »Ich möchte Sie um einen kleinen Dienst bitten.«

Er sagt »Doktor«. Er sagt noch nicht »Toubib«. Es fällt ihm offenbar nicht leicht, aus seiner ihm angeborenen Reserviertheit herauszutreten.

»Was kann ich für Sie tun, Lieutenant?« frage ich lebhaft.

Schweigen. Endlich entschließt er sich zu reden: »Könnten Sie mir am Sonntag morgen um 10 Uhr das Krankenrevier zur Verfügung stellen?«

»Zu welchem Zweck?«

»Für eine Gebetsversammlung.«

»Aber«, sage ich, »man hat mir erzählt, daß am Sonntag die Rundfunkübertragung einer Messe von jedem Besatzungsmitglied in seinem Quartier mit dem Kopfhörer empfangen werden kann.«

»Das ist richtig«, sagt Becker ernst. »Aber der Militärpfarrer der Basis* in Brest ist der Ansicht, daß das keineswegs genügt. Er hat mich beauftragt, sonntags eine Gebetsversammlung abzuhalten. Ich habe das bei der letzten Patrouille gemacht.«

»Und haben viele Leute daran teilgenommen?«

»Acht Personen. Sieben Offiziere und ein Bootsmann.«

---

* Die BOFOST: Die Base Opérationnelle des Forces Océaniques Stratégiques (die Operationsbasis der strategischen Seestreitkräfte)

»Das ist ziemlich wenig.«

»Ach, wissen Sie«, erwidert er, »in diesen Dingen muß man die Meinungen Andersdenkender respektieren. Und viele Männer sind auch der Ansicht, daß die im Rundfunk übertragene Messe zu hören genügt.«

»Wenn ich richtig verstehe«, vergewissere ich mich, »sind Sie also vom Militärpfarrer der Basis offiziell beauftragt, diese Gebetsversammlung abzuhalten?«

»So ist es.«

»Und bei der letzten Patrouille fand sie im Krankenrevier statt?«

Er bejaht durch ein Kopfnicken, und ich fahre fort: »Mit dem Einverständnis des Paschas?«

»Mit dem Einverständnis des Paschas.«

»Nun, dann haben Sie mein Einverständnis bei dieser Patrouille ebenfalls.«

»Verzeihen Sie«, sagt er zögernd, »aber der Pascha hat gemeint, daß Ihre ausdrückliche Zustimmung unerläßlich sei und daß Sie durchaus das Recht hätten, sie zu verweigern.«

»Es ist sehr korrekt von Ihnen, mir diese Meinung des Paschas zur Kenntnis zu bringen. Aber ich sehe keinen Grund, nein zu sagen. Ich nehme doch an«, schränke ich scherzhaft ein, »daß Sie mir bei einem Notfall das Revier überlassen werden?«

»Selbstverständlich«, antwortet Becker ohne jede Spur von Lächeln.

»Also gut, dann ist alles klar.«

Schweigen. Dann zögernd: »Würden Sie sich uns anschließen?«

»Zur Gebetsversammlung? Nein.«

»Sie sind vermutlich auch der Ansicht, daß es genügt, die Messe im Rundfunk zu hören?«

»Ich höre überhaupt nicht die Messe.«

»Ach so!« Er schaut mich an. Die Augen hinter der großen Brille blicken ernst. Es war falsch von mir, ihm so zu antworten. Gewissenhaft wie er ist, wird er sich Sorgen um mein Seelenheil machen.

»Ja also, vielen Dank, Doktor«, sagt er etwas verlegen. »Auf bald!«

Als ich das Carré erreiche, finde ich es voll besetzt, und ich habe den Eindruck, daß alle Anwesenden froh darüber sind, sich in Schale geworfen zu haben. Und warum soll ich es leugnen: Ich bin es auch. Die Offiziersuniform der Marine ist recht kleidsam, auch wenn sie auf eine marineblaue Hose und ein kurzärmeliges weißes Hemd mit Rangabzeichen auf den Schulterstücken reduziert ist. Und jeder hat Toilette gemacht, das ist offensichtlich. Die Haare sind ordentlich geschnitten. Die Bartgegner sind rasiert. Die Bartträger haben sich Mühe gegeben, Ordnung in ihr Stoppelfeld zu bringen. In der Luft schwebt ein Duft von Eau de Toilette. So gut wie alle, auch die sonst Abstinenten, haben einen Aperitif in der Hand. Dadurch wird die Unterhaltung lebhafter, die Stimmlage höher, das Lachen häufiger.

Morgen, am Sonntag, so will es der Brauch, wird es abends ein offizielles Essen geben, bei dem, das versteht sich von selbst, der Pascha den Vorsitz führt. Abgesehen von den drei Offizieren der Wache werden alle Offiziere anwesend sein. Dreizehn insgesamt. Wir werden ziemlich beengt sitzen. Und wir werden glücklich sein, alle miteinander dicht gedrängt, Schulter an Schulter, ohne uns rühren zu können, an diesem Tisch zu sitzen.

Überspringen wir einen Tag, liebe Leserin. Wir sind schon zum offiziellen Sonntagsessen versammelt. Sie dürfen unsichtbar dabei sein. Das ist besser so. Denn wenn man Sie sähe, würden sich alle Blicke Ihnen zuwenden, und der sakrosankte Ritus würde ungebührlich gestört.

Nachdem alle Versammelten am ovalen Tisch Platz genommen haben, tritt der Mimi Verdelet vor. Ich habe ihn Ihnen bereits beschrieben. Er ist groß, blondhaarig, blauäugig. Auf seinen Wangen liegt, jedenfalls im Augenblick, der Schimmer der Morgenröte. Er ist, wie Racine den Hippolyte beschrieben hat: »Charmant, jung, alle Herzen fliegen ihm zu.« Allerdings funkelt es in seinen Augen koboldhaft. Ein Engel ist er nicht.

Verdelet zieht ein Papier aus der Tasche seines Hemdes und spricht mit getragen feierlicher Stimme:

»Commandant, meine Herren! Da ich in dieser erlauchten Tischrunde der Dienstjüngste des am wenigsten hohen Ranges bin, fällt mir die ehrenvolle Aufgabe zu, Ihnen die Speisenfolge bekanntzugeben. Ich beginne:

- Exotische israelische Frucht mit bretonischen Schalentieren.
- Braten vom Sohn einer mutmaßlich französischen Kuh mit Gemüsen aus der Region.
- Auswahl von Käsen zartesten Alters.
- Coquette de chocolat fondant, geschminkt mit Crème vanille oder Crème à la menthe nach Wahl. (Gelächter)«

»Kommentare?« fragt der Pascha.

»Gut«, sagt einer der Tischgenossen, »sehr gut sogar, vor allem die Coquette de chocolat fondant. Das Wasser läuft einem im Mund zusammen.«

»Gut«, sagt ein anderer, »aber nicht präzise genug. Ist die exotische israelische Frucht eine Avocado mit Garnelen oder eine Pampelmuse mit Krabben?« (Gelächter)

»Eine Pampelmuse mit Krabben«, präzisiert Verdelet.

»Schlußfolgerung«, nimmt der Pascha das Wort: »Menü gut präsentiert, aber der Mimi wird sich in Zukunft größerer Präzision befleißigen und den nächsten Kalbsbraten in neuer Garnierung vorstellen. Es versteht sich von selbst, daß ›Braten vom Sohn einer mutmaßlich französischen Kuh‹ nur einmal serviert werden kann.«

Sie finden sicher, meine Leserin, daß wir uns über Nichtigkeiten amüsieren. Natürlich, da Sie ja nicht mit am Tisch sitzen! Und es läßt sich nicht leugnen, daß Männer unter sich immer ein wenig kindisch und albern sind. Es gibt keinen wirklichen Unterschied zwischen der harmlosen Fröhlichkeit, die im Carré des SNLE herrscht, und derjenigen, die die Tafel etwa eines Priesterseminars belebt.

Immerhin sind dieser Samstag in »Galauniform«, dieses offizielle Sonntagsessen, diese Präsentation des Menüs unser Weekend. Gewiß, die Ehefrauen und die Verlobten sind fern. Aber ist das ein Grund, dieses Ereignis nicht zu feiern? Eine Woche unserer Patrouille ist vergangen. Wir haben sie hinter uns verrinnen lassen im schwarzen tiefen Kielwasser unseres unsichtbaren Schiffes. Aber acht weitere sind noch zu bewältigen, lang wie Monate. Acht weitere, die uns von unseren Lieben trennen. Sie sind jedoch nicht verlorene oder unnütze Zeit, denn wir widmen sie unserer wichtigen Aufgabe – der Pascha würde sagen unserer Mission.

3. Kapitel

Der Enseigne de vaisseau Angel, der jüngste Offizier an Bord, der mit seinen dreiundzwanzig Jahren wie ein kaum Zwanzigjähriger aussieht, hat mir anvertraut, daß er Bedenken hatte, bevor er sich zum Dienst bei der U-Boot-Flotte verpflichtete, ob er nicht unter Klaustrophobie leiden würde.

Angel ist nebenbei bemerkt ein sehr netter Junge, klein, schmal, blond, mit regelmäßigen Gesichtszügen. Frisch von der Marineoffiziersschule kommend, spricht er von ihr mit Begeisterung, mit Zuneigung und, was erfrischend ist, so als ob er noch dazugehörte, und nicht mit der überlegenen Arroganz des Ehemaligen. Man sollte sich jedoch nicht durch sein unschuldiges – ich hätte fast gesagt engelhaftes – Aussehen täuschen lassen, er besitzt einen starken Charakter und große Selbstbeherrschung.

Er hat herausgefunden – wie wir alle, ich eingeschlossen –, daß diese Befürchtungen wenig begründet waren.

»Schließlich«, hat er zu mir gesagt, »ist man in einem U-Boot nicht mehr eingeschlossen als in einem Überwasserschiff...«

Natürlich hat er recht. Ich möchte noch hinzufügen: Wenn Sie in einer Metro, einem Flugzeug oder (wie Freud) in einer Eisenbahn nicht an Klaustrophobie leiden, gibt es keinen Grund, warum Sie diese panische Angst in einem SNLE empfinden sollten.

Mich zum Beispiel würde eher die unendliche Weite des Meeres oder der Wüste um mich herum in Schrecken versetzen, wenn mein Blick sich zu lange in dieser Unendlichkeit verlieren würde. Die Begrenztheit hier im U-Boot beruhigt mich im Gegenteil. Nach meiner Ansicht erklärt sich die Klaustrophobie eines Menschen nur durch den Mangel an Kontaktfähigkeit. Er fürchtet nicht die zu große räumliche Enge, sondern die Nähe anderer Menschen.

Natürlich bringt das enge Zusammenleben in einem U-Boot Probleme mit sich. Das gilt vor allem für die Mannschaften, die zu zwölf, sechs oder vier in einem Raum schlafen. Die Offiziere, von denen jeder eine Kajüte für sich hat, sind davon weniger betroffen. Aber das sind Probleme der räumlichen Beengtheit, nicht des Eingeschlossenseins.

Was mich selbst betrifft, so erfreue ich mich eines Privilegs: Außer meiner Kajüte und dem Salon des Carré steht mir noch ein weiterer Raum zur Verfügung – das Krankenrevier, das ich mit meinen beiden Sanitätern teile und das nach den Maßstäben des SNLE verhältnismäßig geräumig ist. Auch mache ich mir den Rat des Paschas zunutze: Ich bin viel im Schiff unterwegs. Ich interessiere mich für die Dinge und für die Menschen, die sich mit ihnen beschäftigen.

Während ich diesen Satz niederschreibe, fällt mir auf, daß ich die Begriffe umkehren könnte, ohne daß sich dadurch der Sinn ändern würde. Ich könnte zum Beispiel sagen: Ich interessiere mich für die Menschen und für die Dinge, die sie beschäftigen. So sehr sind die einen und die anderen miteinander verflochten.

Heute morgen beim Frühstück hat der Lieutenant de vaisseau Callonec, der um 8 Uhr seine Wache im PCP – dem poste de Commandement de la Propulsion (Befehlszentrale Antrieb) – antritt, mich zu einer Besichtigung der Sektion Maschinen eingeladen: »Sie werden sehen, das ist sehr interessant. Schließlich«, hat er mit einem Lächeln hinzugefügt, »sind wir es, die dafür sorgen, daß das Schiff von der Stelle kommt.«

Ich habe mich bedankt und zugesagt. Aber für den Augenblick muß ich mich ins Krankenrevier begeben. Ein kurzer Blick genügt mir, um festzustellen, daß alles mit völliger Normalität abläuft: Morvan putzt und poliert, und Le Guillou schwadroniert.

Er hat einen erstklassigen Zuhörer gefunden: den Proviantmeister Marsillac, den Mann, der als erster die ordnungsmäßige Beschaffenheit der vier Lachse angezweifelt hat, über die ich den Richtspruch habe fällen müssen. Marsillac ist ein junger Bursche aus dem Midi, etwas überschwenglich, aber sympathisch, dem die Besatzung den Spitznamen »Zahnbürste« wegen seines Schnurrbarts gegben hat, der diese Form aufweist und dessen Pflege er angeblich viel Sorgfalt angedeihen läßt.

»Marsillac«, wendet Le Guillou sich an mich, »erzählt mir gerade von dem Pech, das er vor einiger Zeit hatte. Er verstand sich schlecht mit dem Zweiten der vorletzten Patrouille.«

»Und mit Commandant Picard verstehen Sie sich?«

»O ja, der ist großartig!« schwärmt Marsillac. »Mit ihm, das ist der reinste Honigmond. Aber mit den anderen, Gott bewahre, das war eher der Melassemond.« Er lacht.

»Und woran lag das?«

»Er konnte mich nicht riechen. Und ich konnte ihn übrigens auch nicht riechen.«

»Was hatten Sie an ihm auszusetzen?«

»Nun, er war kalt. Ja, kalt und unnahbar. Um ihm ein Lächeln zu entlocken, müßte man sehr früh aufstehen.«

Ich lache über diese Formulierung, und Marsillac verläßt, sehr zufrieden mit dem wirkungsvollen Abgang, das Revier, nicht ohne uns noch in etwas hochstapelnder Manier hinzuwerfen: »Es ist Zeit, daß ich in die Cuisse zurückkomme. Ohne mich sind sie verloren.«

Nach seinem Abgang kommentiert Le Guillou: »Der Commis ist kein übler Kerl.« Er fügt hinzu – und das erscheint mir doch aus seinem Munde recht erstaunlich –: »Er hat nur den Fehler der Leute aus dem Midi: Er redet zuviel.«

»Und was war mit dem ehemaligen Zweiten?«

»Er redete vielleicht nicht genug. Daher«, fügt er mit einer Miene profunder Weisheit hinzu, »ihre gegenseitige Antipathie.«

Ich habe den Eindruck, daß diese Bemerkung dem Bereich der »Dampfpsychologie« zuzurechnen ist, etwas, was Dostojewski den Richtern seines Landes vorwarf. Immerhin verstehen sich der geschwätzige Le Guillou und der schweigsame Morvan sehr gut.

Ich bin gerade an diesem Punkt meiner Reflexionen angelangt, als der Quartier-maître Vigneron erscheint. Er macht einen ziemlich niedergeschlagenen Eindruck. Ich kenne ihn bereits. Er arbeitet in der Nachrichtenzentrale, und er war es, der mir vor einer Woche das Familigramm gebracht hat, von dem ich schon erzählt habe und dessen prägnante Kürze Sie, liebe Leser, so bewundert haben: »Ich denke an Sie. Sophie.« Immerhin, sich mit fünf Worten zu begnügen, wenn es freistand, zwanzig zu schicken, zeugt, so scheint mir, von einer gewissen Knappheit der Gefühle. Aber diese Woche hat der Lakonismus seinen Höhepunkt erreicht: Ich habe nichts erhalten.

Um der Empfänger eines Familigramms zu werden, müssen Sie bei der BOFOST Namen und Adresse der dazu ausgewählten Person hinterlegen: Mutter, Ehefrau oder Verlobte. Diese schickt ihren Text jede Woche an die BOFOST, die ihn verschlüsselt und uns über Ultralangwelle übermittelt, zur gleichen Zeit wie die allgemeinen Informationen und die operativen Funksprüche.

Wir empfangen diese Funksprüche über eine Rahmenantenne, die aus einem einfachen Draht besteht, den wir im Wasser hinter uns herziehen und der mit dem Schiff einen Rahmen bildet, wenn man das Schiff entsprechend ausrichtet, so daß man die Wellen empfangen kann.

»Ich habe Schmerzen im Fuß«, sagt Vigneron.

»Kein Wunder«, mischt sich Le Guillou ein. »Die Nachrichtenleute spazieren ständig im Schiff herum, mal trifft man sie hier, mal dort, zur Tarnung schwenken sie einen Fetzen Papier herum. Sie machen sich ein gutes Leben!«

»Deines ist auch nicht so übel«, gibt Vigneron zurück. Er ist ein junger Bursche mit offenem Gesicht und lebhaften Augen hinter einer Brille. Ich taste seinen Fuß ab. »Tut es hier weh?«

»Nein, Doktor.«
»Und hier?«
»Auch nicht.«
»Und hier?«
»Ein bißchen.«

Ich diagnostiziere eine leichte Sehnenentzündung am Strecker des großen Zehs, und ich lasse ihm von Le Guillou eine Salbe geben. Ihre eigentliche therapeutische Aufgabe ist, ihm den aufmunternden Eindruck zu geben, daß man sich um seine Gesundheit kümmert. Als Ergänzung meiner Therapie gebe ich ihm einen guten Rat: »Vigneron, klettern Sie nicht die Niedergänge im Höchsttempo hinunter! Nehmen Sie sich Zeit, die Füße richtig zu setzen!«

»Was soll ich machen, Doktor, ich bin immer in Eile.«

»Ich werde dir sofort eine kleine Massage geben, du Sprinter«, sagt Le Guillou.

»Oh, vielen Dank!«

Aber das Wort von den »Nachrichtenleuten, die ständig im Schiff herumspazieren«, muß ihn sehr gekränkt haben, denn er glaubt sich rechtfertigen zu müssen: »Wissen Sie, Doktor, die Burschen sehen mich kommen und gehen, sie glauben, daß ich mir einen guten Tag mache. Aber ich habe eine wichtige Aufgabe an Bord. Wenn die Funkverbindung nicht mehr funktioniert, was gauben Sie, was dann los ist? Das SNLE verliert den Kontakt mit der Operationsbasis an Land, und es gibt keine Abschreckung mehr!«

Le Guillou zuckt hinter seinem Rücken die Achseln und wirft mir einen Blick zu, er schweigt aber.

»Bekommen Sie jeden Tag Familigramme, Vigneron, und sind es viele?«

»Ein gutes Dutzend alle Abende.«

»Und dann? Wie geht die Verteilung vor sich? Händigen Sie sie direkt den Empfängern aus?«

»O nein, Doktor. So läuft das nicht. Es gibt einen Filter, das ist der stellvertretende Kommandant.«

»Und wozu dieser Filter?«

»Ja, sehen Sie, Doktor, wenn ein Familigramm einem der Männer zu Marée-Mitte den Tod seiner Frau anzeigt, dann will man es ihm nicht gleich sagen. Es wäre ja auch schrecklich!«

»Und wann sagt man es ihm?«

»Am Tag des Einlaufens.«

»Aber ist das nicht ebenso schrecklich?«

»Das ist nicht dasselbe«, wirft Le Guillou, den Kopf hebend, ein. »Ein Mann, der einen solchen Schock erhält, wenn er an Bord eingeschlossen ist, das ist eine Katastrophe. Für ihn, für seine Arbeit, für sein Team.«

Ich verstehe vollkommen, das Schiff kommt an erster Stelle. Ich mißbillige weder, noch billige ich, ich denke nach. Und je mehr ich nachdenke, um so weniger kann ich mir ein Urteil bilden. Das ist eines der irritierenden Probleme, die sich immer wieder stellen und für die man nie eine Lösung findet.

»Jetzt zieh dir wieder Strümpfe und Schuhe an, Sprinter«, sagt Le Guillou. »Und denk daran, was dir der Doktor gesagt hat, versuche nicht so stark zu sprinten, sonst wirst du noch eines guten Tags mit einer kaputten Achillessehne oder einem Meniskusriß bei uns angehumpelt kommen.«

Diese scherzhaft drohende Belehrung trifft auf taube Ohren bei Vigneron, der sich langsam die Schuhe anzieht, ohne ein Wort zu sagen. Die Augen hinter der Stahlbrille blicken bekümmert. Als ich bemerke, wieviel Zeit er sich nimmt, verstehe ich, daß er das Bedürfnis hat, mit mir zu sprechen. Auch Le Guillou hat es bemerkt, er zieht sich in den Isolierraum zurück.

»Doktor«, beginnt Vigneron schließlich, »finden Sie das korrekt, einem Burschen die Nachricht zu unterschlagen, daß sein Vater gestorben ist?«

Eine schwierige Frage. Ich kann nicht mit gutem Gewissen ja sagen, aber nein zu sagen wäre ziemlich heikel. Ich muß das Problem vom Allgemeinen auf das Besondere zurückführen.

»Sind Sie besorgt über die Gesundheit Ihres Vaters?«

»Nein, nein, überhaupt nicht! Er hat eine eiserne Gesundheit. Meine Mutter auch.«

»Also wegen Ihrer Frau?«

»Ich bin nicht verheiratet.« Er wirft einen Blick zum Isolierraum hinüber und senkt die Stimme: »Aber ich bin verlobt.«

»Und Ihrer Verlobten geht es schlecht?«

»O nein! Durchaus nicht.«

Ich schweige. Ich warte. Er schaut mich an, senkt die Augen, nach einiger Zeit hebt er sie wieder und sagt: »In zwei Wochen Marée nicht ein Wort von ihr.« Und plötzlich bricht es aus ihm heraus: »Ich verstehe überhaupt nichts mehr, Doktor. Ich nehme jeden Tag zehn bis fünfzehn Familigramme auf, und nicht ein einziges ist für mich.«

»Befürchten Sie, daß sie krank ist?«

»Aber nein, Doktor«, sagt er heftig. »Ich habe es Ihnen schon gesagt. Sie ist nie krank gewesen. Niemals auch nur eine Erkältung.«

Schweigen.

»Vigneron«, sage ich nach kurzer Überlegung, »man muß sich hüten, vorschnelle Schlüsse zu ziehen. Es gibt vielleicht Umstände, die erklären –«

»Was für Umstände?« fällt er mir mit fast aggressiver Heftigkeit ins Wort.

»Aber wie kann ich das wissen?« verteidige ich mich, die Arme weit ausbreitend, um zu unterstreichen, daß ich nicht allwissend bin. »Wäre es vielleicht möglich, daß Sie beim Abschied ein Wort gesagt haben, das ihr nicht gefallen hat? Die Mädchen, wissen Sie, sind sehr empfindsame Wesen. Die sind wegen eines Nichts gekränkt.«

Dieser abgedroschene machistische Gemeinplatz (und Gott ist mein Zeuge, daß ich mich wegen seiner Blödheit schon beim Aussprechen hätte ohrfeigen mögen) hat nichtsdestoweniger eine beruhigende Wirkung auf ihn.

»Glauben Sie das wirklich, Doktor?« fragt er, zwar noch skeptisch, aber doch auch hoffnungsvoll.

Ich schäme mich ein bißchen, den Guru zu spielen. Andererseits aber, wie könnte ich es verantworten, ihn den Klauen qualvoller Eifersucht zu überlassen, wo er noch sieben Wochen zu überstehen hat!

»Das ist leicht möglich«, sage ich ernst.
»Sie meinen, Doktor, daß sie mir schmollt?«
»Das halte ich für wahrscheinlich.«
Er überlegt. »Trotzdem, das ist idiotisch«, sagt er, wieder einmal etwas heftig werdend, »sich als die Beleidigte aufzuspielen, während ich unter Wasser in einem Eisenkasten eingeschlossen bin!«
»Wie alt ist Ihre Verlobte?«
»Neunzehn Jahre.«
Ich zucke die Achseln: »Sie ist sich nicht darüber klar, Vigneron. Sie lebt bei Mama und Papa. Wie sollte sie sich wohl vorstellen können, welche Art von Leben wir hier führen?«
Er nickt zustimmend, er schaut mich an, die Andeutung eines Lächelns hellt sein Gesicht auf. Ich gebe Blick und Lächeln zurück. Wir fühlen uns vereint in der tröstlichen Gewißheit männlicher Überlegenheit.
»Also dann, Doktor«, verabschiedet er sich herzlich, »danke...« Er unterbricht sich und fährt verlegen fort: »Danke für den Fuß.«
Und er schließt die Tür hinter sich. Operation Valium beendet. Seine Zweifel werden ihn bald wieder quälen, und er wird wiederkommen, um sich Trost zu holen.
Le Guillou erscheint aus dem Isolierraum, zum Bersten gefüllt mit Kommentaren, die ich kaum höre. Es ist das zweitemal, daß ich Vigneron gesehen habe, und ich mache mir Sorgen um ihn. Ich habe Angst, daß seine kleine Dulcinea ihm bei der Rückkehr kühl erklärt, daß sie sich in einen anderen verliebt hat.
»Soll ich Ihnen etwas sagen, Doktor?« dringt Le Guillous Stimme schließlich zu meinen Ohren durch. »Das Krankenrevier, das ist für diese Burschen Amme und Beichtvater. Wenn man ein Wehwehchen hat, dann kommt man angelaufen, um sich trösten zu lassen, und wenn man etwas auf dem Herzen hat, dann kommt man zum Beichten. Ich bin die Amme. Und Sie, Doktor, Sie sind der Beichtvater...«

Nach dem Funker Vigneron sehe ich noch drei oder vier Patienten. Wehwehchen, die Le Guillou allein diagnostizieren und behandeln könnte. Aber ich achte darauf, anwesend zu sein. Le Guillou hat schon zu sehr die Neigung, sich für den Arzt zu halten. Und ich habe auch die Erfahrung gemacht, daß die Leute es vorziehen, sich an den lieben Gott zu halten und nicht an seinen Heiligen. Um so mehr, als besagter Heiliger, wenn er nicht durch meine Gegenwart gezügelt wird, dazu neigt, sich ziemlich autoritär aufzuführen.

Was meinen anderen Apostel, Morvan, angeht, so hockt er unauffällig in einer Ecke, das Auge ans Mikroskop geheftet, ruhig und schweigsam. Er führt in meinem Auftrag eine Zählung der Blutkörperchen durch: eine mühselige und eintönige Arbeit, die er hervorragend macht und die ihm gefällt, weil er dabei seine beiden Kardinaltugenden einsetzen kann: Geduld und Gewissenhaftigkeit.

Ich wünschte, ich besäße sie auch, als ich, nachdem der letzte Patient gegangen ist, mich seufzend daranmache, ihre Fälle der Anweisung der Verwaltung gehorchend in die vorgeschriebenen Formulare einzutragen. Um so mehr, als mein gelangweilter Geist zu vagabundieren beginnt und sich schließlich zwanghaft um Sophies Schweigen dreht. Undankbare Sophie! Wie die amerikanischen Psychologen sagen würden, eine schlechte »Investition«, die ich da gemacht habe. Ich prognostiziere mit finsterer Scharfsichtigkeit, daß ich schon jetzt meine Kapitaleinlage verloren habe und daß Sophie in der letzten Woche zum letztenmal an mich gedacht hat. Ich füge boshaft insgeheim hinzu: Wenn es überhaupt sie ist, die denkt, wenn sie diese Mühe nicht ihrer Mutter überläßt.

Aber auch dieser Sarkasmus bringt mir keine Erleichterung. Auch ich brauchte, wie der arme Vigneron, einen Arzt, der mein verletztes Ego zu behandeln versteht, verletzt in doppelter Hinsicht: in puncto Herz und in puncto Eigenliebe. Denn schließlich, liebe Leser, müssen Sie mir doch beipflichten, daß ich diese Niederträchtigkeit nicht verdiene...

Da, wie man weiß, die Tat nicht die Schwester des Traums ist und ihm sogar eher feindselig gegenübersteht, entschließe ich mich, mir Bewegung zu verschaffen, mich zur Sektion Maschinen zu begeben und dort den Lieutenant de vaisseau Callonec zu besuchen, der mich eingeladen hat.

Es gibt amüsante Sprachbildungen im Bord-Argot. So umfaßt zm Beispiel die Gruppe Energie (deren Chef der kahle und sanfte Commandant Forget ist) drei Bereiche, die der Bord-Argot wie folgt benennt:

Die »Energue« – die Energie, gemeint ist der Reaktor,
die »Sec-plonge« – die *Sécurité plongée* (die Tauchsicherheit),
die »Prop« – die *Propulsion* (der Antrieb).

Diese drei Substantive sind weiblichen Geschlechts, wenn sie aber die Offiziere bezeichnen, die für diese Bereiche verantwortlich sind, nehmen sie das männliche Geschlecht an.

Auf diese Weise wird der Enseigne de vaisseau Becker – der bärtige Riese, der Kreuzstichstickereien macht und der Gebetsversammlungen am Sonntag angeregt hat – der Sec-plonge.

Der Lieutenant de vaisseau Miremont, den der Leser noch nicht kennt, wird der Energue.

Und der Lieutenant de vaisseau Callonec, den ich gleich sehen werde, ist der Prop.

Hier wird, so ist man versucht zu sagen, der Mensch mit der Sache und die Sache mit dem Menschen gleichgesetzt. Wie in *La Bête humaine* (»Die Bestie im Menschen«) von Emile Zola, wo der Lokomotivführer Lantier seine Lokomotive abgöttisch liebt und sich gewissermaßen mit ihr identifiziert, würde es eine, zumindestens nominale Gleichsetzung geben zwischen der Maschine und dem, der sie bedient.

In der Wirklichkeit ist das durchaus nicht der Fall. Wenn ich Callonec solche verrückten Ideen vortrüge, würde er mir ins Gesicht lachen. Zunächst, weil es in der Sektion Maschinen nicht nur eine, sondern viele Maschinen gibt, und ferner, weil Becker, Miremont und Callonec, die reihum als Wachoffizier im PCP, also in der Befehlszentrale Antrieb, Dienst haben, jeder auch die Spezialgebiete der beiden anderen ebenso beherrschen muß wie das eigene.

Bevor ich mich zum Heck des Schiffes begebe – um die Gedanken an meine todgeweihte Liebe abzuschütteln –, gehe ich in meine Kajüte und hole mir einen Pullover. Eine scheinbar paradoxe Handlung, denn ich weiß genau, daß in der Sektion Maschinen eine Temperatur von 30 bis 35 Grad herrscht. Ich ziehe ihn auch nicht über, sondern trage ihn in der Hand, aber ich denke an den Rückweg, wenn ich mich von 35 Grad auf 22 Grad umstellen muß. Ich denke auch daran, mit diesem Beispiel den Empfehlungen Nachdruck zu geben, die ich täglich den Mechanikern gebe. Ich möchte nicht, daß sie von mir sagen: »El cura predica, pero no practica.« Sinngemäß übersetzt besagt dieses spanische Sprichwort: »Der Pfarrer hält sich nicht an das, was er predigt.«

Wie alles, was die Eintönigkeit der Woche unterbricht, ist mein Besuch in der Operationszentrale Antrieb willkommen. Ich treffe dort den Lieutenant de vaisseau Callonec und drei Mann seiner Wache an, darunter den großen kräftigen Premier maître Bichon. Ich frage ihn, was sein Husten macht.

»Alles in Ordnung, Doktor«, sagt er mit freundlichem Grinsen. »Sie haben mich geheilt.«

»Und ziehen Sie jetzt einen Pullover über, wenn Sie zur Cafeteria gehen?«

»Nein, aber ich werde es in Zukunft tun, großes Ehrenwort«, sagt er, lachend die rechte Hand hebend.

Ich beobachte, daß im Augenblick bei der Besatzung die von mir ermutigte Tendenz vorherrscht, mich »Doktor« zu nennen und nicht die offizielle Anrede »Monsieur le Médecin« zu gebrauchen. Sogar meine beiden Sanitäter sagen jetzt »Doktor« und nicht »Monsieur«. Mir ist das sehr recht so. Und ich schließe daraus, daß der Mensch eine natürliche Neigung zur Vereinfachung besitzt.

Ich plaudere einen Augenblick lang mit Callonec. Er ist ein Mann von mittlerer Größe mit blauen Augen und blondem Haar, das sich von der Stirn zurückzuziehen beginnt. Er scheint sich über mein Interesse an seinem Dienstbereich zu freuen. Er hatte wohl nicht erwartet, daß ich seiner Einladung so prompt folgen würde. Ich möchte nicht sagen, daß die Ingenieuroffiziere an einem Minderwertigkeitskomplex gegenüber den Offizieren der »Brücke« leiden (so nennt man diejenigen, die das Schiff führen, auch das U-Boot, obwohl es nur selten vom Massiv aus geführt wird). Ganz im Gegenteil, die »Chefs«, wie man sie nennt, haben ein sehr ausgeprägtes und auch sehr gerechtfertigtes Bewußtsein ihrer Bedeutung: »Schließlich«, hat mir Callonec heute morgen mit einem Lächeln gesagt, »sind wir es, die dafür sorgen, daß das Schiff von der Stelle kommt.« Und Sie erinnern sich zweifellos, liebe Leser, daß der Mechaniker Roquelaure bei unserem Gespräch in der Sektion Raketen behauptet hatte, daß die Sec-plonge, zu der er gehört, »das Wichtigste ist, was es bei einem U-Boot gibt. Zum Tauchen ist es schließlich gemacht.«

Trotzdem ist es so, daß die Ingenieuroffiziere, die nicht die Qualifikation zum Wachoffizier haben, nicht das Kommando über ein Schiff erhalten können. Sie wissen es, sie akzeptieren es, sie sind zu stolz, um sich darüber zu beklagen, aber das Bedauern ist doch spürbar, auch wenn es sich nur in Halbtönen und Andeutungen äußert, wie in dem »Schließlich« Callonecs.

Wenn Sie wissen wollen, wie dieser Befehlsstand Antrieb aussieht, stellen Sie sich die Instrumententafel im Cockpit eines Airbus vor. Nehmen Sie drei solcher Instrumententafeln, in einem Dreieck angeordnet und in einem fast quadratischen Raum untergebracht. Vor diesen drei Instrumententafeln sitzen auf vier Schemeln mit kurzer Rückenlehne vier Männer: der Offizier und die drei Operateure. Scheinbar untätig. Aber auch der Pilot eines Airbus wirkt die meiste Zeit untätig. Jedoch wird niemand die Notwendigkeit seiner Anwesenheit bestreiten.

»Ich bin gerade von Miremont abgelöst worden«, sagt Callonec. »Er hat die Wache übernommen, ich bin daher frei und kann den Fremdenführer machen.«

Es ist nur eine Schwelle zu überschreiten, und wir befinden uns in der Sektion Maschinen.

»Das ist also die Fabrik«, sage ich beeindruckt. »Sie ist groß, und es ist heiß.«

»Nicht die Fabrik«, berichtigt mich Callonec, »die Fabriken. Unsere Energiequelle ist der Dampf, der uns durch den Atomreaktor geliefert wird. Er befindet sich in der übernächsten uns vorausgehenden Sektion. Mit diesem Dampf erzeugen wir Süßwasser in den ›Siedekesseln‹, die Sie dort sehen und die in Wirklichkeit Destillierapparate sind. Dieses Wasser dient uns zu zwei Zwecken. Wir verwenden es, um die Verluste im sekundären Wasserkreislauf des Reaktors zu ersetzen...«

Ich wiederhole verständnislos: »Im sekundären Wasserkreislauf des Reaktors?«

»Toubib«, sagt Callonec mit freundlichem Grinsen: »Miremont wird es Ihnen erklären. Er ist der Energue-Secundo«, fährt Callonec fort. »Wir bereiten dieses Süßwasser auf, indem wir ihm die Mineralsalze zusetzen, die ihm fehlen, und wir verteilen es über Wasserleitungen im ganzen Schiff als Trink- und Waschwasser.«

»Danke für das Wasser, Chef, es ist ausgezeichnet. Und ich weiß es zu schätzen, daß ich täglich duschen kann. Ich nehme aber an, daß Ihre Aufgabe sich nicht darauf beschränkt, die Besatzung mit Wasser zu versorgen.«

»So ist es«, bestätigt Callonec mit diskretem Stolz.« Wir liefern das Wasser. Wir liefern aber auch die gesamte Elektrizität für das Schiff, ebenfalls aus dem vom Reaktor gelieferten Dampf und mittels dieser beiden kleinen Turbogeneratoren, die Sie dort sehen.«

»Besonders klein kommen sie mir nicht gerade vor.«

»Sie sind klein im Verhältnis zu den beiden Hauptturbinen, die Sie im Anschluß daran sehen.«

»Diese würde ich auf 2 Meter 50 Länge und 1 Meter 50 Durchmesser schätzen.«

»Das stimmt ungefähr, aber beim Durchmesser einschließlich der Wärmeisolation.«

»Haben Sie nie Schwierigkeiten mit der Wärmeisolation gehabt?«

»Nein, wieso?«

»Auf der *Nautilus* des amerikanischen Kommandanten Anderson – die als erste die Eisdecke des Nordpols unterquert hat – hat die mit Öl getränkte Wärmeisolation Feuer gefangen.«

»Toubib, Sie wissen Sachen!«

»Dank der Bibliothek des Carré und meines festen Willens zur Entelefantisierung. Wie der Commandant Picard sagt: ›Ein neugieriger Elefant ist schon kein Elefant mehr.‹«

»Ein großes Wort. Sie haben schon begriffen, Toubib, daß die beiden Hauptturbinen die aus dem Dampf gewonnene Kraft auf die Schraubenwellen übertragen, die ihrerseits die Drehung der Schiffsschraube bewirken; zwischengeschaltet sind ein Untersetzungsgetriebe und eine Kupplung.«

»Die Kupplung, vermute ich, erlaubt es, die Schraubenwellen von der Schraube zu trennen?«

»Oder sie mit ihr zu verbinden, wie bei einem Auto. Aber vor der Kupplung haben wir noch ein Untersetzungsgetriebe, das die Rotationsgeschwindigkeit der Turbinen an die der Schraubenwellen angleicht.«

»Und was ist das hier?«

»Das ist der elektrische Hilfsmotor.«

»Er wird beim Auslaufen aus dem Hafen benutzt?«

Callonec lacht schallend: »Aber keineswegs, Toubib! Sie verwechseln das U-Boot mit einer Yacht. Wir bedienen uns beim Auslaufen aus dem Hafen unserer normalen Antriebsmittel. Der Reaktor liefert den Dampf. Die Turbinen treiben die Schiffsschraube an. Das Untersetzungsgetriebe reduziert die Rotationsgeschwindigkeit, und die Kupplung kuppelt oder entkuppelt die Verbindung zwischen Schraubenwellen und Schiffsschraube. Sie dürfen mir glauben, daß wir mit sehr geringer Geschwindigkeit fahren können! Die Geschwindigkeitsregulierung ist für uns kein Problem.«

»Wozu dient dann aber der Elektromotor?«

»Um auszuhelfen, wenn eine Reparatur notwendig werden sollte.«

»Zum Beispiel?«

»Wir stellen fest, daß aus einem Ventil etwas Dampf entweicht. Dann wird die Zuleitung gesperrt. Man schaltet das

Untersetzungsgetriebe ab, man kuppelt aus, und man stellt auf den Elektromotor um.«
»Kommt ein solches Entweichen von Dampf häufig vor?«
»Nein, aber diese Fälle sind unvermeidbar bei der hohen Betriebsstundenzahl der Maschinen. Die häufigste Ursache dafür ist, daß eine Dichtung defekt wird. Man wechselt sie aus, das ist alles. Die ganze Angelegenheit dauert kaum fünf Minuten.«
»Aber der Dampf muß doch kochend heiß sein?«
»Man zieht Handschuhe an. Und wenn die Reparatur beendet ist, schaltet man wieder auf den Dampfantrieb um.«
»Läuft der Elektromotor mit dem von Ihnen erzeugten Strom?«
»Aber nein. Er ist vollkommen unabhängig. Den Strom liefern Batterien.«
»Müssen Sie da nicht einen großen Vorrat halten?«
»Allerdings. Wollen Sie sie sehen? Ein Teil befindet sich unter Ihrem Krankenrevier.«
»Nein, danke. Batterien sind mir nicht unbekannt. Aber gibt es keine Probleme mit dem Wasserstoff?«
»Sie spielen auf die Explosionsgefahr an? In der Tat, es müssen zuverlässige Vorsichtsmaßnahmen getroffen werden. Die Batterien werden ständig durch Hydrogenometer überwacht und außerdem gut belüftet, um zu verhindern, daß sich Wasserstofftaschen bilden, die durch den kleinsten Funken zur Explosion gebracht werden könnten.«
»Jetzt wird mir klar, wie weise die Entscheidung des Kommandanten Louzeau war, das Rauchen an Bord zu verbieten.«
»Oh, Sie wissen das! Aber es genügt auch schon, einen elektrischen Schalter zu betätigen, um einen Funken zu erzeugen.«
»Eine andere Frage: Was unternehmen Sie, wenn Sie von einer geringen auf eine höhere Geschwindigkeit übergehen wollen?«
»Es liegt nicht in unserer Kompetenz, über einen Wechsel der Fahrgeschwindigkeit zu entscheiden. Den Befehl erteilt der Kommandant von der Kommandozentrale aus.«
»Wie läuft der Vorgang ab?«
»Kommen Sie, ich werde es Ihnen zeigen.«

Wir kehren in den PCP zurück, der durch die beiden zusätzlichen Personen sehr beengt wirkt. Callonec läßt mich vor einer der vorher erwähnten Instrumententafeln Platz nehmen. Genauer gesagt, vor der, die sich rechts vom Eingang befindet.

»Nehmen wir folgendes Beispiel«, sagt er. »Der Komandant will auf die Geschwindigkeit ›Voraus 4‹ übergehen.« Er unterbricht sich, um zu erklären: »Es gibt vier Geschwindigkeitsstufen: Voraus 1, Voraus 2, Voraus 3, Voraus 4. Voraus 4 bezeichnet die höchste Geschwindigkeit. Kehren wir zur Kommandozentrale zurück. Der Kommandant will also auf Voraus 4 gehen. Er gibt den Befehl an den Wachoffizier, der ihn an den Steuermann weitergibt. Der Steuermann drückt auf einen Knopf. Und dieser Knopfdruck löst hier – im PCP – ein Klingeln aus, das bedeutet: Achtung! Geschwindigkeitsänderung! Und gleichzeitig leuchtet auf der Instrumententafel bei der gewünschten Geschwindigkeit ein Lämpchen auf, in unserem Fall bei Voraus 4. Der Operateur, der dort sitzt«, er zeigt auf Bichon, »zieht diesen Hebel hier, und damit wird mehr Dampf auf die Turbinen gebracht.«

»Das ist alles?«

»Nein. Der Mann, der vor der nächsten Instrumententafel sitzt, also rechts von Bichon, hat die Aufgabe, den Reaktor zu überwachen. Wenn er sieht, daß nicht genügend Dampf geliefert werden kann, zieht er jenen Hebel dort, wodurch er die Kreuze im Reaktor zurückfährt. Damit wird die Kernspaltung intensiviert, die Wärmeerzeugung erhöht sich und damit auch die Dampferzeugung.«

»Was sind das für Kreuze, die man im Reaktor zurückfährt?«

»Fragen Sie das Miremont. Der Reaktor ist seine Tänzerin. Ich will sie ihm nicht deflorieren.«

Wir lachen. Ich habe festgestellt, daß es unweigerlich ein Gelächter auslöst, wenn in einem Gespräch an Bord das andere Geschlecht erwähnt wird. Wir versuchen damit, so vermute ich, die Spannung zu lösen, die die völlige Verbannung der Frau aus unserem kleinen Universum hervorruft, wenn wir das auch niemals aussprechen.

»Also, Toubib, damit wissen Sie alles.« Er lacht. Er besitzt die glückliche Natur der Menschen, deren intellektuelle Turbinen gut funktionieren und deren Lebensfreude es nie an Dampf fehlt.

»Jetzt, wo Sie alles wissen, Doktor«, frotzelt der große Bichon, »könnten Sie doch eigentlich für mich die Wache übernehmen.«

»Und Sie mich im Krankenrevier vertreten, meinen Sie? Das ist eine gute Idee. Ich werde sie dem Pascha unterbreiten.«

Ich habe mich kaum eine halbe Stunde in der Sektion Maschinen aufgehalten, und schon bin ich in Schweiß gebadet. Ich werfe mir den Pullover über die Schultern und knüpfe mir die Ärmel um den Hals, um in die kühleren Regionen des U-Boots zurückzukehren. Der Temperaturunterschied ist erheblich. Ich bemerke, als ich die Sektion Raketen durchquere, einen Mann der Besatzung, der, an eine unserer furchterregenden Waffen gelehnt, friedlich auf der Gitarre spielt. Ich nicke ihm lächelnd zu und begebe mich in das Krankenrevier, wo mich ein Patient erwartet, der eine bedeutende Position an Bord bekleidet: der »Patron«, wie man ihn nennt, der Maître principal, wie seine offizielle Dienstbezeichnung lautet, der Mann, der für Ordnung, Pünktlichkeit und Sauberkeit an Bord sorgt.

Der Patron hat die Plombe in einem Backenzahn verloren, als er eines der köstlichen pains au chocolat kaute, die wir dem Boula verdanken. Und korrekt, wie er ist, sucht er mich am selben Vormittag auf. Da der Zahn devitalisiert ist, stellt sich kein größeres Problem: Ich mache ihm eine neue Füllung. Und anschließend unterhalten wir uns natürlich ein wenig.

Der Patron ist kein Mann, der Stimmungen unterworfen ist. Seine seelische Verfassung ist stabil. Seine Solidität zeigt sich auf den ersten Blick: Er ist ein athletischer Mann, etwa dreißig Jahre alt, breite Schultern, kräftiger Brustkorb, lange Beine, die Füße fest auf den Boden gesetzt. Sein regelmäßig geformtes Gesicht bringt eine ganze Skala guter Eigenschaften zum Ausdruck: gesunden Menschenverstand, Selbstkontrolle, Ausgeglichenheit, besonnene Autorität. Er braucht sie, denn er ist der Bordgendarm, die Vestalin, die das Herdfeuer hütet, der Wächter über die geheiligten Regeln des Putzens, Bürstens und Staubwischens. Er ist der Lehrmeister der Dienstpflichtigen, er beaufsichtigt die Köche, die Sanitäter, die Stewards, die für die Abfallbeseitigung und die Wäscherei Verantwortlichen. Er kümmert sich darum, daß in der Cafeteria rechtzeitig die Tische für den ersten Durchgang gedeckt sind, daß sie nach dem Essen abgeräumt werden.

Morgens ist der Patron auf den Beinen, bevor aus den Lautsprechern in den Mannschaftsquartieren die Aufforderung zum Aufstehen ertönt.

Wenn das Wecken auch nicht mehr wie in alten Segelschiffzeiten durch Herunterlassen der Hängematte durchgeführt wird, so bedeutet es doch auch heute noch für Seeleute wie für Elefanten einen unerfreulichen Übergang aus der Horizontalen in die Vertikale. Von diesem Übergang sind jedoch diejenigen dispensiert, die während der Nacht eine Wache gemacht haben. Sie können sich inmitten des allgemeinen Wirbels wohlig auf die Seite drehen und die Decke über den Kopf ziehen. Für die anderen stellt das sozusagen simultane Auftauchen des Patron in allen Quartieren, verbunden mit einem aufmunternden Klatschen der Hände, eine beträchtliche Hilfe beim Aufstehen dar.

Aber wenn dann der Befehl zum Aufklaren gegeben wird, dann wird der Patron, ohne deswegen auf seine Allgegenwart zu verzichten, zum hundertäugigen Argus, dem nichts entgeht, keine im Waschraum zurückgelassene Zahnbürste, kein Abfalleimer, den zu leeren man vergessen hat, keine unordentlich zusammengelegte Decke auf der Liege, kein Eimer, der nicht an seinen Platz zurückgestellt worden ist.

Wenn beim Aufklaren die Nebel des Wachwerdens die Bewegungen verlangsamen, dann gibt der Patron Starthilfe, indem er die Stimme hebt und zweimal in die Hände klatscht. Daher stammt der Spitzname »Claqueur«, den ihm ein Witzbold in der Bordzeitung gegeben hat, der sich aber nicht durchsetzen konnte.

Er spricht schnell, mit einer Stimme, die aus der hintersten Kehle kommt, sein »R« ist nach Art der Pariser ein wenig guttural, er kommt übrigens aus Poissy. Er ist in seinen Äußerungen zurückhaltend, seine Gefühle weiß er zu verbergen. Seine Funktionen haben ihn die Kunst gelehrt, bei aller Freundlichkeit eine gewisse Distanz zu seinen Gesprächspartnern zu wahren. Als Premier maître hat er an Bord eines klassischen U-Boots, auf dem er vor seiner Versetzung zum SNLE gedient hat, am Wachdienst der Offiziere teilgenommen. Da ich weiß, daß er nach Ablegung einiger Prüfungen in den Offiziersstand übernommen werden könnte, frage ich ihn, ob er diese Absicht hat.

»Ich weiß es noch nicht, Doktor«, antwortet er zurückhaltend. »Ich habe mich noch nicht entschieden.«

Ich habe vor drei Tagen die gleiche Frage dem »Président« gestellt. So nennt man den dienstältesten Bootsmann im höchsten Bootsmannsrang. Er hat sich entschiedener geäußert: »Nein, das reizt mich nicht.«

»Und warum nicht?«

»Aus persönlichen Gründen«, wehrt er ab. Mehr ist aus ihm nicht herauszubekommen.

Ich glaube, ich kann seine Gründe erraten. Der »Prési« (mit dieser respektlosen Abkürzung entweiht die Besatzung ein wenig den achtunggebietenden Titel) hat in seiner Kategorie die höchste Stufe erreicht, und er legt keinen Wert darauf, seine angesehene Position aufs Spiel zu setzen, um sich im Falle seines Erfolges – eines immerhin sehr vom Zufall abhängigen Erfolges – auf der untersten Stufe einer anderen, wenn auch höheren Kategorie wiederzufinden. Stolz oder Weisheit, ich kann es nicht sagen. Wie Cäsar möchte er lieber der Erste auf einem Dorfe sein, als der Zweite in Rom. Er fühlt sich, versichert er mir, sehr wohl in seiner Haut.

Und wohl in seiner Haut fühlt sich auch der Patron, als er mit neu plombiertem Backenzahn in diesem bequemen Zahnarztstuhl sitzt, der durch die wunderbare Verwandlung des Operationstisches entstanden ist.

»Was ist Ihrer Meinung nach der Grund«, frage ich ihn, »daß so viele junge Männer sich für den Dienst auf U-Booten melden?«

»Nun, zunächst sicher die materiellen Vorteile. Sie kennen sie ja selbst. 50 Prozent mehr Sold, Anrechnung von drei Pensionsjahren für ein Jahr U-Boot-Dienst. Und eine Prämie von 75 Francs für jeden unter Wasser verbrachten Tag, die sich nach der dritten Patrouille auf 120 Francs erhöht. Nicht verwunderlich, daß die Burschen sich alle ein Haus oder eine Eigentumswohnung kaufen.«

»Sie ebenfalls?«

»Ich natürlich ebenfalls. Und noch ein anderer Vorteil: Auf einem Überwasserschiff wissen Sie nie, wann Sie in den Heimathafen zurückkehren. Auf einem SNLE steht es, zehn Tage hin oder her, bei jeder Patrouille fest. Das gestattet den Männern, ihr Leben besser zu planen, was besonders für die Verheirateten ein großer Vorteil ist. Und auch die Urlaubszeiten sind länger.«

Er schweigt nachdenklich. »Aber diese materiellen Vorteile«, fährt er nach kurzer Pause fort, »sind nicht allein ausschlaggebend. Die Jungs sind stolz darauf, U-Boot-Fahrer zu sein. Nehmen wir zum Beispiel an, ich bin zu einer Hochzeit eingeladen. Alle Welt bestürmt mich mit Fragen. Und unter den jungen Männern gibt es viele, die gern an meiner Stelle wären. Das muß man verstehen, Doktor. Jedermann kann heute mit dem Flugzeug reisen. Jedermann kann eine Schiffspassage buchen oder mit der Autofähre von Calais nach Dover übersetzen. Aber wie viele Leute fahren in einem U-Boot? Ich habe es überschlagen: 1360 Mann auf den SNLE. Und vielleicht die doppelte Zahl auf den Angriffs-U-Booten. Das ist wenig. Das ist sehr wenig.«

»Mit einem Wort, eine Elite?«

»Das habe ich nicht gesagt«, widerspricht er, plötzlich reserviert. »Glauben Sie nicht, daß ich mich wichtig machen will! Aber die Rolle, die wir in der Landesverteidigung spielen! Die Strapazen! Das Eingeschlossensein! Die Gefahr! Sie sollten uns einmal sehen, wenn wir aus diesem Eisenkasten nach siebzig Tagen Tauchfahrt aussteigen! Die Blonden haben die Farbe von Pappmaché. Und die Brünetten sehen geradezu grünlich aus.«

Mit gerunzelter Stirn überlegt er. Er sucht nach den richtigen Worten, um mir die Faszination begreiflich zu machen, die das U-Boot auf ihn ausübt.

»Ich habe fünfzehn Jahre auf den SNLE Dienst gemacht«, beginnt er schließlich. »Ich erinnere mich noch genau an meine erste Tauchfahrt. Sie wissen selbst, Doktor, wie es mit unseren beiden Mimis steht, wie begeisterte U-Boot-Fahrer sie sind. Und doch werden sie nie die Begeisterung empfinden, mit der ich meine erste Tauchfahrt erlebt habe.«

»Ein schönes Abenteuer also?«

»Wenn Sie so wollen«, antwortet er leicht eingeschnappt, offenbar unzufrieden, die Einmaligkeit und Unwiederholbarkeit seines Erlebnisses auf ein Stereotyp reduziert zu sehen. »Und noch etwas anderes, Doktor«, fährt er fort, »schätze ich außerordentlich an Bord eines U-Boots: Niemand kann ein falsches Spiel spielen.«

»Wie soll ich das verstehen?«

»Nun, bei dem engen Zusammenleben an Bord, wenn man ohne Unterbrechung siebzig Tage lang im Boot eingeschlossen ist, durchschaut man sehr gut, mit wem man es zu tun hat. Niemand kann auf Dauer den anderen etwas vormachen. Man entdeckt den Falschspieler unweigerlich. Er kann sich nicht aus der Affäre ziehen.«

Mit seiner Analyse der Authentizität hat er, so finde ich, in wenigen und einfachen Worten etwas sehr Wesentliches über die Situation der U-Boot-Fahrer gesagt.

Ich befinde mich wieder zur Teestunde gemeinsam mit Verdelet und Verdoux im Carré. Unsere beiden Mimis haben eine schwierige Prüfung für die Zulassung zum Studium der Politologie bestanden und eine zweite im Ausleseverfahren für die Aufnahme in die ENA. Danach sind sie durch die Auslosung dazu bestimmt worden, ihren Wehrdienst bei der Marine, und zwar, ein besonderer Glücksfall, bei der U-Boot-Flotte zu leisten. Diese Patrouillenfahrt ist für sie das herrlichste Abenteuer.

Von Verdelet würde ich sagen, daß er intelligent, kultiviert und charmant ist. Und über Verdoux wäre ich versucht zu sagen, daß er intelligent, kultiviert und boshaft ist. Aber in Wirklichkeit ist seine Bosheit nur defensiv: Auch Verdoux ist charmant. Beim einen überwiegt mehr die Schärfe der Zitrone, beim anderen die Süße der Orange. Man muß sich an Verdoux' Bosheiten gewöhnen. Und seine aggressive Art ist kein Ausdruck seines Charakters. Sie ist gespielt, es amüsiert ihn, andere zu schockieren.

Im Gegensatz zu dem von Cocteau charakterisierten Absolventen der *Ecole normale*, »der seine Intelligenz aushöhlte, indem er sie wie Malzzucker lutschte«, ist die Intelligenz unserer beiden Enarchen sehr solide und keineswegs engstirnig. »Auf der ENA«, sagte Verdelet, »darf eine Arbeit weder literarisch noch philosophisch noch wissenschaftlich sein.« Seltsam, daß diese Ausbildung, die sich vor allem durch Negationen zu definieren scheint, es schafft, ein Corps so kompetenter hoher Beamter heranzuziehen.

Wir verstehen uns gut, die beiden Mimis und ich, denn wir verfügen über die gleiche Art von Humor, haben das gleiche Gespür für die komischen Aspekte der Dinge. Und wir haben an Bord eine nicht offizielle, aber allgemein anerkannte Rolle als Stimmungsmacher zu spielen. Der Pascha weiß, wie wichtig es ist, die trübselige Langeweile der eintönigen Tage und Nächte an Bord des SNLE aufzuheitern, und er rechnet damit, daß wir uns nach Kräften darum bemühen.

Wir sind uns darüber klar, daß diese Aufgabe nicht leicht ist, denn die meisten Offiziere neigen dazu, während der Mahlzeiten schweigend ihren Gedanken nachzuhängen. Die Gespräche über die lustigen und komischen Ereignisse der letzten Patrouille haben in der ersten Woche die Unterhaltung bei Tisch belebt, aber jetzt geben sie nicht mehr viel her, sie haben sich abgenutzt. Und auch der allgemeinere U-Boot-Klatsch – über andere Boote, über Brest und Ile Longue – ist inzwischen abgedroschen und hat keinen anekdotischen oder Neuigkeitswert mehr.

Der Pascha, der nicht ohne Grund einen zunehmenden Hang zu depressiver Abkapselung und ein spürbares Nachlassen der Geselligkeit fürchtet, je länger das Boot unterwegs ist, bemüht sich, die Kommunikation in Gang zu halten. Er tut, was er kann.

Der Zweite, der stellvertretende Kommandant Picard, bemüht sich ebenfalls, mit seinem lebhaften Temperament und seiner schlagfertigen Ironie die Unterhaltung aufzulockern. Und was die beiden Mimis und mich selbst betrifft, so läßt der Pascha uns, natürlich innerhalb der durch Konvention und Disziplin gebotenen Grenzen, völlige Freiheit. Wie Sie später feststellen werden, kommt es gelegentlich vor, daß diese Grenzen erreicht werden. Und in mindestens einem Fall wurden sie auch ein wenig überschritten.

»Wir sind die Clowns«, sagt Verdelet.

»Pardon, ich bitte mich nicht einzubeziehen, ich bin der Hofnarr«, korrigiert Verdoux ihn.

Sie sitzen in den Sesseln des Salons und trinken Tee. Sie fühlen sich hier ebenso selbstverständlich zu Hause wie in einem Salon des vornehmsten Faubourg von Paris. Beide sind wohlerzogene hübsche Burschen, der eine blond, der andere brünett, beide ein gutes Stück über ein Meter achtzig groß. Klangvolle Stimme, gewandt im Ausdruck, sicheres Auftreten.

»Toubib«, spricht Verdelet mich an, als ich mich in den Sessel zu seiner Linken setze, »wir sind eifersüchtig.«

»Du willst sagen, daß du eifersüchtig bist«, schränkt Verdoux ein.

»Sie erscheinen zweimal in *Vapeurs actuelles*, und wir nur einmal.«

»Und was ist das, diese *Vapeurs actuelles*?«

»Unser Leib- und Magenblatt an Bord, das einzige, das es hier gibt. Es strebt nach Humor.«

»Das Streben nach Humor ist schon Humor«, sagt Verdelet.

»Unfreiwilliger Humor, muß man in diesem Fall sagen«, erklärt Verdoux.

Verdelet vertieft das Problem ins Grundsätzliche: »Was ist Humor?«

»Ein weites Feld«, entzieht sich Verdoux feixend einer Antwort.

»Der Humor«, versuche ich zu definieren, »ist eine fingierte Blindheit gegenüber dem Absurden.«

»Nicht schlecht, Toubib«, urteilt Verdelet.

»Wer hätte geglaubt«, sagt Verdoux, »daß ein Spezialist für menschliches Gedärm sich eines Tages zu einer allgemeinen Idee aufschwingen würde!«

»Vorlautes Bürschchen«, nehme ich ein Wort des Paschas bei unserer ersten Mahlzeit auf. »Kommen Sie bloß nicht eines Tages mit Bauchschmerzen zu mir, ich werde Ihnen den Bauch aufschlitzen.«

»Sie werden entsetzt sein, wie es in seinem Inneren aussieht!« Verdelet schüttelt sich.

»Die Prüfer der ENA haben schon mein Inneres durchforscht«, weist Verdoux diese Äußerung hochmütig zurück, »und ihr Befund war in höchstem Grade zufriedenstellend.«

»Verdoux ist ein Heiliger«, bemerkt Verdelet. »An christlicher Demut übertrifft ihn niemand. Wie ist es, Toubib, wollen Sie eine Nummer der *Vapeurs actuelles* sehen?«

Er reicht mir ein fotokopiertes Blättchen herüber. Ich setze meine Tasse ab und vertiefe mich in die Lektüre.

»Lesen Sie laut, Toubib«, fordert Verdelet mich auf. »Ich möchte diesen genialen Text hören.« Verdoux gibt seiner Meinung durch ein verächtliches »Bah!« Ausdruck.

»Von wem haben Sie dieses Blatt?«

»Vom Patron. Ich nehme doch an, daß Sie wissen, wer der Patron ist.«

»Wer kennt ihn nicht? Er ist ein Officier marinier.«

»Sie werden feststellen«, sagt Verdoux, »daß die Marine in ihren hierarchischen Benennungen eine bemerkenswerte Perversität zeigt. Ein Officier marinier ist ein Sous-officier. Der Enseigne ist ein Lieutenant. Der Lieutenant de vaisseau ist ein Capitaine. Der Capitaine de corvette ist ein Commandant. Und der Capitaine de vaisseau ist ein Colonel.«

»Beweis dafür, daß in der Marine das Schiff zählt und nicht die Rangabzeichen«, sagt Verdelet. »Bitte fahren Sie fort, Toubib.«

»Ich zitiere: ›Ein Kriegsrat, bestehend aus der Cuisse, dem Boula und dem Commis, trat unter dem Vorsitz des Toubib am

Mittwoch, dem 31. Juli, um 11 Uhr vormittags in der Cuisse zusammen, um über vier suspekt aussehende Lachse zu richten. Den Angeklagten, die für unwürdig befunden wurden, den Magen von U-Boot-Leuten zu füllen, wurde an der Grenze die Einreise verwehrt.‹«

»Fahren Sie fort«, sagt Verdelet. »Im nächsten Absatz hat Ihr Name die Ehre, mit den unseren verbunden zu werden.« – Ich lese weiter: »Die beiden Mimis und der Toubib, deren erste Unterwasserfahrt diese Patrouille ist, fragen sich besorgt, wie ihre Taufe zur Halbzeit der Marée ablaufen wird. Nach unseren Informationen soll der Pascha noch nicht entschieden haben, ob sie durch vollständiges Untertauchen vorgenommen werden soll oder nicht. Für alle Fälle wird jedenfalls schon die Schleusenkammer für diesen feierlichen Akt hergerichtet.«

Ich lache. Verdelet lächelt. Verdoux zieht eine Augenbraue hoch.

»Aha!« rufe ich überrascht aus, als ich die nächste Seite sehe, »das ist ja interessant. Eine erotische Zeichnung. Bleiben Sie auf Ihrem Platz, Verdoux! Dieses Kunstgenre ist weder Ihrem Alter zuträglich, noch ist es mit Ihrer englischen Erziehung vereinbar.«

»Bezähme dich, Verdoux!« haut Verdelet in die gleiche Kerbe. »Deine Augen quellen aus ihren Höhlen, und dein Mund sabbert!«

»Du Erdenwurm, für diese schändliche Unterstellung werde ich dich eines Tages züchtigen«, erwidert Verdoux mit angeekelter Miene.

Ich fahre fort: »Hören Sie, Verdoux, wenn ich Ihnen auch dieses Kunstwerk vorenthalten muß, so ist ihm doch eine Beschreibung *ad usum delphini* beigefügt. Sie ist überschrieben: *Träumen wir ein bißchen: Und wenn der Admiral eine Admiralin wäre?* ›Die Szene spielt in der Sektion Maschinen, wo zwei Mechaniker mit weit aufgerissenen Augen eine Viersterne-Admiralin betrachten, deren lange blonde Haare unter der Schirmmütze hervorkommen und über ihre Schultern fallen. Sie bückt sich, um einen Gegenstand aufzuheben, und da ihr Rock sehr kurz ist...‹ Aber sehen Sie selbst, Verdelet, ich kann es Verdoux gegenüber nicht verantworten, den Rest vorzulesen.«

»Sie ist pausbäckig«, kommentiert Verdelet mit unbewegter Miene.

Er reicht mir das Blatt zurück. Ich schlage die nächste Seite auf. »Nun, das scheint ja ebenfalls recht interessant zu sein: ›Am Donnerstag, Schlag sechs Uhr abends, hat Goldohr Villefranque, den man zu Hilfe gerufen hatte, dem Computer den Todesstoß versetzt, indem er exakt die Nähe eines Frachters entdeckte. Der Vorstand der Corrida hat beschlossen, Villefranque die Ohren und den Schwanz des Computers zuzusprechen.‹ Also das«, unterbreche ich die Vorlesung, »ist Spanisch für mich. Auf die Gefahr hin, diesem lüsternen Bürschchen« (ich zeige mit dem Finger anklagend auf Verdoux) »Munition zu liefern, muß ich gestehen, daß ich nicht weiß, was ein ›Goldohr‹ ist!«

»Doktor«, unterbricht uns Wilhelm, der auf der Schwelle des Carré erscheint, »soll ich Ihnen Ihr zweites Kännchen Tee bringen?«

»Gern, Wilhelm.«

»Bei Wilhelm haben Sie offenbar einen Stein im Brett«, merkt Verdoux mißtrauisch an.

»Ein Zeichen dafür, daß er einen dankbaren Zahn besitzt.«

Verdoux hätte beinahe gelächelt, aber er kann sich noch rechtzeitig beherrschen.

»Ein Goldohr«, erklärt Verdelet, »– ich antworte Ihnen in meiner Eigenschaft als Chef des U-Boot-Ortungsdienstes – ist ein Klassifikations-Analytiker.«

»Ich bin noch immer nicht klüger.«

»Ich möchte hier doch anmerken«, wirft Verdoux ein, »daß Verdelet in seiner Eigenschaft als Chef des U-Boot-Ortungsdienstes, wie er sich selbst bezeichnet, einem Enseigne de vaisseau unterstellt ist, der seinerseits einen Capitaine de corvette über sich hat.«

»Ein Beweis dafür«, erwidert Verdelet, »daß man immer jemanden braucht, der größer ist als man selbst. Im Ortungsdienst bin ich der einzige Herr an Bord – nach einem Lieutenant, einem Commandant und Gott.«

»Ich warte noch immer«, melde ich mich wieder, »auf die Definition des Klassifikations-Analytikers. Die Spannung wird allmählich unerträglich.«

»Also gut. Sie haben bemerken können, als Sie an Bord gingen, Toubib, daß ein SNLE mit Hydrophonen und Sonaren gespickt ist.«

»Er hätte es bemerken können«, sagt Verdoux, »wenn er nicht auf dem Ankerarm an Bord gekommen wäre.«

»Fahren Sie fort, Verdelet. Kümmern Sie sich nicht um die besserwisserischen Anmerkungen dieses Angebers.«

»Das Sonar können wir natürlich nicht aktiv einsetzen, das heißt, wir können keine Wellen durch das Wasser ausstrahlen, und zwar wegen der sakrosankten Diskretion.«

Es erscheinen nacheinander der Enseigne de vaisseau Angel und der Lieutenant de vaisseau Miremont. Da es im Salon nur vier Sessel gibt, deutet Verdelet, der höflichere der beiden Mimis, die Geste an, sich zu erheben.

»Laß dich nicht stören«, winkt Miremont ab. »Ich will nur rasch einen Kaffee trinken. Ich habe gleich Wache.«

»Für mich auch einen Kaffee, Wilhelm«, sagt Angel und setzt sich.

»Worüber habt ich euch unterhalten?« fragt Angel. Ich sehe ihn jeden Tag, und jeden Tag bin ich von neuem über sein jugendliches Aussehen überrascht. Mit seinen dreiundzwanzig Jahren macht er den Eindruck, als wäre er immer noch siebzehn und als könnte er überhaupt nie älter werden.

»Über Arschbacken«, antwortet Verdoux. »Diese beiden armseligen Tröpfe geilen sich an einer Zeichnung auf.«

Ich reiche die *Vapeurs actuelles* Angel herüber, der sie auf der richtigen Seite aufschlägt und lacht.

»Auch du, mein Sohn.« Verdoux schüttelt den Kopf, streckt seinen langen Arm aus, nimmt ihm das Blatt weg und vertieft sich in das Kunstwerk.

»Seht, seht«, kommentiert Verdelet.

»Ich studiere es«, sagt Verdoux, »und mein Urteil lautet: Soziologisch scheint die Skizze – bei all ihrer vulgären Roheit – an eine gewisse Tendenz der Massen zur Verweiblichung der militärischen Führung hinzuweisen.«

An dem allgemeinen Gelächter beteiligt sich Miremont nicht, der stehend seinen Kaffe schlürft. Er ist überhaupt einer der schweigsamsten Offiziere und scheint bei Tisch besonders häufig abwesend zu sein. Miremont ist der Mann, von dem Callonec mir gesagt hat, der Reaktor sei seine Tänzerin. Aber je genauer ich seine ernste und verschlossene Physiognomie betrachte, um so schwieriger finde ich es, ihn mit einer Tänzerin in Verbindung zu bringen. Ich merke mir jedenfalls vor, ihm bei nächster Gelegenheit ein paar Elefantenfragen über den Reaktor zu stellen.

»In Wirklichkeit«, wendet Verdelet sich an Angel, »war ich gerade dabei, dem Toubib einen Vortrag über die Ortung zu halten.«

»Und ich habe die Ohren weit aufgesperrt, um Ihnen zuzuhören.«

»Der Toubib ist ein Snob«, unterbricht Verdoux wieder. »Er ist seit zwei Wochen bei uns, und er duzt niemanden.«

»Ich bin bereit, alle Welt zu duzen, jedenfalls bis zum Rang der Loufiats. Aber ich wartete darauf, daß die Initiative dazu von Ihnen käme.«

»Und jetzt kommt er uns auch noch mit einem snobistischen Konjuktiv Imperfekt«, ruft Verdoux mit gespielter Entrüstung.

»Was für eine böswillige Unterstellung! Wenn ich den Konditional gebraucht hätte, hätten Sie das auch gerügt.«

»Ich«, sagt Angel, »wagte wegen Ihres hohen Alters nicht, Sie zu duzen. Schließlich sind Sie schon dreißig.«

»Schon gut, schon gut«, wehre ich ab. »Von nun an werde ich alle Welt duzen, Babys und Greise eingeschlossen. Miremont, darf ich dich duzen?«

»Natürlich«, sagt Miremont mit einiger Verzögerung. Und als wir lachen, schaut er uns mit erstaunter Miene an, setzt seine leere Tasse auf den Tisch und geht. Offensichtlich hat er nicht verstanden, worum es ging.

»Verdelet, ich höre«, mahne ich.

»Nicht von mir«, sagt Verdelet. »Wer wäre kompetenter, sich zu diesem Thema zu äußern, als der Enseigne de vaisseau de 1re classe Angel, Chef des Ortungsdienstes und in dieser Eigenschaft mein verehrter Chef.«

»Kommt nicht in Frage. Du kannst jetzt zeigen, was du gelernt hast, Söhnchen. Ich werde dich korrigieren, wenn du zuviel Unsinn redest.«

»Söhnchen!« regt sich Verdoux auf. »Habt ihr diese Unverschämtheit gehört? Einen Enarchen Söhnchen zu nennen.«

»Nun mach endlich weiter, Verdelet«, dränge ich, »wir kommen ja überhaupt nicht zu Rande.«

»Also gut. Die Hydrophone übermitteln uns alle Geräusche aus dem Meeresbereich. Unsere Horchgeräte fangen sie auf. Die Auswertung erfolgt auf zweifache Weise: durch einen Computer, der die Geräusche analysiert und klassifiziert, und ergänzend und konkurrierend durch einen Mann, der dieselbe Arbeit auf sozusagen handwerkliche Art erledigt. Wenn ein Geräusch besonders interessant – oder beunruhigend – zu sein scheint, bedient man sich eines Mannes, der ein ganz seltenes Talent zur Analyse und Klassifikation von Schiffsgeräuschen besitzt. Diesen Mann nennen wir das Goldohr.«

»Ein schmeichelhafter Titel.«

»Er verdient ihn aber auch.« In Verdelets Stimme spürt man die Bewunderung. »Man muß wissen, Toubib, daß jedes Schiff bei der Fahrt ein charakteristisches Geräusch von sich gibt. Nicht nur, das versteht sich von selbst, die Schiffe gleicher Kategorie und Bauart. Auch innerhalb der gleichen Kategorie hat jedes einzelne Schiff eine sozusagen akustische Signatur, die unverwechselbar ist. Man kann sie also am Geräusch erkennen, und man kann unterscheiden, ob es sich um einen Frachter, einen Trawler, einen Öltanker, ein Kriegsschiff oder ein U-Boot handelt.«

»Und sogar, ob es ein sowjetisches U-Boot ist?«

»Und sogar, welches sowjetische U-Boot es ist, vorausgesetzt, daß man ihm schon einmal begegnet ist und seine Signatur aufgezeichnet hat. Denn selbstverständlich werden alle Schiffsgeräusche auf Tonband festgehalten, an Land noch einmal abgehört und registriert.«

»Aber das setzt doch bei dem Goldohr ein kolossales Gedächtnis voraus.«

»Und eine außergewöhnliche Begabung. Diese Begabung wird durch Tests festgestellt und ständig trainiert. Das Resultat ist ein Analytiker, der ein großes Geschick besitzt, Geräusche wahrzunehmen, sie sich einzuprägen und mit anderen zu vergleichen und ein Urteil abzugeben. Das ist mehr als Handwerk. Das ist Kunst. Der Computer erbringt oft eine geringere Leistung.«

»Ich höre das mit großer Freude. Hier ist einmal ein Mensch der Maschine überlegen.«

»Die Bemerkung eines der Vergangenheit verhafteten Traditionalisten«, kommentiert Verdoux. »Sie erinnern mich an Jean Giono, der bedauerte, daß man den Pflug durch den Traktor ersetzt hat.«

»Wobei nicht zu vergessen ist«, stellt Angel nüchtern fest, »daß auch der Pflug schon eine Maschine war.«

Verdoux verschlägt es die Sprache, und ich tausche einen triumphierenden Blick mit Verdelet aus.

»Ganz herzlichen Dank, Verdelet«, sage ich. »Ich muß mich leider verabschieden. Im Revier wartet eine Menge Papierkram.«

»Ach, Sie sind es, Doktor.« Le Guillou streckt den Kopf durch die Tür des Isolierraums. »Brauchen Sie mich?«

»Keineswegs.«

Der Kopf verschwindet, und ich breite auf dem Operationstisch meine Papiere aus. Mit halbem Ohr höre ich auf eine obskure Geschichte, die Morvan im Isolierraum Le Guillou zu erzählen versucht. Es geht dabei um die staatliche Schule und die katholische Schule. Ich sage, daß Morvan es versucht, denn die Erzählung besteht aus Brummlauten, Ausrufen und einsilbigen Worten, die mir unverständlich bleiben würden, wenn Le Guillou nicht die Kunst beherrschte, ihren Sinn herauszufiltern. Um eine andere Metapher zu gebrauchen: Morvans Geschichte ist in seine

Schweigsamkeit eingeschlossen wie die Statue im Marmorblock, bevor es dem Bildhauer gelungen ist, sie aus ihm herauszumeißeln.

Es kristallisiert sich allmählich aus dem Gehörten heraus, daß Morvan als Kind die atheistische staatliche Schule aufgrund des abwegigen Verhaltens der Direktorin und seiner Lehrerin verlassen hat, das er nach dem Unterricht durch das Fenster einer Klasse beobachtete.

»Und was machtest du da?« fragt Le Guillou, »wo doch offenbar niemand mehr da war?«

Schweigen, Brummen und wahrscheinlich Mimik.

»Du hattest deine Mütze vergessen?«

»Mm.«

»Und du hast sie gesehen?«

»Mm.«

»In der Klasse, in der du deine Mütze vergessen hattest?«

»Mm.«

»Und dann?«

Schweigen, Brummen, Mimik.

»Das ist nicht wahr!« sagt Le Guillou.

»Mm!«

Le Guillou lacht, aber als treuer Republikaner fügt er nach kurzem Schweigen hinzu: »Andererseits, dein Pfarrer trieb es vielleicht mit seiner Haushälterin.«

»Mm!« Morvan gibt diesem »Mm« eine deutlich negative Betonung.

»Hör zu«, sagt Le Guillou taktvoll, »ich kenne deinen Pfarrer nicht. Du hast vielleicht recht. Aber das bedeutet schließlich nicht, daß so was im anderen Lager nicht auch vorkommt.«

Ein langes Schweigen folgt dieser konzilianten Erklärung, dann erscheint Le Guillou im Behandlungszimmer. »Oh, Doktor, Sie sind noch da?«

»Ja, und ich bitte um Entschuldigung, daß ich Ihr Gespräch mitgehört habe. Andererseits, wenn ich die Tür geschlossen hätte, würde ich Sie unterbrochen haben, und Sie müssen zugeben«, füge ich lächelnd hinzu, »daß das schade gewesen wäre.«

Le Guillou erwidert das Lächeln, dann lacht er lauthals und sagt: »Wissen Sie, was Morvan jetzt macht? Er schläft! Das Sprechen strengt ihn an, er ist es nicht gewohnt. Ich habe noch nie ein solches Murmeltier gesehen. Aber« – offenbar kommen ihm Bedenken, denn er fährt rasch fort –, »wenn es etwas zu tun gibt, wecke ich ihn, und er erledigt seine Arbeit sehr zuverlässig. Sie haben sicher festgestellt, daß er im Dienst sehr gewissenhaft und gründlich ist.«

»Aber ich beklage mich ja nicht. Weder über ihn noch über meinen Obersanitäter.« Ich mache mich wieder über den Papierkram her. Le Guillou beschäftigt sich im Hintergrund mit Aufräumungsarbeiten. Genauer gesagt, er bringt das, was geordnet ist, in Unordnung und ordnet es wieder anders. Bei ihm ein Zeichen großer Konzentration. Nach einiger Zeit sagt er: »Doktor?«

»Ja, Le Guillou?«

»Darf ich Ihnen eine Frage stellen?«

»Nur los.«

»Glauben Sie an Gott?«

»Und Sie?« drehe ich den Spieß um.

»Im Prinzip nicht. Aber seit ich bei den SNLE bin, sind mir Zweifel gekommen.«

Also, das finde ich wirklich erstaunlich. Le Guillou ist der Typ des atheistischen, antiklerikalen und »republikanischen« (im Sinne von linksorientiert) Bretonen. Und daß er sich hier in den Tiefen des Meeres ein metaphysisches Problem von solcher Dimension stellt, das ist schon überraschend. Ich wiederhole fragend: »Seit Sie bei den SNLE sind?«

»Nun ja«, antwortet er. »Wohlverstanden, mit der Abschrekkung, da bin ich durchaus einverstanden. Da kommt man nicht drumherum. Aber andererseits, alle diese französischen, englischen, amerikanischen und sowjetischen U-Boote, die unaufhörlich in den Ozeanen herumstreifen, bereit, in wenigen Minuten die Heimatländer der anderen und mit ihnen die Hälfte unseres schönen Planeten zu zerstören, also ich finde das absolut irrsinnig.«

»Und Sie meinen, wenn es einen Gott gäbe, würde das die Situation weniger absurd machen?«

»Ich weiß nicht. Vielleicht. Was halten Sie davon?«

»Wenn es einen Gott gäbe, würde die Situation nach meiner Meinung nicht weniger absurd sein. Es würde bedeuten, daß Gott es akzeptiert, daß die Menschen die von ihm geschaffene Welt zerstören können.«

»Eben«, sagt Le Guillou. »Wenn es einen Gott gibt, müßte er das verhindern.«

»Ach, Le Guillou, auf die Gefahr hin, Sie zu enttäuschen, muß ich doch darauf hinweisen, daß die Geschichte der Menschheit geprägt ist von unzähligen Massakern und blutigen Kriegen, die keine göttliche Intervention jemals verhindert hat. Im Gegenteil, häufig sind diese Massaker sogar im Namen des Herrn verübt worden.«

Schweigen. Dann zieht Le Guillou die Schlußfolgerung: »Also, Doktor, glauben Sie nicht an Gott?«

»Es geht nicht um Glauben, sondern um Wissen. Und wenn es eine Sache gibt, die wir nicht wissen, dann ist es diese.«

»In diesem Fall« – in Le Guillous Stimme glaube ich eine Spur von Aggressivität wahrzunehmen – »frage ich mich, warum Sie das Krankenrevier sonntags dem Lieutenant Becker zur Verfügung stellen.«

Aha, Schluß mit der Metaphysik und den erhabenen Spekulationen! Welcher Absturz! Wir fallen zurück in den starrköpfigen Antiklerikalismus des »republikanischen« Bretonen, der niemals dem Pfarrer seines Dorfes auch nur das kleinste Geschenk machen würde.

»Warum nicht?« frage ich ihn. »Der Lieutenant Becker ist mir sympathisch. Und Dr. Meuriot hat ihm früher auch das Revier zur Verfügung gestellt.«

»Aber Sie können sich das nicht vorstellen, Doktor! Das sind knapp zehn Leute, und sie übertragen ihre Gebete ins Schiff.«

»Na und?«

»Doktor! Und die Männer, die in der Nacht vorher Wachdienst gemacht haben? Für sie ist der Sonntagmorgen ein Morgen wie jeder andere. Sie haben keinen anderen Wunsch, als zu pennen.«

Was soll man darauf antworten? Man könnte schließlich sagen, daß niemand die müden Krieger zwingt, den Kopfhörer aufzusetzen, der sich gleich neben ihren Liegen befindet. Aber ich habe keine Lust zu polemisieren, daher wende ich mich wieder meinem Papierkram zu.

Da Le Guillou immer noch im Behandlungszimmer herumfuhrwerkt und mein Frondienst zu Ende ist, frage ich ihn: »Wie läuft es mit der Coop, Le Guillou?«

»Bestens! Die Geschäfte gehen hervorragend. Und was wichtiger ist, ich sehe viele Menschen. Also möchte ich Ihnen etwas sagen, Doktor. Unter meinen Kunden ist ein Bursche, mit dem etwas nicht in Ordnung zu sein scheint. Er heißt Brouard. Er ist Mechaniker, Second maître.«

»Er hat mit Ihnen gesprochen?«

»Nicht direkt.«

»Und woher wissen Sie dann, daß mit ihm etwas nicht in Ordnung ist?«

»Er kommt alle Tage in die Coop und kauft hundert Gramm Bonbons.«

»Und das ist ein Beweis?«

»In gewissem Sinn schon. Denn wenn er Bonbons braucht, um sein Rauchbedürfnis zu überspielen, warum kauft er dann nicht gleich ein oder zwei Kilo, statt jeden Tag den Weg zur Coop zu machen und hundert Gramm zu kaufen? Nein, nein, Doktor, die Wahrheit ist, daß der Bursche dringend Kontakt sucht.«

»Aber Sie haben mir doch gesagt, daß er den Mund nicht aufmacht.«

»Doch, er spricht schon. Aber über dieses und jenes. Verstehen Sie, er druckst herum. Sie sollten ihn sehen. Vielleicht sagt er Ihnen, was nicht in Ordnung ist.«

»Ich kann ihn aber doch nicht einfach herbestellen. Unter welchem Vorwand?«

»Der Vorwand ist, daß er hustet.«

»Also schön, sagen Sie ihm, er soll zu mir in die Sprechstunde kommen. Ich werde ihn mir ansehen. Wie heißt er noch?«

»Brouard. Er ist ein großer magerer Kerl, schmalbrüstig. Er hat verdammt traurige Augen, wenn Sie verstehen, was ich meine.«

4. Kapitel

Die Familigramme, die normalerweise von den Funkern verteilt werden, werden an diesem Samstag beim Abendessen vom stellvertretenden Kommandanten an die Empfänger ausgehändigt. Und als ich ihn am Ende der dritten Woche mit den gelben Blättern in der Hand das Carré betreten sehe, fängt mein Herz wie verrückt an zu klopfen. Ich wende sofort die Augen ab und stecke die Nase in meine Orangeade, die ebenso trübe ist wie meine Gedanken. Ich höre um mich herum eine Litanei dumpfer Stimmen: Danke, Commandant, danke, Commandant, danke, Commandant – und mir fällt auf, daß man die Empfänger nach der Art ihrer Reaktion in zwei Gruppen unterteilen kann. Die einen stecken ihr Familigramm ungeöffnet in die Tasche, um es in Ruhe in ihrer Kajüte zu genießen, die anderen lesen es sofort. Was mich betrifft, so bemühe ich mich während der Verteilung, jedem Anflug von Optimismus sofort den Garaus zu machen, indem ich mir immer wieder vorbete, daß ich natürlich nichts erhalten werde.

»Danke, Commandant, danke, Commandant, danke, Commandant.« Es scheint beendet zu sein. Ich sehe aus dem Augenwinkel, daß die Hände des Zweiten leer sind. Seltsame Sache: Es fällt mir schwer, meinen Augen zu trauen. So stark ich mich auch gegen die Enttäuschung gewappnet habe, jetzt überfällt sie mich und schnürt mir die Kehle zu. Offenbar war es mir doch nicht wirklich gelungen, die Hoffnung zu töten.

Wenn ich eines Tages Sophie wiedersehe, werde ich es ihr sagen: Nichts ist grausamer als das Schweigen, denn es erhält die Hoffnung am Leben, indem es sie immer wieder enttäuscht. Viel besser wäre ein klarer Schnitt, die Wunden würden schneller vernarben. Ich habe alle Mühe, nicht auch während der Mahlzeit meinen trüben Gedanken nachzuhängen und meine Rolle als Stimmungsmacher zu vergessen. Zum Glück zeigt sich Verdelet, der ein Familigramm von seiner Verlobten bekommen hat, in sprühender Laune, so daß meine Geistesabwesenheit allgemein unbemerkt bleibt. Commandant Picard scheint sie allerdings nicht entgangen zu sein, denn wenn ich aufschaue, sehe ich, wie er seinen scharfen Blick von mir abwendet. Ich werde später erfahren, daß er die Institution der Familigramme ablehnt, so menschenfreundlich sie auch im Prinzip zu sein scheint.

In der Nacht werde ich von quälenden Träumen heimgesucht. Ich befinde mich in Prag, einer Stadt, die ich wegen ihres Charmes besonders liebe, und beim Schlendern durch das faszinierende Viertel *Mala Strana* verliere ich meinen Führer. Aber da ich die Stadt gut kenne, fühle ich mich völlig sicher. Zu Unrecht, denn ich verirre mich bald. Die Passanten, an die ich mich der Reihe nach in englischer, französischer und deutscher Sprache wende, verstehen mich nicht. Allmählich bekomme ich den Eindruck, daß sie mich nicht verstehen wollen. Ich irre endlos durch die Straßen, die alle in Sackgassen enden. Schließlich befinde ich mich vor meinem Hotel, dem Hotel Alkron, das ich wegen seines roten Plüschs, der großen Wandteppiche, der altmodischen Möbel und der befrackten Kellner besonders schätze. Ich verlange beim Portier meine Schlüssel. »Pardon, mein Herr«, sagte er mit verdutzter Miene auf englisch, »wie ist Ihr Name?« Ich nenne ihn. »Aber bei uns wohnt niemand mit diesem Namen, und das Zimmer, für das Sie den Schlüssel verlangen, existiert nicht.« Inzwischen befinden sich in der Rezeption drei Leute, die mich mit höflicher Mißbilligung anschauen. Rot vor Scham verlasse ich das Hotel. Ich stehe auf der Straße. Ich habe alles verloren: meinen Führer, meinen Weg, mein Hotel und meinen Koffer, der in »meinem« Zimmer zurückgeblieben ist.

Ich erwache schweißbedeckt auf meiner Liege, und es dauert einige Zeit, bis ich genügend Humor finde – Humor ist, wie man weiß, eine der Ausdrucksformen von Mut –, um mit Bewunderung festzustellen, mit welcher Milieutreue mein Unterbewußtsein arbeitet: Da es mir einen kafkaesken Alptraum schickte, hat es ihn in Prag angesiedelt.

Leider haben Humor und Ironie es nicht fertiggebracht, die Aggressivität meines Unterbewußtseins abzubauen. Denn sobald ich wieder einschlafe, überfällt mich der gleiche Traum. Er läuft unter denselben Bedingungen an denselben Orten ab, mit nur einer Variation: Diesmal verliere ich nicht meinen Koffer, sondern meine Umhängetasche, was noch schlimmer ist, denn in ihr befinden sich mein Geld und mein Paß.

Von allen Alpträumen ist der sich wiederholende der qualvollste, denn er gibt uns das Gefühl, in einer Obsession gefangen zu sein, aus der wir nie herausfinden werden. Als mich schließlich die Geräusche des allgemeinen Weckens von meinem Alptraum erlösen, brauche ich eine ziemlich lange Zeit, um das Gefühl eines unersetzlichen Verlustes abzuschütteln, das diese widerlichen Träume hinterlassen haben, obwohl ich doch genau weiß, daß sich meine ganze irdische Habe wohlgeordnet hier in meinem Wandschränkchen befindet. Ich stehe auf, der Kopf ist benebelt, der Nacken schmerzt. Zum erstenmal, seit ich an Bord des SNLE gegangen bin, überkommt mich der unwiderstehliche Drang, ein Fenster aufzureißen, den Himmel zu sehen und die Luft des weiten Meeres einzuatmen. Das geht rasch vorüber. Die Wirklichkeit gewinnt wieder ihre Herrschaft zurück, und als ich mich rasiert, geduscht und angezogen habe, fühle ich mich wieder wie ein normaler, umgänglicher und vernünftiger Mensch.

Beim Frühstück im Carré ist außer mir nur Miremont anwesend. Heute verstoße ich zum erstenmal gegen meine strenge Diät. Ich verzehre, wie die Italiener sagen, *una grande colazione*: Croissants, Brioches und Pains au chocolat. Nach dieser schlimmen Nacht habe ich mir diese kleine Kompensation verdient.

Und ich versuche, mit Miremont ein Gespräch anzuknüpfen, was nicht leicht ist. Er ist zweifellos ein liebenswerter Mensch, aber wie Le Guillou von Morvan sagt: Man braucht einen Hebel, um seine Zähne auseinander zu bringen.

Der Lieutenant de vaisseau Miremont (drei Streifen) ist unser Energue. Anders ausgedrückt: der Chef des Bereichs Reaktor. Er ist in meinem Alter, aber auf mich wirkt er älter, vielleicht weil er ein so ernster, schweigsamer Mensch ist. Er ist mittelgroß, hat dunkles Haar, braune Augen, dichte Augenbrauen. Sein Gesicht hat einen Ausdruck von Ernst und Offenheit, seine Manieren sind einfach und natürlich.

Ich habe nicht den Eindruck, daß er außer seinem Beruf noch viele andere Interessen hat. In seinem Beruf ist er ein Perfektionist. Er hat, wie alle Ingenieuroffiziere der Marine, das gleiche Studienprogramm absolviert wie die Polytechniker und hat es mit dem Ingenieur abgeschlossen. Aber das hat ihm nicht genügt. Er hat am *Institut national des Sciences et Techniques nucléaires* (Nationales Institut für Atomwissenschaft und -technik) in Saclay das Diplom eines Ingenieurs der Atomenergietechnik erworben. Er hat bereits drei Patrouillen von je sechzig bis siebzig Tagen an Bord eines SNLE mitgemacht.

Ich muß gestehen, daß mir seine Kompetenz, seine große Erfahrung und sein von finanziellem Ehrgeiz unbeeinflußtes Engagement sehr imponieren. Denn wenn dieser Mann von der Marine in die Privatwirtschaft überwechseln würde, könnte er sein Einkommen verdoppeln. Dieser Gedanke kommt ihm nicht einmal. Er wird nie zu Ihnen sagen: »Ich liebe meinen Beruf über alles.« Das ist nicht sein Stil. Er wird sich einer »Litotes« bedienen, einer Stilform, die eine Aussage durch doppelte Verneinung abschwächt. »Sehen Sie«, hat er zu mir in seiner offenen und bescheidenen Art gesagt, »ich habe nie an meinem Beruf keine Freude gehabt.«

Das war vor zwei Tagen, und es hat mich große Mühe gekostet, diesen Satz dem Mund unseres verschlossenen Energue zu entreißen. Und heute morgen sitzt er so stumm und mit gesenkten Augen am Frühstückstisch, daß ich mich schon entmutigt fühle, bevor ich noch zu sprechen begonnen habe. Er sieht so abwesend aus. Aber ich gebe mir einen Ruck: Nur weil ich letzte Nacht meinen Koffer verloren habe, werde ich nicht aufhören, zu leben und zu lernen. Wer war schließlich Sophie? Ein menschliches Wesen von ein Meter fünfundsechzig Größe und einem Gewicht von fünfundvierzig Kilo – Sie haben richtig gelesen: fünfundvierzig Kilo –, die zum größten Teil aus Wasser bestehen. Sie wissen sicherlich, daß die Zellen des weiblichen Körpers wasserhaltiger sind als die des männlichen. Vielleicht ist das der Grund dafür, daß die Frauen manchmal etwas so Verschwommenes, so schwer Faßbares haben...

Verzeihen Sie mir, meine Leser, daß ich so törichte Gemeinplätze von mir gebe. Ich werde mich bemühen, in Zukunft solche machistischen Anwandlungen zu unterdrücken. Offenbar hat mich Sophies Verhalten doch tiefer getroffen, als ich wahrhaben möchte. Aber warum, werden Sie fragen. Bisher sprachen Sie doch über Sophie mit so überlegener Ironie? Warum wird sie Ihnen gerade in dem Augenblick so teuer, wo sie Sie verläßt? – Ich weiß es nicht. Vielleicht macht mich das Eingeschlossensein abhängiger von ihr, als ich es in der freien Luft an Land war. Sie war der einzige Mensch, von dem ich ein Familigramm zu erwarten hatte. Ihr Schweigen ist nicht deshalb so grausam, weil ich sie liebe, sondern deshalb, weil es das einzige Band zerschneidet, das mich mit dem wahren Leben, dem des Himmels und der Bäume, verbindet.

Um meiner Depression Herr zu werden, verspeise ich noch zwei Pains au chocolat. Und gleichzeitig beschließe ich, mich nun ohne weiteres Zögern diesem der gemeinen Welt entrückten Hüter von Wissenschaft und Ingenieurskunst zu nähern.

»Miremont«, spreche ich ihn an.

Er hebt den Kopf, offenbar überrascht, mich hier sitzen zu sehen, und stößt einen leichten Seufzer aus: Es wird ihm klar, daß man ihn zum Sprechen zwingen will, und da er durchaus nicht einsehen kann, welchen Sinn das haben soll, macht er ein ziemlich unglückliches Gesicht. Wirklich, ich habe beinahe Mitleid mit ihm. Und ich fange mit einer ganz sanften und leisen

Stimme an zu sprechen, um den Schock nicht noch zu vergrößern: »Weißt du, Miremont, da du doch der Energue an Bord bist, könntest du mir vielleicht diese Frage beantworten, die mich seit Tagen quält: Warum wird eine so hochentwickelte moderne Technik wie die Nukleartechnik mit einer so altmodischen simplen Technik gekoppelt, wie es die Dampfmaschine ist?«

Über meine naive Frage ist er sichtlich erstaunt, und er muß sich wirklich *in petto* sagen, daß so ein Elefant Dinge sagt, über die man nur den Kopf schütteln kann.

»Warum? So läuft das nun mal in einem französischen Kernkraftwerk ab: Der Reaktor erzeugt Wärme. Diese Wärme wird dazu verwendet, Dampf zu erzeugen, und dieser Dampf treibt Turbogeneratoren an, die Elektrizität produzieren.«

Natürlich geschieht es mir recht, wenn Miremont über meine für ihn unfaßbar naiven Fragen den Kopf schüttelt. Aber wie ich Ihnen, lieber Leser, bereits sagte, habe ich mich nach Abschluß meines Medizinstudiums für die Entwicklungen auf anderen Gebieten als meinem Spezialgebiet nicht interessiert. Das soll keine Entschuldigung sein, nur eine Erklärung.

»Wir machen hier nichts anderes«, fährt Miremont fort. »Nur leiten wir den Dampf auch auf die Turbinen, die die Schraubenwellen und damit die Schraube drehen.«

»Im Grunde«, sage ich nach kurzem Überlegen, »ist Ihr Reaktor eine Art Kochkessel, in dem Wasser erhitzt wird. Aber in diesem Fall muß das Wasser radioaktiv sein, und ich verstehe nicht, wie man seinen Dampf verwenden kann.«

»Den Dampf, den wir einsetzen, gewinnen wir aus einem anderen Wasser. Es gibt nämlich zwei Wasserkreisläufe, die völlig unabhängig voneinander sind. Der Primärkreislauf zirkuliert zwischen den Elementen des Reaktors, und das Waser, das er enthält, ist in der Tat radioaktiv. Es erreicht eine sehr hohe Temperatur, aber da es unter hohem Druck steht, kann es nicht zum Sieden kommen.«

»Woher stammt der hohe Druck?«

»Nun, von einem Druckerzeuger natürlich«, erwidert Miremont, wobei er die Augenbrauen in höflichem Erstaunen hebt.

Aber natürlich! Das versteht sich von selbst. Wie wird das Wasser unter hohen Druck gesetzt? Durch einen Druckerzeuger! Ich bin zwar nicht schlauer als vorher, aber ich habe auch noch nie einen Druckerzeuger gesehen, weder im Krankenhaus von Bordeaux noch sonstwo.

»Dieses radioaktive Wasser«, fährt Miremont fort, »gibt seine Wärme mittels eines Wärmetauschers an einen sekundären Wasserkreislauf ab, in dem das Wasser nicht mehr radioaktiv ist. Da es auch nicht unter hohem Druck steht, kommt es zum Sieden und erzeugt Dampf.«

»Und was geschieht«, frage ich, »mit dem Wasser des Primärkreislaufs?«

»Es kehrt erkaltet in den Reaktor zurück, kühlt ihn, erhitzt sich von neuem, wird in den Wärmetauscher zurückgeleitet, gibt wieder seine Wärme an den Sekundärkreislauf ab, kehrt erkaltet in den Reaktor zurück, und so geht das ständig weiter.«

Ich empfinde, während ich meinen Tee trinke, ein flüchtiges Bedauern, daß ich nicht ein naturwissenschaftliches Studium absolviert habe, so raffiniert, ja »elegant« erscheint mir diese Lösung des doppelten Wasserkreislaufs. Ich werde mich natürlich hüten, einen solchen Terminus Miremont gegenüber zu gebrauchen, wenn er auch der letzte wäre, der über meine Ignoranz und meinen Enthusiasmus lächeln würde. Ich sage mir das, während ich meinen Tee nach dem Vorbild des Paschas in kleinen, andächtigen Schlucken trinke und ganz automatisch die Hand nach einem dieser kleinen Pains au chocolat in dem noch gefüllten Korb ausstrecke, der vor mir steht. Ich bezähme mich gerade noch rechtzeitig, schuldbewußt an die Zahl der Kalorien denkend, die ich bereits zu mir genommen habe.

Da Miremont mich einlädt, mir die Dinge aus der Nähe anzusehen, folge ich ihm, nachdem wir unser Frühstück beendet haben, zur Sektion C.

Die Sektion Kernreaktor-Wärmetauscher nimmt die ganze Breite und Höhe des Schiffs ein. Man erreicht sie über einen Gang, der ganz oben außen vorbeiführt und an beiden Enden durch eine feuersichere Stahltür abgeschlossen ist. Wenn Sie von der Sektion D (Regeneration der Luft) kommen, sehen Sie ein grünes oder rotes Licht, das Ihnen den Durchgang gestattet oder verbietet. Die andere Tür am Ende des Ganges führt zur Sektion B und hat an der Außenseite die gleiche Vorrichtung.

Diese beiden Stahltüren sind stärker als Panzerschranktüren und werden, wenn jemand hindurchgegangen ist, automatisch luftdicht geschlossen. Der Gang, den sie abschließen, ist gewissermaßen das Vorzimmer des Monsters. Miremont zeigt mir die sehr kleine Stahltür, durch die ein Mann mittleren Leibesumfangs passieren kann, um zum Reaktor hinabzusteigen.

»Gut«, sage ich, »gehen wir also.«

»Wohin?« fragt er.

»Nun, in den Reaktorraum.«

Miremont schaut mich entgeistert an. Er traut seinen Ohren nicht. Er ist sprachlos über ein solches Maß an Ignoranz und Leichtfertigkeit.

»Niemals! Aber niemals«, bringt er schließlich heraus. »Niemals auf See! Niemals, wenn der Reaktor in Betrieb ist! Einzig und allein, wenn er abgeschaltet ist. Und nur auf Befehl des Kommandanten. Und selbstverständlich nur mit Schutzanzügen.«

»Und an Land geht man hinein?«

»Ja, wenn das Schiff am Kai liegt. Sobald das Schiff angelegt hat, wird der Reaktor abgeschaltet. Man entnimmt dem Reaktorraum eine Luftprobe. Wenn die Luft atmungstauglich ist, steigt ein Team von Spezialisten in den Raum hinunter.«

»Und wenn sie nicht zum Atmen taugt?«

»Dann gehen sie ebenfalls hinein, aber sie tragen Atemmasken, die sie mit Frischluft versorgen.«

»Und was machen diese Leute?«

»Sie messen sehr gründlich in allen Ecken des Reaktorraums die Strahlungswerte mit einem Geigerzähler.«

»Eine Operation, die mir anzuzeigen scheint, daß ein Entweichen von Radioaktivität möglich ist.«

»Es kann vorkommen.«

»Und wo?«

»Im Wärmetauscher im Bereich der Anschlüsse und Regulierelemente. Wie bei einer Zentralheizung«, fügt er mit einem leicht ironischen Lächeln hin, »aber viel seltener.«

»Und mit dem Unterschied, daß das Leckwasser einer Zentralheizung nicht radioaktiv ist.«

»Das ist der Grund, weshalb man für den Reaktor Spezialdichtungen herstellt. Dichtungen, die sehr zuverlässig sind. Ich habe drei Patrouillen mitgemacht, und ich habe niemals ein Leck gehabt.«

»Du hast vorhin die Möglichkeit eines größeren Unfalls angedeutet.«

»Ich dachte an Feuer.«

»Kann es im Reaktorraum einen Brand geben?«

»Wie überall, wo es Instrumente gibt, die mit Elektrizität arbeiten.«

»Und was unternimmt man dann?«

»Man berieselt die Anlage ausgiebig mit Wasser. Die Sprinkleranlage funktioniert automatisch. Du mußt mich jetzt entschuldigen«, er schaut auf die Uhr, »ich muß die Wache im PCP übernehmen. Wir sehen uns heute mittag.«

Ich bedanke mich und verlasse ihn. Durch mehrere Gänge begebe ich mich von der Sektion C zur Sektion F. Unterwegs richte ich ein paar freundliche Worte an die Männer, die ich im Krankenrevier behandelt habe. Meine Gedanken sind noch immer bei diesem seltsamen Götzen, eingeschlossen im Allerheiligsten, unsichtbar und unzugänglich, außer in bestimmten Fällen für seine Priester, die, mit speziell für diese Gelegenheit geschaffenen Gewändern bekleidet so typisch liturgische Gegenstände tragen wie Geigerzähler. Mit ihnen huldigen sie – wie mit Räuchergefäßen – der Macht dieses Götzen, der sich einmal als wundertätiger Helfer erweist, indem er uns Licht und Energie spendet, und dann wieder als unheilbringendes Monster, wenn wir das strenge Ritual seines Kults nicht genauestens befolgen.

Auf meiner Brust trage ich, wie alle hier auf dem Schiff, in der Art eines geweihten Amuletts ein Dosimeter mit meinem Namen und meiner Kennummer, das nach Ablauf eines Monats gegen ein anderes ausgetauscht und nach Beendigung der Patrouillenfahrt an ein Zentrallabor eingeschickt wird. Dort entwickelt man den Film und trägt auf meine Karteikarte die Strahlungsdosen ein, die ich eventuell bei der Verehrung des Götzen abbekommen habe (sei es auch nur dadurch, daß ich gewagt habe, den Vorraum seines Heiligtums zu betreten). Das Labor verständigt meine Einheit, wenn ihm die gemessenen Strahlungswerte anormal erscheinen.

Beim Passieren der Kommandozentrale begegne ich dem Zweiten, der mich mit einem ironischen Zwinkern seiner lebhaften Augen anspricht: »Nun, Toubib, Sie haben den Energue über den Reaktor ausgefragt. Haben Sie was gelernt?«

»Wie, Commandant? Das wissen Sie schon?«

»Ich weiß alles«, sagt Picard mit seinem abrupten Lachen.

»Vielleicht könnten Sie mir sagen, Commandant, ob es schon einmal vorgekommen ist, daß jemand eine Überdosis Strahlen abbekommen hat.«

»Nach meiner Kenntnis nie.«

Er fängt an zu lachen: »Ach ja, einmal. Das ist folgendermaßen passiert. Einige Tage nach unserer Rückkehr von einer Patrouille erhalten wir auf der Ile Longue die Nachricht vom Labor, daß ein Quartier-maître eine allerdings ungefährliche Dosis abbekommen hat. Wir sind überrascht, aber dann stellen wir fest, daß der Mann im letzten Augenblick aus irgendeinem Grund verhindert war, an der Patrouille teilzunehmen. Die Sache wurde genau untersucht, und man entdeckte, daß der Mann, der in der mittleren Bretagne an den Hängen des Menez Hom wohnt, in seinem Garten eine kleine Mauer gebaut hat. Die Steine waren radioaktiv – nur schwach, aber doch ausreichend, um bei der Messung ihre Auswirkung zu entdecken.«

Er lacht noch einmal, dann wirft er mir einen scharfen Blick zu und fragt: »Und wie steht's mit Ihnen, Toubib? Leiden Sie nicht zu sehr unter den Folgen des Eingeschlossenseins? Keine depressiven Stimmungen?«

Ich weiß genau, woran er denkt, und ich antworte sofort: »Sehen Sie, Commandant, es passiert mir wie allen anderen auch, daß ich gelegentlich ein kleines Stimmungstief habe, aber bei mir hält das nicht lange an. Ich komme immer wieder schnell auf die Beine.«

»Ich hätte darauf geschworen«, erwidert er, und als ich meinen Weg fortsetze, gibt er mir einen kleinen freundschaftlichen Klaps auf die Schulter.

Ich betrete das Krankenrevier, wo mich Le Guillou mit den Worten empfängt: »Oh, Doktor, gerade war Brouard hier.«

»Brouard?«

»Sie wissen doch, Doktor, der Junge, der jeden Tag hundert Gramm Bonbons in der Coop kauft.«

»Ach ja, jetzt erinnere ich mich.«

»Er hat nicht warten können. Er mußte seinen Wachdienst antreten. Aber er hat gesagt, er würde heute nachmittag noch einmal vorbeikommen.«

»Gut. Ich werde dasein. Was macht Morvan?«

»Er schläft«, antwortet Le Guillou mit zufriedenem Grinsen.

»Und wer hat das Revier auf Hochglanz gebracht?«

»Das habe ich gemacht.«

»Obersanitäter, finden Sie nicht, daß Sie Ihren Assistenten ein bißchen zuviel bemuttern?«

»Er versieht seinen Dienst untadelig«, verteidigt ihn Le Guillou. »Sobald Betrieb einsetzt, brülle ich ihm ins Ohr: ›Aufstehen!‹, und er kommt sofort angesaust.«

An diesem Morgen kann man allerdings von Betrieb nicht reden. Zwei Patienten: Einer hat sich in den Zeigefinger geschnitten, und einer beklagt sich über Sodbrennen.

Während Le Guillou den Finger desinfiziert und verbindet, frage ich den Magen: »Haben Sie dieses Sodbrennen schon lange?«

»Seit Beginn der Patrouille.«

»Wie steht's mit der seelischen Verfassung?«

»Bestens, Doktor.«

»Gute Nachrichten von zu Hause?«

»Ausgezeichnete.«

»Verheiratet? Kinder?«

Er strahlt: »Verheiratet, zwei Kinder.«

»Haben Sie Sehnsucht nach ihnen?«

»Sicher. Aber ich mache mir keine Sorgen. Auf meine Frau kann ich mich verlassen.«

Natürlich! Die Frau des Seemanns ist per definitionem eine starke Frau, hart im Ertragen von Schmerzen und Leid, dem Mann eine sanfte Gefährtin, eine wahre Madonna für ihre Kinder. Seit Victor Hugo weiß das alle Welt. Sie erinnern sich sicher an *Les Pauvres Gens:* »Sieh doch«, sagte sie und öffnete die Vorhänge, »da sind sie!«

»Le Guillou, geben Sie ihm ein Alka, nur eins.«

»Nur eins?« fragt mich der Magen. »Und wenn das Sodbrennen wiederkommt?«

»Dann machen Sie es wie ich. Sie essen weniger.« Gleich darauf fällt mir meine Ausschweifung vom Morgen ein, und ich schäme mich, daß ich mich als Beispiel zitiert habe. Es ist für einen gewissenhaften Menschen einfach unmöglich, selbst auf einem so unwesentlichen Gebiet sich der Vorstellung von der Sünde zu entziehen. Und, schlimmer noch, dem Wunsch nach Selbstbestrafung. Wie wäre es sonst zu erklären, daß ich, obwohl mich schon jetzt der Hunger quält, bis zum zweiten Mittagsservice warte, um ihn zu stillen?

Im Carré treffe ich wieder Miremont. »Heute morgen sind wir nicht ganz zu Ende gekommen«, sage ich. »Ich möchte dich noch etwas fragen: Da du auf See den Reaktorraum doch nie betreten darfst, was tust du eigentlich?«

»Du darfst nicht glauben, daß ich die Daumen drehe«, sagt er ohne eine Spur von Lächeln. »Auf See steuere ich den Reaktor. Nicht ich allein übrigens, wir sind zu dritt: Callonec, Becker und ich.«

»Anders ausgedrückt, der Prop, der Sec-plonge und der Energue, stimmt's?«

»Ja. Wie du weißt, übernehmen wir reihum die Wache im PCP.«

»Ihr seid nur zu dritt. Ist das nicht eine starke Belastung?«

»Ja, es ist ein ganz schöner Streß. Und auf die Dauer ziemlich lästig. Aber der Commandant Forget löst uns von Zeit zu Zeit ab, um uns zu entlasten.«

»Und reihum steuert jeder von euch den Reaktor?«

»Das hast du doch schon Callonec gefragt«, antwortet er etwas pikiert.

»Aber er hat mich zu dir geschickt. Immerhin bist doch du Ingenieur der Atomenergietechnik, oder nicht?«

»Das bin ich«, sagt er mit bescheidenem Stolz. »Also gut, was willst du von mir wissen?«

»Wie und wozu steuert man einen Reaktor?«

»Man steuert ihn, indem man seine Leistung erhöht oder vermindert.«

»Das soll heißen?«

»Man beschleunigt die Kernreaktion, oder man verlangsamt sie.«

»Und wie macht man das?«

»Mit den Regelstäben. Man fährt sie ein, um die Reaktion zu verlangsamen, und man fährt sie aus, um die Reaktion zu beschleunigen.«

»Und was sind das für Stäbe? Aus welchem Material bestehen sie?«

»Aus Hafnium, glaube ich.«

Er glaubt! Er weiß es nicht sicher!

Gut, wenn er so diskret ist, will ich nicht drängen. »Und wie läuft das praktisch ab?«

»Nehmen wir an, der Kommandant will die Fahrt beschleunigen. Er gibt den Befehl ›Voraus 4‹.«

»Ja, das hat mir Callonec erklärt. Der Befehl wird elektrisch zum PCP weitergeleitet. Klingelzeichen. Ein Lämpchen leuchtet bei Voraus 4 auf. Der Operateur betätigt einen Hebel, um mehr Dampf auf die Turbine zu bringen.«

»Und ich erhöhe die Leistung des Reaktors, falls das nötig ist. Ich fahre die Regelstäbe so weit aus, daß die dadurch bewirkte Intensivierung der Kernspaltung ausreicht, die erforderliche Leistung zu erbringen. Verstehen Sie mich nicht falsch, natürlich steuere ich die Regelstäbe vom PCP aus, und zwar mittels eines einfachen Schalthebels.«

»Die Regelstäbe oder die Kreuze?«

»Das ist dasselbe.«

»Und wenn der Kommandant auf Voraus 2 zurückgehen will, steuerst du die Reaktorleistung herunter?«

»Ja, ich fahre die Regelstäbe so tief wie nötig in den Reaktorkern ein. Je tiefer man sie einfährt, um so mehr Neutronen werden absorbiert. Wenn man sie ganz einführt, kann man die Kernreaktion stoppen.«

»Wenn du die Reaktorleistung erhöhst, gibt es da eine Grenze für die Temperatur, die der Reaktor erreichen kann?«

»Das will ich doch meinen! Du möchtest ja nicht, daß der Kern zu schmelzen beginnt!«

»Und wann muß man die Temperatur des Reaktors senken?«

»Wenn sie im Verhältnis zu dem Druck, der das Sieden des Wassers im primären Kreislauf verhindert, zu hoch ist.«

»Falle ich dir mit meinen Fragen auch nicht zu lästig?«

»Aber nein, aber nein«, sagt er mit stoischer Gelassenheit.

»Nur noch eine letzte Frage, dann bin ich fertig. Bei welcher Temperatur wird die Hitze des Reaktors gefährlich?«

Er senkt die Augen und verschließt sich wie eine Auster: »Das, ich weiß nicht recht, ob ich dir das sagen kann...«

Um halb zwei bin ich wieder im Krankenrevier, wo Brouard auf mich wartet. Ich lasse ihn den Oberkörper frei machen und horche ihn sorgfältig ab. Ohne etwas zu finden, natürlich. Er wäre nicht hier, wenn er etwas hätte. Man würde es bei der Kontrolluntersuchung an Land festgestellt haben.

»Also, Brouard, Sie haben eine leichte Laryngitis. Nichts sehr Schlimmes. Le Guillou wird Ihnen Pastillen zum Lutschen geben. Auf einem U-Boot gibt es zwangsläufig immer etwas Zugluft. Die Temperatur variiert von einer Sektion zur anderen. Sie sind vielleicht empfindlicher gegen diese Schwankungen als andere. Kommen Sie noch einmal zur Kontrolle her, wenn es nicht besser wird.«

Das sage ich für den Fall, daß es mir nicht gelingt, diese Schnecke beim ersten Versuch aus ihrem Haus zu locken. Man kann wirklich nicht sagen, daß es Brouard leichtfällt, sich jemandem anzuvertrauen, selbst wenn er es möchte. Zwei tiefe Falten ziehen sich von seinen Nasenlöchern zu den Mundwinkeln. Man nennt solche Falten Lachfalten, aber obwohl sie bei ihm sehr ausgeprägt sind, dürften weder Lachen noch Lächeln ihre Ursache sein. Seine Augen haben eine goldbraune Farbe, aber einen schwermütigen Ausdruck. Sie erinnern mich an die Augen eines Spaniels, der mich durch die Melancholie seines Blicks behexte. Brouards Lippen sind zusammengepreßt, seine Stirn gerunzelt, seine Augenlider gesenkt. Er hat eine gelbliche, fahle Gesichtsfarbe.

Während er sich wieder anzieht, mit gesenkten Augen und ohne ein Wort zu sagen, versuche ich noch einmal, ihm einen Anstoß zu geben: »Sie machen den Eindruck, als ob Sie irgend etwas bedrückt. Haben Sie Schwierigkeiten mit der Verdauung?«

»Nein, Doktor, keine.«

»Dann ist es vielleicht Ihre seelische Verfassung? Ist etwas nicht in Ordnung?«

Er wirft mir einen Blick zu: »Keineswegs.« Der Blick ist mißtrauisch. Das Gesicht verschlossen. Der Ton abweisend, beinahe aggressiv.

»Also gut«, schließe ich das aussichtslose Gespräch ab, »kommen Sie wieder, wenn der Husten nicht aufhört.«

Brouard verabschiedet sich mit einem mehr geflüsterten als gesprochenen »Danke, Doktor«. Le Guillou, der sich diskret in den Isolierraum zurückgezogen hatte, erscheint in der Tür. Ich zucke die Achseln. »Es ist nicht an ihn heranzukommen, er will seine Sorgen für sich behalten. Aber er hat welche, Sie haben recht. Wie ist sein Verhältnis zu den Kameraden?«

»Sehr gut, er ist nicht gesprächig, aber immer bereit zu helfen.«

»Hat er einen Freund?«

»Ja, Roquelaure.«

»Roquelaure! Der geschwätzige Marseiller! Und die beiden verstehen sich?«

»Sehr gut. Sie streiten manchmal. Aber sie verstehen sich. Roquelaure wirft Brouard seine Schweigsamkeit vor. Und Brouard beklagt sich, daß Roquelaure geschwätzig wie ein Elster ist. Nun ja, es gibt solche und solche, und es wäre schlimm, wenn es anders wäre.«

Es liegt mir nicht, den Pfarrer zu spielen, und ich fühle mich ein wenig unbehaglich, daß ich mit aktiver Beteiligung Le Guillous in die persönlichen Geheimnisse eines Menschen einzudringen versuche. Aber auch das ist ein Teil meiner ungeschriebenen Funktion, und ich glaube, daß es nützlich ist.

Fünf Tage nach dem mißlungenen Versuch, Brouard zum Sprechen zu bringen, bin ich im Begriff, im Kreise meiner Tischgenossen ein köstliches Mahl zu beenden, als Wilhelm mir ins Ohr flüstert: »Doktor, Le Guillou bittet Sie dringend, ins Revier zu kommen.«

Ich werfe einen bedauernden Blick auf die Ananastorte, die er mir gerade serviert hat, und einen entschuldigenden zum Pascha herüber, der die Mitteilung verstanden hat und zustimmend nickt. Ich stehe auf und verlasse das Carré.

»Ich hebe sie Ihnen auf, Doktor«, ruft Wilhelm mir nach, was ein lautes Gelächter auslöst, denn jeder in der Runde kennt meine Naschhaftigkeit und meine Bemühungen, sie zu zügeln.

Ich bin ziemlich besorgt, denn ich hatte vier Tage lang einen Mann zur Beobachtung im Isolierraum einquartiert, weil er Fieber hatte, ohne irgendwelche Symptome einer bekannten Krankheit zu zeigen. Vier Tage, an denen ich mich immer wieder fragte: »Was wird er wohl ausbrüten?«

Und dann, am Morgen des fünften Tages, war das Fieber plötzlich verschwunden, und der Mann war wieder auf den Beinen – ohne daß ich etwas dazu getan hätte.

Im Krankenrevier sehe ich Le Guillou damit beschäftigt, die blutverschmierte linke Hand Roquelaures zu desinfizieren. Ich trete näher und sehe mir die Hand an. Roquelaure ist ein wenig blaß, er verzieht das Gesicht, aber er ist ein kleiner Bursche, dünn und drahtig, er wird nicht ohnmächtig werden.

»Wer hat Ihnen denn das beigebracht, Roquelaure?«

»Eine Gabel, Doktor.«

Unter der Wirkung des Schmerzes kommt sein Marseiller Akzent, den er doch in den langen Jahren seines bretonischen Ehestandes verloren hatte, wieder durch. Dieses »Eine Gabel, Doktor« könnte fast von Pagnol sein.

»Und wer befand sich am Ende der Gabel?«

Roquelaure schweigt, was um so eindrucksvoller wirkt, weil er üblicherweise so geschwätzig ist.

»Bemühen Sie sich nicht, Doktor«, sagt Le Guillou, »es war Brouard.«

»Niemand hat dich gebeten, das zu sagen«, fährt Roquelaure ihn an.

»Reg dich nicht auf, Junge, das hat sich in der Cafeteria vor sechzig Leuten abgespielt. Du kannst dich darauf verlassen, daß es inzwischen jeder auf dem Schiff weiß.«

»Er hat ganz ordentlich zugestochen«, sage ich, während ich die Wunden eine nach der anderen untersuche und die Gelenke vorsichtig bewege. »Le Guillou, röntgen Sie die Hand.«

»Brouard ist ein bißchen aus der Haut gefahren, das ist alles«, verteidigt Roquelaure den Täter. »Jedem kann mal der Kragen platzen, wenn er schlecht gelaunt ist, oder etwa nicht?«

»Und was war der Grund, daß ihm der Kragen geplatzt ist?«

»Ich war dabei, ihm die Leviten zu lesen. Sie kennen mich, Doktor, ich kann mein großes Maul nicht halten. Ich rede und rede.«

»Und über welches Thema lasen Sie ihm die Leviten?« frage ich, während Guillou die Vorbereitungen für die Röntgenaufnahme macht.

»Das, Doktor, sollten Sie ihn besser selbst fragen.«

»Irrtum, Irrtum!« sagt Le Guillou. »Jetzt ist die richtige Gelegenheit, das Maul einmal richtig aufzureißen, Roquelaure. Der Doktor ist der Puffer zwischen den Offizieren und uns. Er kann eine Menge tun, um die Dinge wieder ins Lot zu bringen, und Brouard hat das ja wohl besonders nötig.«

»Also gut«, sagt Roquelaure nach kurzem Zögern: »Ich habe ihn zusammengestaucht, weil er entweder den Mund nicht aufkriegt oder, wenn er einmal redet, dann nur, um zu kritisieren.«

»Was kritisiert er?«

»Alles.«

»Und was besonders?«

»Den Zweiten«, antwortet er mit verlegener Miene.

»Den Zweiten?« wiederhole ich erstaunt. »Aber Brouard hat doch mit dem Zweiten gar nichts zu tun. Was wirft er ihm denn vor?«

»Daß er die Familigramme zensiert.«

Le Guillou und ich schauen uns an.

»Und wissen Sie, warum er ihm das vorwirft?«

»Also das weiß ich nun wirklich nicht, Doktor.«

Schweigen. – »Sagen Sie, Roquelaure, wie haben Sie reagiert, als Brouard mit der Gabel auf Sie losgegangen war?«

»Gar nicht. Ich habe mir das Taschentuch um die Hand gebunden, bin aufgestanden und zum Krankenrevier gegangen.«

»Ohne etwas zu sagen?«

»Natürlich. Brouard ist schließlich mein Kumpel. Er war sowieso schon ganz fertig, als er merkte, was er angerichtet hatte.«

Ich schaue mir die Röntgenaufnahme an, die Le Guillou mir herüberreicht: Kein Knochen ist verletzt. Ich verbinde Roquelaures Hand selbst und verordne ihm Bettruhe.

»Le Guillou, ich gehe ins Carré zurück, um meine Mahlzeit zu beenden. Würden Sie bitte Brouard suchen und ihn in einer halben Stunde herbringen?«

Als ich meinen Platz am Tisch wieder einnehme, flüstere ich dem Pascha zu: »Nichts Ernstes.« Dann bitte ich Wilhelm, mir mein Stück Torte zu bringen.

»Leider, Doktor«, sagt Wilhelm mit zerknirschter Miene, »haben diese Herren bereits darüber verfügt.«

»Was heißt das, verfügt?« frage ich und ziehe die Augenbrauen hoch.

»In deinem eigenen Interesse, Toubib«, erklärt Verdoux. »Es ist uns aufgefallen, daß deine Taille sich stark erweitert.«

Ich sehe ihn an, ich sehe Wilhelm an, der von der Schwelle seiner Pantry aus diese Szene mit offensichtlichem Vergnügen verfolgt. Ich entschließe mich, mitzuspielen. »Wie soll ich das verstehen?« sage ich und betrachte meinen Bauch mit fingierter Konsternation. »Meine Taille soll stärker geworden sein? Glaubt ihr das wirklich? Seid ihr sicher?«

»Toubib«, nimmt Miremont das Wort, »ich traute mich nicht, es dir zu sagen, aber ich hatte das auch schon bemerkt.«

»Ich auch«, stimmt ihm Saint-Aignan bei.

»Das springt in die Augen«, sagt Verdelet. »Ist es nicht so, Commandant?«

Der Pascha begnügt sich mit einem Lachen.

»Es ist traurig, wenn man mit dreißig Jahren schon eine Wampe hat«, kommentiert Verdoux.

»Es ist vor allem traurig, zu glauben, daß man eine Wampe hat«, sage ich mit ernster Miene.

»Wie? Du glaubst das nicht?« sagt Verdelet.

»Aber klar doch! Ich glaube alles!«

»Und wer soll das sein, der dir etwas weismacht?« sagt Verdoux.

»Alle natürlich, im besonderen aber ein Bürschchen, das sich jeden Tag heimlich in meine Kajüte schleicht, um zwei Zentimeter von meinem Gürtel abzuschneiden.«

Mein Schuß hat ins Schwarze getroffen. Ich habe die Lacher auf meiner Seite.

»Meine Herren!« nimmt der Pascha das Wort. »Der Toubib hat euch schön hereingelegt. Ich schlage vor, daß wir ihm den Sieg nach Punkten zuerkennen.«

Das Votum wird durch Akklamation angenommen, und Wilhelm bringt mit feierlicher Miene mein Stück Torte herein. Diese kleine Geschichte wird sich rasch in unserem kleinen Dorf herumsprechen, dafür wird Wilhelm schon sorgen. Mir würde das auch gar nicht mißfallen, wenn ich nicht in diesem Augenblick, die Gabel in der Hand, an Brouard denken müßte.

»Sie wollen mich sprechen, Doktor?« sagt Brouard mit verschlossener Miene und in aggressivem Ton, als ich das Krankenrevier betrete, wo er schon auf mich wartet.

»In der Tat«, antworte ich, »aber nicht, wenn Sie Ihren Ton nicht ändern. Ich behandle hier Ihren Husten, und ich behandle die Hand Ihres Freundes. Wenn Sie wollen, daß wir es damit bewenden lassen, ich bin einverstanden.« Ich habe ohne Umschweife und in schroffem Ton gesprochen, und diese Einleitung kühlt ihn etwas ab.

»Persönlich habe ich nichts gegen Sie, Doktor.«

»Wie schön für mich!«

»Aber sehen Sie, Doktor...«

»Sie wollen nicht, daß ich Ihnen helfe«, unterbreche ich ihn.

»Mir helfen! Mir helfen!« sagt er verbittert. »Aber Sie können mir nicht helfen, Doktor. Für mich ist Schluß mit dem U-Boot-Dienst. Soll man mit mir machen, was man will. Mich einsperren, mich degradieren, meine Pensionsjahre streichen und mich meinetwegen aus der Marine ausstoßen, das kümmert mich einen Dreck! Das ändert nichts an meiner Entscheidung. An dem Tag, wo die Marée beendet ist und wir auf die Ile Longue zurückkehren, packe ich meine Siebensachen und verschwinde.«

»Beruhigen Sie sich erst mal, Brouard.« Ich nehme ihn fest beim Arm und führe ihn zu einem Stuhl. Als er sich gesetzt hat, fahre ich fort: »Wie viele Marées haben Sie bisher mitgemacht?«

»Dies ist meine fünfte.« Er spricht jetzt in ruhigem Ton.

»Fünf«, sage ich, »das ist eine lange Zeit. Ich verstehe Sie. Sie haben genug davon. Sie möchten jetzt lieber einen Einsatz an Land, auf der Ile Longue. Zum Beispiel in einer Marinewerkstatt, Sie sind ja Mechaniker. Meiner Ansicht nach müßte das durchaus möglich sein.«

Er schaut mich an. Er ist so verblüfft darüber, wie ich die Situation entdramatisiere, daß es ihm die Sprache verschlägt. Ich fahre fort: »Natürlich, sechzig oder siebzig Tage von der Welt abgeschnitten zu sein, das ist für einen verheirateten Mann ziemlich hart. Sie sind doch verheiratet? Haben Sie Kinder?«

»Ich bin verheiratet, aber«, er schluckt hart, »ich habe kein Kind.«

»Und haben Sie gute Nachrichten von Ihrer Frau?«

»Ja.« Nach kurzem Schweigen: »Ich meine, nein.«

»Und wieso nein?«

»Letzte Woche«, sagt er mit tonloser Stimme, »habe ich kein Famili bekommen.« (Famili ist die bordübliche Abkürzung für Familigramm.)

»Und das beunruhigt Sie?«

»O ja, das beunruhigt mich. Und wie mich das beunruhigt! Wo sie doch schwanger ist.«

»Das bedeutet aber noch nicht, daß etwas mit der Schwangerschaft nicht in Ordnung ist.«

»Doch, das bedeutet es wohl.«

Seine Stimme ist wieder aggressiv geworden. »Auch letztes Jahr war sie schwanger. Sie hat eine Fehlgeburt gehabt und wäre beinahe gestorben, während ich auf Marée war und es nicht einmal wußte.«

»Kurz gesagt, Sie befürchten, daß bei der Schwangerschaft Ihrer Frau auch diesmal Komplikationen auftreten, ohne daß Sie etwas davon erfahren.«

»Genau das!« antwortet Brouard in einem Ton, der zwischen Zorn und Erleichterung schwankt. Er wiederholt: »Genau das!«

»Die erste Fehlgeburt«, sage ich nach kurzem Schweigen, »worauf war die zurückzuführen?«

»Sie ist auf einer Treppe gestürzt.«

»Aber sehen Sie, Brouard, wenn die Fehlgeburt vom letzten Jahr durch einen Unfall verursacht wurde, gibt es doch keinen Grund, warum sie sich diesmal wiederholen sollte.«

Diese Bemerkung macht ihn unsicher, überzeugt ihn aber keineswegs. »Und wenn sie doch wieder eine Fehlgeburt hat, erfahre ich das nicht einmal. Und das alles wegen dieser verdammten Zensur.«

Ich schaue ihn an. Da sitzt also der Haken.

»Ihre Frau hat letzte Woche vielleicht vergessen, ein Familigramm zu schicken«, taste ich mich vorsichtig heran.

»Da kennen Sie meine Frau aber schlecht.«

»Oder vielleicht ist ihr Familigramm zu spät bei der BOFOST eingetroffen und konnte nicht mehr befördert werden.«

»Das wäre schon möglich«, sagt er mit bedrückter Miene. »Aber ich, ich sitze hier und warte und stelle mir die schlimmsten Dinge vor, eingeschlossen in diesen Schrotthaufen unter Wasser, abgeschnitten von der Welt, ohne Möglichkeit, mich mit meiner Frau in Verbindung zu setzen.«

Daß ein U-Boot-Fahrer sein Schiff als Schrotthaufen bezeichnet, das sagt eine Menge über seine seelische Verfassung aus.

»Warten Sie einen Augenblick, Brouard.« Ich werfe einen raschen Blick auf meine Armbanduhr. »Ich muß kurz mit jemandem sprechen. Ich bin gleich zurück.« Ich gehe schnell hinaus, ohne ihm Zeit zu einer Antwort zu geben, und mache mich auf die Suche nach dem Zweiten.

Der Commandant Picard hat eines mit dem Patron gemein: die Gabe der Allgegenwart. Ob man bei Tag oder bei Nacht im Schiff unterwegs ist, man kann sicher sein, ihm zu begegnen. Nichts entgeht seinen lebhaften, scharfen schwarzen Augen. Er sieht alles, er versteht alles, und er reagiert sehr rasch mit einem kurzen lapidaren Satz, der keinen Widerspruch zuläßt. Er lacht gern, schallend, aber kurz, Auge und Ohr schon auf das gerichtet, was ihm als nächstes begegnen wird. Er ist in jedem Augenblick ganz bei der Sache und weiß eine Antwort auf die abwegigsten Fragen. Eine besonders schätzenswerte Eigenschaft: Er kann zuhören, und obwohl sein schlagfertiger Humor gefürchtet ist, fehlt es ihm nicht an Herzlichkeit und menschlicher Wärme.

Ich finde den Commandant Picard in der Kommandozentrale, und zwar auf der Plattform der Periskope – der drei Periskope, die man aus Gründen der Diskretion nie benutzt, die aber für den Notfall vorhanden sind.

Ich steige zu ihm hinauf und spreche ihn an: »Commandant, darf ich Ihnen eine indiskrete Frage stellen?«

Seine kleinen schwarzen Augen funkeln maliziös: »Fern sei

mir der Gedanke, Sie an der Ausübung Ihres Spezialtalents zu hindern.« Er lacht schallend, um der boshaften Bemerkung die Schärfe zu nehmen.

»Haben Sie in der letzten Woche ein Familigramm zensiert?«
»Nein.«
»Kann ich das Brouard sagen?«
»Schicken Sie ihn zu mir. Ich werde es ihm sagen.«

Natürlich, Picard weiß schon alles, oder doch fast alles. Ich fahre fort: »Was wird ihm die Gabel einbringen?«
»Zehn Tage Bordarrest.«
»Und wie wird dieser Bordarrest durchgeführt?«
»Normale Arbeit.«
»Das ist also eine rein theoretische Strafe?«
»Was würden Sie denn vorschlagen?« sagt er, plötzlich ernst werdend. »Ihn die ganze Nacht als Ausgucksposten auf die Großmastspitze zu setzen? Ihn vierzehn Tage mit gefesselten Füßen in den Laderaum zu stecken? Oder ihm vom Patron hundert Schläge mit der neunschwänzigen Katze verabreichen zu lassen?«
»Oder ihn vielleicht für vierundzwanzig Stunden an die Funkantenne zu binden?«
»Vierundzwanzig Stunden, ohne einen Funkspruch zu erhalten? Toubib, daran denken Sie doch wohl nicht im Ernst!«

Er lacht wieder sein abruptes kurzes Lachen, wirft mir einen prüfenden Blick zu und sagt: »Weiter!«
»Was weiter?«
»Stellen Sie Ihre dritte Frage.«

Es ist irritierend. Er weiß genau, wie mein Verstand arbeitet.
»Also gut«, sage ich. »Hier ist meine letzte Frage: Wäre es möglich, für Brouard eine Arbeit auf der Ile Longue zu finden, vielleicht in einer Werkstatt?«
»Das ist nicht nur möglich. Das ist auch wünschenswert.«
»Warum wünschenswert?«
»Ich darf darauf aufmerksam machen, daß die angekündigte letzte Frage nicht die letzte, sondern die vorletzte war.«
»Touché!«

»Die Antwort ist: Der Mann ist ein ausgezeichneter Mechaniker, aber er hat zu schwache Nerven, um einen guten U-Boot-Mann abzugeben. Was geschehen ist, ist der beste Beweis. Aber«, er faßt meinen Arm und drückt ihn, »behalten Sie diese Bewertung für sich, Toubib. Und danke. Danke für alles.«

Ich frage mich, ob auch das ironisch gemeint ist. »Sie finden nicht, daß ich meine Kompetenzen überschritten habe?«

»Durchaus nicht. Und wenn Sie wissen, warum Brouard sich so heftig über die Zensur der Familigramme erregt, wäre ich Ihnen für die Mitteilung des Grundes zu Dank verpflichtet.«

Ich berichte ihm den Grund. Er hört mir zu, den Kopf ein wenig zur Seite geneigt, die lebhaften, scharfen Augen auf meine Augen geheftet. »So ist das also«, sagt er nachdenklich. »Jetzt wird mir alles klar.« Da er schweigt, ergreife ich die Offensive: »Fragen Sie sich manchmal, ob das Zensieren der Familigramme nicht mehr Schlechtes als Gutes bewirkt?«

Er reagiert sofort: »Zunächst einmal, wir zensieren die Familigramme nicht. Wir verzögern nur die Aushändigung einer Todesnachricht an den Betroffenen, um ihm unnötige seelische Leiden zu ersparen; da er mit uns unter Wasser eingeschlossen ist, kann er ja nicht zu seinen Angehörigen eilen. Außerdem erfolgt das Zurückhalten einer Nachricht nicht automatisch. Der Kommandant und ich diskutieren über jeden einzelnen Fall. Und schließlich bitten wir bei Patrouillenbeginn alle Männer der Besatzung, uns zu verständigen, wenn jemand von ihren Angehörigen schwer erkrankt ist und sie einen tödlichen Ausgang befürchten. In einem solchen Fall halten wir die Nachricht nicht zurück. Was wir vermeiden wollen, Toubib, ist der Schock, den die Nachricht von einem unerwarteten Todesfall auslöst, und seine verhängnisvollen Auswirkungen auf die Moral des Mannes.«

»Und durch ihn auf die Moral des Teams, zu dem er gehört.«

»Natürlich«, gibt Picard zu, »denken wir auch an das Schiff. Schockiert Sie das?«

»Keineswegs. Ich verstehe durchaus, daß die Erhaltung der Moral wichtig ist. Ebenso wichtig sogar wie die Erhaltung des Materials.«

»Gute Formulierung, Toubib!« sagt der Zweite mit seinem eigenartigen kleinen Lachen. Wenn ich »klein« sage, so bezieht sich das auf die Dauer, nicht auf das Volumen. Denn in Wirklichkeit ist sein Lachen kräftig, schallend, wiehernd, aber abrupt endend.

»Gute Formulierung!« wiederholt Picard. »Wenn ich eines Tages ein Handbuch für den U-Boot-Fahrer schreibe, werde ich sie übernehmen.«

»Und ich werde mein Urheberrecht geltend machen.« Nach diesem abgedroschenen Scherz (der aber wie alle seinesgleichen nützlich und hilfreich für die gesellschaftlichen Beziehungen ist) trennen wir uns in beiderseitiger Zufriedenheit. Ich kehre zum Krankenrevier zurück, um Brouard zu sagen, daß der Zweite ihn erwartet.

»Machen Sie sich keine Sorgen«, beruhige ich ihn. »Es wird den Umständen entsprechend ziemlich glimpflich ablaufen.«

Er murmelt ein »Danke, Doktor« und geht. Natürlich muß Le Guillou eine für ihn vorteilhafte Nutzanwendung aus dem Vorfall ziehen: »Sehen Sie, Doktor, es hat schon seinen Sinn, daß Sie die Coop führen und ich der Verkäufer bin. Wenn Brouard nicht jeden Tag hundert Gramm Bonbons bei mir gekauft hätte, würde ich nie geahnt haben, daß er etwas auf dem Herzen hat.«

Kurz, Le Guillou, Brouard, der Zweite und ich, alle Welt ist zufrieden. Was Roquelaure betrifft, so führt er, von allen bewundert, seine in einem dicken weißen Verband (von makelloser Sauberkeit) steckende Hand an Bord spazieren, als ein Symbol der guten U-Boot-Kameradschaft und zugleich einer besonders verdienstvollen kontrollierten Reaktion.

»Danke, daß Sie uns geholfen haben, Toubib«, sagt der Pascha, den ich zur Teestunde im Carré antreffe. Er wirft mir aus seinen warmen Augen einen Blick zu, nur einen. Er sagt nichts weiter, und er trinkt seinen Tee in kleinen, andächtigen Schlucken.

Die Teetrinker kann man nach meiner Beobachtung in zwei Kategorien einteilen: Die eine Kategorie bilden die »Konventionellen«, die im schlimmsten Fall nicht einmal wissen, was sie trinken. Die anderen sind die »Aficionados«, die das Bouquet des dampfenden Tees genießerisch einatmen, bevor sie den köstlichen Trank schlürfen.

Man erkennt die Aficionados an untrüglichen Zeichen. Sie warten, bis der Tee sich abgekühlt hat, bevor sie die Tasse an die Lippen führen, denn sie wollen sich ihre empfindlichen Papillen nicht verbrennen. Sie trinken ihn in kleinen, genießerischen Schlucken, und, was besonders bemerkenswert ist, sie rauchen nicht, sie wollen sich weder ihren Geschmacks- noch ihren Geruchssinn verderben. Das Lieblingstier der Aficionados ist die Katze. Ihr Lieblingsdichter ist Cowper, der als erster »*the cups that cheer but not inebriate*« (die Tassen, die uns anregen, aber ohne uns zu berauschen) gerühmt hat.

Warum die Katze? Deshalb, versteht sich, weil sie von allen Haustieren den ausgeprägtesten Sinn für ruhige, unbewegte, stille Behaglichkeit besitzt, die den Aficionados für ihre Teestunde so heilig ist; denn nur in ihr kann die belebende, Geist und Körper erfrischende Wirkung des Tees sich voll entfalten.

Ich kann zwar etwas Mitleid für die »Konventionellen« aufbringen, aber Achtung empfinde ich für ihre barbarische Trinkgewohnheit nicht. Nur der Aficionado ist mein Bruder. Noch in zwanzig Jahren, in dreißig Jahren werde ich, wenn ich an den Pascha denke, das Bild der blauen Augen, des kurz gestutzten Bartes und der zerbrechlichen Tasse mit dem köstlich duftenden Tee vor Augen haben, den er mit gelassener Ruhe genießt.

Der Pascha setzt seine Tasse auf dem niedrigen Tischchen ab, das seinen Sessel von dem meinen trennt, nimmt ein Biskuit, lehnt sich bequem zurück und knabbert entspannt. Beachten Sie, daß er nicht zu den unverständigen Menschen gehört, die gleichzeitig essen und trinken. Er vermischt nicht den einen Geschmack mit dem anderen. Er genießt sie nacheinander.

»Sehen Sie, Toubib«, sagt er nach einiger Zeit, »ein Stoß mit der Gabel, eine Dichtung, die nachgibt... alles ist wichtig an Bord, denn alles kann zu schwerwiegenden Folgen führen.«

Er nimmt wieder seine Tasse in die Hand. Mit einiger Verzögerung nehme ich auch die meine. Ein ruhiges Schweigen liegt über dem Carré. Wir trinken gemeinsam unseren Tee mit kleinen, genießerischen Schlucken. Es wäre eine Übertreibung, wenn ich sagte, daß wir schnurren. Aber viel fehlt dazu nicht.

5. Kapitel

Auch nach dieser endlosen Woche (aber endlos sind sie alle) kommt schließlich das Weekend. In unserer Situation von Weekend zu sprechen, ist allerdings ein starker Euphemismus, denn in unserem Eisenkasten geht die Arbeit weiter wie an jedem Tag, ohne daß sich an der Routine auch nur ein Jota ändert; es gibt keine Sonntagsruhe, es gibt keine Möglichkeit auszugehen, es gibt keine Zerstreuung.

Für mich besteht heute die Routine darin, daß ich den Papierkram aufzuarbeiten versuche. Als Schreibtisch dient mir der Operationstisch. Mein Papierkram besteht im wesentlichen aus folgenden Arbeiten: Für jeden Patienten, der mich in der Sprechstunde aufsucht, muß ich auf ein Blatt des Ambulanzjournals die persönlichen Daten, Art der Beschwerden, Diagnose, Verschreibungen usw. eintragen. Dann sind diese Eintragungen auf das Krankenblatt jedes einzelnen Patienten nach genau vorgeschriebenem Muster zu übertragen. Wenn ich einem Patienten Bettruhe verordne, habe ich ein Blatt ad hoc auszufüllen. Sie werden es, liebe Leserin, vielleicht amüsant finden, daß man für die Freistellung eines Matrosen vom Dienst im Bordargot sagt: »Er wird trockengelegt« – auch auf U-Booten, wo ja niemand von der Gischt durchnäßt werden kann. Ich bin sehr vorsichtig mit dieser Dienstbefreiung – und in Fällen, die nicht eine eindeutig somatische Ursache haben, mache ich dem Zweiten sofort Meldung –, denn Freistellungen bedeuten immer Mehrarbeit für die Kameraden, und diese murren natürlich, wenn sie Drückebergerei vermuten.

Ich habe durchaus Verständnis dafür, daß dieser ganze Papierkram archiviert wird, und ich bestreite nicht, daß die Verpflichtung, jeden Krankheitsfall zu dokumentieren, sinnvoll und vernünftig ist. Unvernünftig bin ich. Ich sollte mich besser in der Gewalt haben und mich nicht gegen jede kleine Arbeit, die mir nicht paßt, sträuben. Je widerwilliger man etwas tut, um so schlechter geht es einem von der Hand.

Während ich schreibe, nimmt das Licht eine rötliche Färbung an. Es bedeutet, daß über dem Meer die Nacht für die Glücklichen hereingebrochen ist, die morgen einen neuen Tag werden aufgehen sehen.

Ich werfe einen Blick auf meine Uhr. Es ist 6 Uhr. Für jemanden, der wie ich keinen Wachdienst macht, ist es ziemlich sinnlos, den Ablauf der Tageszeiten zu verfolgen. Der einzige Unterschied zwischen 6 Uhr morgens und 6 Uhr abends ist auf einem U-Boot die Färbung des Neonlichts.

Wieder einmal überrascht mich das Gefühl der Bewegungs- und Geräuschlosigkeit des SNLE, an das ich mich doch inzwischen gewöhnt haben müßte. Die Raumtemperatur ist so, daß man sie nicht wahrnimmt – weder zu kalt noch zu warm. Und jetzt, wo ich mich auf meinem neuen Schiff eingelebt habe, ist auch mein Vertrauen zu ihm gewachsen: Ich fühle mich im Bauch des Wals in Sicherheit.

Das einzige, womit ich noch immer nicht zurechtkomme, ist die Veränderung des Zeitgefühls. Wenn ich daran denke, daß ich mich in meinem Leben draußen beklagt habe, daß die Zeit so schnell verging! Wie schwerfällig ist sie hier! Und wie lang sind die Tage! Sie haben vielleicht schon einmal beobachtet, wie bei ruhiger See und langer Dünung mit Algen beschwerte Wellen auf den Strand zu rollen. Man hat den Eindruck, daß sie niemals bis zu uns kommen werden, so schwerfällig bewegen sie sich. Ähnlich ist es mit unserer Zeit an Bord: Sie ist so schwer mit Erwartung belastet, daß sie nicht von der Stelle zu kommen scheint.

Manchmal überkommt mich auch jetzt noch, allerdings nur kurz, der Drang, ein Fenster zu öffnen. Aber selbst wenn das möglich wäre, draußen ist nur das schwarze Wasser der großen Tiefen, in denen der Druck so stark ist, daß ein Mensch ohne Taucheranzug sofort zerquetscht würde. Viel häufiger überfällt mich der Zweifel, ob es überhaupt irgendwo einen blauen Himmel, einen Sonnenaufgang, einen taubenetzten Grashalm, das Lächeln einer Frau gibt. Wenn nicht die Arbeit und die Kameradschaft wären, man würde sich am besten aufhängen. Sartre irrt in *Huis clos* (»Geschlossene Gesellschaft«): Die Hölle, das sind nicht die anderen. Sie wären vielmehr unser Paradies – mit kleinen Fegefeuereinsprengseln da und dort.

Außer wenn ich krank oder deprimiert bin, suche ich nicht die Einsamkeit. Ich brauche Menschen um mich. Vor allem hier. Ich stehe beim morgendlichen Weckruf auf, ohne dazu verpflichtet zu sein, aus dem einzigen Grund, weil ich meine erste Mahlzeit in Gesellschaft im Carré einnehmen möchte. Ein- oder zweimal hat Wilhelm mir das Frühstück ans Bett gebracht. Diese Aufmerksamkeit war eine besondere Auszeichnung, und ich habe mich sehr darüber gefreut. Trotzdem habe ich Wilhelm gebeten, davon Abstand zu nehmen. Ich esse nicht gerne allein.

Am Rande sei hier vermerkt, daß Wilhelm die Offiziere nicht nur mit Eifer und Fingerspitzengefühl betreut, er lenkt sie auch und hält ihre Ansprüche in Schranken. Wenn er abends etwas früher fertig werden will, weil er sich einen Film in der Cafeteria ansehen möchte, dann beschleunigt er den Service, ohne daß die Tischrunde das überhaupt wahrnimmt. Und wenn ein junger Offizier etwas zu unverschämt in seinen Forderungen wird, dann weist er ihn mit sanfter Festigkeit in die Schranken.

Nach dem Breakfast (es ist so reichlich, daß es diesen Namen verdient) begebe ich mich in das Krankenrevier, wo Le Guillou mir, während er die Dinge neu ordnet, die bereits in bester Ordnung waren, die neuesten Nachrichten des Buschtelegrafen – in unserem Argot Ganggeräusche genannt – detailliert berichtet. Dabei handelt es sich meist um Lappalien, die schwer kontrollierbar sind. Stimmt es zum Beispiel, daß der Koch Tetatui gestern eine lautstarke Auseinandersetzung mit dem Boula hatte, weil dieser angeblich nach dem Backen die Küche in einem beklagenswerten Zustand hinterlassen hat?

Jedenfalls hüte ich mich sehr, danach zu fragen, als ich einen Besuch in der Küche mache, nachdem ich vergeblich auf Patienten gewartet habe. Ich begrüße die Anwesenden wie gewöhnlich mit ein paar Komplimenten über das vorzügliche Essen vom Vorabend. Der Boula, der eigentlich jetzt schlafen sollte, hält sich ebenfalls in der Küche auf, und sein Verhältnis zu Tetatui und dem Hilfskoch Jegou scheint mir völlig normal zu sein. Dagegen beobachte ich eine gewisse Spannung zwischen dem Boula und dem Commis.

Ich schaue auf die Hände, die tadellos sauber sind. Eine Büchse Schwarzwurzeln wird geöffnet. Als der Deckel abgenommen ist, begutachtet Tetatui den Inhalt. Er schnüffelt und verzieht das Gesicht. Jegou hält seine Nase darüber, dann Marsillac, dann ich. »Öffnen Sie auch die anderen«, sage ich.

Man öffnet sie. Dasselbe Ergebnis.

»Weg damit in den Abfall«, ordne ich an.

Marsillac streichelt seine Zahnbürste. Man sieht ihm seine Verstimmung an.

»Wenn man das in einem Restaurant machte, wäre es bald pleite«, beklagt er sich.

»Aber wir sind kein Restaurant, Marsillac. Unsere Aufgabe ist es nicht, Gewinn zu machen.«

»Sehr richtig«, gibt der Boula seinen Senf dazu. Offensichtlich freut ihn die Zurechtweisung des Commis. Da ich weiß, wie empfindlich Marsillac ist, lächle ich ihm zu und frage: »Alles in Ordnung? Gute Nachrichten aus dem Languedoc?«

»Ausgezeichnet, Doktor. Danke.«

Ich kehre ins Krankenrevier zurück, wo Morvan unter der Anleitung von Le Guillou den Staubsauger bewegt. Ich weiß nicht, was dieses bedauerliche Instrument hier an Staub zu fressen finden wird: Le Guillou hat heute morgen gründlich gefegt und gewischt. Das Parkett glänzt.

»Haben Sie gesehen, Doktor?« sagt Le Guillou freudestrahlend. »Der Staubsauger funktioniert wieder.«
»Wer hat ihn repariert?«
»Morvan und ich.«
»Bravo! Geben Sie acht, daß man ihn Ihnen nicht wieder klaut.«
»Oh! Keine Gefahr. Von jetzt ab wird er in einen Schrank eingeschlossen, und der Schlüssel bleibt in meiner Tasche.«
Wohlgefällig schaut Le Guillou der Tätigkeit Morvans zu, der mit Hingabe ein vollkommen sauberes Parkett bearbeitet. Offensichtlich erleben meine Mitarbeiter gerade eine der glücklichsten Stunden in ihrem U-Boot-Krankenrevier: Ein Staubsauger, den Mächten des Bösen entrissen, wieder funktionsfähig gemacht und um so kostbarer geworden, da er schon als verloreen beklagt worden war.
Drei Patienten erscheinen der Reihe nach. Unbedeutende Wehwehchen. Die Behandlung nimmt zehn Minuten in Anspruch, die Konversation zwanzig Minuten und der Papierkram eine Viertelstunde. Le Guillou beteiligt sich an der Therapie und dem Palaver. Und der Riese Morvan, die Hände vor der breiten Brust gekreuzt und alle Anwesenden um einen Kopf überragend, hört schweigend zu. Le Guillou behauptet, daß seine Anwesenheit allein durch die von ihm ausstrahlende Ruhe einen wohltuenden Einfluß auf die Kranken ausübe.
Ich schaue auf meine Uhr: Ich habe vor dem Mittagessen noch reichlich Zeit, eine Viertelstunde in der Sektion Raketen zu schwitzen, mich zu duschen und mit Eau de toilette einzureiben und frische Wäsche anzuziehen. Danach fühle ich mich wie neugeboren. Ich werfe einen prüfenden Blick auf den Wäschevorrat und nehme mir vor, in der Coop – ein Wort, das alle Welt hier wie »Cope« ausspricht – zwei oder drei T-Shirts zu kaufen. Der Turnus der Wäscherei hält mit meinen Ansprüchen nicht Schritt. »Der Doktor«, pflegt der Wäscher zu erzählen, »macht wenig schmutzig, aber er verbraucht viel.«
Als ich im Hochgefühl meiner gepflegten Erscheinung das Carré betrete, werde ich mit ketzerischen Bemerkungen emp-

fangen. Von den Commandants ist nur Forget anwesend.

»Da ist ja unser Playboy«, eröffnet Angel das Scharmützel.

»*Our lady-killer*«, nimmt Verdoux das Stichwort auf. »Wie bedauerlich für ihn, daß es hier nichts zum Killen gibt.«

»Sein Bild allein genügt ihm«, fährt Verdelet fort. »Er ist in sich verliebt. Wie es so schön heißt: Sich selbst zu lieben ist der Anfang einer ewigen Liebe.«

»Schnuppert mal!« sagt Callonec. »Ich würde sagen Veilchen.«

»Das bin ich«, erkläre ich mit bescheidenem Stolz.
Buhrufe.

»Chef«, wendet Angel sich an Commandant Forget, »nehmen Sie bitte zur Kenntnis, daß der Toubib an der in der Luft enthaltenen Alkoholmenge einen erheblichen Anteil hat.«

»Er ist nicht der einzige«, sagt Forget mit seiner sanften, leisen Stimme und fährt sich mit der Hand über seinen Kahlkopf, peinlich berührt, daß man ihn in diese Auseinandersetzung hineinzuziehen versucht.

»Ich sehe nicht, was daran so skandalös sein soll«, verteidige ich mich. »Ich mache mich jeden Tag so schön.«

»Nur ein Elefant parfümiert sich wie eine Touloulou«, setzt Angel die Attacke fort.

»Du wirst unseren frommen Becker schockieren«, sagt Verdoux. »Er wird sich womöglich vorstellen, daß eine Touloulou eine Kurtisane ist.«

»Ich stelle mir nichts Derartiges vor«, erwidert Becker mit grimmiger Miene. »Ich habe gar nicht zugehört.«

»Miremont, weißt du, was eine Touloulou ist?« fragt Verdelet.

Miremont antwortet nicht. Sein Gesicht ist vollkommen verschlossen, keine Spur von Belustigung, kein Lächeln. Er ist ein reiner Mathematiker. Für ihn ist alles, was nicht meßbar ist, ohne Bedeutung. Das erklärt auch, weshalb er im Carré oft als Zielscheibe harmloser Frotzeleien herhalten muß.

»Miremont, ich habe dir eine Frage gestellt«, insistiert Verdelet. »Was ist eine Touloulou?«

»Nach dem Baille-Argot eine Frau«, sagt Miremont, ohne die

Augen von seinem Teller zu heben.

»Commandant«, ruft Verdoux mit gespielter Entrüsung, »Miremont hat das Wort ›Frau‹ ausgesprochen. Das ist indezent. Wir hatten ihm ausdrücklich verboten, das Wort ›Frau‹ im Carré auszusprechen. Er muß dafür büßen, der Satyr.«

Der Commandant Forget ist überfordert. Er lächelt, hustet, fährt sich mit der Hand über den Schädel.

Wir skandieren im Chor »Buße, Buße«, wobei Einverständnis darüber herrscht, daß die Buße in einer Flasche Champagner besteht.

Miremont bleibt unbeeindruckt bei seiner schweigenden Weigerung. Becker, der bärtige Sticker, blickt starr ins Leere, unerreichbar für die niedrigen Regungen des gemeinen Volkes. Der Chef Forget lächelt, väterlich und verlegen.

Die Sache wird am Sonntag im Verlauf des offiziellen Essens verhandelt werden. Der Pascha wird beide Partner und das Zeugnis des Chefs Forget hören und dann sein Urteil fällen: *Primo:* Das gegen Miremont verhängte Verbot, das Wort »Frau« im Carré auszusprechen, war willkürlich und tyrannisch und hatte nicht die Zustimmung des Betroffenen. *Secundo:* Außerdem hat Miremont das Wort »Frau« nur ausgesprochen, weil man ihm eine linguistische Falle gestellt hat. Folgerung: Unsere Forderungen werden abgewiesen.

Nach dem Essen begebe ich mich um 13 Uhr zur Coop, um, wie ich mir vorgenommen hatte, T-Shirts zu kaufen. Sie würden enttäuscht sein, wenn Sie die Coop sähen, sie hat keinerlei Ähnlichkeit mit einem normalen Verkaufsladen. Sie ist nur ein kleiner Verschlag neben der Cafeteria, verschlossen durch eine Tür, in die man einen Schalter eingebaut hat.

Hinter diesem Schalter thront Le Guillou in seiner Majestät. Er bewacht und verkauft die Schätze Ali Babas. Im Krankenrevier spielt er die zweite Geige. Hier ist er der Alleinherrscher, obwohl ich im Prinzip für die Coop verantwortlich bin. Wer wollte es ihm verübeln? Le Guillou möchte überall der erste sein. Er ist nie so glücklich gewesen wie auf dem kleinen klassischen U-Boot, auf dem er früher gedient hat. Dort gab es keinen Arzt, er war der einzige Herr des Sanitätswesens an Bord.

Ich habe übrigens auch einen Schlüssel zur Coop, und wenn Le Guillou beschäftigt ist, könnte ich den Verkauf übernehmen. Das einzige, was dagegen spricht, ist, daß Le Guillou den Eindruck haben könnte, ich wollte ihm seine Rechte streitig machen.

Es war übrigens Le Guillous Idee, die Coop um 13 Uhr zu öffnen, was von seinem Geschäftssinn zeugt. In dieser Stunde kann er sicher sein, genügend Kunden zu haben. Als guter Verkäufer weiß er, welche Waren an Bord gefragt sind, und kauft entsprechend ein. Und er versteht es, rechtzeitig den Verkauf solcher Waren zu forcieren, auf denen er sitzenzubleiben fürchtet. Aber er vergißt auch nicht sein seelsorgerisches Amt. Er nimmt die »Ganggeräusche« auf, hört sich die privaten Sorgen und die Beschwerden seiner Kunden an. Er wacht über die Moral an Bord.

Glauben Sie nicht, lieber Leser, daß die Coop, weil sie so klein ist, nur wenig Waren anzubieten hat und nur wenig verkauft. In den 65 Tagen unserer Patrouille werden wir mit einer Kundschaft von 132 Leuten einen Umsatz von 160 000 Francs machen. Hier, wo die Männer nicht von ihren Frauen kontrolliert werden, sitzt ihnen das Geld locker.

Obwohl es keine einladenden Schaufenster und keine verführerischen Auslagen gibt, übt dieser Ort doch eine große Anziehungskraft aus. Man kommt gern hierher. Man trifft sich. Man plaudert. Die Coop ist eine Art Salon, in dem man zum Stehempfang zusammenkommt. Nach meiner Erfahrung ist das der einzige Ort, an dem die Männer sich gern anstellen. Und außerdem hat man an einem Tag, an dem man einen Artikel in der Coop gekauft hat, das Gefühl, etwas Befriedigendes getan zu haben – die Arbeit einmal außer acht gelassen. Der Einkauf ist ein wichtiger sozialer Akt, der die Monotonie des Lebens unterbricht.

Ich bin selbst ein guter Kunde der Coop. Vor allem natürlich in Toilettenartikeln (die Parfüms sind hier wie in den Duty-free-Shops verbilligt). Aber ich kaufe auch gern die Dinge, die Le

Guillou als »Prestigeartikel« anpreist und die eine Art Touristensouvenirs sind: Schlüsselringe und Anhänger und kleine Tiegel, in die der Name und die Waffen unseres U-Boots eingraviert sind. Der gefragteste dieser Kitschartikel ist ein Metallkorken, der den Mündungsschoner einer Kanone versinnbildlicht. Auf ihm ist ein Ritter in voller Rüstung mit Helm und Panasch eingraviert. Er schwingt mit beiden Händen ein schweres Schwert. Ein Schild mit dem Lilienwappen schützt seine linke Schulter, und ein kleineres Schwert hängt an seinem Gürtel. Er steht auf einem riesigen Schiffsanker, und hinter seinem Rücken sieht man das Profil unseres SNLE. Dieser Anachronismus soll wohl zu verstehen geben, daß die moderne Form des Schwertes die Rakete ist.

Der Mündungsschoner ist auf einem Holzsockel befestigt, so daß man ihn auf einen Tisch stellen oder an die Wand hängen kann. Ich habe zwei von ihnen erworben, je einen für meine beiden Neffen. Ich habe auch zwei Tiegel (dieselbe Gravur, aber kleiner) für meine Eltern gekauft und schließlich noch einige Schlüsselanhänger für meine Freunde.

Der Vorrat an Herrenwäsche ist ebenfalls beträchtlich, und ich bin auch hier ein sehr guter Kunde. Die Süßwarenabteilung führt ein sehr verlockendes reichhaltiges Sortiment, aber ich meide sie strikt. Als ich Le Guillou gegenüber meine Verwunderung über diese Überfülle äußere, sagt er: »Beunruhigen Sie sich nicht, Doktor. Da wir im September heimkehren, wird alles weggehen. Ja, wenn wir im Juli zurückgekommen wären! Dann wäre die Situation eine völlig andere! Man hätte höchstens die Hälfte bestellen dürfen.«

»Und warum?«

»Weil die Männer für die Rückkehr im Juli auf ihre Linie achten.«

Als ich zur Coop komme, hat sich vor Le Guillous Schalter schon eine kleine Schlange gebildet. Schlange ist allerdings nicht ganz der richtige Ausdruck, denn die Beengtheit des Raums läßt nicht zu, daß man sich in Reihe hintereinander stellt. Man steht vielmehr in zwanglosen kleinen Gruppen zusammen, wo man gerade Platz findet. Einen Prioritätsstreit hat es meines Wissens noch nie gegeben. Auf einem SNLE hat man es in seinen Mußestunden nicht eilig. Außerdem versammeln wir uns gern hier, um miteinander zu plaudern und unsere Eindrücke und Gedanken auszutauschen. Daß man sich aus Platzmangel kaum rühren kann, erhöht offenbar noch den Reiz.

Beim Eintreffen wünsche ich meinen Nachbarn einen guten Tag oder spreche auch ein paar Worte mit ihnen. Eine persönliche Ansprache ist in ihrem sozialen Wert einer bloßen Begrüßungsfloskel vorzuziehen. Das ist allerdings nicht leicht, wenn ich den Betreffenden noch nie im Krankenrevier gesehen habe und seine Funktion an Bord nicht kenne. Aber es sind auch ein paar ehemalige Patienten anwesend, und bei ihnen ist der Anknüpfungspunkt leicht gefunden: »Na, Pinarel, ist der Daumen wieder ganz in Ordnung? Werde ich ihn nicht abschneiden müssen? – Vigneron, keine Schmerzen mehr im Fuß? – Patron, die Plombe im Backenzahn scheint ja gehalten zu haben.« Manchmal lasse ich auch eine kleine scherzhafte Ermahnung einfließen. »Bichon, wie ich sehe, haben Sie mal wieder Ihren Pullover vergessen. Halten Sie so Ihre Versprechungen?«

Es versteht sich von selbst, daß ich den Patron und den Prési mit besonderer Zuvorkommenheit begrüße. Es ist ziemlich leicht, mit dem Patron ins Gespräch zu kommen, der als Pariser ein umgänglicher Mensch ist. Etwas schwieriger ist es, an den Prési heranzukommen. Er ist Bretone und ziemlich reserviert. Da ich aber weiß (in unserem kleinen Dorf bleibt nichts verborgen), daß er sehr an seiner Familie hängt und regelmäßig seine Familigramme erhält, erkundige ich mich nach seinen Angehörigen. Seinem Vater wird die Arbeit immer beschwerlicher, und er hilft ihm im Urlaub bei der Feldarbeit. Er hat drei Kinder, das jüngste, ein Mädchen, ist vier Jahre alt. »Die anderen«, erzählt er mir, »sind groß. Sie sind gewohnt, daß ich fortgehe. Aber sie nicht. Beim Abschied hat sie geweint, und auch jetzt noch verlangt sie jeden Tag nach mir. Was mich betrifft«, fügt er nach einer Pause hinzu, »so habe ich jetzt einundzwanzig Dienstjahre. Dies ist meine achte Patrouille. Das ist eine lange Zeit. Ich bin siebenunddreißig Jahre alt, und ich würde jetzt gern einen Posten an Land übernehmen, auf der Ile Longue, wo ich in der Nähe meiner Heimat bin und mein Familienleben genießen kann.«

Vor mir – er hat mich nicht gesehen, sonst würde er mich sofort mit Beschlag belegt haben – sehe und höre ich Roquelaure, der mit seiner noch immer in einem weißen Verband steckenden Hand herumfuchtelt und auf seine Nachbarn einredet, die ihm geduldig zuhören. Und Geduld brauchen sie, denn er berichtet ihnen – und sicher nicht zum erstenmal – bis ins kleinste Detail den Ablauf seines Unfalls: »Also ich habe zu ihm gesagt: ›Brouard, hör mal zu, entweder kriegst du den Mund nicht auf, oder wenn du ihn aufmachst, dann nur, um zu kritisieren.‹ Da hat er die Nerven verloren. Jungs, ich sehe das noch vor mir, als wenn es gestern gewesen wäre! Meine linke Hand hatte ich flach auf den Tisch gelegt, und er hatte die Gabel neben seinem Teller liegen. Plötzlich packt er den Griff mit der ganzen Hand, so wie man den Griff eines Messers packen würde, versteht ihr? Und er stößt die Gabel in meine Hand! Mit aller Kraft! Die Zinken durchbohren meine arme Hand durch und durch und bleiben im Tisch stecken. Genau so war es!«

Diese Version, eine stark dramatisierte Fassung der ursprünglichen, stößt auf allgemeine Skepsis.

»Oh, là, là!« sagt ein kleiner Blonder mit spöttischem Blick, »was man nicht alles zu hören bekommt! Du hältst dich wohl für den ans Kreuz genagelten Jesus Christus!«

»Du übertreibst jetzt aber!« sagt ein anderer. »Die Gabel hat nicht die Hand durchbohrt.«

»O doch!« versichert Roquelaure, »ich habe sogar Mühe gehabt, sie aus dem Tisch zu ziehen! Und das kann ich dir bei der *Bonne Mère* schwören!«

»Wer ist denn das, diese *Bonne Mère?*« fragt der kleine Blonde.

»Wie?« macht sich Roquelaure seinen kulturellen Vorteil sofort zunutze. »Du bist aber ein ungebildeter Mensch! Du kennst *Notre-Dame de la Garde* in Marseille nicht?«

»Wenn sie aus Marseille ist, deine *Bonne Mère*«, kontert der kleine Blonde, »dann übertreibt sie auch!«

Gelächter. Um seinen Triumph zu genießen, schaut er stolz in die Runde, und dabei erblickt er mich.

»Da schau!« sagt er perfide. »Der Arzt ist ja auch hier. Da können wir ihn gleich fragen, ob die Gabel wirklich die ganze Hand durchbohrt hat.«

Alle Augen richten sich auf mich, auch die Roquelaures – dem jetzt nicht ganz geheuer zu sein scheint. Aber auf keinen Fall würde ich ihn vor aller Welt das Gesicht verlieren lassen. »Ärztliche Schweigepflicht«, wehre ich sofort ab. »Aber eines kann ich Ihnen doch sagen: Es war eine sehr häßliche Verletzung, und Roquelaure hat großes Glück gehabt, daß die Knochen nicht in Mitleidenschaft gezogen worden sind.«

Roquelaure strahlt: »Da hört ihr es. Wie ich es euch gesagt habe!«

Jemand kontert: »Genau das hast du eben nicht gesagt!«

Roquelaure übergeht den Einwand: »Die Verletzung ist nicht das Entscheidende, mein Junge. Worauf es ankommt, das will ich dir sagen, hör gut zu! Zwei Tage nachdem Brouard mir die Hand durchbohrt hatte, bekam er sein Famili, und jetzt ist er wieder ganz in Ordnung, munter wie ein Floh. Begreifst du das, Junge? Begreifst du den Zusammenhang zwischen Ursache und Wirkung?«

Auf diese philosophische Feststellung ist er sehr stolz, und er macht eine kurze Pause, um uns Gelegenheit zu geben, sie zu bewundern. Dann zieht er den Schluß: »Nur zwei Tage früher, und es hätte den Stoß mit der Gabel nicht gegeben!«

»Und statt dir die Hand zu durchbohren, hätte er sie geküßt!« spottet der kleine Blonde.

Gelächter.

»Du widerst mich an«, sagt Roquelaure, aber ohne Schärfe. Er ist ein gutmütiger Bursche, und er macht sich nichts draus, wenn man auf seine Kosten lacht. Er verläßt sich darauf, daß er mit seiner großen Klappe das letzte Wort haben wird.

Aber diesmal wird er es nicht haben. Denn Bichon taucht auf, groß, dick, sogar fett – keineswegs der Typ, den man auf einem U-Boot zu finden erwartet, und er läßt niemanden mehr zu Wort kommen, auch Roquelaure nicht.

»Salut, Jungs«, sagt er jovial. »Wißt ihr was? Heute ist Sonntag! Das hättet ihr wohl nicht geglaubt, denn sonntags wird ja auch Wachdienst gemacht. Aber heute ist eine Ausnahme. Der Kommandant hat beschlossen, das U-Boot auf Grund zu setzen, die Maschinen abzustellen und uns dienstfrei zu geben!«

»Hör auf, Bichon«, sagt jemand. »Die Kleinmatrosen werden es noch glauben!«

»Aber es ist wirklich eine verrückte Welt«, fährt Bichon mit gespielter Entrüsung fort: »Zwei Monate ohne Samstag und Sonntag! Den Soldzuschlag bekommen wir nicht geschenkt. Von der hart erkämpften 39-Stunden-Woche merken wir nichts. Am Sonntag schuften, stellt euch das vor! Sogar der liebe Gott hat sich am siebten Tag ausgeruht!«

Mir fällt ein, daß ich am Anfang dieses Berichts bei der Aufzählung der Offiziere aus der Gruppe der Commandants einen Mann vergessen habe. Damit keine Unklarheit entsteht, gebe ich noch einmal eine kurze Zusammenfassung, bei der ich Funktion und Dienstgrad eines jeden angebe und in Klammern den entsprechenden Dienstgrad der Stabsoffiziere der Armee hinzufüge. Lassen Sie mich vorab erwähnen, daß alle Stabsoffiziere (Commandants) der Marine unabhängig von ihrem Dienstgrad den Titel Commandant führen und mit diesem Titel angeredet werden.

Unser Pascha, der Commandant Rousselet, ist Capitaine de vaisseau (Colonel).

Unser »Zweiter«, der Commandant Picard, ist Capitaine de frégate (Lieutenant-Colonel).

Der Chef der Gruppe Operationen, der Commandant Alquier, und der Chef der Gruppe Energie, der Commandant Forget, haben beide den Rang eines Capitaine de corvette (Commandant).

Capitaine de corvette ist aber auch der Chef der U-Boot-

Abwehr, eine Funktion, die im allgemeinen von einem Lieutenant de vaisseau wahrgenommen wird. Es handelt sich um den Commandant Mosset (den ich am Anfang zu erwähnen vergessen hatte). Er wird uns nach dieser Patrouille verlassen, um sich in Toulon auf die Übernahme des Kommandos eines Angriffs-U-Boots vorzubereiten.

Mit Ausnahme des jungen Angel, der frisch von der Marineoffiziersschule kommt, und des Reserveoffiziers im aktiven Dienst Becker, die beide den Rang eines Enseigne de vaisseau de classe (Lieutenant) haben, sind alle anderen Offiziere an Bord Lieutenants de vaisseau (Capitaines).

»Puh«, sagt eines Tages Angel und schaut Miremont und Callonec an, »wenn ich daran denke, daß auch ich früher oder später Loufiat werden muß, dann wird mir ganz schlecht! Ich werde dreißig sein! Ich werde ein alter Esel sein – wie ihr.«

»Söhnchen«, erwidert Callonec, »du möchtest wohl direkt Corvettard werden?«

Die Offiziersquartiere befinden sich zum Teil an Backbord, zum Teil an Steuerbord, einige liegen auch im Mittelbereich und sind, wie Verdelet sagt, »ohne Meeresblick«. Ein Gang verbindet alle diese Quartiere. Dort, wo er an den Backbordkajüten entlangläuft, die von den ausgelassenen jungen Offizieren bewohnt werden, heißt er *Rue de la Joie,* wo er auf die von den Commandants bewohnten Kajüten an Steuerbord trifft, wird er zur *Avenue de l'Ecole de guerre.* Seltsamerweise hat auch der Reserveoffizier im aktiven Dienst Becker trotz seines bescheidenen Ranges seine Kajüte an dieser vornehmen Avenue. Möglicherweise hat der Pascha ihn hier einquartiert, um ihn den Unternehmungen unserer Gang zu entziehen, deren treibende Kraft die beiden Mimis, Angel, Callonec und ich sind. Ich möchte allerdings darauf hinweisen, daß ich zwar der Vertraute und gelegentlich auch der Komplize ihrer Streiche bin, aber auch einen mäßigenden Einfluß auf sie auszuüben versuche.

Daß mir an diesem Sonntag plötzlich meine Vergeßlichkeit bezüglich des Commandant Mosset einfällt, liegt daran, daß ich ihn zur Teestunde als einzigen im Carré antreffe. Er ist kein

Aficionado, sondern ein Fan der heißen Schokolade. Er trinkt davon mindestens drei große Tassen zum Frühstück und noch einmal zwei oder drei Tassen um 5 Uhr nachmittags. Er kann es sich erlauben, er ist schlank wie eine Sylphe. Glücklich die Menschen, die jeden Tag, den Gott uns schenkt, mit einer *Cioccolata* und fünf oder sechs Croissants beginnen können, ohne ihrem Gewicht auch nur ein Gramm hinzuzufügen!

Sein bartloses mageres Gesicht, das mich an das Porträt Bonapartes auf der Brücke von Arcole erinnert, ist in Einklang mit seiner schmalen Taille, mit seiner präzisen Ausdrucksweise und seiner freimütigen Direktheit. Mosset fällt auch in anderer Beziehung aus dem Rahmen. Er ist der einzige Commandant, den die Loufiats duzen und manchmal auch verulken. Der Grund ist, daß er selbst bis zu dieser Patrouille noch Loufiat war. Sein vierter Streifen glänzt zu neu, um uns einzuschüchtern.

Als ich ihn frage, ob er über die Aussicht, nach Toulon versetzt zu werden und das Kommando über ein Angriffs-U-Boot zu übernehmen, erfreut ist, ruft er aus: »Das will ich meinen! Das Angriffs-U-Boot ist das wirkliche U-Boot! Da ist Bewegung, da gibt es keinen Stillstand. Unaufhörlich wird geübt. Auf der *Diane* habe ich fünfzig Übungstorpedos abgeschossen. Hier waren es in vier Jahren ganze vier... Sicher, die Aufgabe eines SNLE besteht nicht darin, Torpedos abzufeuern, wie es eine Strategie der Diskretion verlangt, die jede Konfrontation vermeidet.«

Das gibt mir das Stichwort für meine Elefantenfrage: »Welchen Sinn hat es in diesem Fall, Torpedos mitzuführen?«

Mosset lächelt: »Es ist ein militärischer Grundsatz, daß man niemals unbewaffnet mit einer aussichtslos erscheinenden Situation konfrontiert werden darf. Nach diesem Grundsatz hat der schwere Bomber Kanonen an Bord, die Panzerbesatzung hat ihre Maschinenpistolen, und das SNLE führt Torpedos mit.«

»Und wann soll es sich ihrer bedienen?«

»Wenn es im Kriegsfall von einem feindlichen Angriffs-U-Boot entdeckt und verfolgt wird. Stell dir eine große Maus vor, die von einer winzig kleinen Katze gejagt wird. Ihre Taktik besteht in der Flucht, aber wenn sie in die Enge getrieben wird, muß sie beißen und kratzen können.«

»Und das ist der Zweck der Torpedos?«

»Ja. Aber die Aussichten sind nicht sehr rosig. Denn der Feind würde nicht lange allein bleiben, wir würden bald eine ganze Meute auf den Fersen haben.«

»Und die beiden Exocets haben die gleiche Aufgabe?«

»Du phantasierst, Toubib! Das Torpedo ist eine U-Boot-Waffe, die Exocet aber nicht. Die Exocet ist eine Rakete, die das Wasser verläßt und nur ein Kriegsschiff erreichen kann, das über Wasser fährt.«

»Und welchem Zweck dient sie?«

»Auch ein über Wasser fahrendes Kriegsschiff kann uns lausen.«

»Schöne Metapher!«

»Und in diesem Fall ist die Exocet sehr wirkungsvoll, jedenfalls wenn sich das Ziel in unserer Reichweite befindet. Ich möchte sogar sagen, daß es gegen eine Exocet keine Abwehr gibt.«

»Wieso?«

»Sie hat eine sehr große Geschwindigkeit. Sie legt vierzig Kilometer in weniger als einer Minute zurück.«

»In weniger als einer Minute! Das ist unglaublich. Und du hast schon eine solche Rakete abgeschossen?«

»Ja, zwei – natürlich ohne Sprengköpfe – auf ein vorgegebenes Ziel. Ich habe es getroffen. Beide Male.«

»Commandant«, sage ich lächelnd, »ich habe den Eindruck, daß du ein begeisterter Artillerist bist. Ich wundere mich nicht, daß du dich unter diesen Umständen an Bord eines SNLE langweilst.«

Sein mageres Gesicht drückt Erstaunen aus. »Aber ich langweile mich keineswegs!« sagt er mit Nachdruck. »Nicht eine Sekunde. Zunächst einmal ist eine Patrouille auf einem SNLE in menschlicher Beziehung sehr interessant. Alle diese Männer, die für so lange Zeit in einem Eisenkasten eingeschlossen auf engem Raum zusammenleben... Und dann befindet man sich auf einem SNLE in einer Situation, die der Realität sehr nahe ist. Man ist permanent in Kriegsbereitschaft, den Finger am Abzug, um jeden Augenblick schießen zu können.«

»Aber wenn der Befehl kommt, bist nicht du es, der schießt.«

»Ganz richtig, Toubib. Außer in den Fällen, die wir eben erörtert haben, schieße ich auf einem SNLE nicht. Ich lausche. Ich lausche auf die biologischen Geräusche: Krabben oder Delphine. Ich lausche auf die Geräusche, die andere Schiffe verursachen, wenn sie uns anzupeilen oder ihre Entfernung zu messen versuchen. Und ich lausche auch auf mich selbst.«

»Wie soll ich das verstehen?«

»Eine saloppe Ausdrucksweise. Ich lausche auf die Geräusche, die unser Schiff macht.«

»Warum?«

»Um sie zu beseitigen oder zu dämpfen. Im Namen der sakrosankten Diskretion!«

»Ich kann mir nicht vorstellen, wie man das Geräusch einer Schiffsschraube beseitigen oder auch nur verringern kann.«

»Den Engländern ist das sehr wohl gelungen. Sie haben eine Schraube entwickelt, die mit geringerer Umdrehungshäufigkeit die gleiche Geschwindigkeit erreicht und daher viel leiser ist.«

»Verdoux würde sagen: ›*Hear! Hear!*‹«

»Er hätte recht. Aber nicht nur die Schiffsschraube ist laut. Alles, was sich an Bord dreht, kann Vibrationen hervorrufen, die sich auf den Rumpf übertragen und ihn wie das Fell einer Trommel zum Schallen bringen.«

»Alles, was sich an Bord dreht?«

»Ja. Die Turbinen, die Turbogeneratoren, die elektrischen Hilfsmotoren und weiß Gott was sonst noch alles.«

»Und was ruft diese Vibrationen der Umdrehungsmaschinen hervor?«

»Die Unwucht.«

»Commandant, nimm Rücksicht auf das Fassungsvermögen eines unbedarften Elefanten.«

»Man sagt von einer Maschine, daß sie die Unwucht hat, wenn sie schlecht ausbalanciert ist.«

»Und kann man dem abhelfen?«

»Ja, mit verschiedenen Mitteln. Zum Beispiel durch eine elastische Aufhängung. Aber nicht nur die Maschinen sind Geräuscherzeuger. Auch die Kanalisation und die Rohre können zu laut sein.«

»Commandant, laß mich zusammenfassen: Auf einem Angriffs-U-Boot bist du Artillerist. Aber auf einem SNLE bist du vor allem mit der Geräuschüberwachung und -verminderung befaßt.«

»So ist es«, bestätigt Mosset mit zufriedener Miene. »Exakt so ist es.«

Er schweigt und trinkt seine Schokolade, nicht wie ich meinen Tee genießerisch langsam, sondern in großen tiefen Schlucken. Wenn ich denke, daß es Menschen gibt, die zufrieden sind, wenn sie auf einem Schießstand fünf kleine Revolverkugeln auf eine kleine Pappscheibe schießen dürfen! Mosset führt seine Schießübungen mit Torpedos und Exocets aus! Die Vorstellung macht mir eine leichte Gänsehaut.

Etwas von Mossets Ausführungen ist mir nicht ganz klargeworden. Ich hake nach: »Commandant, wenn ich dich richtig verstanden habe, ist die Diskretion des SNLE – diese Diskretion, auf der unsere Unverwundbarkeit und als Konsequenz die Wirksamkeit der Abschreckung beruht – davon abhängig, wie leise es sich einerseits bewegt und wie gut andererseits seine Ortungsmittel funktionieren.«

»Nicht nur«, korrigiert Mosset. »Die Diskretion hängt auch davon ab, wie leise ein eventueller Feind sich bewegt und wie gut seine Ortungsmittel funktionieren.«

»Was, wie ich annehme, bedeuten soll: Wenn ein feindliches Unterseeboot leiser ist als unser SNLE und über bessere Ortungsmöglichkeiten verfügt, kann es uns aufspüren, ohne von uns bemerkt zu werden, und ist daher in der Lage, unser SNLE in aller Diskretion zu vernichten.«

Mosset runzelt die Stirn: »Was du da sagst, löst keine besonders angenehmen Assoziationen aus. Aber es stimmt.«

»Ich schließe daraus, daß unsere Abschreckung nur in dem

Maße wirksam ist, als unsere Technik – was Geräuschminimierung und Ortungsmöglichkeiten der SNLE betrifft – der eines eventuellen Feindes zumindest gleichwertig ist. Ist das richtig?«

»Ich weiß wirklich nicht, wer dir darauf eine Antwort geben könnte.«

Das lange Schweigen, das folgt, ist so bedrückend, daß ich versuche, die Atmosphäre durch einen Scherz zu entspannen: »Na schön«, sage ich, »wenn ich eines Tages Premierminister werden sollte, wird meine erste Amtshandlung darin bestehen, die Zahl unserer Ingenieure um das Zehnfache und die Forschungsmittel um das Zwanzigfache zu erhöhen.«

»Mach dir darum keine Sorgen«, sagt Mosset lächelnd. »Man arbeitet bereits sehr aktiv an dem SNLE der zweiten Generation.«

Nach dem Tee begebe ich mich zum Krankenrevier, wo Le Guillou mir mitteilt: »Wir haben einen Kranken.«
»Ein Unfall?«
»Nein.«
»Sie wissen doch, Le Guillou, daß Sie in einem dringenden Fall...«
»Oh, Doktor, da müßte ein Patient schon wirklich schlecht dran sein, bevor ich mir erlauben würde, Ihre Teestunde zu stören.«
»Das ist sehr aufmerksam von Ihnen. Wer ist der Patient?«
»Premier maître Lombard, Raketenabteilung.«
»Was fehlt ihm?«
»Wie ich glaube, hat er beidseitiges Ischias.«
»Teufel auch! Wo ist er?«
»Im Isolierraum. Auf Morvans Liege. Morvan ist in sein Quartier umgezogen.«
»Gut.« Ich gehe in den Isolierraum und untersuche Lombard. Le Guillous Diagnose stimmt. Ich verordne Bettruhe und gebe Anweisungen für die notwendigen Therapiemaßnahmen.
»Muß ich lange liegen?« fragt Lombard.
Ich schaue ihn an, er ist ein großer Bursche, braunhaarig,

dunkle Ringe um die Augen, Lippen ständig in Bewegung, unruhiger Gesichtsausdruck.

»Lombard, Sie müssen Geduld haben. Vor allem nicht aufstehen und keinerlei Anstrengungen.«

»Wo ich mich schon normalerweise nicht wenig langweile... Doktor, wenn es Ihnen nichts ausmacht, würden Sie Monsieur de Saint-Aignan wohl verständigen? Ich möchte nicht, daß er glaubt, ich mache mir ein paar faule Tage.«

»Seien Sie unbesorgt. Ich werde es ihm sagen. Wissen Sie, wo er ist?«

»Er macht Dienst als Wachoffizier im PCNO.«

»Ich gehe gleich zu ihm.«

»Der *Poste Central de Navigation Opérations*, die Navigations- und Operationszentrale, meist kurz als Kommandozentrale bezeichnet, befindet sich gleich neben dem Carré. Sie ist das Gehirn des SNLE. Sie verfügt über eine beeindruckende Menge von Geräten und Instrumententafeln. Zu meiner Linken, vom Eingang aus gesehen, die Ortungsgeräte. Zur Rechten die Steuerleute. Vor mir auf einer Plattform die Periskope. Im Hintergrund die Geräte des Trägheitsnavigationssystems.

Sie dürfen sich den Steuermann nicht so vorstellen, wie Sie ihn sicher in vielen Filmen gesehen haben: in dramatischer Pose vor einem großen Mahagonirad stehend, das er mit weit ausholenden Bewegungen dreht. Ziemlich häufig erfolgt die Steuerung automatisch, so daß kein Steuermann notwendig ist, sondern nur ein Operateur, der die Instrumentenanzeige überwacht. Wenn von Hand gesteuert wird, macht das meist ein Steuermann, in heiklen oder schwierigen Situationen übernehmen zwei Steuerleute das Ruder.

Sie stehen nicht, sondern sitzen bequem in Zwillingssesseln nebeneinander wie Piloten, die Hände auf den beiden Handgriffen des Steuerknüppels.

Mit ihnen steuern sie über das Steuerruder die Richtungsänderungen nach rechts oder links, über die Tauchruder (die sich auf dem Massiv und im Heck befinden) das Tauchen und das Auftauchen. Diese Funktionen können durch entsprechende Schaltung auf einen Steuerknüppel zusammengelegt oder auf beide verteilt werden, je nachdem, ob man nur einen der Steuerleute benötigt oder beide.

Hinter den Steuerleuten und im rechten Winkel zu ihren Sitzen sieht man mehrere Männer vor einer beeindruckenden Reihe von Instrumententafeln sitzen, auf denen durch kleine Lampen alles angezeigt wird, was man für die Tauchsicherheit wissen muß. Wenn zum Beispiel während des Bereitschaftszustandes, der dem Tauchen vorangeht, ein Lukendeckel geöffnet bleibt, so wird dieser Vorfall sofort angezeigt. Das gilt natürlich auch, und ganz besonders, wenn irgendwo ein Leck auftreten sollte.

Ein Wassereinbruch ist für jedes Schiff ein bedrohliches Ereignis, denn es zerstört, wenn das Leck nicht sofort abgedichtet wird, die Schwimmfähigkeit. Aber wenn er sich bei einem getauchten U-Boot ereignet, dann wird die Gefahr dadurch vervielfacht, daß das Boot unbedingt auftauchen und die Wasseroberfläche erreichen muß, damit das Gewicht des eingedrungenen Wassers es nicht in Tiefen hinabdrückt, in denen sein Rumpf zerquetscht würde.

Hinter den Sitzen der Steuerleute stehen drei Männer: der aufsichtführende Unteroffizier, der Wachoffizier, nämlich Lieutenant de vaisseau de Saint-Aignan, und der Pascha, den man oft in der Kommandozentrale antrifft. Er weiß, wie notwendig gerade hier das Auge des Herrn ist. Der Pascha ist besorgt, daß die Männer der Wache, so kompetent und gewissenhaft sie auch sein mögen, sich von einem Gefühl scheinbarer Sicherheit einlullen lassen könnten. Durch seine Wachsamkeit versucht er die ihre zu schärfen. Er fürchtet die Unaufmerksamkeit und die Nachlässigkeit, die von der abstumpfenden Routine und der Gewöhnung an die Gefahr gefördert werden. Ich habe gehört, wie er zu den Klassifikations-Analytikern des Ortungsdienstes sagte: »Vorsicht! Seid mißtrauisch gegen ›biologische Geräusche‹ – Krabben, Delphine *e tutti quanti* –, das kann auch etwas anderes sein...«

»Suchen Sie mich, Toubib?« fragt der Pascha.

»Nein, Commandant. Ich habe etwas mit Saint-Aignan zu besprechen.«

»Was hast du mir zu sagen?« fragt Saint-Aignan und kommt zu mir herüber.

Er hat eine ganz besondere Art, »du« zu sagen; das Duzen hat bei ihm nicht die Spur von Vertraulichkeit.

»Du bist doch der *Missilier* – der Chef der Raketenabteilung?«

»Präziser gesagt, ich bin ein *Missoum*.«

»Na schön. Und was ist ein *Missoum?*«

»Ein *Missilier de sous-marin*. Du dürftest wissen, daß es nicht nur an Bord eines SNLE ballistische Raketen gibt.«

»Ich werde es mir merken. Und du darfst wissen, daß du einen deiner Männer, Lombard, verlieren wirst. Er wird auf unbestimmte Zeit mit beidseitigem Ischias strikt liegen müssen.«

»Pech für ihn und für uns. Gut, ich werde es Pérignon sagen.«

»Wieso Pérignon?«

»Weil er der Mis 1 ist. Ich bin der Mis 2.«

»Er ist also dein Chef?«

»In gewissem Sinne«, antwortet er mit einem Lächeln.

Ich gebe es ihm zurück, denn es ist mir nur geliehen, und entferne mich.

Sie sollten aus diesem Gespräch nicht den Schluß ziehen, daß ich den Lieutenant de vaisseau de Saint-Aignan nicht mag. Im Gegenteil, ich mag ihn sehr, aber manchmal geht er mir auf die Nerven.

Saint-Aignan hat einen klaren Teint, blaue Augen, regelmäßige Züge. Auf seinem Gesicht liegt ein undefinierbarer Ausdruck von Distinguiertheit. Meine Großmutter, die einen gewissen Hang zu bourgeoisem Dünkel hatte, würde ihn als »rassig« bezeichnet haben. Aber das ist ein Wort, das ich nicht gebrauche. Ich würde eher sagen, daß von Saint-Aignan eine ruhige Gelassenheit ausstrahlt, daß seine Haltung und seine Gesten elegant sind, ohne manieriert zu wirken.

Er stammt aus einer alten Familie Mittelfrankreichs, und wie man weiß, hat der Adel immer eine große Vorliebe für die Marine gezeigt, wie auch die Marine ihrerseits den Adel schätzt, sofern nur seine Sprößlinge in der Lage sind, Mathematik zu lernen und den Anforderungen ihrer Offiziersschule zu genügen.

Die Zeit ist lange vorbei, als Heinrich IV. Monsieur de Vic zum Vizeadmiral Frankreichs ernannte, obwohl dieser nie einen Fuß auf ein Schiff gesetzt hatte. Der König folgte damit einem im damaligen Europa sehr verbreiteten Brauch, als Geschwaderchefs Persönlichkeiten des höheren Adels zu berufen, die keine Ahnung von der Seefahrt und der Seekriegführung hatten. Das änderte sich grundlegend, als Elisabeth I. von England die Idee hatte, einem alten Seebären und sehr erfolgreichen Freibeuter von bürgerlicher Herkunft den Auftrag zu geben, mit seinen schnellen Schiffen der »Unüberwindlichen Armada« des spanischen Herzogs von Medina-Sidonia die Stirn zu bieten. Der Sieg des Freibeuters über den Herzog wurde zur Geburtsstunde der modernen Marine. Jedenfalls behauptet das der Zweite, von dem ich diese historischen Details habe.

Ich werfe einen Blick auf meine Uhr, die mir anzeigt, daß es noch zu früh ist, mich für das offizielle Sonntagsessen in Schale zu werfen. Daher begebe ich mich zum Carré, um mir aus der Bibliothek ein Buch zu nehmen, das Verdelet mir empfohlen hat. Ich setze mich in einen Sessel und beginne zu lesen.

Dieses Buch hat den Titel *Le Froid et les Ténèbres* (»Die Kälte und die Finsternis«). Es ist eine Zusammenstellung der Vorträge, die Wissenschaftler aus dreißig Ländern bei einem Symposion über die Folgen eines Atomkriegs (angenommener Einsatz von 5000 Megatonnen Sprengkraft) gehalten haben.

Es ist eine schauerliche Lektüre. Die Wissenschaftler schätzen, daß als Folge eines Krieges dieses Typs 500 Millionen Menschen durch die unvorstellbare Hitzeentwicklung in Nichts aufgelöst, durch die Druckwellen getötet oder durch die radioaktive Strahlung zu einem langsamen Tode verurteilt würden.

Das ist entsetzlich. Aber es kommt noch schlimmer. Denn nach Meinung dieser Wissenschaftler würde durch die Explosion der von beiden Seiten abgefeuerten Atomwaffen eine solche Menge Staub, Ruß und Rauch (vor allem infolge der riesigen

Brände, die sie auslösen würden) in die Atmosphäre geschleudert werden, daß die Sonnenstrahlung sehr stark reduziert würde und die Erde für die Dauer von mindestens einem Jahr in Kälte und Finsternis versinken würde.

Die Temperatur würde nach ihrem Urteil weit unter den Gefrierpunkt sinken, sogar im Sommer. Die Vegetation würde erfrieren. Außerdem würde infolge der andauernden Finsternis die Photosynthese der Pflanzen nicht mehr möglich sein, die Nahrungsquellen für die Menschen und die Tiere würden schwer beeinträchtigt, wenn nicht sogar vernichtet werden.

Durch die daraus resultierende Hungersnot würden aller Wahrscheinlichkeit nach zweieinhalb Milliarden Menschen umkommen, zumal sich zu der Hungersnot noch ein anderes Übel gesellen würde: Die Feuerbälle des Atomkrieges würden nämlich zur Zerstörung eines wesentlichen Teils der schützenden Ozonschicht der Erdatmosphäre führen. Dadurch würde die ultraviolette Sonnenstrahlung in erheblichem Ausmaß verstärkt. Menschen und Tiere wären dann vom Erblinden bedroht, und ihr geschwächtes Immunsystem würde ihnen keine Abwehrkräfte gegen Krankheiten lassen.

Man ist verblüfft, wenn man erfährt, daß es nach einer so entsetzlichen Katastrophe – insgesamt drei Milliarden Menschen fallen ihr zum Opfer – trotz allem noch eineinhalb Milliarden Überlebende geben soll, fast ausschließlich in der südlichen Hemisphäre. Am wenigsten betroffen würde nach Meinung dieser Wissenschaftler die Bevölkerung Australiens und Neuseelands sein.

Ich lese das Buch nicht vollständig, ich überfliege einen großen Teil. Denn es ist voller Wiederholungen, da alle diese Wissenschaftler in erschreckender Übereinstimmung das gleiche Bild zeichnen. Das beeindruckt mich um so mehr, als nicht die geringste politische Absicht in ihren Äußerungen erkennbar ist.

Ein Blick auf meine Uhr zeigt mir, daß es Zeit ist, mich für das Sonntagsessen umzuziehen. Auf der Schwelle des Carré begegne ich Verdoux. »Schau an«, sagt er, als er mich mit dem Buch in der Hand erblickt, »du liest *Le Froid et les Ténèbres*?«

»Ja, es ist erschreckend.«

»Der General Gallois hat dieses Szenario der Nachatomkriegszeit exzessiv und unrealistisch gefunden. Er hat das bei einer Fernsehdiskussion erklärt.«

»Ich wußte nicht, daß er Physiker ist.«

»Das ist er auch nicht. Er sieht die Sache aus einer anderen Perspektive. Er geht davon aus, daß jeder Atomkrieg für den Staat, der ihn auslösen würde, selbstzerstörerisch ist und daß daher kein Staatschef sich dazu entschließen könnte.«

»Und was hältst du davon?«

»Das ist naiv, *mon Général*«, sagt Verdoux, Haltung annehmend, mit einem ironischen Lächeln in den Mundwinkeln. Er fährt fort: »Kann man auch nur einen Augenblick daran zweifeln, daß Hitler einen Atomkrieg ausgelöst hätte, wenn er die Möglichkeit dazu gehabt hätte?«

»Das ist in der Tat wahrscheinlich.«

»Und Hitler ist in der Geschichte kein einzigartiges Phänomen. Weisheit ist leider nicht die dominierende Eigenschaft der Mächtigen, die die Welt regieren. Ich lese gerade das Buch *The March of Folly from Troy to Vietnam* von Barbara Tuchman. Sie zeigt an sehr detailliert dargestellten Beispielen, daß eine große Zahl von Herrschenden – vom Trojanischen Krieg bis zum Vietnamkrieg – eine absurde, manchmal selbstzerstörerische Politik verfolgt haben, die in jedem Fall den Interessen ihres Landes stark zuwiderlief.«

»Reserviere mir das Buch, wenn du es gelesen hast.«

»Unmöglich, ich habe es schon Verdelet versprochen.«

»Nach ihm dann.«

»Ein solcher Wissensdurst ist erstaunlich«, erklärt Verdoux mit affektiert hochmütiger Miene, »ganz besonders bei einem Toubib.«

»Wer weiß? Vielleicht bin ich ein klein bißchen weniger idiotisch als der Durchschnitt.«

»Und obendrein noch eingebildeter!« kontert Verdoux, die Hände über dem Kopf zusammenschlagend, und geht seines Weges.

Ich ziehe mich in meine Kajüte zurück und werfe mich für das offizielle Abendessen in Schale. Weißes Hemd mit Schulterstücken, die die Rangabzeichen tragen, Krawatte und marineblaue Hose. Es ist ein angenehmes Gefühl, T-Shirt und Jeans vergessen zu können. Es weckt aber auch melancholische Erinnerungen an die Zeit – die mir heute unglaublich fern erscheint –, als ich mich mit besonderer Sorgfalt rasierte und ankleidete, um abends mit einem Mädchen auszugehen.

Wir haben bereits an dem ovalen Eßtisch im Carré Platz genommen – alle Offiziere außer denen, die das Pech haben, Wachdienst machen zu müssen. Aber es kann noch nicht begonnen werden: Der Mimi Verdelet, der das Menü präsentieren soll, erscheint nicht.

»Man könnte ohne ihn anfangen«, sagt Mosset mit gesenkter Stimme.

»Was? Hast du etwa Hunger?« kontert Angel. »Trotz der Mengen heißer Schokolade, die du dir jeden Tag einverleibst?«

»Was kann ich dafür?« verteidigt sich Mosset.

»Wie man hört, stimuliert Schokolade den Intellekt«, sagt Saint-Aignan.

»Leider ist sie in gravierenden Fällen wirkungslos«, spottet Verdoux.

Gelächter, in das Mosset als erster einstimmt.

»Ich unterstütze den Antrag Mosset«, meldet sich Callonec zu Wort.

»Wenn der Prop Hunger hat«, sagt Angel, »bekommt er seine *Vapeurs*.«

»Du hast deinen Dampf schon abgelassen«, erwidert ihm Mosset. »Ich für meinen Teil unterstütze den Antrag Callonec.«

»Cliquenwirtschaft!« Verdoux hat wie immer das letzte Wort.

Dieses Wortgeplänkel dient dazu, das Warten zu verkürzen, man will keineswegs den Pascha drängen, ohne Verdelet zu beginnen. Denn man weiß, daß der Pascha zu sehr an dem Ritual der Menü-Präsentation hängt, um es der Ungeduld der jungen Offiziere zu opfern. Übrigens tut er so, als habe er nichts gehört, und unterhält sich ruhig mit dem Zweiten. Das ist auch der Grund, weshalb die jungen Offiziere ihre Plänkeleien *sotto voce* führen.

Aber jetzt beginnt auch der Zweite ungeduldig zu werden: »Wo bleibt denn unser Hähnchen so lange?«

»Wilhelm«, sagt der Pascha, »schauen Sie doch mal in seiner Kajüte nach.«

Wilhelm verschwindet, kommt alsbald zurück und sagt mit breitem Grinsen: »Er schmückt sich, Commandant, er wird gleich erscheinen.«

»Was heißt, er schmückt sich?« fragt der Pascha verwundert.

Wilhelm antwortet nicht.

»Wenn ich mich richtig erinnere«, wirft Verdoux ein, »hat Verdelet manchmal Schwierigkeiten, seine Ohrringe anzulegen.«

Miremont hebt erstaunt den Kopf. Aber er sagt nichts. Er fängt an, dem Humor der Mimis zu mißtrauen.

»Warten wir also«, sagt der Pascha phlegmatisch.

»Und hoffen wir«, ergänzt Angel, »daß es die Mühe lohnt.«

»Wilhelm verheimlicht uns etwas«, sagt Callonec.

Wilhelm grinst, ohne zu antworten.

»Ich sehe«, sagt Callonec: »Mund zugenäht.«

»Nicht ganz«, sage ich, »sonst könnte er nicht grinsen.«

»Was servieren Sie uns denn heute abend, Wilhelm?« fragt der Pascha.

»Eine exotische Mahlzeit, Commandant.«

»Eine Definition, die keine ist«, bemängelt Verdoux. »Genaugenommen ist alles, was nicht französische Küche ist, exotisch. Beispiel: Die englische Küche ist exotisch.«

»Entsetzlich!« ruft Mosset aus.

In diesem Augenblick hält Verdelet seinen triumphalen Einzug. Er hat sich als Chinesin kostümiert. Eine Chinesin, die ein Meter fünfundachtzig mißt. Die Maskierung ist perfekt: Perücke, mandelförmige Augen, gelbe Gesichtsfarbe, weiß gepudert. Die Hände unter dem Kinn zusammengelegt, verneigt er sich vor dem Pascha und jedem der versammelten Offiziere, dann sagt er mit hoher, kreischender, nasaler Stimme:

»Hochgeehrte Kriegsherren (Verbeugung) und Sie, hochmögender Gebieter über diese große Dschunke, die unter dem Wasser fährt (erneute Verbeugung), möge es euren geneigten Ohren gefallen, die Vorstellung der Speisen zu hören, die euch heute abend aufgetragen werden:

- Frühlingsrolle nach Art des Kaiserhofes
- Kantonesischer Reis
- Hähnchen mit Mandelfüllung
- Litschis oder Kumquats nach Wahl
- Jasmintee
- Gegen Aufpreis (50 Francs): Braten von neugeborenem Hund

Mit Lachen und Bravorufen wird diese Darbietung aufgenommen. Von allen Seiten gibt es Komplimente für Verdelet. Es schließt sich eine Diskussion darüber an, ob man ihm die höchste Note für seine Leistung zusprechen soll oder nicht.

»Das bleibt abzuwarten«, sagt Verdoux. »Tochter des Himmels«, wendet er sich an Verdelet, »könnte ich den Braten von neugeborenem Hund bekommen?«

»Ich bedaure unendlich, hochgeehrter Herr«, antwortet die Chinesin mit ihrer kreischenden, nasalen Stimme. »Das Gericht ist leider ausgegangen.«

»Ich stimme gegen die Höchstnote«, sagt Verdoux. »Gerade auf diese Delikatesse hatte ich heute abend Appetit.«

Lachen und Protestrufe.

»Welches Urteil gibt der Kommandant ab?« fragt Callonec.

»Ausgezeichnet«, sagt der Pascha. »Allerdings hätte ich eine kleine Einschränkung zu machen.«

Gespanntes Schweigen.

»Ich finde«, sagt er, »daß Verdelet für eine Chinesin vielleicht etwas klein ist.«

Gelächter. Die Höchstnote wird durch Akklamation gewährt.

Nach einer kurzen Pause, als wieder einigermaßen Ruhe eingekehrt ist, nähert sich Wilhelm dem Kommandanten: »Mit Ihrer Erlaubnis, Commandant, dürfte ich einen Vorschlag machen?«

»Ich höre, Wilhelm.«

»Die Besatzung hat von der Maskierung des Aspirant Verdelet Wind bekommen...«

»Schau an! Und wer hat diesen Wind entfacht?«

Wilhelm wird rot, aber die Chinesin hilft ihm prompt aus der Verlegenheit.

»Das ging von mir aus, Commandant. Ich habe gedacht, es würde der Besatzung vielleicht Freude machen, wenn ich ihr für dieses eine Mal das Menü in der Cafeteria präsentiere, sie bekommt ja das gleiche wie wir.«

Der Pascha zögert, und ich glaube zu verstehen, weshalb. Die Präsentation des Menüs durch den Mimi ist ein Ritual, das dem Carré vorbehalten ist. Es würde eine Beeinträchtigung dieses Rituals sein, wenn man es auf die Cafeteria ausdehnen wollte. Andererseits hat sich Verdelet aber so viel Mühe mit der Kostümierung gegeben (er hat sie sich beschaffen und an Bord bringen müssen, als er, noch an Land, vom Commis erfahren hatte, daß für ein Sonntagsdiner chinesische Küche vorgesehen war). Es wäre nicht sehr freundlich, ihm seine Bitte abzuschlagen. Hinzu kommt, daß alles, was die abstumpfende Monotonie des Bordlebens unterbricht, Auftrieb gibt und die Moral stärkt.

»Es wird folgendermaßen verfahren«, entscheidet der Pascha: »Angel wird in der Cafeteria bekanntgeben, daß man eine Chinesin als blinden Passagier an Bord entdeckt hat. Da heute abend chinesische Küche serviert wird, hat der Kommandant ausnahmsweise die Genehmigung erteilt, daß diese Chinesin der Besatzung das Menü präsentiert.«

Eine geschickte Art, das Dilemma zu lösen, und zugleich eine freundliche Geste. Wilhelm serviert reihum die Frühlingsrollen. Sie sind schon halb verzehrt (so hungrig hat uns das Warten gemacht), als die hochgewachsene Chinesin aus der Cafeteria zurückkehrt, begleitet von Angel, der absurderweise neben ihr kleiner als sonst wirkt.

»Ein Triumph«, verkündet Angel. »Ich habe Mühe gehabt, sie ihren Bewunderern zu entreißen.«

Verdoux, der eifersüchtig über diesen Erfolg zu sein scheint, zieht, um die Aufmerksamkeit auf sich zu lenken, ein Blatt Papier aus der Tasche und wendet sich an den Pascha: »Commandant, da ich weiß, daß Sie ein Freund von Zitaten sind, habe ich mir eins, das Sie betrifft, aus den *Propos* des Philosophen Alain herausgeschrieben.«

»Eins, das mich betrifft?« fragt der Pascha erstaunt.

»Nicht Sie als Person, sondern Ihre Funktion. Ich zitiere: ›Auf seinem Schiff ist der Kapitän nach Gott der alleinige Herr. Aufgrund dieser großspurigen Redensart bildet ihr euch alsbald die Idee von einem unbeugsamen und gefürchteten Mann. Ich würde ihn mir lieber als eine Art Diplomat vorstellen, der fähig ist, seine Gedanken zu verbergen, oder zu warten versteht und auch viel ertragen kann‹«.

»Ein Beweis«, sagt der Pascha, »daß die Philosophen nicht nur dummes Zeug reden, im Gegensatz zu einer weit verbreiteten Annahme.«

»Aber wer könnte wohl auf einen solchen Gedanken kommen?« entrüstet sich Verdoux.

»Ich«, sagt Miremont.

Ah, unser sonst so besonnener Energue! Kaum macht er einmal den Mund auf, da gibt er solche Ketzereien von sich!

»Elender Mathematiker!« ruft Verdoux aus. »Du hast Minerva beleidigt, die Göttin der Weisheit. Ich werde sie rächen, das schwöre ich dir!«

»Ich schwöre es ebenfalls«, sagt die Chinesin und sprüht Blitze aus ihren Mandelaugen auf den verdutzten Miremont. Zugleich streckt sie ihm die gespreizten Hände mit den langen künstlichen Fingernägeln entgegen, die scharf wie Dolche sind, und spricht in getragenem Ton:

»Je te plains de tomber dans nos mains redoutables.« (»Ich beklage dich, daß du in unsere furchtbaren Hände fällst.«)

»Aber das ist doch ein Alexandriner«, sagt Pascha erstaunt.

»Racine, *Athalie*«, erklärt Verdoux. »Aus Athalies Traum.«

Der Pascha lächelt: »Eins muß man den Enarchen lassen: In puncto Zitate sind sie von niemandem zu schlagen.«

»Es gibt keinen Grund zur Eifersucht, Commandant«, grinst Verdoux impertinent. »Die Kultur steht allen offen.«

»Hört auch dieses vorlaute Bürschchen an«, sagt der Pascha kopfschüttelnd.

Aber er ist nicht im geringsten schockiert. Verdoux' Frechheiten gehören zum Ritual des Carrés und sind infolgedessen sanktioniert. Er würde sich vielmehr eines Verstoßes gegen geheiligte Tradition schuldig machen, wenn er aufhörte, seine Bosheiten auszuteilen.

»Aber was sehe ich?« sagte der Pascha. »Wir haben eine Dame hier, und sie sitzt am Tischende! Toubib, würden Sie die Freundlichkeit haben, mit ihr den Platz zu tauschen?«

»Mit Vergnügen.«

Ich stehe auf, die Chinesin ebenfalls. Die Hände unter dem Kinn zusammengelegt, macht sie zwei kleine Verbeugungen.

»Ich bringe Ihnen meinen demütigen Dank für diese unverdiente Ehre dar, Gebieter über die große Dschunke, die unter dem Wasser fährt.« Mit viel Ziererei und Getue nimmt sie den Platz zur Rechten des Paschas ein.

»Die archaische Note ist übertrieben«, bemerkt der Zweite. »Die Chinesen haben ebenfalls U-Boote.«

Die angeregte Stimmung bleibt während der ganzen Mahlzeit erhalten. Verdelet spielt seine weibliche Rolle perfekt. Der Pascha, der Zweite, wir alle überhäufen die Chinesin mit Komplimenten und galanten Aufmerksamkeiten. Aber ist das Ganze wirklich nur ein Spiel? Oder hat die allgemeine Faszination einen tieferen Grund? Ich glaube wahrzunehmen, bei den anderen und auch bei mir selbst, daß dieser Komödie ein guter Schuß Emotion beigemischt ist. Wir lachen und scherzen, aber unsere Augen hängen gebannt an der Chinesin, und ich habe den Eindruck, daß Verdelet bei aller Selbstsicherheit manchmal ein wenig geniert wirkt. Aber er fängt sich sofort wieder, er ist ein zu guter Profi, um seine Rolle zu verraten. Er spielt sie vortrefflich. Er ist nie zweideutig, karikiert nicht. Wir sind ihm dankbar, daß er sie so gut spielt, mit soviel Takt, ohne das Maß zu verlieren, ohne die Illusion zu zerstören, die uns für einen Abend – durch diese Fata Morgana – neue Lebensfreude gibt.

6. Kapitel

Zwei oder drei Tage nach diesem gelungenen Sonntagsdiner erzählt mir der Koch von seinen Zukunftsträumen, und der Boula liefert in aller Unschuld den Anlaß, daß ich ernsthaft mit Le Guillou aneinandergerate.

Es kommt nicht oft vor, daß Tetatui die Muße zum Plaudern findet, denn von 6 Uhr 30 morgens bis 8 Uhr 30 abends haben er und sein Hilfskoch Jegou härter zu arbeiten als jeder andere an Bord. Immerhin aber kann er sich am Nachmittag eine kleine Siesta von zwei Stunden gestatten, und er hat die Nacht frei.

»Die freien Nächte«, sagt Tetatui, »daran liegt mir sehr viel, denn ich bin ein großer Schläfer, das können Sie mir glauben.«

Ich habe gerade eine kleine Sehnenentzündung an seiner rechten Schulter behandelt. Er lehnt mit dem Rücken gegen den Operationstisch, schaut mich an und stößt einen Seufzer aus. Er ist klein und gedrungen, gut im Fleisch, hat ein breites Gesicht und große Augen. Ich nehme an, daß die Größe der Augen von der Menge der Sonnenstrahlung abhängt, die sie zu absorbieren haben. Und Tetatui ist an weite, sonnige Horizonte gewöhnt, denn er ist in Rikitea auf der Insel Mangareva geboren, die zu den Gambier-Inseln in Französisch-Polynesien gehört.

Er seufzt von neuem. »Immerhin«, sagt er, »bin ich dreiunddreißig Jahre alt, und in drei Jahren werde ich aus der Marine ausscheiden.«

»Freuen Sie sich darauf, Tetatui?«

»Ich freue mich vor allem auf die Ruhe, ja, wirklich. Verstehen Sie, Doktor, die Franzosen aus Frankreich denken nur an die Arbeit. Die Arbeit! Die Arbeit! Sie sind verrückt mit ihrer Arbeit!«

»*Maamaa*...«

»Nein, Doktor, *Maamaa* sagt man auf Tahiti. Auf den Gambier-Inseln nennen wir die Menschen, die nicht richtig im Kopf sind, *Pocoveliveli*.«

»Die meisten Marineköche machen, wenn sie aus dem Dienst ausscheiden, ein Restaurant auf.«

»Nun, ich jedenfalls nicht!« erklärt Tetatui bestimmt. »Wenn ich in Urlaub fahre, rühre ich keinen Kochtopf an! Meine Frau macht die Küche.«

»Kocht sie gern?«

»Es ist ihre Pflicht.«

»Aber werden Sie sich nicht langweilen, wenn Sie sich in Rikitea zur Ruhe setzen?«

»Nicht im geringsten, Doktor! Ich werde künstliche Perlen herstellen. Ich kenne einen Japaner, der mir zeigen wird, wie das geht. Es ist ein Trick dabei, den man kennen muß. Man steckt eine kleine Plastikkugel in die Perlmuschel, und die Muschel umschließt sie mit Perlmutt. Man verkauft die Perlen nach Papeete für die Touristen. Wenn der Japaner es mir beigebracht hat, werde ich Burschen aus meinem Dorf anlernen. Sie werden die Arbeit machen. Nicht ich.«

»Aber man braucht doch sicher Küstenland, um die Perlmuscheln zu züchten.«

»Daran fehlt es mir nicht. Ich besitze ein Viertel der Insel.«

»Sie besitzen ein Viertel von Mangareva?«

»Nicht ganz ein Viertel«, schränkt er bescheiden ein. »Sagen wir zwanzig Prozent. Wissen Sie, Doktor, mein Großvater war Friedensrichter. Er konnte lesen und schreiben. Die anderen nicht. Also ließ er sie Verkaufsurkunden als Gegenleistung für kleine Vergünstigungen unterzeichnen. Auf diese Weise hat er fast ein Viertel der Insel erworben. Eine verdammte Kungelei!«

Das Wort drückt Mißbilligung aus. Aber der Ton nicht. Schließlich, Recht ist Recht. Selbst wenn es aus Ungerechtigkeit entstanden ist.

»Aber was werden Sie tun, Tetatui, während Ihre Arbeiter für Sie arbeiten?«

»Ich werde fischen.«

»In der Lagune?«

»Oh, nein! In der Lagune gibt es nicht viele interessante Fische. Ich werde in meinem Motorboot auf offenem Meer fischen.«

»Wenn ich richtig verstanden habe«, sage ich lächelnd, »dann züchten Ihre Arbeiter die Perlen, die Perle bringt Ihnen das Geld, Ihre Frau macht den Haushalt und die Küche, und Sie fischen. Aber das Fischen ist auch Arbeit, Tetatui...«

»Nicht, wenn man wie ich mit dem Schleppnetz fischt. Sie fahren hinaus, stellen den Motor auf kleinste Fahrt, die Fische gehen von selbst ins Netz. Sie brauchen sich nicht einmal die Mühe zu machen, Köder auszuwerfen. Sie schleppen Ihren Köder ja immer hinter sich her.«

Ich lache lauthals über Tetatuis bildhafte Beschreibung seines zukünftigen Schlaraffenlebens: »Also ich kann Sie mir sehr gut vorstellen, wie Sie auf Ihrer Bank sitzen, den Rücken an die Reling gelehnt, zwei Finger lässig auf dem Steuerrad, nackter Oberkörper...«

»Nackter Oberkörper leider nicht immer«, sagt Tetatui seufzend. »Die Gambiers sind kälter als Tahiti. Es gibt sogar Tage, da muß man einen leichten Pulli überziehen.«

Man sieht, nichts ist vollkommen. Auch das Glück hat seine Grenzen. Trotzdem, wenn mir das Schicksal in vier oder fünf Jahren wieder einmal einen Trip zu den Südseeinseln ermöglichen sollte, dann werde ich auch Rikitea besuchen. Ich möchte doch sehen, wie weit Tetatui mit der Verwirklichung seines Schlaraffenlebens ist, das er im Traum so lange und so gründlich organisiert hat, während er täglich zehn Stunden an seinen Küchenherden geschuftet und geschwitzt hat, eingeschlossen wie wir alle in einem Eisenkasten tief unter Wasser.

Die »Cohabitation« zwischen Tetatui und dem Boula bringt kleine Probleme mit sich, denn beide sind für ihre Arbeit auf denselben Raum angewiesen. Wenn Tetatui um 20 Uhr 30 mit seiner Arbeit aufhört, bemächtigt sich der Boula der Küche und verwandelt sie in eine Backstube, die dann am nächsten Morgen um 6 Uhr 30 wieder zur Küche für Tetatui wird. Diese Verwandlungen führen naturgemäß zu Reibereien.

»Es ist zwangsläufig eine Frage der ›Gebietshoheit‹«, bemerkt ironisch der Boula, ein großer, kräftiger Bursche mit schwarzen Augen unter dicken Brauen. »Der Koch will an Bord alleiniger Herr in seiner Küche sein. Und ich erhebe den gleichen Anspruch für meine Backstube.«

Der Boula ist in meine Sprechstunde gekommen, weil er Schmerzen in den Fußsohlen hat.

»Sie sollten sich öfter setzen.«

»Aber das ist unmöglich, Doktor!« sagt er heftig. »Das Backen macht man im Stehen.«

»Sie werden mir doch nicht sagen, daß Sie den Teig mit der Hand kneten.«

»Nein, dafür habe ich eine elektrische Rührmaschine. Aber ich forme manuell. Ich mache zwanzig Baguettes je Schub.«

»Zwanzig, das ist nicht viel.«

»Ich habe vier elektrische Backöfen. Jeder faßt nur fünf Baguettes. Wenn ich zweihundert Baguettes mache, muß ich zehnmal einschieben.«

»Können Sie sich denn nicht zwischen den einzelnen Schüben setzen?«

»Unmöglich, Doktor! Während ein Schub im Ofen ist, bereite ich den nächsten vor. Und außerdem mache ich zwischen den Schüben die Croissants, die Brioches, die Pains au chocolat und die Pâtisserie.«

»Und können Sie wenigstens bei Tage schlafen?«

»Sehr gut.«

»Ich kann mir nicht vorstellen, wie man bei Tage in einem Sechser-Quartier gut schlafen kann, wenn das Licht den ganzen Tag brennt und ständig Leute kommen oder gehen.«

»Das ist kein Problem. Gegen den Lärm stecke ich mir Oropax in die Ohren. Und mit dem Licht: Sie wissen ja, jede Liege ist durch einen Vorhang abgeschirmt. Das ist allerdings nicht ausreichend, deshalb habe ich noch einen zusätzlichen Jutevorhang angebracht. Es ist völlig dunkel in meiner kleinen Ecke, und ich schlafe sehr gut. Man braucht mich nicht in den Schlaf zu wiegen. Mittags stehe ich zum Essen auf und vertrete mir anschließend ein wenig die Beine. Ich will den Rhythmus der zwei täglichen Mahlzeiten beibehalten.«

»Kurz und gut, alles ist in bester Ordnung, bis auf Ihre Füße.«

»So ist es.«

»Sie sollten sich in der Coop Tennisschuhe kaufen. Sie isolieren die Fußsohlen besser als normale Schuhe.«

Er ist meinem Rat gefolgt, und als ich ihm acht Tage später in einem Laufgang begegne, wo er sich »die Beine vertritt«, spricht er mich nicht auf seine Füße an, sondern auf seinen Bart.

»Doktor, wenn es Ihnen nichts ausmacht, würden Sie wohl für mich kurz die Coop öffnen? Ich habe keine Rasierklingen mehr. Und ich möchte mich gern rasieren, bevor ich meinen Dienst wieder antrete.«

»Das nenne ich tapfer«, sage ich, auf meine Uhr schauend, »sich um 8 Uhr abends zu rasieren!«

»Aber für mich ist der Abend der Morgen, wie Sie wissen. Und ich fühle mich gern frisch, wenn ich an meine Arbeit gehe.«

»Kommen Sie, ich werde Ihnen die Coop öffnen. Machen Sie immer zweihundert Baguettes pro Tag?«

»O nein, Doktor! Der Konsum ist zurückgegangen. Im Augenblick sind es hundertvierzig, und gegen Ende der Patrouille werde ich nur noch hundert machen. Die Burschen fangen allmählich an, sich Sorgen darüber zu machen, was ihre Frauen ihnen erzählen werden, wenn sie mit Fettpolster und Bauchansatz von der Patrouille heimkommen.«

Ich öffne die Coop, gebe dem Boula seine Rasierklingen, nehme das Geld entgegen und schließe wieder ab. Dann kehre ich in meine Kajüte zurück, im Bewußtsein, ein gutes Werk getan zu haben. Aber der nächste Morgen wird mich eines

Besseren belehren.

Schon die Nacht ist alles andere als gut, trotz eines guten Anfangs. Wie Marcel Proust es so hübsch beschreibt: »Eine Frau wird in meinem Schlaf geboren aus einer falschen Lage meines Oberschenkels.« Es wäre sicher ein bezauberndes Erlebnis geworden, hätte mich nicht gerade die Lebendigkeit dieses Traumbildes zu früh geweckt. Ich finde mich allein auf meiner schmalen Liege, wütend und frustriert wie ein Krebs, den eine zurückrollende Welle auf den Rücken geworfen hat und der mit seinen Scheren hilflos in der Luft strampelt.

Ich schlafe wieder ein, und diesmal entführt mich der Traum erneut nach Prag, wo mir in früheren Alpträumen mein Koffer abhanden gekommen war. Diesmal beginnt der Traum unter günstigsten Auspizien. Ich sitze an einem Tisch in der großen Halle des Hotels Alkron und trinke meinen Tee. Am Nebentisch sitzt eine Runde junger Frauen beim Tee, die die Tschechen mit ihrem trockenen Humor die »Touzek-Fräulein« nennen, nach dem Namen der staatlichen Läden, in denen man – exklusiv an Touristen und nur gegen harte Devisen – das herrliche Kristallgeschirr verkauft, das in den böhmischen Glashütten hergestellt wird. Was die Touzek-Fräulein, ebenfalls gegen Devisen, in diesem von westlichen Geschäftsleuten frequentierten großen Hotel verkaufen, kann man sich denken. Man würde allerdings kaum auf eine solche Idee kommen, wenn man sie hier in der Halle beim Tee sitzen sieht, elegant gekleidet, mit besten Umgangsformen, diskret geschminkt, reserviert und sittsam und von dieser eigenartigen Schönheit, die man oft bei tschechischen Frauen findet.

Es wird Sie, liebe Leserin, sicher schockieren, wenn ich Ihnen sage, daß ich, mich traurig und einsam fühlend, der Versuchung unterliege – aber bedenken Sie bitte, daß dies alles nur ein Traum ist. Ich stehe auf, gehe, meinen Zimmerschlüssel ostentativ in der Hand haltend, zum Tisch der Touzek-Fräulein und frage die hinreißendste von ihnen nach ihrem Namen.

»Ich heiße Sophia«, sagt sie mit leiser, sanfter Stimme.

Ich lasse sie diskret die auf dem Schlüssel eingravierte Zimmernummer sehen und entferne mich. Das Herz klopft mir ein wenig. Natürlich folgt sie mir nicht. Ich habe mehr als einmal von meinem Tisch aus die außerordentliche Diskretion dieser Damen beobachtet.

Eine Viertelstunde später klopft jemand leise an meine Zimmertür. Ich öffne. Es ist die Erwartete. Sie hat die Lider halb über die schönen grünen Augen gesenkt, den Kopf ein wenig zur Seite geneigt, als drücke sie das Gewicht ihres langen schwarzen Haars, das sie wie eine romantische Heroine im Nacken zu einem Knoten frisiert hat. Sie trägt ein hautenges weißes Seidenkleid, das auf der Vorderseite mit einem großen goldenen Vogel bestickt ist. Kein Schmuck, nur ein kleines, im Dämmerlicht leuchtendes Kreuz, das an einem Kettchen von ihrem Hals herabhängt. Man könnte sie für ein naives junges Mädchen bei seinem ersten Ball halten. Ich schließe und verriegele die Tür. Sie steht unbeweglich da, ohne ein Wort zu sagen. Erst nach längerer Zeit wage ich es, ein wenig verlegen, mich ihr zu nähern, um sie zu entkleiden. Sie läßt es geschehen, mit gesenkten Augen, ein rätselhaftes leichtes Lächeln auf den halb geöffneten Lippen.

Ich führe sie zum Bett. Sie legt sich widerspruchslos hinein und kuschelt sich unter die Bettdecke, so daß man nur noch das gelöste lange schwarze Haar sieht. Ich wende mich ab, um mich auszuziehen, die Hände zittern mir vor Ungeduld, und als ich endlich die Decke zurückschlage, um mich neben sie zu legen, finde ich nur ein Skelett, dessen scheußlicher Schädel mit einer Perücke bedeckt ist.

Mein Entsetzen weicht einem irrsinnigen Zorn. Ich nehme den Telefonhörer ab. Ich rufe die Direktion an, lasse eine wütende Tirade los. Ich ziehe mich wieder an. Man klopft an die Tür. Ich öffne. Vor mir stehen zwei schwarzgekleidete Herren, steif, pompös und abweisend, die mich mit mißtrauischen Blicken mustern.

»Meine Herren«, sage ich, »das ist unerhört! Ich habe geglaubt, das Alkron sei ein respektables Hotel. Aber man treibt hier mit den Gästen makabren Schabernack! Ich bestehe darauf, daß eine Untersuchung durchgeführt wird und daß man den

Urheber dieser sinistren Posse streng zur Rechenschaft zieht. Stellen Sie sich vor, man hat in mein Bett unter die Decke ein weibliches Skelett gelegt!«

»Herr Doktor«, sagt der größere der beiden Herren in Schwarz mit einem Gesichtsausdruck, als habe er mich bei einer Lüge ertappt, »woher wissen Sie, daß das Skelett weiblich ist?«

»Aber ich weiß nichts dergleichen!« sage ich irritiert. »Sie können sich denken, daß ich es nicht untersucht habe. Und im übrigen ist das völlig ohne Bedeutung. Männlich oder weiblich, es liegt ein Skelett in meinem Bett, und es ist nicht von selbst dahin gekommen.«

»Herr Doktor«, sagte der andere der beiden Herren in Schwarz, ein Rothaariger mit verschiedenfarbigen Augen, »das Hotel Alkron ist ein seriöses Hotel, und ob dieses Skelett, weiblich oder nicht, ohne Ihr Zutun in Ihr Bett gekommen ist oder ob Sie es mitgebracht haben, hat keine große Bedeutung. Wir hoffen jedoch, im Interesse unserer Reputation wie auch der Ihren, daß Sie sich ihm gegenüber schicklich benommen haben.«

»Was unterstellen Sie mir?« schreie ich wutentbrannt. »Ich habe es überhaupt nicht angerührt. Sobald ich es in meinem Bett entdeckt hatte, habe ich mich wieder angezogen und habe Sie gerufen.«

»Sie haben sich wieder angezogen, Herr Doktor?« fragt mich der größere der beiden mit einem mißbilligenden Blick. »Sie waren also nackt? Nackt in einem Bett mit einem Skelett?«

Er schaut seinen rothaarigen Kollegen an, und beide schütteln den Kopf mit würdevoll bekümmerter Miene.

»Meine Herren!« sage ich, vor Wut zitternd, »machen Sie Schluß mit diesem Theater! Nehmen Sie das Skelett, ich bitte Sie, und befördern Sie es meinetwegen zum Teufel! Ich habe nichts damit zu schaffen.«

Mit diesen Worten gehe ich rasch zum Bett und decke es auf. Es ist leer. Ich höre ein spöttisches Lachen hinter mir.

»Herr Doktor«, sagt der kleine Rothaarige, diskret hinter der vorgehaltenen Hand hüstelnd. »Sie sollten unserem tschechischen Schnaps mißtrauen. Er ist heimtückisch.«

Ich schreie: »Aber ich trinke nur Tee!«
Verlorene Mühe. Nach einer steifen Verbeugung sind sie gegangen. Ich nehme meinen Zimmerschlüssel, folge ihnen, und da die Aufzugstür sich vor meiner Nase schließt, laufe ich zu der monumentalen Treppe, auf der zehn Personen bequem nebeneinander Platz hätten. Ich renne hinab, durchquere im Eilschritt die riesige Halle und gehe direkt auf den Tisch der Touzek-Fräulein zu. Meine Besucherin sitzt da mit unbewegter Miene. Allerdings ist sie jetzt nicht in jungfräuliches Weiß gekleidet, sondern trägt ein schwarzes, an der Seite hoch geschlitztes Kleid. Sie scheint mir auch viel stärker geschminkt zu sein.

»Mein Fräulein«, sage ich mit zitternder Stimme, »sind Sie Sophia, ja oder nein?«

»Ich heiße Olga«, antwortet sie mit einer etwas rauhen Stimme (wohl von zu vielem Rauchen).

Sie mustert mich von oben bis unten, ohne sich im geringsten zu genieren, und als sie den Zimmerschlüssel in meiner Hand erblickt, lächelt sie, aber ihr Lächeln ist ausdruckslos, es hat nichts von dem naiven und zugleich rätselhaften Charme der Sophia, die mich in meinem Zimmer besucht hat. Ich verberge den Schlüssel in der hohlen Hand, ich fliehe, ich renne, immer vier Stufen auf einmal nehmend, die monumentale Treppe hinauf – und ich wache auf, mein Herz klopft wie wild, und ich bin in Scnweiß gebadet.

Ich knipse das Licht an, es macht mich hellwach. Ich lasse den Film meines Traums noch einmal ablaufen, und ich bin von meinem Unbewußten sehr enttäuscht. Daß es über die Frustrationen, denen ich unterworfen bin, verärgert ist, das begreife ich, aber daß es, um mich das spüren zu lassen, zu dieser grausamen, pessimistischen, die körperlichen Bedürfnisse mißachtenden Askese greift, das kann ich nicht akzeptieren. Dieser Traum könnte fast dem Bild der Hölle aus dem *Garten der Lüste* von Hieronymus Bosch entsprungen sein, eines Malers, den ich bewundere, den ich aber für viel krankhaft lasterhafter halte als die armen Sünder, die sein sadistischer Pinsel zu den schlimmsten Folterqualen verdammt. Ich schaue auf die Uhr: 4 Uhr morgens. Ich spüre plötzlich zwei sich ergänzende Bedürfnisse: Ich habe Hunger, und ich sehne mich nach der Gesellschaft von Menschen aus Fleisch und Blut.

Ich begebe mich zur Cafeteria. Auf zwei Tischen stellt die Küche jede Nacht ein Sortiment von Sardinen, Makrelen, Pasteten und etwas Thunfisch bereit, dazu eine Anzahl Baguettes. Die Männer, die vor Beginn oder nach Beendigung einer Nachtwache ein Hungergefühl verspüren (nach meiner Meinung hauptsächlich psychisch bedingt, denn das Essen ist sehr reichlich), können hier eine Kleinigkeit zu sich nehmen, bevor sie ins Bett oder auf Wache gehen. Im Nebenraum ist der Boula damit beschäftigt, die Brote zu formen und in die vier elektrischen Backöfen einzuschieben. Man hört das Summen des Motors der Rührmaschine, und wenn der Boula die Backöfen öffnet, zieht ein guter Duft von heißer Brotkruste zu uns herüber, verbreitet Wärme und Behaglichkeit.

Man fühlt sich wohl hier. Seite an Seite stehend schneiden wir die Baguettes in der Längsrichtung in zwei Teile und belegen sie nach Wahl mit den vorhandenen Delikatessen. Es wird wenig gesprochen, man ist mundfaul: »Salut. – Salut. – Zeit, daß man ins Bett kommt. – Glückspilz, du hast Grund, dich zu beklagen!« Aber eine animalische Zufriedenheit verbindet uns alle, die wir hier, Ellbogen an Ellbogen, unseren köstlichen kleinen Imbiß zu uns nehmen. Und gelegentlich wagt ein Leckermaul sich dreist zu dem Ausgabeschalter vor, der die Cafeteria von der Küche trennt, und sagt leise: »Hör mal, Boula, hättest du nicht eine frische Baguette für mich?«

Frisch, das ist nur so eine Redensart, sie ist heiß, wie sie aus dem Backofen kommt. Der Boula knurrt und brummt, wie es seine Rolle verlangt. In diesem Augenblick ist er der König auf dem Schiff, die Schutzgottheit, der Nährvater.

»Du gehst mir auf den Wecker, mein Junge. Wenn alle Welt kommt und mir mein Brot wegfrißt, sowie es aus dem Ofen kommt, werde ich mit dem Backen nie fertig.«

Wenn er sich aber herabläßt, dem Bittsteller eine »frische« Baguette zu geben, so ist das eine ganz besondere Gunst, eine hohe Auszeichnung für den glücklichen Empfänger, der, während er zu uns zurückkommt, das Brot von einer Hand in die andere springen läßt, so heiß ist es. Er teilt es, selbstverständlich. Auch mit mir. Aber ich lehne dankend ab. Ich will meinen Magen nicht noch mehr belasten.

Bald darauf verlasse ich gestärkt diese familiäre Szene. Ich begebe mich zu meiner Kajüte, lege mich hin und schlafe, diesmal ohne zu träumen, bis zum Wecken.

Das Aufstehen fällt mir schwer. Nach einem ohne Appetit verzehrten Frühstück begebe ich mich ins Revier. Bei meinem Eintreten wendet Le Guillou, der beim Aufräumen ist, den Blick ostentativ ab und begrüßt mich nicht. Dieser Empfang erwischt mich kalt, wie man salopp zu sagen pflegt. Aber ich lasse mir nichts anmerken und gehe, ohne ein Wort zu sagen, in das Isolierzimmer, wo ich Lombard schlafend finde. Ich gehe in den Behandlungsraum zurück. Mein zweiter Eintritt hat nicht mehr Wirkung als der vorherige. Wenn meine Schritte unhörbar wären, wenn ich unsichtbar wäre, könnte Le Guillou nicht tauber und nicht blinder sein. Na schön, ich entscheide mich, die Lanzette zu nehmen und den Abszeß aufzuschneiden. Allerdings behutsam!

»Le Guillou, darf man wissen, was hier los ist?«

Er hebt den Kopf. Sein rotes Haar glüht rötlich, und seine grünen Augen blitzen grünlich, kalt wie Eis.

»Los ist, Monsieur, daß ich nicht gerade erfreut bin. Wenn ich es einem Burschen abschlage, eigens für ihn die Coop zu öffnen, dann ist es ein Affront, wenn man sie ihm hinter meinem Rücken öffnet. Sie stürzen die Ordnung um, wenn Sie das tun!«

»Einen Augenblick, Le Guillou«, sage ich schroff, aber ohne die Stimme zu heben, »zunächst einmal, wer ist dieser Bursche?«

»Der Boula.«

»Und er hatte Sie gebeten, die Coop zu öffnen? Gestern abend? Für Rasierklingen? Und Sie haben es ihm abgeschlagen?«

»Genau.«

»Und darf man wissen, weshalb?«

»Ich habe keinen Grund, ihm einen Gefallen zu tun, er tut mir ja auch keinen.«

»Schön. Also, Le Guillou, hören Sie mir gut zu, damit alles klar zwischen uns ist. Mir untersteht die Coop, ich habe den Schlüssel zu dem Lokal, und ich habe das Recht, falls erforderlich, davon Gebrauch zu machen. Wenn ich allerdings gewußt hätte, daß Sie es abgelehnt haben, die Coop für den Boula zu öffnen, dann hätte ich sie nicht geöffnet, sondern ihn zu Ihnen zurückgeschickt.«

»Ah, aber wenn Sie nicht wußten, daß ich es ihm abgeschlagen hatte, Doktor«, sagt Le Guillou besänftigt, »also, dann ist das etwas anderes.«

»Aber das ist doch selbstverständlich, daß ich es nicht wußte. Glauben Sie, er hätte sich damit aufgespielt?«

»Also das ändert alles«, wiederholt Le Guillou, jetzt ein wenig verlegen.

»Gut«, sage ich mit Nachdruck, »machen wir keine Affäre daraus. Es war ein Mißverständnis, und es hat sich aufgeklärt. Es ist da jedoch ein kleiner Punkt, den ich gern noch präzisieren möchte. Was für ein Gefallen war das, um den Sie den Boula gebeten und den er Ihnen abgeschlagen hat?«

»Oh, eigentlich nichts Besonderes«, weicht Le Guillou aus und zuckt die Achseln. »Aber es ist trotzdem beleidigend, wenn einem eine Abfuhr erteilt wird, besonders, wenn das in aller Öffentlichkeit passiert. Ich bin gewiß nicht nachtragend...«

»Nun, ein bißchen doch wohl...«

»In bestimmten Dingen, ja, vielleicht ein bißchen. Also gut, Doktor, ich werde es Ihnen erzählen. Eines Nachts war mir ein bißchen flau im Magen. Ich bin also aufgestanden, um in der Cafeteria eine Kleinigkeit zu essen. Ich habe den Boula um eine frische Baguette gebeten. Nun, Sie werden es nicht glauben, Doktor, aber dieses kleine Arschloch von Second maître hat es mir abgeschlagen!«

Ich schüttle mit ernster Miene den Kopf. Offenbar ist das eine unverzeihliche Demütigung. Vor allem, wenn man selbst Premier maître ist. Und Obersanitäter. Und der Coop-Verkäufer. Kurz, eine bedeutende Persönlichkeit.

Ich nehme mir vor, bei Gelegenheit dem Boula ein Wort zu

dieser Geschichte zu sagen. Mit einem Tropfen Essig und viel Öl, wie der Zweite zu sagen pflegt. Ich apostrophiere es schon in Gedanken: Schauen Sie, Boula, ist das wirklich vernünftigt? Wenn Sie krank würden, sind Sie sicher, daß Sie dann nicht auf Le Guillous guten Willen angewiesen wären? Und außerdem, ist es nicht notwendig für das harmonische Zusammenleben auf dem Schiff, daß jeder sich bemüht, seinen Teil dazu beizutragen? Ich komme gut mit Le Guillou aus. Also!

Im Grunde ist der Mensch gar nicht so sehr verschieden von den anderen Säugetieren. Er strebt nach Macht: über die Frauen, über die anderen Männer, über ein Territorium. Wenn das auch keine neue Erkenntnis ist, wird sie mir nach dem Zwischenfall mit Le Guillou doch besonders stark bewußt. Wenn man vom Wettbewerb um den Besitz der Frauen absieht, die es hier ja nicht gibt, so ist unverkennbar, wie sehr mein Sanitäter durch einen Anschlag des Boula auf seine Autorität verletzt worden ist (obwohl ihm nicht ein Recht, sondern nur eine Gefälligkeit verweigert wurde), ebenso wie durch einen Anschlag meinerseits auf sein Territorium (obwohl ich doch die Verantwortung für die Coop habe und einen Schlüssel zu dem Lokal besitze). Ein Beweis, wie extrem empfindlich Macht ist und wie schwer es ihr fällt, ihre eigenen Grenzen zu akzeptieren – ganz gleich, auf welcher Ebene diese Macht ausgeübt wird, und vielleicht noch am stärksten auf der subalternen.

Ich habe öfter bemerkt, daß eine Auseinandersetzung zwischen zwei Männern, wenn sie von dem, der die stärkere Position hat, klug geführt wurde, sehr rasch durch einen stillschweigenden und meist dauerhaften Friedensschluß beigelegt wurde. Das ist hingegen nicht so bei einem Streit zwischen einem Mann und einer Frau. Diese Art Querelen hat die Tendenz, sich ewig hinzuziehen, ohne jemals wirklich gelöst zu werden, und zwar deshalb, weil keiner von beiden einen Machtanspruch über den anderen besitzt, der nicht im Prinzip unbestimmt ist und in der Praxis bestritten wird.

Zwei oder drei Tage nach dieser atmosphärischen Trübung zwischen Le Guillou und mir befinde ich mich beim Frühstück allein mit Saint-Aignan im Carré. Ich nutze die Gelegenheit: »Wenn ich richtig informiert bin, dann bist du, mit Pérignon, der Raketenspezialist.«

Er kommt gerade von einer Nachtwache, hungrig, müde, mit flatternden Augenlidern und unrasiert, aber er ist ebenso höflich und gelassen, als wenn er seinen Tag begänne.

»Nicht für alle Typen«, stellt er klar. »Ich bin spezialisiert auf die M 20, aber nicht auf die M 4. Wie du sicher weißt, ist die *Inflexible*, der neueste Typ unserer SNLE, mit der M 4-Rakete bestückt.«

»Und worin besteht der Unterschied?«

»Die M 4 ist viel leistungsfähiger als die M 20. Sie hat eine größere Reichweite, und vor allem verfügt jede Rakete über sechs Atomsprengköpfe.«

»Einen Augenblick, laß mich nachrechnen. Sechzehn Raketen mit je sechs Atomsprengköpfen, das ergibt fast hundert Atomsprengköpfe. Warum so viele Sprengköpfe?«

»Je mehr Sprengköpfe wir einsetzen, um so größer ist unsere Chance, in Feindesland einzudringen, denn wir müssen damit rechnen, daß eine gewisse Anzahl von ihnen abgeschossen wird, bevor sie ihr Ziel erreicht. Außerdem sind bei der M 4 die Köpfe gehärtet und folglich besser gegen feindliche Abwehrmaßnahmen geschützt.«

Es erscheint mir makaber, wie dieser nette, freundliche junge Mann mit sanfter Stime und in gelassenem Ton von einer Operation spricht, die die Vernichtung eines großen Landes zur Folge haben würde. Sicher, er geht von der Hypothese aus, daß dieses große Land den ersten Schlag zur Vernichtung unseres eigenen Landes geführt hat.

»Angenommen«, sage ich, »du wirst wahnsinnig und drückst auf den Knopf.«

Saint-Aignan lacht, was ihn plötzlich viel jünger erscheinen läßt: »Zunächst einmal wird man, bevor man zur U-Boot-Flotte zugelassen wird, von einem Psychologen untersucht, und ich kann dir versichern, daß er bei mir keine derartige Veranlagung festgestellt hat. Ferner gibt es keinen Knopf. Es gibt ein Pult, und auf diesem Pult eine Reihe von Knöpfen, die die ganze Abschußsequenz steuern.«

»Wer hindert einen Wahnsinnigen daran, auf alle diese Knöpfe zu drücken?«

»Das würde ihn nicht weiterbringen«, sagt Saint-Aignan. »Die Sequenz ist blockiert. Und die Blockierung kann nur durch gemeinsames Handeln des Kommandanten und des Zweiten gelöst werden.«

»Nehmen wir an, daß sie wahnsinnig werden.«

»Alle beide?«

»Nun ja, das ist wenig wahrscheinlich. Nehmen wir also an, daß der Kommandant allein wahnsinnig wird und den Zweiten mit der Waffe dazu zwingt, mit ihm die Blockierung der Sequenz zu lösen.«

»Unmöglich! Du müßtest das eigentlich wissen, denn du warst ja schon bei fiktiven Abschüssen zugegen. Der Kommandant kann die Blockierung der Sequenz mittels einer Maschine, die sich im PCNO befindet, nur dann lösen, wenn der Zweite *gleichzeitig mit ihm* die Blockierung löst, und zwar mittels einer Maschine, die sich ein Deck tiefer befindet.«

»Ach ja, ich erinnere mich. Welch erstaunliche Raffinesse! Wenn ein Romancier sich so etwas ausdenken würde, dann würde man es für ein wenig glaubwürdiges Produkt seiner Phantasie halten. Es sind also alle Vorsichtsmaßnahmen getroffen, damit der Kommandant nicht allein handeln kann.«

»Außerdem, und vor allem«, fährt Saint-Aignan fort, »kann der Kommandant nicht handeln, ohne den Befehl des Präsidenten der Republik erhalten zu haben, und dieser Befehl wird ihm über Ultralangwellen in verschlüsselter Form übermittelt.«

»Er muß ihn also zunächst entschlüsseln?«

»Ja, aber auch hier sind Sicherheitsvorkehrungen getroffen. Es gibt zwei Codes an Bord, die in zwei verschiedenen Safes aufbewahrt werden. Sofort nach Erhalt des Präsidentenbefehls entschlüsseln der Kommandant und der Zweite ihn, jeder in seine Kajüte eingeschlossen. Anschließend gibt jeder der beiden ihn in einen Computer ein, der Kommandant im PCNO, der Zweite in seinem Raum ein Deck tiefer. Wenn die beiden Eingaben sich decken, wird die Blockierung der Abschußsequenz gelöst.«

»Was geschieht dann?«

»Man ermittelt die Position. Man muß selbstverständlich den exakten Punkt kennen, an dem sich das SNLE befindet, um die Entfernung zwischen ihm und den Zielen zu berechnen.«

»Den Zielen? Gibt es denn mehrere?«

»Ja. Wahrscheinlich. Anschließend muß jede Rakete programmiert werden.«

»Wie programmiert ihr sie?«

»Nun«, erklärt Saint-Aignan (mit Engelsgeduld, denn müde und schlafbedürftig wie er ist, muß er meine Fragerei ziemlich enervierend finden), »jede Rakete besitzt einen Rechner und ein Trägheitsnavigationsgerät, mittels derer die Flugbahn festgelegt wird, die sie an ihr Ziel bringen soll. Diese Vorbereitung ist ziemlich langwierig, denn sie erfordert größte Präzision.«

»Dafür bist zu zuständig?«

»Der Mis 1 und ich.«

»Ihr kennt also die Ziele?«

Saint-Aignan blinzelt, sein Gesicht wird verschlossen. Er sagt: »Wir wissen nichts über die Zuweisung der Ziele. Ihre geographischen Koordinaten werden auf eine Magnetplatte eingegeben, die nur der Computer lesen kann.«

Ich gebe geistesabwesend ein Stück Zucker in meine Tasse und rühre den Tee. Er schießt eine Rakete ab, ohne das Ziel zu kennen, auf das er »Schwefel und Feuer regnen« lassen wird. In gewisser Hinsicht ist das ein Glück für ihn. Es ist eine Sache, eine Rakete auf einen abstrakten Punkt abzufeuern, und eine andere Sache, sie auf eine Stadt abzuschießen, deren Namen man kennt oder die man vielleicht schon einmal besucht hat. Es gibt Augenblicke, wo es ein großer Vorteil ist, Gefühl durch Mathematik zu ersetzen.

Ich fahre fort: »Wenn alle Raketen programmiert sind, wie geht dann der Abschuß vonstatten? Taucht das U-Boot auf?«

»Keineswegs. Aber es nähert sich der Oberfläche.«

»Bis auf wieviel Meter?«

»Das ist geheim«, antwortet Saint-Aignan mit einem Lächeln.

»Na schön, lassen wir das. Ihr schießt die Rakete also ins Wasser. Wie macht ihr das?«

»Du hast doch auf der Brücke, hinter dem Massiv, diese doppelte Reihe großer runder Lukendeckel gesehen? Es sind sechzehn.«

»Ich habe nichts gesehen. Ich bin zu spät und zu rasch an Bord gekommen.«

»Also, diese Lukendeckel öffnen sich.«

»Alle gleichzeitig?«

»Einer nach dem anderen.«

»Und wie öffnen sie sich?«

Saint-Aignan lächelt: »Automatisch. Alles wird durch Computer gesteuert.«

»Gut«, sage ich, ein wenig verstimmt über dieses Lächeln. »Der Lukendeckel öffnet sich, das Wasser dringt in das Abschußrohr ein, ersäuft die Rakete, und der Trojanische Krieg findet nicht statt.«

»Aber ja, er findet statt. Unter dem Lukendeckel verschließt eine Kautschukmembrane das Rohr und verhindert das Eindringen von Wasser. Die Rakete wird aus dem Rohr getrieben.«

»Wie?«

»Mit Druckluft.«

»Alle die alten Tricks«, wundere ich mich. »Die Dampfmaschine, die die Schraube dreht, und die Druckluft, die die Rakete aus dem Rohr treibt. Druckluft, wie bei den Luftgewehren unserer Kindheit.«

»Um einiges stärker«, bemerkt Saint-Aignan ironisch. »Die Rakete wiegt achtzehn Tonnen. Und trotz dieses beachtlichen Gewichts wird sie aus dem Rohr gedrückt, zerreißt die Kautschukmembrane, steigt in ihrer Luftblase hoch und durchbricht die Wasseroberfläche.«

»Was bedeutet das, sie steigt in ihrer Luftblase hoch? Willst du behaupten, daß sie nicht naß wird?«

»Das würde eine Katastrophe sein.«

Saint-Aignan kennt die Probleme, die das Aufsteigen der Rakete in ihrer Luftblase verursacht hat. Aber da diese Probleme inzwischen gelöst sind, braucht er nicht mehr darauf zurückzukommen. Für ihn ist darin nichts Erstaunliches mehr. Mein Erstaunen, darüber bin ich mir klar, entspringt meiner Unwissenheit. Und es ist auch emotional bedingt. Denn ich beginne mich zu fragen, wohin die großartige und gefahrvolle Erfindungskraft des Homo sapiens noch führen wird.

»Gut«, setze ich die Befragung fort, »die Rakete durchbricht also die Wasseroberfläche. Und dann?«

»Sie zündet automatisch. Genauer gesagt, ihre erste Stufe zündet. Es gibt zwei Antriebsstufen. Damit soll sichergestellt werden, daß die Rakete so auf ihre Flugbahn gebracht wird, daß sie die Erde an dem Punkt erreicht, wo sich das Ziel befindet.«

Das ist eine mathematisch einwandfreie Aussage: Nachdem die Rakete dreitausend Kilometer zurückgelegt hat (es ist eine M 20), beginnt sie den Abstieg und *erreicht die Erde an dem Punkt, wo sich das Ziel befindet.* Mißverstehen Sie mich nicht. Ich bin ein entschiedener Befürworter der Abschreckungsstrategie. Ich verstehe ihre Notwendigkeit. Ich akzeptiere ihre Zwänge. Aber bei diesem Satz läuft es mir kalt den Rücken herunter. Ich muß an die feindliche Rakete denken, die zur gleichen Zeit *die Erde an dem Punkt erreichen* würde, wo sich ihr Ziel befindet.

»Also gut«, sage ich, »eine Rakete ist abgeschossen. Wie geht es weiter?«

»Man schießt die ganze Salve ab.«

»Alle sechzehn Raketen?«

»Ja.«

»Gleichzeitig?«

»Nein. Nacheinander. Wenn eine Rakete abgeschossen worden ist, muß man Wasser in das Rohr eindringen lassen, das die Rakete verlassen hat.«

»Warum?«

»Weil nach dem Abschuß der Rakete das Schiff um achtzehn Tonnen leichter geworden ist. Diese Gewichtsverringerung muß kompensiert werden, um den Schwebezustand zu erhalten.«

»Ich fürchte, ich habe deine Geduld schon zu sehr mißbraucht. Sonst hätte ich dir gern noch zwei kleine Fragen gestellt.«

»Stelle sie nur«, sagt er zuvorkommend. »Du störst mich nicht. Ich habe mein Frühstück noch nicht beendet.«

»Aber du bist schläfrig?«

»Eben nicht. Das ist ja der Haken. Nach der Nachtwache bin ich nie schläfrig. Ich bin nur müde.«

»Erste Frage: Wie kannst du wissen, ob in dem Augenblick, wo ihr den Befehl bekommt, eure Raketen auch wirklich funktionsfähig sind?«

»Beruhige dich«, antwortet Saint-Aignan mit unfreiwilligem Humor, »das funktioniert einwandfrei. Nach jeder Überholung werden Schießversuche mit Attrappen gemacht.«

»Zweite Frage: Was machst du eigentlich während einer Patrouille, da du ja keine Raketen abschießt?«

Er lacht. »Da gibt es kein Geheimnis. Du hast ja die Sektion Raketen gesehen. Das ist eine umfangreiche und komplizierte Angelegenheit. Es muß ständig gewartet, kontrolliert, überprüft werden. Außer dem Mis 1 und mir sind für diese Arbeiten eine Menge Leute eingesetzt. Neun Mann für die Wartung der Raketen. Und wie überall hier handelt es sich um hochqualifiziertes Personal.«

»Du machst den Eindruck, daß du völlig zufrieden damit bist, hier zu sein.«

»In der Tat. Über Wasser war ich mit Aufgaben betraut, die viel weniger interessant und aufregend waren. Seit ich auf einem SNLE bin, habe ich das Gefühl, eine wirkliche Aufgabe gefunden zu haben. Ich habe den Eindruck, daß ich hier große, wesentliche, nützliche Dinge tue.«

»Kommt dir manchmal der Gedanke, du könntest eines Tages den Schießbefehl bekommen?«

Schweigen. Dann sagt Saint-Aignan mit ausdrucksloser Stimme: »Ich ziehe es vor, nicht daran zu denken.«

Wieder kurzes Schweigen. Dann hake ich nach. »Ich verstehe: Deine Arbeit macht dir Freude, du tust sie gewissenhaft, mit Kompetenz und Begeisterung. Es gibt jedoch ein Paradox in deinem Metier: Tag und Nacht überwachst, wartest, hegst und pflegst du deine Raketen und Abschußrohre. Du bist in höchster Bereitschaft. Und doch hoffst du im Grunde deines Herzens, daß du nie gezwungen sein wirst, sie abzuschießen.«

Saint-Aignan läßt mich kaum ausreden. Er sagt heftig: »Aber natürlich! Natürlich!«

Und zum erstenmal glaube ich eine leichte Gereiztheit in seiner Stimme zu entdecken.

Mir fällt ein, daß ich vergessen habe, von der *Cabane* zu sprechen. Zu Unrecht, denn es handelt sich um ein wichtiges Ereignis in unserem U-Boot-Leben. Es ist das Fest der Patrouillen-Halbzeit, der *Mi-marée*, wie die Besatzung sagt. Die Küche liefert ihren Beitrag dazu, indem sie fast eine Woche vorher beginnt, ein kaltes Büfett zusammenzustellen, das, wie der Commis behauptet, den Vergleich mit denen »der besten Partyservices« nicht zu scheuen braucht. Aber das große Festessen ist nur der Auftakt zum Clou des Abends: einer Varietévorstellung, gemeinsam vorbereitet von den Offizieren und Mannschaften (mit Conférencier, Orchester, Sketchen und Chansons). Sie findet in der Cafeteria statt, die mit ihren 10 mal 6 Metern der einzige Raum an Bord ist, der für eine solche Veranstaltung groß genug ist – jedenfalls für einmal und vor einem Publikum, das trotz der großen Beengtheit und obwohl die meisten stehen müssen, lustig und vergnügt ist.

Die Vorbereitung für die *Cabane* beginnt gleich nach dem Auslaufen von der Ile Longue, und man hat offenbar schon an Land daran gedacht, denn weder die Musikinstrumente noch die Kostüme, noch die Accessoires sind improvisiert. Bei den Kostümen habe ich allerdings auch phantasievolle Kreationen gesehen, die von Künstlern aus Müllsäcken gezaubert worden waren.

Auf Verdelets inständige Bitte habe ich mich aktiv an der *Cabane* beteiligt. Gemeinsam mit ihm, Verdoux und dem Patron habe ich in einer glücklicherweise sehr kurzen (aber mit starkem Applaus bedachten) Nummer getanzt und gesungen.

Wir waren als Go-go-Girls verkleidet und nahmen den dicken Bichon aufs Korn, dessen Unwiderstehlichkeit wir priesen, indem wir zwischen zwei graziösen Luftsprüngen im Flüsterton skandierten:

> *Bichon est too much*
> *Bichon est trop*
> *Trop! Trop! Trop!*

Bichon, dem seine Kameraden wegen seiner Größe und Beliebtheit den Spitznamen Beru I. gegeben hatten (nach dem Namen des Helden der San-Antonio-Geschichten), sang, mit Halskrause und Pluderhosen als Mignon Heinrichs III. kostümiert, ein Chanson mit dem Titel *Le Petit Ver de Terre*, das von einem kleinen Regenwurm handelt, der sich in den Blättern eines Salatkopfes vor dem Kranich versteckt, der ihn fressen will.

> *Qui a vu, dans la nue, tout menu*
> *Le petit ver de terre?*
> *C'est la grue qui a vu dans la nue*
> *Le petit ver de terre*
> *Et la grue a voulu manger cru*
> *Le petit ver de terre*
> *Dans une laitue bin feuillue a disparu*
> *Le petit ver de terre*
> *Et la grue n'a pas pu manger cru*
> *Le petit ver tout nu*

Nach jedem »ver de terre« wiederholte das Publikum begeistert den Refrain, wenn wohl auch manche den leicht obszönen Hintersinn des Textes nicht verstanden. Gegen den hatte ich selbstverständlich nichts einzuwenden, aber ich bedauerte ein wenig, daß die Tyrannei des Reims (über die sich schon Verlaine beklagte) den armen Regenwurm zwang, in einer Wolke (»*dans la nue*«) spazierenzugehen.

Auch Le Guillous Auftritt wurde stürmisch beklatscht. Er sang *Fais moi mal, Johnny* (»Tu mir weh, Johnny«), während Morvan mit simulierten Peitschenschlägen seine masochistischen Gelüste zu befriedigen vorgab. Möglicherweise steckte auch eine gute Portion Bosheit in dem starken Applaus für diese paradoxe Nummer, denn der etwas autoritäre Charakter Le Guillous ist an Bord allgemein bekannt.

Dieser Festtag ist inzwischen auch Vergangenheit. Geblieben sind nur ein paar Kostümfetzen und Aufnahmen, die wir nach der Rückkehr zum Entwickeln geben werden. Mir ist zumute wie früher in der Schulzeit, wenn wir in der schlechten Akustik der Aula ein Theaterstück aufführten. So viel Arbeit für eine einzige Vorstellung! Der Rausch eines Abends, und am nächsten Morgen wieder die Routine der ewig gleichen Tage. Sicher, es blieb uns der Trost, daß die Hälfte der Patrouille hinter uns lag. Aber ich weiß ja – die Alten wiederholen es immer wieder –, daß die zweite Hälfte härter zu ertragen ist.

Der arme Lombard muß immer noch im Isolierraum auf seiner Matratze liegen, die ein Brett vom Sprungfederrahmen trennt. Da er nicht liest, ist seine einzige Zerstreuung das Fernsehen. Le Guillou hat das Gerät des Krankenreviers in bequemer Entfernung von seinem Bett aufgestellt und füttert es ständig mit Videokassetten. Lombard kann sich nicht beklagen, daß man ihn vernachlässigt. Ich sehe täglich zweimal nach ihm. Le Guillou unterhält sich mit ihm. Morvan leistet ihm schweigend Gesellschaft. Und die Kameraden seines Teams – alle Premiers maîtres wie er selbst – besuchen ihn reihum.

Oft erledige ich meinen Schreibkram am Abend nach dem Diner. Diese Gelegenheit nutzt Le Guillou gern, um sich mit mir zu unterhalten, denn er kann sicher sein, daß ich mich dabei gern ablenken lasse.

»Doktor«, sagt er eines Abends, »wußten Sie, daß manche Unteroffiziere sich Pornofilme vorführen lassen?«

»Ich wußte es nicht, aber da die Dinge sind, wie sie sind, wie de Gaulle sagen würde, bin ich nicht sonderlich überrascht. Weiß der Pascha es?«

»Das fragt man sich.«

»Und weiß es der Patron?«

»Ich würde sagen, er will es nicht wissen. Aber er ist eher dagegen. Er pflegt einen Ausspruch von Admiral Dönitz zu zitieren.«

»Admiral Dönitz? Der Befehlshaber der deutschen U-Boote im Krieg?«

»Ja, der. Dönitz hat gesagt: ›Man soll einen reichgedeckten Tisch nicht Männern zeigen, die nichts zu essen haben.‹ Was halten Sie davon?«

»Ach, wissen Sie, mit diesen Maximen und Lebensweisheiten ist das so eine Sache; es gibt sie für jeden Geschmack. Man kann immer eine finden, die einer anderen widerspricht. Das folgende Sprichwort zum Beispiel sagt das genaue Gegenteil: ›Es bereitet einem Fuchs immer Vergnügen, ein Huhn herumspazieren zu sehen, auch wenn er es nicht erwischen kann.‹«

»Und Sie?« fragt er mich. »Sind Sie für oder gegen Pornofilme?«

»Ich bin dagegen«, sage ich, »oder jedenfalls bin ich gegen die zwei oder drei, die ich gesehen habe, denn sie sind monoton, ohne Gefühl, ohne Humor und ohne Menschlichkeit. Außerdem geben sie ein sehr entwürdigendes Bild von der Frau.«

»Sie würden es also verbieten, wenn Sie der Kommandant wären?«

»Nein, ich glaube nicht.«

»Wieso?« fragt er erstaunt.

»Weil man sich fragen kann, was mehr Schaden anrichtet, wenn man sich einen Pornofilm anschaut oder wenn es einem verboten wird.«

»Gut, also es ist so«, druckst Le Guillou herum, »ein paar Unteroffiziere wollen heute abend hierherkommen, um mit Lombard einen Pornofilm anzusehen.«

»Und das würde Lombard Spaß machen?«

»Nein, nicht so sehr. Der Film selbst nicht so sehr. Aber er weiß die gute Absicht zu schätzen. Was halten Sie davon?«

»Die gute Absicht, das ist so eine Redensart, um die geht es hier nicht. Diese Unteroffiziere sind etwa in Ihrem Alter, nehme ich an?«

»Ja.«

»Nun, dann sind sie keine Kinder mehr. Ich bin einverstanden, aber unter zwei Bedingungen. *Primo*, für einmal, das geht in Ordnung, aber es gibt kein zweitesmal. *Secundo*, das gilt nur für die Unteroffiziere, nicht für Kleinmatrosen.«

»Ich werde Ihre Bedingungen übermitteln«, sagt Le Guillou, »und vielen Dank für Ihre Tolzeranz.«

Kurzes Schweigen, dann nimmt Le Guillou das Thema wieder auf:

»Doktor, werden Sie dem Zweiten davon Mitteilung machen?«

»Wenn man meine Bedingungen respektiert, sehe ich dazu keine Notwendigkeit.«

»Werden Sie sich den Film ansehen?«

»Nein.«

»Ich auch nicht«, erklärt Le Guillou tugendhaft.

»Und Morvan?«

»Morvan bezieht abends Lombards Quartier, und um diese Zeit schläft er wie ein Murmeltier. Andernfalls, darauf würde ich wetten...«

Beim Frühstück am nächsten Morgen treffe ich Mosset, den »Geräuschdämpfer«, wie er sich selbst bezeichnet. Der Duft seiner heißen Schokolade, von der er jeden Morgen mindestens drei große Tassen trinkt, zieht zu mir und meiner bescheidenen Tasse Tee herüber, und ich bewundere wieder einmal, mit welch gewaltigem Appetit er Croissants und Brioches verschlingt und daß er trotzdem so schlank wie ein Windhund bleibt.

Der Pascha sitzt ebenfalls beim Frühstück, aber da er sich hinter einem Buch verschanzt, das er geschickt an sein Teekännchen gelehnt hat – ein untrügliches Zeichen, daß eine Störung seines morgendlichen Schweigens unerwünscht wäre –, unterhalten Mosset und ich uns mit gedämpfter Stimme am Ende des Tisches, und zwar über das Schweigen, nicht des Kommandanten, aber des U-Boots.

»Letzte Nacht«, sage ich, »habe ich sehr deutlich das Geräusch gehört, das durch die Reibung des Wassers gegen die Längsseite des Rumpfes entsteht. Und ich habe mir gesagt, daß es unmöglich ist, ein solches Geräusch zu beseitigen.«

»Jedenfalls stellt es für uns ein Problem dar – ein doppeltes Problem, das des Geräusches und das der Geschwindigkeit. Wir können es nur lösen, wenn es uns gelingt, die Turbulenz zu eliminieren.«

»Die Turbulenz? Was verstehst du unter Turbulenz?«

»Jeder Körper, der sich im Wasser bewegt, ruft eine Turbulenz hervor, das heißt, kleine Strudel. Diese Strudel erzeugen das Geräusch, das du bemerkt hast. Und außerdem bremsen sie die Geschwindigkeit. Da liegt das Problem.«

»Was ist also zu tun?«

Mosset nimmt sich Zeit. Er kaut ein halbes Croissant, das er sich in den Mund geschoben hat, und spült es mit ein paar Schlucken Schokolade herunter. Dann seufzt er behaglich, wischt sich den Mund mit der Serviette und antwortet:

»Also, die Delphine haben das Problem gelöst. Wir nicht.«

»Die Delphine?«

»Sie erreichen eine völlig verblüffende Unterwassergeschwindigkeit: dreißig Knoten.«

»Aber im Horchgerät hört man die Delphine. Man hört sie sogar sehr stark.«

»Weil sie im Schwarm miteinander spielen, sich drehen, wenden, Sprünge machen und Pfeiflaute ausstoßen. Aber wenn sie in geordneter Formation schwimmen, erzeugen sie so gut wie keine Turbulenz.«

»Und weiß man, wieso?«

»Man glaubt es zu wissen. Vor einigen Jahren hat der amerikanische Physiker Max Kramer, ein Raketenspezialist, sich damit befaßt, und er ist zu folgendem Schluß gekommen: Die Delphine besitzen tatsächlich zwei Häute. Die erste, die untere, umhüllt die Speckschicht. Und eine zweite, die Außenhaut, bedeckt ein Netz kleiner Kanäle, die mit einer schwammartigen, mit Wasser gesättigten Materie gefüllt sind. Diese Haut, die sehr elastisch ist, reagiert auf den kleinsten Druck; wenn der Delphin sich im Wasser bewegt, wird sie durch den Kontakt zusammengedrückt und schrumpft.«

»Mit anderen Worten, sie paßt sich automatisch den Strömungsbedingungen des Wassers an. Die Reibungsverluste und die Geräusche werden praktisch auf null reduziert.«

»Fast auf null. Und die Geschwindigkeit wird beträchtlich vergrößert. Ein SNLE, das die Haut des Delphins hätte, wäre der König der Meere.«

»Nun, warum entschließt man sich nicht, die Natur nachzuahmen?«

Mosset trinkt in einem Zug den Rest seiner Schokolade, wischt sich die Lippen und steht auf. »Wir sind nicht Gottvater«, sagt er mit einem Achselzucken.

»Glücklicherweise vielleicht«, sagt der Pascha, aus seinem Schweigen auftauchend.

7. Kapitel

An diesem Sonntag spricht man beim offiziellen Diner über Statistiken. Wir erfahren zum Beispiel, daß das Durchschnittsalter der Besatzung – Offiziere, Unteroffiziere, Gefreite und Matrosen zusammengerechnet – siebenundzwanzig Jahre beträgt.

»Der Durchschnitt wäre ohne mich noch niedriger«, sagt der Pascha.

»Und ohne mich«, sagt der Zweite.

»Und ohne mich«, sagt Chef Forget.

»Und ohne mich«, sagt Commandant Alquier.

Commandant Mosset sagt nichts, er ist erst fünfunddreißig. Er wird der Meinung sein, daß das für einen Capitaine de corvette sehr jung ist.

»Aber es gibt auch andere interessante Statistiken«, sagt Chef Forget und fährt sich mit der Hand über seine Glatze. »Der durchschnittliche Wasserverbrauch unseres Schiffes beträgt zehn Tonnen pro Tag, mit Spitzen bis zu dreizehn Tonnen.«

»Und woher kommen die Spitzen?« fragt der Zweite. »Wissen Sie es, Chef?«

»Ja, wir stellen sie am Vorabend des Tages fest, an dem der Kommandant eine Sektion inspizieren will.«

Lachen.

»Auf der anderen Seite«, fährt der Chef, zufrieden mit seinem Erfolg, fort, »gibt es aber auch Minimums.«

»Minima«, wirft Verdoux ein.

»Wie?« sagt der Chef.

»Das Minimum, die Minima.«

»Chef«, sagt Verdelet, »achten Sie nicht auf diesen wichtigtuerischen Puristen. Fahren Sie fort, das ist sehr interessant. Sagen Sie uns, wie weit diese Minima absinken und an welchen Tagen sie auftreten.«

»Sonntags fällt der Wasserverbrauch stark ab. Auf nur acht Tonnen.«

Lachen.

»Das ist erschütternd«, kommentiert Verdoux. »Die Gläubigen waschen sich nicht.«

»Damit hat es nichts zu tun«, berichtigt ihn der Chef. »Der Grund ist viel einfacher: Sonntags arbeitet die Wäscherei nicht.«

»Das ist doch merkwürdig«, sagt der Pascha. »Picard, wußten Sie das?«

»Nein, Commandant«, räumt der Zweite ein.

»Das ist wirklich verblüffend.« Der Pascha schüttelt den Kopf. »Der Wäscher ist der einzige an Bord, der die Sonntagsruhe genießt.«

Lachen.

»Picard«, fährt der Pascha fort, »glauben Sie, daß der Mann sich aus eigener Machtvollkommenheit dieses Privileg verschafft hat?«

»O nein, Commandant! Er hätte es nicht gewagt. Er ist Dienstpflichtiger.«

»Dann ist es also eine Tradition der Wäscher. Und wenn es eine Tradition ist«, entscheidet der Pascha, und seine blauen Augen funkeln ironisch, »dann darf man natürlich nicht daran rühren.«

»*Hear! Hear!*« ruft Verdoux.

»Chef«, fragt Callonec, »wissen Sie, wieviel Tonnen Lebensmittel die Intendantur vor dem Auslaufen zur Patrouille liefert?«

»Nein.«

»Aber ich weiß es«, sagt der Zweite. »Zweiunddreißig.«

»Verzeihung, Commandant«, meldet sich Angel. »Zweiunddreißig oder dreiunddreißig. Das hängt davon ab, ob Commandant Mosset an Bord ist oder nicht.«

Lachen.

»Immerhin«, stelle ich fest, »zweiunddreißig Tonnen für hundertzweiunddreißig Männer in siebzig Tagen, das ist nicht übermäßig viel. Und was passiert, wenn der Reaktor ausfällt?«

»Der Reaktor ist noch nie ausgefallen«, sagt Miremont und hebt entrüstet den Kopf.

»Wenn das Wort Reaktor fällt, wacht der Energue auf«, stellt Verdelet fest.

»Wer beantwortet meine Frage?« insistiere ich.

»Ich«, sagt Verdelet. »Aber vorher erlauben Sie mir, meine Herren, ein wenig persönliche Publicity. Morgen um 13 Uhr 30 rezitiere ich in der Cafeteria mit gewohnter Meisterschaft Gedichte von Victor Hugo.«

»Man mißhandelt die Besatzung auf diesem Schiff«, bemerkt Verdoux.

»Ich werde ein Auge hineinwerfen, Aspirant Verdelet«, sagt der Pascha lächelnd.

»Wohl eher ein Ohr, Commandant«, lästert Verdoux. »Ein leidendes Ohr.«

»Toubib, hier deine Antwort«, kommt Verdelet endlich zur Sache. »Außer der Verpflegung für siebzig Tage – die Höchstdauer der Patrouille – nimmt das Schiff für vierzehn Tage einen sogenannten *Vorsorgeproviant* mit. Alles in Konserven.«

»Richtig«, bestätigt der Zweite. »Außerdem...«

»Ach, Commandant«, beschwert sich Verdelet, »Sie schneiden mir das Gras unter dem Fuß weg!«

»Gut, gut, fahren Sie fort!«

»Außer dem Vorsorgeproviant sind für den Fall, daß die Situation wirklich verzweifelt wird, für zusätzliche acht Tage sogenannte *Notrationen* vorgesehen. Sie werden an die einzelnen Männer ausgegeben und enthalten: sehr hartes Dauerbrot, eine Dose Thunfisch mit Dosenöffner, eine Phiole Alkohol, eine Tablette, um das Wasser trinkbar zu machen, einen Riegel Schokolade...«

»Zwei für Mosset«, wirft Angel ein.

»Und schließlich vier oder fünf Blatt Toilettenpapier.«

Es folgt ein eher höfliches Lachen für Verdelet, die alten U-Boot-Fahrer kennen zweifellos seit langem diese skurrilen Details.

»An dem Tag, an dem wir diese Rationen verzehrt haben«, sagt Callonec, »fressen uns anschließend die Fische.«

»Immerhin«, erklärt Mosset mit dunkler Stimme, »ist es ein Trost, daß wir an diesem Tage, der Intendantur sei Dank, mit sauberem Hintern sterben werden.«

Langes, befreites Gelächter.

»Wilhelm«, sagt der Pascha, als wieder Ruhe eingekehrt ist, »worauf warten Sie mit dem Servieren des Desserts?«

»Daß das Lachen beendet ist, Commandant«, antwortet Wilhelm. »Das Dessert ist flüssig.«

»Meine Herren«, erklärt der Zweite, »Sie können selbst feststellen, daß im Carré sogar der Steward Humor hat.«

»Danke, Commandant«, sagt Wilhelm mit unbewegter Miene.

In Wirklichkeit ist das Dessert nur halb flüssig. Es gibt eine Kokosnuß-Charlotte, mit Creme übergossen. Es herrscht Stille, während wir die köstliche Speise genießen.

»Ich habe mir oft gedacht«, nimmt der Pascha anschließend das Wort, »es müßte sich, wenn wir die Mittel und die Kompetenz für eine tägliche Meinungsumfrage hätten, zwar keine Statistik aber doch eine interessante graphische Kurve erstellen lassen: Wir wissen, daß die Moral der Besatzung ihren Höhepunkt während der ersten acht Tage einer Patrouille hat und daß es einen zweiten Höhepunkt in den letzten acht Tagen vor der Rückkehr nach Brest gibt. Aber in welchem Augenblick der Patrouille ist der Tiefstpunkt anzusetzen?«

»Nach meiner Meinung«, sagt Commandant Alquier, »liegt der gleich nach der Cabane.«

Ich befürchte, liebe Leserin, daß ich Ihnen kein sehr klares Bild von Alquier gegeben habe, so daß Sie ihn vielleicht mit Becker verwechseln könnten. Ich werde Ihnen daher noch einmal die Ähnlichkeiten und Verschiedenheiten der beiden aufzeigen. Sie stammen beide aus unseren Ostprovinzen, sie sind beide dunkelhaarig und ständige Bartträger. Außerdem sind beide sehr groß: Becker mißt 1,90 m und Alquier 1,94 m. Beide sind ernst, schweigsam, scheinbar kalt. Aber Alquier ist aktiver Offizier, Capitaine de corvette und Chef der Gruppe Navigation und Operation. Becker dagegen, der jünger ist, hat den bescheideneren Rang eines Enseigne de vaisseau de 1re Classe und ist Offizier der Reserve im aktiven Dienst. Alquier liest viel. Becker gestaltet die sonntäglichen Gebetsversammlungen im Krankenrevier – und er beschäftigt sich in seinen Mußestunden damit, eine Teedecke und Servietten für seine Frau zu sticken – aber dieses Detail ist Ihnen bestimmt nicht entgangen.

Außerdem hat er Gewissensprobleme. Zwei Tage nach dem Sonntagsdiner sucht er mich in meiner Kajüte auf.

»Toubib, du kennst doch alle Welt an Bord. Darf ich dich etwas fragen?«

»Aber gewiß doch.«

»Weißt du, es ist nämlich ziemlich delikat.«

Ich schaue ihn an. Er hat ein gutgeschnittenes Gesicht, schöne schwarze Augen, die er hinter einer Brille verbirgt, er spricht mit ernster und gesenkter Stimme, und sein Bart steht ihm gut.

»Aber sprich doch!« sagte ich. »Wenn ich die Antwort auf deine Frage kenne, werde ich sie dir gern geben, das weißt du.«

»Also gut«, rafft er sich auf. »Es geht um folgendes. Jemand hat gestern zu mir gesagt: ›Du machst sonntags die Gebetsversammlungen, aber das hindert dich nicht daran, im Dienst kalt und mürrisch zu sein.‹ Er hat wirklich gesagt: ›mürrisch.‹ Toubib, ist das wahr, daß ich an Bord im Ruf stehe, mürrisch zu sein?«

Ich lasse mir Zeit mit der Antwort, denn ich finde sie schwierig. Ich weiß, daß manche Männer seine Gebetsversammlungen als Störung empfinden, nicht weil man da betet, sondern weil man sie in die Quartiere überträgt. Aber ist es fair, Becker deshalb pauschal zu verurteilen und auch als Mensch zu diskriminieren?

»Ich habe nie gehört, daß man dich für mürrisch hält«, antworte ich schließlich. »Aber kalt, ja. Man findet dich ein wenig gefühlskalt.«

»Ich bin nicht kalt«, sagt Becker mit ziemlich unglücklicher Miene. »Aber ich mache wohl den Eindruck. Ich weiß nicht, vielleicht ist es für mich eine Art Selbstbestätigung. Als ich mich bei der Marine bewarb, hatte ich eine bestimmte Vorstellung vom Offizier. Für mich war ein Offizier jemand, der geradlinig, streng und korrekt ist, der seine Gefühle nicht zeigt.«

Nach kurzem Schweigen entschließe ich mich zu sagen: »So sehe ich einen Offizier auf einem SNLE nicht.«

»Und wie siehst du ihn?«

»Als einen sehr kompetenten Ingenieur, der als Mitarbeiter hochqualifizierte Techniker hat. Gute Zusammenarbeit ist wichtiger als Betonung hierarchischer Strukturen.«

Becker sagt, den Kopf geneigt: »Ja, das sage ich mir jetzt auch. Schließlich kann man Befehle auch mit freundlichem Lächeln geben.«

Diese Selbstkritik ist mir etwas peinlich, und ich wechsle das Thema:

»Hast du Kinder, Becker?«

»Ja, ja«, sagt er strahlend, »zwei Mädchen. Eins ist zwei Jahre alt, das andere zwei Monate.«

»Zeigst du sie mir?«

»Aber klar.« Er hat ihr Foto bei sich. Und er reicht es mir. Was ihm Gelegenheit gibt, seinen Stolz durch meine Augen bestätigt zu sehen.

»Sie sind reizend, und deine Frau sieht blendend aus. Aber an welchem Punkt der Kurve befindet sich deine Moral?« frage ich scherzhaft.

»Etwas tief nach der Cabane, aber jetzt geht's wieder aufwärts. Nur noch drei Wochen, dann haben wir es fast geschafft.«

Und damit, so scheint es mir, gibt er nachträglich dem Commandant Alquier recht, der beim letzten Sonntagsdiner den Tiefstpunkt der Moral kurz nach der Cabane ansetzte. Der Zweite widersprach ihm allerdings.

»Nein«, sagte er, »nach meiner Meinung liegt der Tiefstpunkt der Moral irgendwo in der sechsten Woche. Ich nenne das das Syndrom der sechsten Woche. Alles kommt da zusammen: die physische Überforderung, das Eingeschlossensein, die lange Entbehrung von Licht und Bewegung, die Monotonie des Wachdienstes, und auch die Tatsache, daß man noch zu weit entfernt von der Heimkehr ist, um aus diesem Gedanken neue Energie zu schöpfen.«

»Fünfte oder sechste Woche«, sagte der Pascha, »darüber kann man streiten, aber es kommt ein Augenblick, wo wir die Wachsamkeit verdoppeln müssen, um der Disziplinlosigkeit vorzubeugen, dem Nachlassen der Aufmerksamkeit, den kleinen Reibereien, die sich durch das enge Zusammenleben zwangsläufig ergeben, den unbedeutenden Zwischenfällen, die sich zu ernsten Situationen entwickeln können, wenn wir nicht aufpassen.«

Ich denke nach Beckers Besuch über dieses Gespräch nach, als ich mich nach dem Mittagessen auf meiner Liege ausgestreckt habe. Nicht daß ich eine Siesta halte, aber obwohl ich ein geselliger Mensch bin, ziehe ich mich doch von Zeit zu Zeit gern in die Einsamkeit meiner Kajüte zurück, um meinen Gedanken nachzuhängen oder vor mich hinzuträumen.

Ich erinnere mich, daß der Pfarrer meines Heimatdorfes, als ich fünfzehn Jahre alt war, mich jedesmal am Ende meiner Beichte fragte, ob ich auch »in Gedanken« gesündigt hätte. So jung ich war, ich empfand diese inquisitorische Befragung als eine Anmaßung. Nach meiner Meinung hätte mein Pfarrer sich mit den – schwereren oder leichteren – Sünden zufriedengeben müssen, die ich ihm bekannt hatte, ohne auch noch in meinen Träumen herumzuwühlen. Ich kümmerte mich ja auch nicht um seine Träume. Außerdem hätte er wissen müssen, daß man in seiner Phantasie ein Tabu oft nur deshalb verletzt, um sich dem Akt selbst zu entziehen.

Gegenüber dem Schlaftraum hat der Wachtraum den großen Vorteil, daß er sich vom Willen des Träumenden lenken läßt. An diesem Mittag sind meine Gedanken in Polynesien, wo ich vor einem Jahr einen herrlichen Urlaubsmonat verbracht habe. Ich sehe mich auf der Insel Bora-Bora, ich schwimme in dem malvenfarbigen Wasser der Lagune zum Ufer einer kleinen Insel, wo ich einer gestrandeten Sirene begegne. Sie kann sich mit ihrem Fischschwanz nur schlecht an Land bewegen, daher trage ich sie ins Wasser zurück. Wir werden gute Freunde, wir umarmen uns. Jetzt kann die Sache riskant werden. Die Sirene könnte mich zum Beispiel – Version Odysseus – in die Tiefe der Lagune herabziehen, so daß ich ertrinken würde. In einer anderen Version könnte ihr fischartiger, schuppiger Unterleib jede Vereinigung unmöglich machen. Dann würde ich wieder in einen frustrierenden Alptraum fallen, so wie kürzlich, als sich das Touzek-Fräulein in ein Skelett verwandelte. Gott sei Dank bin ich in meinem Wachtraum so weit Herr der Lage, daß ich meine Sirene rechtzeitig in eine menschliche Frau verwandeln kann, deren Beine nicht zusammengewachsen sind.

Ich gebe gern zu, daß diese Art Wachtraum eine wenn auch durchaus legitime Obsession verrät. Doch scheint sie irgendwie auch eine hilfreiche und wohltuende Wirkung zu haben.

Als dieser Traum sich verflüchtigt, sehe ich mich auf Tahiti promenieren, nicht am Strand, nicht mit einem Boot im Wasser der Lagune, sondern im Landesinneren, und zwar in völliger geistiger Klarheit.

Ich bemerke zum Beispiel mit Interesse, daß manche Kokospalmen am Rand der Straße ein Schild mit der Aufschrift *tapu* tragen. Ich brauche einige Zeit, um zu begreifen, daß dies die authentische originale Schreibweise eines Wortes ist, das in unserer westlichen Kultur so große Bedeutung erlangt hat – *tabu*. Ist es nicht merkwürdig, daß wir dieses Wort, das strenge moralische Verbote anzeigt (und ihre Übertretung manchmal durch gesellschaftliche Ächtung ahndet), von einer Insel übernommen haben, wo moralische Kriterien so geringe Bedeutung haben?

Dort, so scheint es mir, zeigt *tapu* im wesentlichen ein Eigentumsrecht an: »Rührt diese Kokospalme nicht an, denn sie gehört mir.« Man findet auf der Insel das Wort *tapu* überall, und es wird mit ihm immer ein Eigentumsrecht geltend gemacht. Wenn die tahitischen Frauen kein *Tapu*-Schild um den Hals tragen, dann wohl deshalb, weil der Begriff Treue auf der Insel sehr wenig bedeutet.

In der westlichen Welt hingegen ist das *Tabu* ein kategorisches Verbot, manchmal sogar das Verbot, gewisse Probleme anzusprechen oder gewisse Fragen zu stellen. Mir kommt der Gedanke, daß man diese Schilder, die ich auf Tahiti an den Kokospalmen gesehen habe, auch an Bord eines SNLE anbringen könnte.

»Bei wieviel Grad wird die Reaktortemperatur gefährlich?«
»*Tapu!*«
»Bis zu welcher Tiefe kann das SNLE tauchen?«
»*Tapu!*«
»Welche Höchstgeschwindigkeit kann das SNLE erreichen?«
»*Tapu!*«
»Wieviel Zeit braucht man, um die sechzehn Raketen abzuschießen?«
»*Tapu!*«
»In welcher Entfernung von der Wasseroberfläche werden die Raketen abgeschossen?«
»*Tapu!*«
»Was macht das SNLE, wenn es seine Raketensalve abgefeuert hat?«
»*Tapu!*«
»Welche Fahrtroute hat unsere Patrouille?«
»*Tapu!*«

Was die Fahrtroute der jeweiligen SNLE-Patrouille betrifft, so ist hier das *Tapu* notwendigerweise nuancierter. Im Prinzip kennt nur der Kommandant des SNLE sie, ohne daß er jedoch weiß, an welchem Tag das Boot von der Ile Longue auslaufen wird. Und er erfährt erst auf See, über Ultralangwelle, den Tag seiner Rückkehr. Diese Prozedur, die Vorhersehbarkeit der Daten für Auslaufen und Heimkehr unmöglich zu machen, dient offenbar einer zusätzlichen Sicherung der Geheimhaltung.

Während der Patrouille allerdings wird die Fahrtroute zumindest teilweise den Offizieren der Brücke bald bekannt. Denn als

Wachoffiziere in der Kommandozentrale haben sie darüber zu wachen, daß der Steuermann den richtigen Kurs hält. Und *grosso modo* kann auch die Besatzung gewisse Rückschlüsse daraus ziehen, ob das Wasser, durch das sich das SNLE bewegt, kälter oder wärmer ist. Die Wassertemperatur wirkt sich nämlich auf das Innere des Schiffes aus, und die Besatzung kann so jedenfalls feststellen, in welcher Klimazone man sich befindet. Ein sehr vager Hinweis natürlich.

Ein Zufall: Während ich diesen Gedanken nachhänge, klopft Jacquier, Wilhelms Gehilfe, an meine Tür und bringt mir im Auftrag des Prop die neueste Nummer der *Vapeurs actuelles*. Ich blättere sie durch und stoße dabei auf humoristische Zeichnungen, in denen unsere SNLE karikiert werden, wie sie in Gestalt eines Mannes (bzw. einer Frau) an verschiedenen Punkten der Erde placiert sind, in einen dicken Pelz gegen die Kälte gehüllt oder im Bikini unter Kokospalmen. Die Legende sagt: »Eins, zwei, drei, wo sind wir?« Als Erklärung finde ich in der linken Spalte der Seite die Fotokopie eines Zeitungsartikels.

Ich traue meinen Augen nicht, als ich lese:

»Unsere Antwort auf die SS 20. Der Bau einer Marinebasis in Neukaledonien, die französische Atom-U-Boote aufnehmen kann, bedeutet den Beginn einer Änderung der französischen Nukleartaktik. Heute befinden sich ständig drei U-Boote in den Weltmeeren. Das erste kreuzt auf hoher See vor den Küsten Norwegens. Es könnte Moskau und seine Region bedrohen. Das zweite liegt in der Tiefe des Ägäischen Meeres auf Lauer. Seine Mission soll die Zerstörung der Krim sein. Das dritte hält sich irgendwo im Indischen Ozean auf. Seine Raketen könnten nach Überfliegen Pakistans Kiew auslöschen und den asiatischen Teil der Sowjetunion von dem europäischen abschneiden. Nach Einschätzung des Oberkommandos hat dieses dritte Boot die besten Chancen, seine Aktion erfolgreich durchzuführen. ›Mit einem im Pazifik operierenden U-Boot‹, hat der Verteidigungsminister uns unter dem Siegel der Verschwiegenheit anvertraut, ›können wir den gesamten Raum der Sowjetunion erreichen. Das ist unsere Antwort auf ihre SS 20.‹«

Ich schaue auf meine Armbanduhr und stehe auf. Es ist Zeit, einen Blick ins Krankenrevier zu werfen. Aber vorher mache ich einen kurzen Rundgang. Als ich im Bereich der Offiziersquartiere von der Rue de la Joie in die Avenue de l'Ecole de Guerre einbiege, sehe ich die Tür der Kajüte des Paschas geöffnet und den Pascha an seinem Schreibtisch sitzen.

»Störe ich Sie, Commandant?«

»Durchaus nicht.«

»Commandant, haben Sie die Fotokopie dieses Zeitungsartikels in *Vapeurs actuelles* gesehen?«

»Ja, ich habe sie gesehen. Das ist ein Wahnsinn! Man fragt sich, woher die Zeitungen diese Stupiditäten nehmen. Können Sie sich vorstellen, daß der Minister einem Journalisten die Route unserer Patrouillen anvertraut? Und dann noch ›unter dem Siegel der Verschwiegenheit‹! Es ist zum Weinen. Nicht nur ist die Route eines SNLE geheim, sie bleibt es auch bis zu dem Tag, an dem das U-Boot endgültig außer Dienst gestellt wird.«

Ich bin verblüfft. »Wollen Sie damit sagen, daß die Route der ersten Patrouillenfahrt der *Redoutable* vor vierzehn Jahren noch als geheim eingestuft ist?«

»Absolut.«

»Und warum?«

»Nehmen wir einmal an, daß ein möglicher Feind im Januar 1972 flüchtig die akustische Signatur der *Redoutable* aufgefangen und archiviert hat. Wenn man heute die Route der *Redoutable* bei ihrer ersten Patrouille preisgeben würde, könnte dieser Feind das Schiff mit Sicherheit identifizieren, denn er besitzt ja außer seiner Signatur auch die Koordinaten der ersten Begegnung mit ihm.«

Mir fällt auf, daß ich sehr viel von Le Guillou spreche und sehr wenig von Morvan, obwohl auch er ein guter Sanitäter ist. Das liegt wohl hauptsächlich an seiner außerordentlichen Schweigsamkeit. Man darf sich jedoch nicht täuschen: Wenn der Umgang der verbalen Kommunikation zwischen Morvan und seinen Kameraden auch sehr gering ist, so gelingt es ihm durchaus, einen sehr guten Kontakt mit ihnen aufrechtzuerhalten.

Sein Blick ist freundlich, sein Lächeln herzlich, er hört geduldig zu, und er lacht gern. Daher empfinden die Kameraden, mit denen er das Quartier teilt, seine Schweigsamkeit nicht als Ausdruck eines ungeselligen Wesens, sondern als originellen Charakterzug, als zugleich komisch und rührend.

Er hat eine nette Art, mit den Patienten umzugehen, die in die Ambulanz kommen, und ganz besonders herzlich geht er mit den Kranken um, die stationär im Isolierraum behandelt werden. Er bemuttert sie, nicht in der überheblichen und gebieterischen Art wie Le Guillou, sondern mit einer fast weiblichen Sanftheit, die bei diesem großen bärtigen Burschen sehr überraschend wirkt.

Er verrichtet seinen Dienst sehr gewissenhaft, aber außerhalb des Dienstes tut er überhaupt nichts. Er liest nicht, er spielt keine Karten, er schaut sich keine Filme an, man sieht ihn nie bei Unterhaltungsspielen oder Plaudereien in der Cafeteria. Er schläft. Man kann sicher sein, wenn er weder im Krankenrevier noch beim Essen in der Cafeteria ist, ihn auf seiner Liege zu finden, niemals mit einem Buch oder einer Illustrierten, auch nicht mit dem Kopfhörer am Ohr, um die Bordmusik zu hören, sondern den Schlaf des Gerechten schlafend, mit geschlossenen Fäusten, hingebungsvoll schnarchend. »Das ist seine Art, sich auszudrücken«, sagt Le Guillou.

Le Guillou und Morvan verstehen sich gut. Die Grundlagen dieses Einvernehmens sind einfach. In allen Dingen läßt Morvan aus Bequemlichkeit Le Guillou den Vortritt. Auf der anderen Seite vermeidet Le Guillou es, abfällige Bemerkungen über die Pfarrer, über die katholischen Schulen und über das Departement Côtes-du-Nord zu machen, aus dem Morvan stammt. Diese Zurückhaltung ist ihm hoch anzurechnen, denn Le Guillou pflegt aus seiner Meinung kein Hehl zu machen.

Wenn Sie mich fragen, ob Morvan intelligent ist, wird Sie meine Antwort vermutlich überraschen: Ja, er ist es. Er hat eine rasche Auffassungsgabe. Und ich habe oft in seinen großen Augen ein amüsiertes, nachsichtiges Funkeln beobachtet, wenn Le Guillou ein bißchen zu sehr mit seinem Wissen angibt.

Wenn dieses Funkeln sich nicht in einer boshaften Bemerkung artikuliert, dann zweifellos deshalb, weil Morvan zu gutmütig ist, und auch, weil es ihn zu sehr anstrengt, seinen Gedanken Ausdruck zu geben. Aber wie dem auch sei, ich möchte nicht, daß Sie sich vorstellen, ich hielte Morvan für eine *Quantité négligeable* und unterhielte mich nie mit ihm. Ganz im Gegenteil. Es vergeht kein Tag, ohne daß ich ein Gespräch mit ihm führe. Es ist jedoch aufgrund des einsilbigen Charakters seiner Antworten schwierig, hier diese Gespräche wiederzugeben.

Am heutigen Nachmittag – zweifellos ist Le Guillou damit beschäftigt, in der Coop seine Waren zu verkaufen – finde ich ihn allein im Krankenrevier.

»Nun, Morvan«, eröffne ich das Gespräch, »jetzt wo Lombard in sein Quartier zurückgekehrt ist, freuen Sie sich sicher, daß Sie Ihre Liege wiederhaben?«

»Mm, Doktor.«

»Haben Sie gute Nachrichten von zu Hause?« Ich würde ihm eine solche Frage nicht stellen, wenn ich nicht durch Le Guillou wüßte, daß er regelmäßig seine Familigramme erhält.

»Mm, Doktor.«

»Und wie sieht's mit Ihrer seelischen Verfassung aus? Alles in Ordnung?«

»Mm, Doktor.«

Die Liege, die Familie, die seelische Verfassung – drei »Mm«. Damit hat es sein Bewenden. Ich werde ihn natürlich nicht fragen, wie er mit seiner Arbeit zurechtkommt. Ich weiß es ebenso gut wie er. Besser vielleicht.

Zum Glück taucht Le Guillou auf, er kommt von der Coop zurück, die Hände voll mit Papieren, den Kopf voll mit dem neuesten Bordklatsch, der sich heute wieder einmal mit dem Boula befaßt. Welche Unverschämtheit ist es doch, daß der Boula nur alle zwei Tage Gâteaux backt, während der Boula der blauen Besatzung das jeden Tag macht. Ich höre diese Nörgeleien nicht zum ersten Mal.

»Sie werden es nicht glauben, Doktor, einige der Burschen

haben sich beim Zweiten darüber beschwert«, sagt Le Guillou.

»Wie hat er es aufgenommen?«

»Schlecht. Er hat ihnen gesagt: ›Ihr seid verwöhnte Kinder. Einen um den anderen Tag Kuchen, das ist wirklich reichlich. Kennt ihr viele Franzosen, die dieses Privileg haben?‹ Kurz, er hat sie schroff abgefertigt. Sie kennen ja den Stil des Zweiten, Doktor.«

Ja, ich kenne den Stil des Zweiten. Oder vielmehr, ich erkenne ihn wieder. Aber als ich am Abend diesen Vorfall dem Zweiten gegenüber erwähne, fällt der aus allen Wolken. Man hat ihn niemals darauf angesprochen, und er hat das niemals gesagt...

Ich bin sicher, daß Le Guillou, dessen Wahrheitsliebe ich kenne, nicht selbst der Erfinder dieses Ganggeräusches ist. Er hat mir nur berichtet, was er gehört hat. Jedenfalls tadelt er die »verwöhnten Kinder«, nicht den Boula.

»Und wie kommen Sie selbst jetzt mit ihm zurecht?«

»Sehr gut, Doktor«, sagt er mit einem leichten Grinsen. »Wenn ich nachts einmal Appetit auf eine frische Baguette habe, bekomme ich sie anstandslos. Er hat meine Lektion verstanden.«

Oder meine vielleicht. In diesem Augenblick tritt der Steward der Cafeteria, Le Rouzic, ein und schleppt mir sozusagen am Kragen seinen Gehilfen Langonnet her, einen Dienstpflichtigen mit verlängerter Dienstzeit, wie er selbst Bretone.

»Entschuldigen Sie, Doktor«, sagt Le Rouzic, »aber aus freien Stücken wäre er nie gekommen. Er ist nicht auf dem Damm, und er glaubt, er braucht nur abzuwarten, dann renkt sich das von selbst ein.«

»Das haben Sie gut gemacht, Le Rouzic, ich werde mich um ihn kümmern.«

»Na, Jungchen«, sagt Le Guillou, als Le Rouzic gegangen ist, »brauchst du noch einen Papa, der dich zum Toubib bringt?«

»Mir fehlt überhaupt nichts«, sagt Langonnet, den Kopf gesenkt, mit trotzigem Gesicht. »Ich habe etwas Bauchweh. Und auch nicht immer, nicht jeden Tag.«

Er ist strohblond, hat haselnußbraune Augen, ein Grübchen im Kinn, die Stupsnase mit Sommersprossen übersät. Nach meiner Schätzung ist er kaum zwanzig Jahre alt. Er wird noch nicht lange vom väterlichen Hof fort sein, auf dem er aufgewachsen ist. Seine Gesten, als er sich auf meine Bitte auszieht, sind langsam und linkisch. Man hat den Eindruck, daß er überlegen muß, wie er es anstellen soll, sein T-Shirt auszuziehen.

Da er offensichtlich schüchtern und ein wenig verängstigt ist, plaudere ich mit ihm, um ihn zu entspannen.

»Sie helfen also Le Rouzic in der Cafeteria, Langonnet?«

»Ja, Doktor. Ich bediene mit ihm die Unteroffiziere. Aber ich bin auch für die Wäscherei verantwortlich.«

»Aha, Sie sind also der Wäscher? Da müssen Sie viel zu tun haben – außer sonntags.«

»Aber sonntags bediene ich in der Cafeteria. Und in der Woche laufen meine Maschinen vierundzwanzig Stunden um die Uhr, und mein Trockner ebenfalls. Beim Trockner muß man sehr achtgeben, weil er streikt, wenn man zu viele Sachen hineinsteckt.«

»Bringt man Ihnen die Wäsche?«

»Nein, nein. Ich sammle sie stubenweise ein.«

»Und verwechseln Sie nie etwas, wenn Sie sie zurückbringen?«

»O nein, Doktor, das ist nicht möglich. Alle Wäschestücke sind gezeichnet und die Säcke auch.«

»Und es gibt nie einen Irrtum?«

»Nie. Das ist ausgeschlossen bei der Art, wie ich vorgehe. Die Leute legen ihre schmutzige Wäsche auf ihre Liegen. Ein Beispiel: Ich gehe in eine Stube, ich sammle die bereitgelegte Wäsche ein und stecke alles in den gleichen Wäschesack. Und dann wasche ich alles Sack für Sack, Stube für Stube. Wenn die Wäsche fertig ist, lege ich sie wieder in den Sackadock.«

»Wohin?«

»Den Sackadock! Den Sack, der für die jeweilige Stube bestimmt ist.«

»Sack ad hoc, Doktor«, klärt Le Guillou mich auf.

»Schön. Und dann?«

»Dann bringe ich den Sack in die Stube, und dort kümmern

sich die Stubenältesten um die Verteilung. Das ist nicht schwierig, weil jedes Stück gezeichnet ist.«

»Und welche Arbeit tun Sie lieber, Langonnet: das Waschen oder das Servieren in der Cafeteria?«

»Oh, das Servieren, Doktor. Das ist überhaupt kein Vergleich! In der Wäscherei fühlt man sich etwas allein. Da wird man trübsinnig. Aber in der Cafeteria sehe ich Menschen. Steward, das ist eine recht angenehme Arbeit, vor allem bei den Offizieren. Ich habe schon dreimal im Carré serviert.«

»Soso, es ist also ein angenehmeres Arbeiten bei den Offizieren als bei den Unteroffizieren? Und wieso?«

»Also, die Unteroffiziere«, sagt er und wird rot, »die haben immer etwas auszusetzen. Der eine meckert: ›Langonnet, das dauert! Das dauert!‹ Der nächste: ›Nun leg mal 'n bißchen Tempo vor, du lahme Ente!‹ Und so geht das am laufenden Bande. Die Offiziere sagen nichts, auch wenn es mal ein bißchen länger dauert.«

»Das ist nur zu deinem Guten, Jungchen, wenn die Unteroffiziere dir ein bißchen Dampf machen. Wenn du auf die Schule in Rochefort kommen solltest, um den Motel (Maître d'hôtel) zu machen, da wirst du was ganz anderes zu hören bekommen. In dem Metier muß man was runterschlucken können.«

Langonnet antwortete nicht. Ob er allerdings von dieser Art Pädagogik überzeugt ist, möchte ich bezweifeln.

»Also, Langonnet«, komme ich zur Sache, »jetzt erklären Sie mir mal kurz, was nicht in Ordnung ist.«

»Nichts Besonderes, ich fühle mich etwas unwohl.«

»Wie macht sich das Unwohlsein bemerkbar?«

»Ich habe keinen Appetit.«

»Brechreiz?«

»Ja.«

»Und was ist mit dem Stuhl?«

»Überhaupt keinen.«

»Zeigen Sie mal die Zunge.«

Sie ist belegt. Andererseits hat er eine gesunde Gesichtsfarbe. Etwas blaß, aber das sind wir ja alle an Bord.

»Tut es in der Seite weh, wenn Sie sich bücken?«

»Nein. Ach ja, einmal, vor ein paar Tagen, am Trainingsfahrrad.«

»Unterlassen Sie bis auf weiteres alle gymnastischen Übungen.«

Ich lasse Langonnet den *Decubitus dorsalis* einnehmen, womit ich sagen will, daß er sich auf den Rücken legen soll. Was für einen Jargon wir Ärzte doch sprechen! Eine *Lingua saburralis* ist eine belegte Zunge. Eine *Anorexie* ist Appetitlosigkeit. Und eine *Cephalaea* ist Kopfschmerz. Molière läßt grüßen!

Ich schalte den elektrischen Wasserkessel ein und lege die Hände um ihn, um sie anzuwärmen. Langonnet, den seine Nacktheit geniert, legt seine beiden großen Flossen über sein Geschlecht.

»Laß doch deinen Zizi in Ruhe«, sagt Le Guillou. »Er wird dir nicht davonfliegen.« Langonnet wird rot und legt die Arme seitlich neben den Körper. Ich beginne mit dem Abtasten auf der linken Seite des Bauchs und gehe ganz langsam weiter bis zur rechten Seite.

»Sie sagen es mir, wenn es Ihnen weh tut?«

»Ja, Doktor.«

Das Abdomen ist weich und geschmeidig. Nur ganz schwach, kaum merklich, fühle ich einen leichten Widerstand, als ich auf die rechte *Fossa iliaca* drücke.

»Spüren Sie hier etwas?« frage ich ihn.

»Nein«, antwortet er.

Aber ich habe den Eindruck, daß er sich nicht sicher ist. Ich beginne geduldig von neuem mit dem Abtasten, wieder von der linken Seite ausgehend, aber als ich diesmal auf die rechte *Fossa iliaca* drücke, beobachte ich sein Gesicht. Nichts. Kein Anzeichen von Schmerz.

»Und hier?« frage ich.

»Ein bißchen.«

Aber er ist sich auch jetzt nicht sicher. Ich lasse ihn sich auf die linke Seite legen, eine Position, die die *Fossa iliaca* gut herausbringt. Ich drücke von neuem, und ich fühle wieder diesen kleinen Widerstand, den ich vorher gespürt habe. Aber sehr undeutlich. Und als ich es nochmals versuche, diesmal ganz sanft, finde ich ihn nicht mehr.

»Haben Sie an dieser Stelle schon einmal Schmerzen gehabt?«
»Ich weiß nicht. Ah, doch! Jetzt fällt es mir wieder ein.«
»War das ein schwächerer oder stärkerer Schmerz als jetzt?«
»Eher stärker.«
»Ist es lange her?«
»Das kann ich nicht sagen, Doktor.«
»Vor der *Marée*? Einen Monat vorher? Zwei Monate vorher?«
»Eher zwei Monate.«
»Und haben Sie einen Arzt aufgesucht?«
»O nein, Doktor. Nicht wegen so was!«

Es hätte mich auch gewundert. Man konsultiert einen Arzt, wenn man »krank« ist. Will heißen, wenn man hohes Fieber hat. Aber nicht, wenn man Bauchweh hat!

»Fühlen Sie sich fiebrig?«
»Nein, Doktor.«
»Le Guillou, das Thermometer.«

Während Le Guillou die Temperatur mißt, messe ich den Puls. Er ist normal, regelmäßig und kräftig. Le Guillou reicht mir das Thermometer herüber. Siebenunddreißigfünf. Langonnet macht ein ängstliches Gesicht, aber nicht, weil er leidet, sondern weil er sich Sorgen macht. Und er macht sich noch mehr Sorgen, als ich Le Guillou sage, er solle ihm eine Blutprobe nehmen. Da ich befürchte, daß er ohnmächtig wird, wenn er sein Blut in der Spritze hochsteigen sieht, stelle ich mich hinter ihn und halte ihm mit der Hand sanft den Kopf zur linken Seite, während Le Guillou ihm die Manschette um den rechten Arm legt.

»Sie werden nur einen kleinen Stich spüren, Langonnet, danach nichts mehr.«

Aber statt eines Stichs spürt er deren drei, da Le Guillou nicht sofort die Vene findet, die kaum zu sehen ist. Doch Langonnet reagiert nicht, wahrscheinlich gibt ihm meine Hand auf seiner Wange Sicherheit.

Während Le Guillou das Röhrchen fortbringt, bitte ich Langonnet, sich aufzusetzen, und horche mit dem Stethoskop sorgfältig seine Lunge ab, ohne etwas Anormales zu finden. Um ihn zu beruhigen, stelle ich ihm ein paar harmlose Fragen.

»Rauchen Sie?«

»Nein, Doktor.«

»Trinken Sie?«

»Nicht mehr als andere.«

Ja, aber wieviel trinken »andere«? Wie groß ist die tägliche Dosis Gift, die ein Bretone seines Alters als normal betrachtet?

Langonnet sieht mich an, er nimmt seinen ganzen Mut zusammen und fragt mit ängstlicher Miene: »Ist es etwas Ernstes, Doktor?«

»Im Augenblick nicht. Aber es könnte etwas Ernstes werden. Haben Sie Calculi in der Harnblase gehabt?«

»Calculi?« fragt Langonnet mit einem erstaunten Blick seiner großen braunen Augen.

»Hast du nie kleine Steine gepißt?« erklärt Le Guillou.

»Das weiß ich nicht«, sagt Langonnet verwirrt.

»Du wüßtest es, wenn es dir passiert wäre«, sagt Le Guillou mit einem kurzen Lachen.

Seltsamerweise beruhigt dieses kurze Lachen Langonnet, und er lächelt. Er hat das Lächeln eines Kindes, es vertieft das Grübchen in seinem Kinn.

»Langonnet«, weise ich ihn an, »Sie kommen morgens und abends ins Krankenrevier zum Temperaturmessen.«

»Und wenn du es vergißt«, sagt Le Guillou in einem etwas drohenden Ton, »ich werde es nicht vergessen.«

»Ich werde es nicht vergessen«, versichert Langonnet, der sich schon schuldig fühlt.

»Das will ich dir auch nicht raten«, warnt Le Guillou.

»Gut, ziehen Sie sich wieder an«, sage ich mit einem beruhigendem Lächeln und gebe ihm einen leichten Klaps auf die Schulter.

Er ist noch so jung. Seit er sich unwohl fühlt, wird er das heimische Nest besonders vermissen. Dabei bekommt er bei uns ganz sicher die bessere Pflege. Auf dem Land belästigt man den Arzt nicht wegen eines leichten Bauchwehs und etwas Temperatur. Übrigens weiß man nichts von der Temperatur. Man fürchtet sich, ein Thermometer anzurühren, falls man überhaupt eines hat. »Sein Fieber nehmen«, das heißt schon, daß man akzeptiert, krank zu sein. Und wer weiß denn, ob man damit nicht die Krankheit erst herbeiruft?

Als Langonnet uns verlassen hat, spüre ich, daß Le Guillou, der ziellos im Revier hin und her läuft, darauf brennt, mir Fragen zu stellen, auf die nicht zu antworten ich ebenso brenne.

Er beginnt scheinbar unverfänglich: »Was mache ich mit der Blutprobe, Doktor?«

»Eine Zählung der Blutkörperchen.«

»Was Sie interessiert, sind die weißen Blutkörperchen, Doktor?«

»Natürlich.«

Schweigen. Dann: »Das Fieber ist sehr diskret, Doktor.«

Im Gegensatz zu seiner Bemerkung, die alles andere als diskret ist. Und wie immer in solchen Fällen ist der Ton besonders respektvoll, was durch die häufige Verwendung des »Doktor« ergänzt wird.

»Wenn das Fieber steigt«, sage ich mit einem Anflug von Gereiztheit in der Stimme, »werden wir eine zweite Blutprobe nehmen, und Sie werden eine zweite Zählung der Blutkörperchen machen. Der Vergleich mit der ersten kann nützlich sein.«

Wieder ein kurzes Schweigen, dann wird er direkter: »Woran denken Sie, Doktor?«

Ich antworte trocken: »An eine Menge Krankheiten.«

Aber ich mache mir gleich Vorwürfe, mit einem so tüchtigen Mitarbeiter so ungeduldig zu sein, und ich fahre fort: »Die lokalen Anzeichen sind dürftig, die Temperatur ist subfebril, die allgemeinen Anzeichen sind wenig spezifisch. Man kann an viele Dinge denken. Zum Beispiel an eine pleuropulmonäre Affektion, an eine beginnende Hepatitis, an eine Lithiasis, an eine Gastroenteritis...«

»Oder an eine chronische Appendizitis«, ergänzt Le Guillou.

Es gefällt mir gar nicht, daß er diese Worte ausgesprochen hat, und ich sage etwas unwirsch: »Eine chronische Appendizitis, so etwas gibt es nicht, Le Guillou. Wer sagt uns, ob die kleinen Beschwerden, die Langonnet vor etwa drei Monaten hatte, von einer Blinddarmentzündung herrührten, die sich wieder beruhigt hat? Das kann alles mögliche gewesen sein: eine Magenverstimmung zum Beispiel.«

Zur Teestunde treffe ich im Carré den Pascha nicht an, dem ich doch gern von den Befürchtungen, die mir der Fall Langonnet verursacht, Mitteilung gemacht hätte. Nur unsere beiden Mimis haben es sich in den Sesseln des Salons bequem gemacht, und sie diskutieren angeregt über die Thesen des Generals Copel. Da ich dessen Buch nicht gelesen habe, höre ich aufmerksam zu.

»Du wirst nicht behaupten können, daß der Mann unsympathisch ist«, sagt Verdelet. »Eine brillante Karriere opfern, mit achtundvierzig Jahren seine Demission einreichen, nachdem er es schon zum stellvertretenden Generalstabschef der Luftstreitkräfte gebracht hat – aus dem einzigen Grund, weil er frei sein will, ein Buch zu veröffentlichen, das den offiziellen Thesen widerspricht –, das ist ein Akt großen Mutes und um so höher einzuschätzen, als er nicht gerade häufig ist.«

»Ich räume ein«, sagt Verdoux, »daß die Generale und Admirale rar sind, die auf ihre Sterne verzichten, um ihre Ideen zu verteidigen.«

»Ich könnte mindestens einen nennen«, mische ich mich ein. »Den General de la Bollardière, der seinerzeit gegen die Anwendung der Folter in Algerien protestiert hat.«

»Richtig«, bestätigt Verdelet. »Zollen wir diesem ehrenhaften Mann unsere Anerkennung! Aber zurück zu Copel.«

»Er ist sympathisch, akzeptiert«, sagt Verdoux. »Aber das ändert nichts daran, daß sein Szenario hirnverbrannt ist.«

»Welches Szenario?« frage ich.

»Bitte Verdelet, es dir zu erläutern. Er hat Sympathie für den poetischen Wahnsinn.«

»Copel geht davon aus«, erklärt mir Verdelet, »daß die Sowjetunion einen größeren Krieg in Europa vom Zaune bricht und Deutschland überfällt.«

»Warum?« frage ich.

»Was heißt hier warum?« ist Verdelets Gegenfrage.

»Nun, aus welchem Grund sollte sie das tun? Die Sowjetunion verfügt bereits über ein riesiges Imperium. Warum sollte sie ihre Existenz aufs Spiel setzen, um es noch größer zu machen?«

»Copel nimmt an, daß die kommunistische Welt in ihren Fundamenten erschüttert ist. Er prophezeit, daß eines Tages ihre Jugend sie ins Wanken bringen wird. Dann wird die sowjetische Macht gefährlich sein, ich zitiere, ›wie jedes starke Raubtier gefährlich ist, wenn es tödlich verwundet wird‹.«

»Vergleiche hinken«, stellt Verdoux fest. »Abgesehen von den Dissidenten, die in Wirklichkeit nur eine kleine Minderheit darstellen, akzeptiert die große Mehrheit der sowjetischen Bevölkerung das Regime, sei es auch nur aus dem einzigen Grund, daß sie nie etwas anderes gekannt hat. Und im übrigen möchte ich zu bedenken geben, daß schon 1941 Deutschland an den Zusammenbruch dieses Regimes nach wenigen Wochen Krieg glaubte...«

»Ich für meinen Teil«, stimme ich ihm zu, »bin auch keineswegs überzeugt, daß die sowjetische Macht in naher oder ferner Zukunft ins ›Wanken‹ gerät, und noch weniger überzeugt mich das Argument, daß eine Macht, wenn sie zu wanken beginnt, einen größeren Krieg vom Zaune bricht... Aber nehmen wir einmal an, Copels Prämissen stimmten. Schließlich gehört es aber auch zu den Aufgaben eines Generals, Verlauf und Erfolgsaussichten eines Krieges nach strategischen Maßstäben zu beurteilen.«

»Also in der Beziehung«, spottet Verdoux, »wirst du voll auf deine Rechnung kommen. Fahr fort, Verdelet.«

»In der Nacht vom 22. zum 23. Mai dringen starke sowjetische Panzerverbände, von Luftstreitkräften unterstützt, in das Territorium Westdeutschlands ein.«

»Und wohlgemerkt«, unterbricht ihn Verdoux, »die Streitkräfte der Nato werden völlig überrascht: Hat kein Satellit sie gewarnt, daß Panzereinheiten an den Grenzen zusammengezogen werden?«

»Das Szenario äußert sich dazu nicht. Ich fahre fort: Am 24. Mai setzen die Streitkräfte des Warschauer Pakts massiv Giftgas ein. Die Verteidigungslinien der Nato-Truppen werden durchbrochen. Sie haben hohe Verluste. Das Oberkommando der Nato bittet den Präsidenten der Vereinigten Staaten um die Erlaubnis, die taktischen Nuklearwaffen gegen den Angreifer einzusetzen. Der Präsident lehnt ab.«

»Das ist der Punkt, wo der Wahnsinn beginnt«, sagt Verdoux. »Copel ist kein Historiker. Wenn er es wäre, dann wüßte er, daß die USA immer mit äußerster Härte auf Überraschungsangriffe reagiert haben. Beispiel: Ende des 19. Jahrhunderts hat Amerika Spanien den Krieg erklärt, weil eins seiner Schlachtschiffe, die *Maine*, im Hafen von Havanna durch eine Explosion, übrigens unter mysteriösen Umständen, versenkt wurde. Die Torpedierung der *Lusitania*, bei der 125 Amerikaner ums Leben kamen, war einer der Gründe für Amerikas Eingreifen 1917 in den Ersten Weltkrieg, und *Pearl Harbor* entschied über seinen Eintritt in den Zweiten Weltkrieg.«

»Aber welcher Grund«, frage ich erstaunt, »sollte den Präsidenten der USA denn veranlassen, den Einsatz der taktischen Nuklearwaffen gegen den Angreifer abzulehnen?«

»Nach dem Szenario die öffentliche Meinung in Amerika. Sie würde gegen die Verwendung dieser Waffen in Europa Stellung nehmen.«

»Das ist unwahrscheinlich«, sagt Verdoux. »Die Amerikaner sollten von dem Tod Hunderttausender durch das Giftgas qualvoll erstickter Boys unbeeindruckt bleiben? Eine solche Gefühllosigkeit wäre beispiellos in der Geschichte der Vereinigten Staaten.«

»Und was«, frage ich, »wird aus Deutschland?«

»Es wird erobert.«

»Und Frankreich?«

»Frankreich auch«, stellt Verdoux sarkastisch fest, »denn auch der französische Staatspräsident weigert sich, die taktischen Nuklearwaffen einzusetzen.«

»Und was ist mit den Reaketen?«

»Die Raketen schon gar nicht.«

»Da fragt man sich doch, wozu wir eigentlich da sind! Und Großbritannien?«

»Davon spricht das Szenario nicht. Kurz und gut, in acht Tagen macht sich die UdSSR zum Herrn über das kontinentale Europa.«

»Ich muß jedoch darauf hinweisen«, sagt Verdelet, »um Copel Gerechtigkeit widerfahren zu lassen, daß er selbst betont, diese Fiktion habe keinen Voraussagewert.«

»Aber diese Einschränkung ist doch nur eine stilistische Floskel«, erregt sich Verdoux, »denn das Szenario erhebt den Anspruch, ›die aktuellen militärischen Gegebenheiten in Rechnung zu stellen‹. Tatsächlich sind die Schwäche und die Unwahrscheinlichkeit des Szenarios dadurch bedingt, daß Copel die politischen und historischen Gegebenheiten der Situation nicht einbezieht.«

»Es scheint mir auch«, sage ich nach kurzem Überlegen, »daß das Szenario eine, vielleicht unbewußte, Nostalgie verrät, eine nostalgische Erinnerung an die Strategie des Zweiten Weltkriegs, in dem der Panzer und das Flugzeug die Könige waren...«

»Ja, das glaube ich auch«, stimmt Verdoux mir zu. »Das Szenario ist vergangenheitsbezogen.«

»Aber Copel ist auch ein Menschenfreund«, betont Verdelet. »Er hat einen Horror vor dem Atomkrieg.«

»Wer hat das nicht?« weist Verdoux dieses Argument zurück. »Leider ist es ein Hirngespinst zu glauben, ein größerer Krieg könnte in Europa ausbrechen, ohne früher oder später in einen Atomkrieg auszuarten. Copel scheint nicht zu wissen, daß Reagan von Falken wie Bush, Carlucci oder Jones umgeben ist, die behaupten, daß man einen Atomkrieg gewinnen kann.«

»Und es ist wahrscheinlich, daß es solche Leute auch im Kreml gibt«, sage ich.

In diesem Augenblick erscheint der Pascha und nimmt in dem

einzigen freien Sessel des Salons Platz.

»Na, ihr jungen Leute, worüber sprecht ihr?«

»Über das Buch des Generals Copel.«

»Ach!«

Nichts weiter als dieses »Ach«.

»Ihr Tee, Commandant«, sagt Wilhelm und setzt Kännchen und Tasse vor ihm auf den Tisch.

»Wilhelm«, erkundigt sich der Pascha, »wieso wissen Sie immer, wann ich komme?«

»Instinkt, Commandant.«

Erneute Stille, diesmal für längere Zeit. Der Pascha nimmt das Teekännchen, an das er vorher leicht geklopft hat, und gießt eine kleine Menge, dem Maß von zwei oder drei Teelöffeln entsprechend, in seine Tasse. Aber offenbar ist er mit der Färbung der Flüssigkeit nicht zufrieden, denn er setzt das Kännchen mit einer leicht ungeduldigen Geste wieder hin. Er sieht niemanden von uns an.

»Commandant«, unterbricht Verdoux das Schweigen, »sind Sie mit der These des Generals Copel einverstanden?«

»Mit welcher?« sagt der Pascha. »Es gibt mehrere.«

»Ich meine das Szenario eines sowjetischen Angriffs auf Westeuropa.«

»Jetzt, glaube ich, ist es soweit«, sagt der Pascha. Er greift wieder zu seinem Teekännchen und gießt sehr langsam ein. Und als trotz des langsamen Gießens und trotz des Filters (Beutel sind natürlich verpönt) ein Teeblatt in die Tasse durchgerutscht ist, fischt er es mit dem kleinen Löffel heraus und legt es auf der Untertasse ab. Dann bricht er ein Stück Zucker in zwei Teile, läßt eine Hälfte in die Tasse gleiten und rührt langsam mit dem Löffel um, aber ohne das Stück Zucker zu zerdrücken.

»Das Ärgerliche an dieser Art prospektiver Szenarios«, sagt er bedächtig, »ist, daß sie etwas beweisen wollen. Nun, sie sind wenig beweiskräftig: Sie stützen sich auf zu viele unsichere und unvorhersehbare Annahmen. Bestenfalls handelt es sich um eine Kette von ›wenn‹.«

Damit zieht sich der Pascha wieder in sein Schweigen zurück.

Er hebt die Tasse bis zur Höhe seines Bartes und schnuppert den Duft, bevor er den Tassenrand an die Unterlippe führt. Aber ich weiß genau, und die beiden Mimis wissen es auch, daß er nicht trinken wird, wenn der Tee noch zu heiß ist. Er befürchtet, seinen Geschmackssinn zu beeinträchtigen, wenn er sich die Zungenwärzchen verbrennt. Und in der Tat setzt er die Tasse wieder ab. Wir schauen ihm schweigend zu. Selbst Verdoux würde es nicht wagen, diesen geheiligten Akt zu unterbrechen. Im übrigen müssen beide Mimis zum Wachdienst, und sie verabschieden sich rasch.

Wilhelm bringt mir ein zweites Kännchen Tee und setzt es auf den niedrigen kleinen Glastisch. Wir trinken schweigend.

»Toubib«, sagt der Pascha nach einer Weile, »Sie sehen besorgt aus.«

»Ich bin es, Commandant. Ich habe einen jungen Burschen in Behandlung, bei dem ich mich frage, ob er mir nicht eine Blinddarmentzündung ausbrütet.«

»Wer ist es?«

»Langonnet.«

»Ah, der Wäscher«, sagt der Pascha. Und er lächelt.

»Wie, Commandant? Sie kennen ihn?«

»Aber ja, und ich weiß auch, warum er sonntags nicht arbeitet.« Seine blauen Augen werfen mir über die Tasse hinweg einen belustigten Blick zu.

»Und natürlich«, fährt er fort, »sind Sie über die Aussicht, operieren zu müssen, nicht entzückt.«

»Um ehrlich zu sein, nein. Oh, ich habe natürlich schon Blinddarmoperationen durchgeführt. Zehn im ganzen. Während meines Praktikums auf der chirurgischen Station der Universitätsklinik Cherbourg.«

»Und sie sind gut abgelaufen?«

»Zu gut.«

»Wie soll ich das verstehen, ›zu gut‹?«

»Alles nur Fälle ohne Komplikation. Und ohne Komplikation ist eine Appendektomie eine ziemlich einfache Sache.«

»Angenommen, der Fall Langonnet präzisiert sich und Sie

sind sich Ihrer Diagnose hundertprozentig sicher...«

»Commandant, bei einer Appendizitis kann man nur hundertprozentig sicher sein, wenn der Bauch geöffnet ist.«

»Tatsächlich?«

»Aber wenn ich nur zu achtzig Prozent sicher bin, werde ich operieren. Andernfalls riskiere ich eine Peritonitis.«

»Und eine Peritonitis«, sagt der Pascha, »das heißt Ausfliegen mit Hubschrauber. Also das genaue Gegenteil von Diskretion.«

»Das ist schon vorgekommen, glaube ich?«

»Zweimal. Beim erstenmal handelte es sich um eine Appendizitis des Schiffsarztes. Und beim zweitenmal ging es um eine Peritonitis bei einem Offizier.«

»Ich werde keine Peritonitis riskieren. Wenn sich das präzisiert, werde ich operieren.«

»Haben Sie Lampenfieber, Toubib?«

»Ein bißchen. Es ist etwas anderes, ob man in einer Universitätsklinik operiert, wo man sehr kompetente Leute zur Hand hat und über alle Mittel eines großen Krankenhauses verfügen kann – oder ob man in einem SNLE operiert, wo kein Chefarzt zu Hilfe kommt, wenn Not am Mann ist. Kurz, ich werde mich ein bißchen vereinsamt fühlen. Aber beunruhigen Sie sich nicht, Commandant. Das Lampenfieber ist vorher. Wenn man auf der Bühne steht, ist es vorbei.«

»Ich bin nicht beunruhigt. Und jedenfalls werden Sie Stabilität haben. Ich werde das Schiff in eine komfortable Tauchtiefe bringen.«

»Danke, Commandant. Was mir tatsächlich etwas Sorge macht, das ist weniger die Operation als die Operationsmittel. Ich habe einen Anästhesisten: Le Guillou. Ich habe einen Sanitäter, der mir die Instrumente anreicht: Morvan. Aber ich habe niemanden, der die Wundhaken hält.«

»Sprechen Sie mit dem Zweiten darüber«, sagt der Pascha und steht auf. Mit einem freundschaftlichen Lächeln, das ich erwidere, verläßt er das Carré. Aber ich glaube nicht, daß er verstanden hat, ein wie großes Problem diese Haken für mich sind. Zwischen dem Operateur und seinem Assistenten, der mittels der Haken die Operationswunde offenhält, ist eine perfekte Koordination notwendig. Dieses Zusammenspiel läßt sich nicht improvisieren. Ich gehe in meine Kajüte und werfe mich auf die Liege. Ich bin nervös und unruhig. Wie fern erscheinen mir jetzt meine Träumereien während der »Siesta«!

Mir fällt plötzlich ein Gespräch ein, das ich vor zwei Tagen mit dem Maître principal Kerguenec geführt habe – dem Président, wie ihn die Offiziere nennen, dem Prési, wie die Mannschaften sagen. Er ist verantwortlich für die Wartung der Abschußrohre im Raketenraum. Als ich ihn frage, ob es ihm sofort auffällt, wenn irgend etwas nicht in Ordnung ist, lächelt er und überlegt einige Zeit, bevor er antwortet.

Er ist ein Mann, der sich den Vierzigern nähert, für die Besatzung ein »alter Mann«. Er hat sehr wache Augen hinter seiner Stahlbrille und macht den Eindruck außergewöhnlicher Gewissenhaftigkeit und Solidität.

»Dazu sind die Kontrollen da«, sagt er.

»Aber nehmen wir einmal an, Sie haben einen schweren Schaden. Ich weiß nicht, sagen wir...«

»Ein Entweichen von Luft aus einem Schieber?«

»Ja, zum Beispiel. Ich nehme an, das ist etwas Ernstes.«

»Das will ich meinen!« sagt der Prési gelassen. »Ohne Luft kann man die Raketen nicht abschießen. Und was ist das SNLE dann noch wert?«

»Und haben Sie die Mittel, um den Schaden zu reparieren?«

Er schaut mich an und sagt mit Nachdruck: »Wir *müssen* reparieren! Und wir haben es bisher noch immer geschafft...« Er fügt lachend hinzu: »Unmöglich, einen Kumpel anzurufen und ihn zu fragen, wie man das macht.«

Und ich auf meiner Liege finde bei diesem Gedanken Trost. Auch ich habe nicht die Möglichkeit, mir telefonisch Rat zu holen. Auch ich muß, wenn das Schlimmste eintrifft, Langonnet reparieren, so gut ich kann, mit den Mitteln, die mir an Bord zur Verfügung stehen.

8. Kapitel

Drei Tage später erwartet Le Guillou mich morgens auf der Schwelle des Krankenreviers, und sobald er mich sieht, kommt er auf mich zu und sagt mit leiser Stimme: »Es ist Langonnet, Doktor. Er hat achtunddreißig fünf, und die Symptome scheinen sich zu präzisieren: totale Sperre des Darmtransportes, Stoff und Gas.«

»Hat Le Rouzic ihn hergebracht?«

»O nein! Diesmal ist er von selbst gekommen. Völlig in Panik, der Junge.«

Ich verziehe das Gesicht. Aber als ich den Isolierraum betrete, in dem Langonnet liegt, Unruhe und Angst in den Augen, zeigt mein Gesicht ein beruhigendes Lächeln.

»Nun, Langonnet«, sage ich munter, »kommen Sie, um sich verhätscheln zu lassen?«

Ich nehme sein Handgelenk und zähle: 95. Der Puls ist Gott sei Dank im Einklang mit der Temperatur. Wenn das nicht der Fall gewesen wäre, hätte ich das Schlimmste befürchten müssen.

Ich lasse Langonnet sich auf den Rücken, dann auf die linke Seite legen und taste das Abdomen ab. Diesmal sind die Symptome klar: Sobald ich auf die rechte Fossa iliaca drücke, spüre ich unter den Fingern eine Abwehrkontraktion, und Langonnets Gesicht verkrampft sich. Ich drücke auf die linke Fossa iliaca, und Langonnet reagiert auf das Nachlassen des Drucks.

»Einen Handschuh, Le Guillou.«

Ich bitte Langonnet sich zu entspannen, was bei dem Angstzustand, in dem er sich befindet, offensichtlich nicht leicht ist, und taste vorsichtig das Rektum ab. Ich stelle einen inkonstanten Schmerz oben und rechts fest.

Ich decke Langonnet wieder zu und lächle ihm erneut zu: »Wir werden Sie noch ein bißchen mehr plagen müssen. Aber seien Sie unbesorgt, es wird nicht weh tun. Haben Sie gegessen?«

»Nein.«

»Haben Sie Hunger?«

»Überhaupt nicht, Doktor«, sagt er mit einem schwachen Versuch zu lächeln. »Eher das Gegenteil.« Er macht eine unmißverständliche Geste.

»Wenn Sie das Bedürfnis haben, rufen Sie Le Guillou.«

Ich gehe ins Krankenrevier zurück und gebe Le Guillou durch ein Kopfnicken zu verstehen, daß er die Tür hinter sich schließen soll.

»Röntgen des Abdomens. Röntgen der Lunge. Urinanalyse. Und Zählung der Blutkörperchen.«

»Sie denken daran zu operieren, Doktor?«

»Ja.«

Kaum habe ich dieses »Ja« ausgesprochen, fühle ich, wie meine Kehle trocken wird. Ich weiß nicht, ob mein Anflug von Panik sich auf Le Guillou übertragen hat, auch er wirkt ein wenig verstört.

»Entschuldigen Sie, Doktor, daß ich mir diese Frage erlaube: Aber könnte man es nicht zunächst mit Antibiotika versuchen?«

»Nein. Das wäre eine unverzeihliche Torheit. Es würde zu einer anfänglichen Besserung führen, aber in ihrem Schutz würde die Infektion sich unbemerkt ausbreiten. Und wenn dann das Fieber und die Schmerzen wiederkommen, dann wird eine Peritonitis nicht mehr zu verhindern sein.«

Kaum habe ich dieses Wort ausgesprochen, bin ich wieder einer Panik nahe. Die Peritonitis verlangt eine sofortige Operation, die aber so kompliziert ist, daß sie nur in einem großen Krankenhaus durchgeführt werden kann. Ich könnte nichts tun.

Im schlimmsten Fall ein letaler Verlauf, im besten Fall die Evakuierung per Helikopter und die verhängnisvolle Folge für die Patrouille: das Ende der Diskretion.

Plötzlich wird mir zu meiner Überraschung bewußt, daß ich allein mit Le Guillou im Krankenrevier bin.

»Wo ist Morvan?«

»Er schläft, Doktor«, antwortet Le Guillou mit einem leichten Lächeln.

»Wecken Sie ihn«, sage ich brüsk.

Le Guillou scheint von meinem Ton überrascht zu sein, schweigt aber. Das muß man ihm lassen: Er weiß mit instinktiver Sicherheit, in welchem Augenblick es besser ist, nichts zu sagen.

Was mich betrifft, so wäre ich besser beraten gewesen, zu schweigen und meine Nervosität nicht Morvan entgelten zu lassen. Im Augenblick gibt es im Krankenrevier absolut nichts zu tun, nicht mal eine Reinigungsaktion wäre sinnvoll. Alles glänzt in flämischer Sauberkeit. Und daß Morvan ein paar Minuten länger schläft, dagegen ist nicht das geringste einzuwenden. Die Disziplin, natürlich. Aber eine rein formelle Disziplin ist eine Absurdität. Wenn ein Befehl sinnlos ist, dann führt er zur Unordnung.

»Schließlich«, schwäche ich ab, »wird er Ihnen helfen müssen, und er soll heute abend auf Langonnets Liege schlafen.«

»Oh, wissen Sie, Doktor, für Morvan ist eine Liege wie die andere.«

Obwohl mein kleiner Anschnauzer ihn nicht weniger getroffen hat als Morvan (er ist schließlich der Obersanitäter und für das Krankenrevier verantwortlich), nimmt er ihn mir nicht übel. Er ist feinfühlig genug, um sich in meine Lage versetzen zu können. Und er macht mir die Rückkehr zu einem normalen Umgangston nicht schwer. Ich lächle ihm kurz zu, bevor ich das Revier verlasse, und er erwidert das Lächeln. Le Guillou hat Fehler, die ich in Schranken zu halten bemüht bin, und er hat Qualitäten, die ich zu schätzen weiß. Aber die letzteren überwiegen bei weitem. Und mir kommt der Verdacht, als ich ihn verlasse, um mich auf die Suche nach dem Zweiten zu begeben, daß vielleicht nicht nur Le Guillou mir manchmal auf die Nerven fällt, sondern daß auch er manches an mir auszusetzen haben könnte...

Der quecksilbrige Commandant Picard ist wie der Geist von Hamlets Vater: Er erscheint immer da, wo man ihm am wenigsten erwartet. Und im nächsten Augenblick taucht er plötzlich am entgegengesetzten Ende des Schiffs auf. Ich durchquere der Reihe nach alle Sektionen des SNLE, und überall, wo ich nach ihm frage, sagt man mir: »Er ist gerade hier vorbeigekommen.« Ich komme schließlich zur letzten Sektion, zum Maschinenraum, ich stecke die Nase sozusagen in die Schiffsschraube, ohne daß ich ihn erwischt hätte. Ich mache den Weg noch einmal in umgekehrter Richtung, durchquere die gesamten hundertdreißig Meter des SNLE bis zum Torpedoraum, und obwohl mir auch jetzt wieder alle versichern, er sei gerade vorbeigekommen, finde ich keine Spur von ihm. Schließlich unterbreche ich erschöpft meine Suche und begebe mich zum Carré, und dort materialisiert er sich plötzlich. Er sitzt in einem der Sessel des Salons, und seine lebhaften kleinen schwarzen Augen fixieren mich über den Rand seiner Tasse Kaffee.

»Suchen Sie mich, Toubib?«

Er bricht in sein schallendes, abruptes Gelächter aus, das mir heute etwas Diabolisches zu haben scheint.

»Wie?« frage ich konsterniert. »Haben Sie das gewußt?«

»Wie hätte ich es nicht wissen sollen? Sie haben ja überall laut genug nach mir gefragt. Sie haben mich sogar so vortrefflich gesucht, daß Sie in zwei Meter Entfernung an mir vorbeigegangen sind, ohne mich zu sehen. Natürlich, ich bin nicht sehr groß...« Er lacht wieder.

»Und Sie haben mich vorbeigehen lassen, ohne mir ein Zeichen zu geben! Commandant, welche Bosheit!«

»Oh, Sie wissen ja, in einem U-Boot kommt niemand abhanden: Es ist sehr dicht...«

Obwohl das ein klassischer Witz auf dem SNLE ist, reichlich abgedroschen inzwischen, freue ich mich immer wieder darüber. Ich weiß, ich weiß! Saint-Aignan, der keine Gelegenheit ausläßt, hat es mir gestern noch zu verstehen gegeben: Ich bin kein Marineoffizier, ich bin ein Offizier der Marine. Kurz, ein Toubib. Das ändert nichts daran, daß ich mich mit meiner U-Boot-Familie eng verbunden fühle. Wenn ich keine Peritonitis riskieren will, dann denke ich natürlich vor allem an den Kranken. Aber wenn es mir gelingt, die Peritonitis zu vermeiden, dann freue ich mich *auch* für das SNLE: Die sakrosankte Diskretion wird nicht durch meine Schuld bedroht worden sein.

»Commandant, ich möchte mit Ihnen über Langonnet sprechen.«

»Den Sie morgen operieren werden...«

Verblüfft frage ich ihn: »Commandant, wieso wissen Sie, daß ich ihn morgen operieren werde? Ich habe diese Entscheidung vor kaum zehn Minuten getroffen.«

»Sehen Sie, Toubib, ein neuer Beweis, daß in einem U-Boot die Nachrichten, richtige wie falsche, sich mit Blitzgeschwindigkeit verbreiten.«

»Und wie nehmen die Männer die Nachricht auf?«

»Sie sind bedrückt. Machen Sie einen kleinen Rundgang. Sie werden sehen, diese Solidarität ist rührend. Und auch das Vertrauen, das sie zu Ihnen haben.«

Ich schlucke, sage aber nichts. Der Zweite wirft mir einen durchdringenden Blick aus seinen kleinen schwarzen Augen zu: »Und Sie, Toubib, machen sich Sorgen, weil Sie nicht wissen, wer Ihnen die Wundhaken halten soll?

»Stimmt.«

»Zerbrechen Sie sich nicht weiter den Kopf. Ich werde es übernehmen.«

»Sie?«

Er lacht wieder. Ich werde sein Lachen nicht noch einmal beschreiben. Ich nehme an, Sie haben dieses ironische, brüsk abbrechende Wiehern inzwischen gut im Ohr.

Er fährt fort: »Sie wissen ja, daß auf einem Angriffs-U-Boot der Zweite der Toubib ist, unterstützt vom Sanitäter und auch von einem dicken Schinken, den wir den ›Papierarzt‹ nennen und der Auskunft gibt, was zu tun ist, wenn dieser oder jener

Kranke dieses oder jenes Symptom zeigt. Ich habe die Funktion ausgeübt. Und ich habe eine kurze Schulung als Operationshelfer bekommen. Ich weiß, wie man sich die Hände wäscht. Ich weiß, wie man sich anzieht, ohne sie schmutzig zu machen. Und ich habe gelernt, wie man eine Maske, Verzeihung, einen Mundschutz trägt...«

»Und Sie wissen, wie man die Haken hält?«

»Ja. vorausgesetzt, Sie sagen mir, wann ich ziehen, heben, zu ziehen aufhören muß.«

Kurz, ich werde ihm alles genau sagen müssen. Aber ich fühle mich trotzdem unendlich erleichtert, ihn zum Helfer zu haben, auch wenn er wenig Erfahrung hat. Ich bin so in Gedanken vertieft, daß ich kaum höre, wie der Zweite sich entschuldigt und das Carré verläßt. Als ich einen Augenblick später die Augen hebe, bin ich fast überrascht, daß sein Sessel leer ist. Aber ich würde auch nicht sonderlich erstaunt sein, wenn ich ihn wie Mephisto im *Faust* plötzlich vor mir erscheinen sähe.

Ich kehre in meine Kajüte zurück, verschließe die Tür und lese noch einmal die Operationsberichte, die ich schon gestern abend gelesen habe. Es ist unglaublich, wie viele verschiedene Positionen der Appendix einnehmen kann. Alle Fälle sind hier schwarz auf weiß aufgeführt. Alles ist vorhergesehen. Alle Komplikationen werden beschrieben. Der Chefarzt, der dieses Buch geschrieben hat, muß eine phänomenale Erfahrung haben. Ich beneide ihn. Ich bin mir darüber klar, daß meine Erfahrung, mit nur zehn Operationen, äußerst dürftig ist.

Jacquier ruft mich zum zweiten Mittagsservice. Weder der Pascha noch der Zweite sind anwesend. Alquier, Becker, Miremont, der Chef Forget, Saint-Aignan sitzen schweigend um den ovalen Tisch. Der Mimi Verdelet versucht, ein Gespräch in Gang zu bringen, aber als er kein Echo findet, schweigt auch er. Ich hänge meinen Gedanken nach, und Verdelet respektiert meine Schweigsamkeit. Ich hätte hinterher nicht sagen können, was ich gegessen habe.

Ich begebe mich zum Krankenrevier, und Le Guillou legt mir die Ergebnisse der Analysen vor. Lunge ohne Befund. Keine

Anzeichen für Diabetes im Urin. Die Leukozytose hält sich in Grenzen: 11 000 Einheiten, obwohl gegenüber der ersten Zählung erhöht.

Ich gehe in den Nebenraum, gefolgt von Le Guillou. Erneutes Abtasten. Kein Wunder ist geschehen, alle Anzeichen einer akuten Blinddarmentzündung sind vorhanden. Und ich stelle eine Besonderheit fest, die die Operation nicht gerade erleichtern wird: Langonnet ist fett, fett wie ein Baby. Und ganz besonders in der Bauchgegend. Außerdem, und das ist schlimmer, die Muskelwand unter dem Fettgewebe ist sehr stark. Es wird nicht leicht sein, zum Peritoneum durchzukommen.

»Doktor«, fragt Le Guillou, »kann ich jetzt die Coop öffnen?«

»Ja, natürlich. Wenn Sie zurück sind, werden wir unsere Kontrollen fortsetzen. Ich werde morgen um sechzehn Uhr operieren. Wieviel Zeit, schätzen Sie, werden wir brauchen, um das Revier in einen Operationssaal umzuwandeln, die Instrumente bereitzulegen, uns steril anzukleiden...«

»Wir haben mit Ihrem Vorgänger eine Simulation geprobt: Man braucht eineinhalb Stunden.«

»Setzen wir zwei Stunden an.«

»Und welche Dauer sehen Sie für die Anästhesie vor?«

»Lassen Sie mich überlegen. Für eine Appendektomie braucht man in einem Krankenhaus, wenn keine Komplikationen auftreten, eine Stunde. Aber hier sind wir nicht in einem Krankenhaus. Nach den Maßstäben eines U-Bootes ist das Revier ziemlich groß, aber im Verhältnis zu dem Operationssaal eines Krankenhauses ist es winzig. Und wir werden zu viert um den Kranken sein: Sie, ich, Morvan und der Zweite. Das wird sehr beengt werden. Sie werden ja wissen, daß der Zweite die Haken halten wird. Man muß ihm alles genau sagen. Ich würde vorschlagen, rechnen sie zwei Stunden für die Anästhesie.«

»Ist notiert. Wann, Doktor, soll ich es Langonnet ankündigen?«

»Heute abend um zehn Uhr, wenn das Beruhigungsmittel seine Wirkung getan hat. Ist er sehr ängstlich?«

»Ja und nein. Es gibt ihm Auftrieb, daß man sich um ihn kümmert. Er hält alle diese Analysen für eine Therapie.«

Morvan steht dabei, ohne sich mit einem Wort an diesem Gespräch zu beteiligen. Er überragt uns beide um einen Kopf, seine Arme mit den großen, breiten Händen hängen unbeweglich an den Seiten herab. Er ist so stark behaart, daß man durch den weiten offenen Kragen seiner Bluse die schwarzen Brusthaare mit dem schwarzen Barthaar sich vermischen sieht. Er hat uns sicherlich zugehört, und doch hat man den Eindruck, als sei er tausend Meilen von hier entfernt, tief in Gedanken versunken. Er muß wohl von seiner bretonischen Heidelandschaft träumen. Jetzt, wo wir schweigen, kommt er mir so groß und so massiv vor, daß er mich an einen von der Meeresgischt geschwärzten Menhir erinnert. Ich habe Le Guillou gegenüber eines Tages diesen Vergleich erwähnt, und er war gar nicht damit einverstanden: »Wissen Sie, Doktor, ich habe keine Ahnung, ob sie in den Côtes-du-Nord Menhire haben. Im Prinzip sind wir das Land der Menhire. Sie gehören zum Morbihan.«

Nachdem Le Guillou zur Coop gegangen ist, sollte ich mich wohl ein wenig mit Morvan unterhalten, und sei es nur, um ihm zu verstehen zu geben, daß mir seine Existenz nicht unbekannt ist.

»Haben Sie die Zählung der Blutkörperchen gemacht, Morvan?«

Idiotische Frage: Ich weiß es, und er weiß, daß ich es weiß.

»Mm, Doktor.«

»Das ist wirklich eine ziemlich langweilige Sache, besonders wenn man wie hier alles mit Pipette und Hämatimeter machen muß.«

»Mm, Doktor.«

»Aber wer weiß? Vielleicht wird man uns eines Tages doch einen automatischen Blutkörperchenzähler zur Verfügung stellen.«

»Mm, Doktor.«

»Dann wird das viel rascher gehen.«

»Mm, Doktor.«

Ich gebe es auf. Ich schweige auch. Nichts ist ansteckender als das Schweigen. Vor dem Operationstisch stehend, erledige ich meinen Papierkram. Wenn man mich so sähe, würde man vermutlich annehmen, daß ich völlig ruhig bin. Und in der Tat, meine Stimme ist gelassen, meine Hände zittern nicht, ich lasse kein Zeichen von Aufregung erkennen. Aber ruhig bin ich etwa so wie ein Student am Tage vor einem Examen. Und das ist es im Grunde ja auch. Nur daß es hier um etwas Ernsteres geht, denn es steht ein Menschenleben auf dem Spiel. »In der Chirurgie«, hat der Chefarzt in Cherbourg zu mir gesagt, »hast du das Recht, alles zu machen, außer einen Kranken umzubringen.«

Nachdem dieser lästige Schreibkram erledigt ist, fällt mir ein, daß ich keine Rasiercreme mehr habe, und ich gehe zur Coop hinüber. Es ist wie immer ziemlicher Andrang, aber statt der angeregten Unterhaltung über den neuesten Bordklatsch und des munteren Geplänkels von Gruppe zu Gruppe, die sonst an diesem Ort herrschen, finde ich eine eigenartige Atmosphäre vor, ein dumpfes Schweigen, das nur selten von gedämpften Gesprächen unterbrochen wird. Bei meinem Erscheinen wird die Stille noch drückender, und ich werde mit ungewohnter Rücksicht empfangen.

»Doktor, wenn es Ihnen pressiert, lasse ich Sie gern vor...«
»Nein, nein, lassen Sie sich nicht stören, danke. Mir pressiert's nicht.«

Roquelaure, Bichon und andere Stimmungsmacher und Pfeiler der Coop sind da, aber auch sie sind von der allgemeinen Spannung angesteckt, die noch steigt, als Le Rouzic auf mich zugeht und sich neben mich stellt.

Le Rouzic ist der Steward der Cafeteria, und in dieser Eigenschaft dirigiert er mit fester, aber liebevoller Hand die Kleinmatrosen, die den Tischdienst machen. Er war es, wenn Sie sich erinnern, liebe Leser, der mir vor drei Tagen *manu militari* den kleinen Langonnet hergebracht hat. Er ist ebenfalls Bretone, aber stämmig und untersetzt, mit einer Brust wie ein Orang-Utan, mit kantigem Gesicht, das so kupferrot ist, daß selbst die U-Boot-Blässe es nicht aufhellen kann, und in diesem tiefen Rot zwei veilchenblaue Augen, die unglaublich sanft blicken.

»Monsieur le Médecin«, sagt er (die förmliche Anrede scheint ihm wohl dem Ernst der Situation angemessen zu sein), »entschuldigen Sie, kann ich Ihnen ein paar kurze Fragen stellen?«

»Zum Thema Langonnet? Schießen Sie los.«

Ich habe den Eindruck, daß die Schlange vor der Coop die Ohren spitzt und verstohlene Blicke in meine Richtung wirft. Die einzige laute Stimme, die man hört, ist die von Le Guillou, der hinter seinem Schalter nach dem nächsten Kunden rufen muß, denn keiner möchte das Gespräch verpassen, das jetzt beginnt.

»Bei Langonnet, Monsieur le Médecin, handelt es sich um Blinddarmentzündung?«

»Ja.«

»Man sagt, daß Sie ihn operieren werden.«

»Ja, morgen nachmittag.«

»Entschuldigen Sie unsere Neugier. Aber einige sagen, das sei eine ungefährliche Operation, und andere behaupten das Gegenteil.«

»Eine Operation am offenen Leib ist nie ein Kinderspiel. Aber eine Blinddarmoperation verläuft im allgemeinen gut. Wenn es keine Komplikationen gibt.«

Le Rouzic schaut mich mit seinen veilchenblauen Augen etwas verwirrt an: »Und kann es bei Langonnet Komplikationen geben? Bei einem Jungen wie ihm? Einem gesunden, kräftigen Burschen?«

»Die Komplikationen haben nichts mit dem Alter zu tun.«

»Also wirklich«, sagt le Rouzic kopfschüttelnd, »das hätte ich nicht geglaubt! Wie mein Vater sagt, wir sind armselige Kreaturen.«

Merkwürdig, dieser Pessimismus. Der Mensch eine armselige Kreatur! Gemessen an seinen Träumen von der Unsterblichkeit?

Ich fahre fort: »Machen Sie sich keine Sorgen. Es besteht kein Grund zu der Annahme, daß es bei Langonnet nicht gut verläuft. Sie können ihn im Krankenrevier besuchen, wenn Sie wollen. Sie allein. Oder höchstens zu zweit. Nicht länger als zehn Minuten. Und sprechen Sie mit ihm nicht von der Operation. Er weiß noch nichts.«

»Ich werde gehen, ich«, sagt Le Rouzic. »Wissen Sie, Langonnet ist ein guter Junge...«

Ich nicke zustimmend, klopfe ihm leicht auf die Schulter, und schon ist er unterwegs; er ist so aufgeregt, daß er das Einkaufen ganz vergessen hat.

Was Le Rouzic von Langonnet sagt, könnte man auf ihn selbst beziehen: Seine Hilfsbereitschaft ist sprichwörtlich. Er leidet an Schlaflosigkeit und steht nachts öfter auf, aber statt herumzulaufen und Gesellschaft zu suchen oder in der Cafeteria einen Imbiß zu sich zu nehmen, ist er auf den Gedanken gekommen, dem Boula vorzuschlagen, daß er ihm beim Brotbacken hilft. »Er stellt sich nicht ungeschickt an«, sagt der Boula, seine Zufriedenheit hinter diesem etwas kühlen Kommentar verbergend.

Ich bin an der Reihe, ich kaufe meine Rasiercreme, und da ich das Bedürfnis nach Bewegung habe, laufe ich einmal durch das Schiff, vom Heck zum Bug und wieder zurück. Ich finde überall dieselbe gespannte Atmosphäre wie vor der Coop. Es fehlt nicht an freundschaftlichen Blicken, aber die Begrüßung ist knapp, es werden wenig Worte gewechselt, während die Männer gewöhnlich so verschwenderisch mit ihnen sind, immer zu Scherzen aufgelegt und auch zu gutmütigen Hänseleien. Ich treffe in der Sektion Raketen – dem schönsten, freundlichsten und hellsten Raum an Bord – wieder den Gitarrespieler vor einer der achtzehn Tonnen schweren Vernichtungswaffen sitzend, aber heute sagt er nicht wie sonst mit seinem ironischen Lächeln: »Na, Doktor, immer nur das Fahrrad, nie die Musik?« Ich trete ein paar Minuten in die Pedale, um mich abzulenken. Roquelaure, der mich sieht, spottet heute nicht wie sonst: »Gütige Mutter, Doktor, Sie nehmen ein Gramm pro Minute ab. Passen Sie nur auf, daß Sie nicht ganz wegschmelzen!« Und der Funker Vigneron, dem ich auf meinem Rückweg in der Kommandozentrale begegne, hält mich diesmal nicht auf, um mir anzuvertrauen – was er jede Woche tut –: »Monsieur le Médecin, Sie hatten recht. Es war nichts. Überhaupt nichts. Sie ist mir nicht mehr böse. Ich habe diese Wocher wieder mein Famili gekriegt.«

Auf dem Weg zurück ins Krankenrevier treffe ich den Zweiten. Ich erzähle ihm von dieser seltsamen Atmosphäre und sage ihm, wie bewegend ich die allgemeine Anteilnahme finde.

»Beachten Sie«, sagt er mit einem scharfen Blick seiner lebhaften Augen, »daß in Brest die Ankündigung, ein Kleinmatrose müsse im Militärhospital an einer Blinddarmentzündung operiert werden, keine solche Aufregung verursacht hätte – wahrscheinlich, weil an Land die Familiengemeinschaft das Gefühlspotential jedes einzelnen voll beansprucht. An Bord vergißt man seine Lieben natürlich nicht, aber die Bindungen an die Kameraden verstärken sich. Der Mensch ist ein seltsames Wesen: Er liebt es zu lieben.«

»Vor allem«, schränke ich ein, »diejenigen, die im gleichen Boot sitzen wie er.«

Der Zweite lacht. »Ah, Toubib, Sie wünschten, daß diese Liebe mehr universal wäre? Stellen Sie sich vor, ich auch! Aber wieviel Zeit wird es brauchen, bis wir dahin kommen? Noch ein oder zwei Millionen Jahre?«

Am Morgen vor der Operation scheint Le Guillou sehr schlecht gelaunt zu sein, und auf meine Frage nach dem Grund erfahre ich, daß er sich Sorgen wegen der Narkose macht.

»Sie haben ja das dicke Fettpolster bemerkt, Doktor, das der junge Bursche sich zugelegt hat! Was wird das erst werden, wenn er in die Fünfziger kommt! Und für die Anästhesie ist das einfach beschissen. Die Fettleibigen haben es nämlich an sich, während des Eingriffs nicht zu schlafen, dafür aber um so fester, wenn es vorbei ist... Sie speichern alles im Fettgewebe, und später, wenn es nicht mehr gebraucht wird, werfen sie das ganze Zeug in den Kreislauf ab. Sie lachen, Doktor?«

»Nur über den Ausdruck ›abwerfen‹. Man merkt, daß Sie Sanitäter der Marine sind.«

»Darauf bin ich stolz.«

Die Tür zum Isolierraum ist geschlossen, und wir sind allein im Revier, denn Morvan schnarcht den Schlaf des Gerechten in Langonnets Quartier. Seit er dahin umgezogen ist, hat die Coop an einem einzigen Tag fünf Schachteln Ohropax verkauft. Ein absoluter Rekord.

Ich komme auf Langonnets Fettleibigkeit zurück: »Wissen Sie, Le Guillou, auch für einen Chirurgen ist das Fett sehr unangenehm. Wenn Sie zu der Fettschicht die Stärke der Muskelwand hinzurechnen, dann werde ich kaum noch Spielraum haben, nachdem ich das Peritoneum aufgeschnitten habe. Also bitten Sie Morvan, zum lieben Gott zu beten, daß ich den Appendix leicht finde und daß er leicht herauszunehmen ist.«

»Er soll ihn vor allem fragen«, sagt Le Guillou, »warum er dem Menschen ein solches Ding verpaßt hat, als er ihn erschuf. Es bringt mich in Rage, wenn ich an die Millionen Menschen denke, die durch diese Pfuscharbeit sterben mußten...«

Ich schweige. Ich bin abergläubisch: Ich werde mich nicht mit dem Schöpfer anlegen, wenn ich gleich operieren muß.

Die letzte Stunde vor der Operation ist unerträglich. Die Beine zittern mir, das Herz schlägt wie verrückt, und der Schweiß läuft mir den Rücken herunter. Aber in der gleichen Minute, wo ich angezogen bin, Mundschutz vor dem Mund und Handschuhe an den Händen, ist die Panik verschwunden, ohne die geringste Spur zu hinterlassen. Gedächtnis und Denkvermögen sind voll da. Ich bin ruhig und konzentriert. Ich habe alles im Griff. Meine Augen überblicken alles.

Langonnet zu Häupten Le Guillou. Zu meiner Rechten Morvan, der mir die Instrumente anreicht. An der anderen Seite der Zweite, steril angezogen, bereit, die Haken zu halten.

Ich setze den Iliaca-Schnitt rechts nach MacBurney auf sieben statt fünf Zentimeter an, weil ich es bei der Konstitution des Patienten für besser halte, mir mehr Bewegungsfreiheit zu verschaffen. Ich könnte sonst Gefahr laufen, beim Erreichen des Peritoneums nicht genügend Spielraum mehr zu haben, um den Appendix aufzuspüren und herauszunehmen. Als nächstes schneide ich den großen schrägen Muskel und den kleinen schrägen Muskel auf. Ich erreiche das Peritoneum, ich hebe es an und bereite mich vor, es zwischen zwei feinen Pinzetten aufzuschneiden. Ich sage, ich bereite mich vor, denn ich muß sehr vorsichtig sein, daß ich nicht gleichzeitig mit dem Peritoneum ein Stück Darm erwische.

Geschafft. Der Bauch ist offen. Die Minute der Wahrheit ist gekommen. Mein Gedächtnis liefert mir sozusagen automatisch die Regeln zum Auffinden des Wurmfortsatzes. Und ich finde ihn. Gott sei Dank, er ist nicht mit dem Blinddarm verklebt. Ich fasse sein Ende mit einer Pinzette. Ich spanne ihn, um ihn von seiner Insertionsbasis am Blinddarm zu lösen. Ich binde das Ende des Blinddarms ab. Und vor dieser Ligatur schneide ich den Appendix ab. Fertig. Das wäre geschafft.

Nein, es ist keineswegs geschafft, und dies ist nicht der Augenblick, sich gehenzulassen. Zunächst einmal gilt es, Ordnung in das Ganze zu bringen.

»Morvan, wieviel Tupfer?«

»Acht.«

Panik. Ich habe nur sieben herausgenommen. Wo ist der achte?

»Ziehen Sie ein bißchen auseinander, Commandant.«

Ängstliches Suchen. Da ist er! Seine feinen Maschen haben sich mit Blut vollgesogen und waren nicht mehr vom Gewebe des Caecums zu unterscheiden, auf dem er lag.

Diese Chamäleon-Tarnung wird ihn nicht retten. Ich erwische ihn. Und jetzt geht's ans Nähen. Morvan zählt genau seine Nadeln, Pinzetten und Scheren: Nichts wird im Bauch des Operierten vergessen werden. Ich werde nicht behaupten können, daß meine Schlußnaht – sieben Zentimeter lang –, wenn sie vernarbt sein wird, mit den kosmetischen Wunderwerken der großen Meister konkurrieren kann. Aber Langonnet ist nicht Tänzerin im *Crazy Horse* und auch nicht ein junges Mädchen, das am Strand seine körperlichen Reize im knappen Tanga zur Schau stellt. Dieser kräftige Bauernbursche wird nicht oft Gelegenheit haben, seine Narbe vorzuführen.

Ein Zwischenfall in letzter Minute treibt mir den Angstschweiß auf die Stirn. Ich sehe, wie Morvan mit einer Ätherflasche in der Hand sich mir nähert. Ich schreie ihn an: »Stellen Sie die Flasche hin! Schalten Sie mich ab!«

Er bleibt stehen, schaut mich verständnislos an.

»Schalte das elektrische Skalpell ab!« ruft Le Guillou ihm zu. Er gehorcht, und ich atme auf. Langonnet wird nicht vor unseren entsetzten Augen in Flammen aufgehen. Die beiden Sanitäter transportieren ihn auf seine Liege und hängen ihn an den Tropf. Ich nehme den Mundschutz ab, ziehe die Handschuhe aus und schaue auf meine Uhr.

»Wie lange?« fragt der Zweite, der sich im Handumdrehen seiner sterilen Kleidung entledigt hat.

»Zwei Stunden zehn Minuten. Die Zeit ist mir nicht lang geworden.«

»Mir schon!« sagt der Zweite und lacht kurz. »Das ist ganz schön anstrengend, die Wundhaken zu halten. Zum Schluß wurden mir die Arme ganz steif... Aber trotzdem habe ich die Operation mit großem Interesse verfolgt.«

»Jedenfalls vielen Dank, Commandant.«

»Es ist gut verlaufen, glaube ich?«

»Sehr gut. Wir haben Glück gehabt.«

Er lächelt über das »wir« und entfernt sich. Nein, er entfernt sich nicht, er verschwindet. Er hat eine mir unbegreifliche Art, einen Raum zu verlassen; sie gibt mir immer den Eindruck, daß sich eine Falltür unter seinen Füßen geöffnet hat.

Ich bin vom Kopf bis zu den Füßen in Schweiß gebadet, und trotz der relativen Kürze des Eingriffs fühle ich mich ziemlich erledigt. Ich dusche und ziehe frische Wäsche an. Danach kehre ich ins Krankenrevier zurück. Trotz Le Guillous skeptischer Bemerkungen über die Fettleibigkeit wacht Langonnet ohne Verzögerung auf. Seine Augen sind weit geöffnet, die Lider zucken, er bemüht sich, den Schleier vor seinen Augen zu durchdringen und unsere Gesichter zu erkennen, die sich über ihn beugen. Jetzt hat er es geschafft. Er erkennt uns. Er lächelt uns an, und das Grübchen in seinem Kinn vertieft sich. Sein Lächeln ist kindlich, ein rührendes Vertrauen liegt in ihm.

»Moses«, sagt Le Guillou, »die Leute in deinem Dorf werden

stolz auf dich sein: Nicht jeder kann sich dessen rühmen, daß er seinen Appendix in hundert Meter Tauchtiefe mitten im Ozean verloren hat.«

»Er versteht dich nicht«, sagt Morvan.

Ein Satz mit vier Worten, das ist ein Rekord für Morvan. Und das eine Mal, daß er sich zu hemmungslosester Beredsamkeit hat hinreißen lassen, täuscht er sich. Langonnet hat verstanden. Der Beweis ist, daß er freudestrahlend die lyrische Bemerkung Le Guillous wiederholt, als Le Rouzic ihn vierundzwanzig Stunden später besucht, aber so, als komme sie von ihm selbst. Er kann sich an ihre Herkunft nicht erinnern. Le Rouzic gibt sie in der Cafeteria zum besten, von wo aus sie »mit Blitzeseile« die Runde durch das Schiff macht und eine Welle der Erheiterung und Rührung auslöst, die das Image des kleinen Wäschers weiter erhöht.

»Sehen Sie, Toubib«, sagt der Pascha acht Tage später, während wir unseren Tee im Salon des Carré trinken, »ein U-Boot ist zunächst einmal ein Glaskäfig: Jeder sieht alles, jeder weiß alles. Dann ist es ein Resonanzkörper: Alles wird verstärkt, das Gute wie das Schlechte. Ein Murren über das Essen, ein Streit zwischen dem Boula und der Cuisse, eine Appendektomie: Alles bekommt phantastische Proportionen. Das Bangen der Besatzung um Langonnet vor Ihrem Eingriff war ein Phänomen. Wir hatten Gelegenheit, eine Orgie hochherziger Gefühle zu erleben. Alle diese hartgesottenen Burschen entdeckten in sich das Herz eines Vaters für den kleinen Langonnet. Und die Erleichterung hinterher war unvorstellbar, sie machte aus dem Jungen ein Maskottchen, ein Hätschelkind. Und was Sie angeht, Toubib, so sind Sie nun für die Besatzung eine Art Erzengel Michael, das Skalpell ist Ihre Lanze, mit der Sie den Drachen Infektion niedergestreckt haben...«

»Ich hoffe nur«, sage ich lachend, »daß meine Statue nicht vor Ende der Patrouille von ihrem Sockel stürzt. Gott sei Dank ist es ja bald soweit.«

»Und ich hoffe, daß der ganze Rummel dem Maskottchen des SNLE nicht den Kopf verdreht. Die Wäscherei ist ein wichtiger Betrieb. Wann wird Langonnet aus dem Revier entlassen?«

»Morgen früh.«

»Kann er seinen Dienst normal wiederaufnehmen?«

»Auf keinen Fall sollte er zu sehr gedrängt werden.«

»Gut! Ich werde mit dem Zweiten sprechen, daß er ihn mit sanfter und fester Hand in das tätige Leben zurückführt.«

»Und wer wird mich an die Hand nehmen, Commandant?« frage ich lachend.

Er lacht mit: »Aber Sie selbst! Sie machen das sehr gut. Und Sie üben einen mäßigenden Einfluß auf die Mimis aus...«

Mit einem kurzen, flüchtigen Blick verläßt er mich. Ich denke über seine so beiläufig hingeworfene Bemerkung nach. Sicher, es stimmt, daß ich manchmal versucht habe, Verdoux und Verdelet zu bremsen, wenn sie mit ihren Possen ein wenig über die Stränge schlugen. Aber nach meiner Ansicht hatte ich damit nicht viel Erfolg gehabt. Will der Pascha mir vorsichtig zu verstehen geben, ich solle meine Aktion intensivieren, ihren Übermut zu dämpfen? Vielleicht glaubt er, daß es in diesem Fall psychologisch falsch wäre, seine Autorität geltend zu machen. Er will ja nur Auswüchse beschneiden, aber nicht die Mimis disziplinieren. Mein »mäßigender Einfluß« könnte den Zweck besser erfüllen.

Am Tage nach diesem Gespräch erzählt mir Le Guillou die neuesten Ganggeräusche: »Wissen Sie, Doktor, daß es in der Cafeteria ein großes Murren und Schimpfen gibt?«

»Schon wieder!«

»Wieso schon wieder?«

»Erinnern Sie sich nicht? Beim Cassoulet haben die Männer gemurrt, daß eine Büchse für vier Personen zu wenig sei. Die haben den Commis beschimpft, er lasse sie hungern...«

»Aber diesmal ist es ernster. Gestern hat der Boula hundertvierzig Gâteaux gebacken. Und da wir nur hundertzweiunddreißig Mann an Bord sind, hätten acht Stück übrigbleiben müssen. Es ist aber keins übriggeblieben. Und nun fragt man sich, wer die fehlenden acht Stück gegessen hat.«

Ich lache. »Was für eine unglaubliche Geschichte! Das Geheimnis der acht Gâteaux! Man müßte den Geist von Agatha Christie beschwören.«

»Aber die Burschen spaßen nicht, Doktor. Sie nehmen die Sache sehr ernst. Sie führen eine Untersuchung durch.«

»Um herauszufinden, wer sich die acht Gâteaux unter den Nagel gerissen hat? Aber die haben sich wahrscheinlich die Cuisse und der Commis geteilt.«

»Keineswegs. Die Cuisse ist unverdächtig. Weder der Boula noch Tetatui und Jegou mögen Kuchen. Und der Commis hält in Erwartung der Heimkehr strenge Diät. Er schenkt sogar seit vierzehn Tagen seinen Nachtisch einem Kumpel.«

Um 13 Uhr 30 begebe ich mich zur Coop. Le Guillou hat mir gesagt, ich müsse mich mit dem Kauf der Mitbringsel für meine Neffen beeilen, denn wegen der bevorstehenden Heimkehr seien die Souvenirs mit den Waffen des SNLE sehr gefragt und könnten knapp werden.

»Aber könnten Sie mir nicht zwei zurücklegen?«

»Ich würde das lieber nicht tun. Den Burschen entgeht nichts. Wenn ich ihnen sage, daß ich keine Mündungskappen mehr habe, und man sieht Sie acht Tage später mit zwei dieser Dinger auf dem Weg zu Ihrer Kajüte, dann gibt das wieder ein großes Geschrei.«

Also gut. Ich stelle mich geduldig vor der Coop an. Es herrscht ziemlicher Betrieb, und wenn ich auch nicht die Ohren spitze, so wird mir doch bald klar, daß die »Affäre« der acht Gâteaux vom Vortag immer noch hohe Wellen schlägt. Und wer glauben Sie, regt sich am heftigsten über ihr Verschwinden auf? Niemand anders als Roquelaure.

»In was für einer Welt leben wir denn hier«, schimpft er; er redet sich so in Rage, daß der angeborene Marseiller Dialekt den bretonischen Dialekt verdrängt. »Das ist ja der reinste Dschungel auf diesem Schiff. Der Egoist bestimmt das Gesetz, der, der die Schnauze nicht vollkriegen kann. Ich nenne das Diebstahl! Wohlgemerkt, ich persönlich mache mir nichts aus Kuchen. Alles Süße widert mich an. Aber das geht uns alle an. Gibt es eine Gerechtigkeit, ja oder nein? Mit welchem Recht glauben einige, daß ihnen mehr zusteht als den anderen? Und daß sie nicht einmal jemanden zu fragen brauchten? Solche Unverschämtheiten werden wir nicht dulden!«

Lautstarke und einmütige Zustimmung. Sogar der kleine Blonde, dessen Namen ich immer vergesse, der schärfste Gegenspieler Roquelaures, ist einverstanden. Man überbietet sich gegenseitig in Anklagen. Man schimpft. Man prangert an. Man suhlt sich geradezu in selbstgerechter Entrüstung. Man geht noch nicht so weit, die Verdächtigten mit Namen zu nennen, aber aus einigen Blicken komplizenhaften Einverständnisses, aus Wortfetzen wie »es sind immer dieselben« oder »du verstehst schon« entnehme ich, daß man die »Privilegierten« an Bord aufs Korn nimmt.

Die Erregung erreicht ihren Höhepunkt. Noch kann man nicht von Aufruhr sprechen, aber die Gereiztheit und das zornige Grollen lassen Schlimmes befürchten. Und das alles wegen acht kleiner Gâteaux! Das Streitobjekt ist lächerlich, aber die Unzufriedenheit sehr real. Und wer sind diese »Aufrührer«? Die bravsten Burschen der Welt. Schrecklich sentimental. Sie hängen an ihrer Familie, sie sind gute Seeleute, hervorragende Techniker. Kurz, eine Elite! Wenn es sich da um einen Verstärkungseffekt unseres Resonanzkörpers handelt, dann ist es komisch – und auch ein wenig beunruhigend.

Ich bin an der Reihe. Ich verlange am Schalter meine beiden Mündungskappen, bezahle, drehe mich um und sage zu Roquelaure, aber so laut, daß jeder mich verstehen kann: »Roquelaure, ich muß Ihnen ein Geständnis machen. Die Gâteaux, also das war ich. Ja, ich habe sie gegessen. Ja, alle acht. Glauben Sie meiner ärztlichen Erfahrung, nicht nur schwangere Frauen haben manchmal Heißhunger. Das gibt es bei Männern auch.«

Ich habe das im Ton großen Ernstes gesagt. Und in dem Schweigen, das meinen Worten folgt, entferne ich mich, würdevoll wie ein Richter, meine Souvenirs an die Brust gepreßt. Was wird die Reaktion sein? Wird die Statue des Erzengels Michael durch den Volkszorn von ihrem Sockel gestürzt, und zerbricht sie am Boden wie mein verlorenes Ansehen?

Keineswegs. Als Le Guillou aus der Coop zurückkommt, grinst er über das ganze Gesicht und sagt: »Ein sehr guter Abgang, Doktor!«

»Und was geschah?«

»Sie glauben Ihnen nicht. Und um so weniger, als Wilhelm, der auch dabei war, ihnen versichert hat, daß auch Sie seit vierzehn Tagen kein Dessert essen.«

»Und welche Schlußfolgerung haben sie daraus gezogen?«

»Die Meinungen sind geteilt. Manche haben den Witz und die kleine Lektion begriffen. Aber andere meinen, daß Sie jemanden decken.«

»Wen?«

»Auch darin sind die Meinungen geteilt. Einige meinen, daß es Ihr Operierter ist.«

»Langonnet!«

»Aber das sind nicht viele. Die Ungeheuerlichkeit eines solchen Verbrechens einem Kleinmatrosen anzulasten...«

»Und die anderen?«

»Die anderen verdächtigen die Offiziere.«

»Da haben wir's«, sage ich.

Als ich den Vorfall am Abend im Carré zum besten gebe, ruft er ein geradezu homerisches Gelächter hervor. Die Mimis beschuldigen und verurteilen den Commandant Mosset »aus tiefster Überzeugung«. Aber der Zweite, der nur die Mundwinkel zu einem etwas verkniffenen Lächeln verzieht, nimmt die Angelegenheit ernst genug, um der Cafeteria eine halb scherzhafte, halb bissig-scharfe Standpauke zum Thema »verwöhnte Kinder« zu halten (ein Ausdruck, den die Gerüchteküche ihm ja schon vorher in den Mund gelegt hatte). Er spielt darauf an und fügt hinzu: »Ein Beweis, daß die Ganggeräusche manchmal prophetisch sind.« Zum Schluß seiner Standpauke sagt er: »Nach meiner Kenntnis nehmen sechs Offiziere aus Sorge um ihre Linie kein Dessert und auch keine Gâteaux, und ihre Portionen werden sofort von Wilhelm in die Cafeteria gebracht. Was die Zahl der verschwundenen Gâteaux auf vierzehn erhöht. Dieses Verschwinden ist um so bedauerlicher, als vierzehn Portionen aufgeteilt auf hundertzweiunddreißig Männer für jeden eine erhebliche Zugabe gebracht hätten...« (Verlegenes Lachen.)

Nach dieser Intervention fällt das Geheimnis der acht Gâteaux, das wie Gischt hochgeschäumt war, wieder in sich zusammen, ohne eine Spur zu hinterlassen.

»Leichter Anfall milden Wahnsinns«, kommentiert der Zweite, »zurückzuführen auf den Nervenverschleiß.«

Langonnets Appendektomie – eine Art Feuerprobe, von der Le Guillou und ich jetzt wie alte Routiniers sprechen – hat zu einer engeren Verbundenheit zwischen uns geführt. Abends, wenn Morvan auf seiner Liege im Nebenraum schnarcht, unterhalten wir uns über alle möglichen Dinge, manchmal auch über ernste Themen, während ich meinen Papierkram in Ordnung zu bringen versuche.

»Doktor, glauben Sie an ein Weiterleben nach dem Tode?«
»Nein.«

Ich drehe mich um und schaue ihn an: »Glauben Sie etwa daran?«

Le Guillou schluckt hart, wodurch seine breiten Backenknochen sich bis unter die Augen heben und ihm ein noch mongolischeres Aussehen geben.

»Es gibt Augenblicke«, bringt er schließlich mit Mühe heraus, »wo es mir fast unmöglich erscheint, daß wir durch den Tod ganz und gar ausgelöscht werden.«

»Dann sind Sie also, ohne es zugeben zu wollen, ein gläubiger Mensch, und in diesem Fall schweige ich lieber.«

»Was sagen Sie da? Sie schweigen?« fährt Le Guillou mich in fast aggressivem Ton an. »Wenn ich an das Weiterleben nach dem Tode glaube, dann bin ich nicht mehr würdig, mit Ihnen zu diskutieren?«

»Langsam, langsam!« sage ich lachend, »regen Sie sich nicht auf! Ich habe das nicht in dem Sinn gemeint, wie Sie das auffassen. Wenn Sie an das Weiterleben glauben, und sei es auch nur unsicher und zweifelnd, warum sollte ich dann versuchen, Sie davon abzubringen? Selbst wenn ich meine Gründe für gut halte?«

»Also im Interesse der Wahrheit natürlich« sagt Le Guillou.

»Die Wahrheit zu propagieren ist nicht gut, wenn man damit jemandem Schaden zufügt.«

»Und Sie meinen, es würde mir schaden, wenn ich nicht mehr an das Weiterleben nach dem Tod glaubte?«

»Gewiß. Wenn Sie daran glauben, dann doch wohl deshalb, weil Ihnen die Idee des Todes unerträglich erscheint.«

»Und Ihnen erscheint sie nicht unerträglich?«

»O doch!«

Wir schweigen, aber bald greift Le Guillou das Thema mit seiner gewohnten Hartnäckigkeit wieder auf: »Das alles sagt noch nichts darüber, warum Sie nicht an die Unsterblichkeit der Seele glauben.«

»Weil das eine unbegreifbare Idee ist. Wenn ein Mensch stirbt, wird sein Gehirn irreversibel zerstört – und mit ihm auch die Intelligenz und das Gedächtnis des Toten, also das, was es an Persönlichstem in ihm gab.«

»Warum kann man nicht annehmen, daß ein Wunder sie wieder zum Leben erweckt?«

»Außerhalb des organischen Systems, das die Voraussetzung ihrer Funktion war?«

»Ja, natürlich. Und hinzu käme außerdem, daß wohl Milliarden Wunder notwendig wären, um diese Milliarden Toten in körperlose Seelen zu verwandeln. Ein gläubiger Mensch würde Ihnen sagen, daß das nicht unmöglich ist.«

»Dem Glauben ist nichts unmöglich. Das ist sogar seine Definition.«

Als er darauf schweigt, sage ich nach einer Weile: »Berufen Sie sich anderen gegenüber nicht auf dieses Gespräch. Ich möchte nicht, daß jemand glaubt, ich würde an Bord Proselytenmacherei betreiben.«

»Die Pfaffen kennen in dieser Beziehung keine Skrupel«, sagt Le Guillou mit einem plötzlichen Rückfall in seinen Antiklerikalismus.

»Das hängt damit zusammen, daß sie im alleinigen Besitz der Wahrheit zu sein glauben.«

»Und Sie glauben nicht, im Besitz der Wahrheit zu sein?«

»Einiger kleiner Parzellen hier und dort, die durch einen Schimmer der Vernunft schwach erleuchtet werden.«

Er macht einen ziemlich enttäuschten Eindruck – er scheint meine Philosophie nicht sehr tröstlich zu finden.

Ich muß etwa zwölf Jahre zurückgehen, in mein erstes medizinisches Studienjahr, um die Erinnerung an ein Gespräch mit Kommilitonen über dieses Thema zu finden. Nur junge Menschen diskutieren über das Jenseits. Mit dreißig Jahren sind die Würfel gefallen. Man hat sich in seinem Glauben oder seinem Unglauben eingerichtet. Man stellt ihn nicht mehr in Frage. Wenn ich in einem Gespräch mit einem der Offiziere ein solches Thema anschneiden sollte – die Mimis natürlich ausgenommen –, würde er das für äußerst geschmacklos halten und, gläubig oder nicht, sich dieser Diskussion entziehen.

Indessen, gibt es einen geeigneteren Ort, um über Tod und Unsterblichkeit zu reden, als ein SNLE? Wir führen ein sozusagen klösterliches Leben. Man kann sich keine strengere Klausur und keine härtere Regel vorstellen. Wenn die Tagesarbeit beendet ist, hat man reichlich Gelegenheit zum Meditieren, jeder in seiner Zelle, zum Heile seiner Seele. Fragt sich nur, was man als das Heil versteht.

Selbstverständlich werde ich diese Art von Problem nicht dem Pascha gegenüber ansprechen: Er ist praktizierender Katholik, und er nimmt regelmäßig sonntags morgens an Beckers Gebetsversammlung teil.

Als ich den Pascha zur Teestunde im Carré treffe, nutze ich meine Elefantenkondition, um ihm ein paar naive, aber verfängliche Fragen zu stellen.

»Commandant«, beginne ich vorsichtig, »wie können wir mit Sicherheit wissen, ob wir im Verlauf dieser Patrouille nicht entdeckt worden sind?«

»Wir wissen es nicht mit Sicherheit. Wir vermuten es.«

»Angenommen, ein als feindlich anzusehendes U-Boot bewegt sich geräuschloser als wir und verfügt über bessere Ortungsmittel: Dann könnte es uns doch nahe genug kommen, um unsere akustische Signatur aufzufangen, und sich wieder entfernen, ohne daß wir seine Präsenz bemerken.«

»Das würde ein erstaunlicher Vorgang sein«, sagt der Pascha und betrachtet mich mit seinen blauen Augen über den Rand der Teetasse hinweg.

»Es scheint, daß das neue sowjetische Atom-U-Boot in aller Welt durch seine gigantischen Dimensionen großes Aufsehen erregt hat. Sind uns seine Kennzeichen bekannt?«

»Toubib«, antwortet der Pascha mit einem Lächeln, »wenn Sie das Foto einer Frau besitzen, kennen Sie damit noch nicht alle Einzelheiten ihrer Anatomie.«

»Oh, Commandant«, lache ich, »was für ein Vergleich! Vor allem aus Ihrem Munde.«

Er lacht auch. Katholisch mag er sein, aber prüde ist er nicht. Wir trinken schweigend, dann fahre ich fort:

»Commandant, Sie kennen doch Kiplings Erzählung von dem Elefantenkind und seiner unersättlichen Neugier? Ich habe Ihnen noch weitere Fragen zu stellen.«

»Das Elefantenkind soll seine Neugier befriedigen.«

»Also, man sagt, daß die Engländer eine Schiffsschraube in ihren U-Booten haben, die viel geräuschärmer als die unsere ist.«

»Das stimmt.«

»Man sagt auch, daß ein amerikanisches U-Boot, das uns in Toulon besucht hat, nach seinem Auslaufen von der Reede übungshalber von einer *Breguet Atlantique* verfolgt worden ist und sie in weniger als einer Stunde abgeschüttelt hat.«

»Was beweist, daß wir gute Alliierte haben, die wiederum gute Ingenieure haben«, weicht der Pascha aus. »Aber wir sind auch nicht hinter dem Mond zurück.«

»Wie meinen Sie das, Commandant?«

»Das französische SNLE der neuen Generation, das zur Zeit erprobt wird, wird noch leistungsfähiger und geräuschärmer sein als die *Inflexible*.«

Ich knabbere ein Stück trockenen Kuchen, allerdings mit Gewissensbissen. In was für einer seltsamen Zivilisation leben wir doch! Essen ist kein Vergnügen, sondern eine Sünde.

»Commandant, wenn es nicht zu aufdringlich ist, würde ich Ihnen gern noch ein paar kurze Fragen stellen.«

»Ich werde sie beantworten, wenn ich kann«, sagt der Pascha.

»Im Ernstfall erhalten Sie den Schießbefehl mittels der Drahtantenne, die wir hinter uns durchs Wasser ziehen. Aber was ist, wenn diese Antenne beschädigt und unbrauchbar wird?«

»Wir haben eine Reserveantenne, die auf der Brücke festgemacht ist, die wir aber so weit ausrollen können, daß sie zehn Meter unter der Wasseroberfläche gehalten wird, also nicht die sakrosankte Diskretion gefährdet.«

»Angenommen, in Frankreich wird im Kriegsfall der Präsident der Republik entführt oder ermordet. Angenommen ferner, unsere Fernmeldezentrale in Rosnay wird zerstört.«

»Der Präsident würde sofort ersetzt, Rosnay auch. Alle Vorsichtsmaßnahmen sind getroffen, damit weder die Person, die den Einsatzbefehl gibt, noch die Übermittlung des Befehls ausgeschaltet werden kann.«

»Gut«, sage ich. »Wir erhalten also den Schießbefehl des Präsidenten, und wir schießen. Was machen wir danach?«

»Wir haben unsere Instruktionen«, antwortet der Pascha, »aber sie sind geheim.«

»Ich will die Frage anders formulieren«, sage ich prompt. »Was wird aus dem U-Boot, wenn die Salve abgefeuert ist?«

»Das hat dann keinerlei Bedeutung mehr...«

Ich schaue ihn verblüfft an. Ich traue meinen Ohren nicht. Ich wiederhole perplex: »Das hat dann keinerlei Bedeutung mehr?«

»Aber nein«, sagt der Pascha ungeduldig, »überlegen Sie doch mal. Wenn wir schießen, dann heißt das, daß die Abschreckung gescheitert ist, und das bedeutet, daß das Inferno ausgebrochen ist. Und nichts hat dann mehr Bedeutung. Weder das U-Boot noch wir.«

»Wollen Sie damit sagen, daß das U-Boot erledigt ist? Daß es das Schicksal der Biene erleidet? Daß es stirbt, sobald es gestochen hat?«

»Nach aller Wahrscheinlichkeit, ja.«

»Und wieso?«

»Man kann sich vorstellen, daß der Feind über ein sehr leistungsfähiges trajektographisches System verfügt, das ihm ermöglicht, ummittelbar die Abschußbasis unserer Raketen festzustellen und uns zu vernichten.«

»Man kann auch annehmen«, sage ich nach kurzem Überlegen, »daß der Feind etwas anderes zu tun haben wird, als ein U-Boot zu vernichten, das nicht mehr gefährlich ist, nachdem es seinen Stachel verloren hat. In diesem Fall wird es doch wohl nach Frankreich zurückkehren?«

»Um dort was vorzufinden? Ein verwüstetes Frankreich? – Glauben Sie mir, Toubib, von dem Augenblick an, wenn wir, nachdem die Abschreckung gescheitert ist, unsere Salve abschießen, sind wir in der ausweglosesten Situation, die überhaupt vorstellbar ist. Die Apokalypse beginnt, und nichts, gar nichts mehr, hat noch irgendeine Bedeutung.«

In der bedrückenden Stille, die seinen Worten folgt, wird mir bewußt, daß ich trotz der Verblüffung, die ich gezeigt und ganz sicher auch empfunden habe, immer vage gewußt habe – ohne es mir allerdings eingestehen zu wollen –, was der Pascha da gesagt hat. Wie wahr ist es doch, daß wir, wenn ein Gedanke uns schrecklich erscheint, ihn zu verdrängen suchen! Zum Glück übrigens, denn wenn wir Tag und Nacht in der Erwartung unseres unabwendbaren Schicksals leben müßten, wäre das Leben nicht lebenswert. In dem Entsetzen jedoch, das die Furcht vor einem Atomkrieg in uns auslöst, werden wir mit der besonderen Grausamkeit konfrontiert, daß es nicht nur um unseren eigenen Tod geht, sondern auch um den Tod derer, die uns nahestehen, unserer Kinder, unserer Enkel, um die Vernichtung unseres Landes, des Planeten Erde. Der *Homo sapiens*, der seine eigene Spezies vernichtet, und die Erde, die ihn ernährt: Kann man sich einen unerträglicheren Gedanken vorstellen?

»Es ist wahr«, sagt der Pascha, »daß wir in einem System gefangen sind, das an Absurdität grenzt. Aber andererseits sind wir noch nie so nahe daran gewesen, durch den Schrecken den Schrecken zu vertreiben.«

9. Kapitel

Diese Woche gehen wir, wie Roquelaure, ehemaliger örtlicher Radrennchampion sagt, »in die letzte Gerade«: kein besonders passendes Bild für ein SNLE, das sich – in jeder Hinsicht – sehr wenig an einen geradlinigen Kurs hält. Jedenfalls packt uns alle, mich nicht am wenigsten, die Ungeduld. Als wenn ich mir davon eine Beschleunigung unserer Heimkehr verspräche, beginne ich den Abschlußbericht zu verfassen, den ich meinen ärztlichen Vorgesetzten nach Rückkehr in Brest vorzulegen habe. Aber er wird zwangsläufig unvollendet bleiben, bis das U-Boot am Kai festmacht: Sehr viel kann noch in diesen letzten Tagen passieren.

Diese ärztliche Bilanz geht mir am Abend auf meiner Liege durch den Kopf. Es schließt sich der Versuch an, eine persönliche Bilanz dieser Patrouillenfahrt zu ziehen. So positiv sie mir in menschlicher und beruflicher Hinsicht zu sein scheint, so enttäuschend ist der affektive Aspekt – das hartnäckige Schweigen meiner »Verlobten«.

Ich will noch einmal wiederholen: Mir scheint, wenn ich an Sophies Stelle gewesen wäre, das heißt, wenn ich den Entschluß gefaßt hätte, unsere Beziehung abzubrechen, dann würde ich es für ein selbstverständliches Gebot der Fairneß gehalten haben, meinen Partner von meinem Entschluß zu verständigen. Ich würde ihn nicht neun Wochen lang auf Nachrichten hoffen lassen, die niemals kommen. Es hat mich einige seelische Kraft gekostet, die grausamen kleinen Enttäuschungen zu überwinden, in die mich Sophies Stillschweigen gestürzt hat. Es war nicht ein einmaliges Stillschweigen, nein, es gab jeden Samstag eines, und jeden Samstag wurde es mit bitterer Enttäuschung aufgenommen. Immer wieder nahm ich mir vor, der Hoffnung endgültig den Garaus zu machen, auf das Ausbleiben ihres Familigramms gefaßt zu sein, mich dagegen zu wappnen. Aber alle Vorsätze halfen nichts.

Wenn man erfolglos seine Gefühle in ein menschliches Wesen »investiert« hat, was muß man dann tun – das sollen die Psychologen mir bitte erklären –, um mit möglichst wenig Verlust diese »Fehlinvestition« rückgängig zu machen? Welcher Methode muß man folgen, um so rasch wie möglich vom Kummer zur Resignation und von der Resignation zur inneren Heiterkeit zurückzufinden! Ich habe diese noch nicht wiedergewonnen. Wenn unsere menschliche Maschine nach rationellen Prinzipien gebaut wäre, dann müßte sie mit einem Ablaßventil für Bitterkeit ausgerüstet sein, das sich im Bedarfsfall automatisch öffnen würde.

Trotz dieser seelischen Belastungen hat meine Moral gut gehalten. Ich habe das berüchtigte »Syndrom der sechsten Woche« nicht kennengelernt. Bei mir traten die Depressionen punktuell auf, sie hielten nie über einen Vormittag oder einen Nachmittag hinaus an. Sie begannen mit einem unangenehmen Gefühl von Unwirklichkeit. Die Bizarrerie der Situation sprang mir plötzlich in die Augen, gab mir ein Gefühl von Befremden und Empörung. Ich sagte mir: Was um Himmels willen tue ich hier, eingeschlossen unter Wasser in diesem Eisenkasten! Ich weiß nicht mal, in welchem Ozean! Ich muß um jeden Preis hier heraus! Ich muß den Himmel wiedersehen!

Danach wurde ich eine oder zwei Minuten lang von der wahnsinnigen Obsession gequält, »ein Fenster aufzureißen«, obwohl ich genau wußte, daß dieses Fenster nicht existierte. Was dann passierte, war sehr merkwürdig: Die Irrealität der Auflehnung – ein Fenster öffnen, ausbrechen, den Himmel wiedersehen – hob die Irrealität der Situation allmählich auf und versöhnte mich mit ihr. Ich ließ mich wieder ins Joch spannen, um ein Bild zu gebrauchen, mit dem man auszudrücken pflegt, daß man im alten Trott weitermacht. Oder vielleicht wird ein anderes Bild meiner Situation besser gerecht: Das Rädchen Toubib war wieder an seinem Platz in der Maschine U-Boot voll funktionsfähig.

Jeder einzelne Mann der Besatzung eines U-Boots, das habe ich immer wieder im Verlaufe dieser Patrouille bemerkt, hat das Gefühl, eine besonders wichtige Rolle an Bord zu spielen, sozusagen unersetzlich zu sein. Das ist keine Illusion. Und es trifft nicht nur auf die hochspezialisierten Ingenieure und Techniker zu, die die wesentlichen Funktionen ausüben, es gilt gleicherweise für den jüngsten »Moses«. Erlauben Sie mir bitte, liebe Leser, ein sehr alltägliches Beispiel: Wenn der mit der Wartung der WCs beauftragte Kleinmatrose nicht ständig darauf achtet, daß diese nicht verstopft werden, dann ist eine solche Nachlässigkeit, die etwa in einer Schule ohne große Folgen wäre, auf einem U-Boot eine Katastrophe. Und wenn dieser Matrose, um ein weniger schwerwiegendes Beispiel zu nennen, auch nur ein wenig zu rasch vorgeht, wenn er die »Kackekiste« in die Tiefe des Meeres schleust, dann verschwinden zwar die Fäkalien, aber der Geruch bleibt und wird für die Besatzung zu einer argen Belästigung.

Dieses befriedigende Gefühl, »eine wichtige Funktion an Bord« auszuüben – ohne die entweder die Sicherheit oder das Wohlbefinden aller gefährdet wäre –, empfinden alle, und es ist für alle eine starke Hilfe, sich von der schlimmsten Entbehrung, dem Verzicht auf Tag und Nacht, Sonne und Wolken nicht unterkriegen zu lassen.

Der Mimi Verdelet war sich dieser Zusammenhänge durchaus bewußt, als er eines Tages im Rahmen seiner literarischen Lesungen in der Cafeteria eine Baudelaire gewidmete Dichterlesung hielt. Er schloß darin auch ein Prosagedicht mit dem Titel *L'Etranger* (»Der Fremde«) ein, dessen Text ihm der Pascha mitgeteilt hatte, der es sehr schätzte. Verdelet, der sich neben seiner Politikwissenschaft intensiv mit der dramatischen Kunst beschäftigt hatte, las nicht, er rezitierte. Und die Tatsache, daß er diese Hunderte von Versen auswendig vortrug, war der erste Grund für seinen Erfolg – die Männer waren voll Bewunderung für sein vorzügliches Gedächtnis. »Der Mimi hat was in seinem Hirn!« sagte Bichon und gab damit das Resümee des allgemeinen Urteils.

Mehr noch, Verdelet rezitierte sehr gut. Und als er zu *L'Etranger* kam und als er schließlich den Schlußsatz vortrug: »Ich liebe die Wolken, die Wolken, die vorüberziehen dort oben, dort oben, die wunderbaren Wolken«, da erlebte er die Überraschung, daß sein Auditorium – etwa vierzig Männer – vor Ergriffenheit wie erstarrt war. Als sie schließlich aus ihrer Betroffenheit zu sich kamen, applaudierten sie wie wild und forderten die Wiederholung des Gedichts. Was Verdelet auch tat. Danach gingen zwei der Männer zu ihm und baten ihn, den letzten Satz, der ihnen so zu Herzen gegangen war, auf ein Stück Papier zu schreiben. Am nächsten Tag kannte die Hälfte der Besatzung ihn auswendig.

Während ich mir diese Episode ins Gedächtnis zurückrufe, höre ich in der »Rue de la Joie« Lärm, Schreie und Lachen. Vorsichtig – denn es handelt sich vielleicht um eine List, mit der man mich aus meiner Kajüte locken will – öffne ich die Tür einen Spalt und riskiere ein Auge. Die beiden Mimis, Angel, Callonec und Saint-Aignan liefern sich eine Schlacht mit Wasserpistolen, die Verdelet an Bord gebracht hat, zusammen mit diversen anderen Scherzartikeln ähnlicher Art. Meine Vorsicht ist zweifellos angebracht. Wenn ich sorglos aus meiner Festung hinausgegangen wäre, hätten die feindlichen Lager selbstverständlich ihre Kräfte vereinigt und ihr Feuer auf meine Person konzentriert.

Liebe Leserin, ich zögere ein wenig, einen der schlimmsten Streiche der Mimis zu erzählen, denn ich fürchte, Sie damit in Ihrer gewiß ziemlich berechtigten Vorstellung zu bestärken, daß Männer unter sich dazu neigen, sich ein bißchen kindisch zu benehmen. Zur Entlastung der Mimis muß jedoch gesagt werden, daß das Alltagsleben auf einem U-Boot gewisse Assoziationen mit dem Internatsleben der großen Schulen hervorruft und daher auch die Streiche der Mimis eine gewisse Ähnlichkeit mit Schuljungenstreichen aufweisen.

Zu den Scherzartikeln, die Verdelet an Bord gebracht hatte, gehörte eine Vorrichtung, die aus zwei durch einen langen Schlauch verbundenen Gummibirnen bestand. Wenn man unter einem Teller (und zusätzlich durch das Tischtuch verdeckt) eine dieser Birnen – im schlaffen Zustand – versteckt, kann man, indem man die andere Birne als Pumpe benutzt, die erste mittels des Schlauches aufblasen und damit den Teller in sprunghafte Bewegung versetzen. Diese Sprünge entziehen sich dem Willen des Tischgenossen, vor dem der Teller steht, und seine Verblüffung wirkt ausgesprochen komisch.

Aber man würde die Phantasie unserer Mimis verkennen, wenn man glaubte, sie würden sich mit einer so plumpen Farce begnügen. Sie bauen sie in ein darauf zugeschnittenes Szenario ein, um ihre Wirkung zu vergrößern. Sie weihen mich in ihren Plan ein, und ich dringe darauf, daß sie die Zielscheibe ihrer Posse ändern. Statt Becker als Opfer zu wählen, entscheiden sie sich auf mein Zureden hin für Miremont, der als religiös indifferenter Mensch wohl weniger Anstoß nehmen wird als unser frommer Becker.

Das offizielle Sonntagsdiner ist gekommen, und mit der zumindest passiven Komplizenschaft Wilhelms wird die Birne in schlaffem Zustand unter den Teller Miremonts plaziert. Die andere Birne, verdeckt durch das Tischtuch, liegt griffbereit vor Verdoux, der sich sogleich mit ungewohnt bravem Gesichtsausdruck auf seinen Platz gesetzt hat.

Als die Horsd'œuvres abgeräumt sind und die Tischrunde auf den Fleischgang wartet, beginnen die beiden Mimis in dem allgemeinen Schweigen eine kleine harmlose Komödie, die sie vor uns schon mehr als hundertmal seit Beginn der Patrouille aufgeführt haben.

»Verdoux«, eröffnet Verdelet das Spiel, »was gedenkst du heute abend zu tun?«

»Ich werde einen Bummel über die Champs-Elysées machen. Vielleicht sehe ich mir einen Film an. Kommst du mit?«

»Bedaure, ich habe ein Rendezvous im Fouquet's.«
»Komm doch! Laß es sausen!«
»Unmöglich! Es ist eins der Go-go-Girls.«
»Welches? Kannst du mich vorstellen?«
»Unmöglich. Ich dulde keinen Rivalen neben meinem Thron.«
«Aber beschreiben kannst du sie mir doch wenigstens.«
»Na gut«, sagt Verdelet, und um seinen Mund liegt ein genießerischer Ausdruck. »Sie ist groß, schlank, sie hat rotbraunes Haar, fast mahagonifarben, und grüne Augen. Ihre Brüste sind wie Granatäpfel aus Allahs Garten. Ihre herrlich geformten Schenkel sind kräftig, verheißungsvoll. Und ihr kleiner Popo! Unvergleichlich, wie sie sich leicht in den Hüften wiegt! Wenn du es siehst, läuft dir das Wasser im Mund zusammen.«
In diesem Augenblick verschwindet Verdoux' Hand unter dem Tischtuch, der Teller Miremonts beginnt heftig zu hüpfen, und als alle Augen auf ihn starren, ruft Callonec mit entrüsteter Miene: »Aber Miremont, wirklich! Bitte beherrsche dich!«
Miremont wird rot, ein tosendes Gelächter bricht los, und ich sehe mit Erleichterung, daß auch der Pascha lacht. Ich hatte befürchtet, er würde die Posse ein wenig geschmacklos finden.
»Ich habe noch nie solche Idioten gesehen«, schimpft Miremont wütend.
Und er holt die Gummibirne unter dem Tischtuch hervor und wirft sie auf Verdoux' Teller. Der Arme hätte seinen Ärger besser heruntergeschluckt, denn die Mimis haben nur auf diese Reaktion gewartet, um das Spiel weiterzutreiben. Verdoux nimmt die Birne in die Hand, betrachtet sie kopfschüttelnd und sagt mit tief betrübter Stimme: »Was, eine Prothese? Du Unglücklicher brauchst in deinem Alter schon eine Prothese?«
»Entsetzlich!« ruft Verdelet aus.
Wieder setzt tosendes Gelächter ein. Miremont schafft es nicht, über seinen eigenen Schatten zu springen und die Sache mit Humor zu nehmen. Er weigert sich standhaft, als Verwalter der Messegetränke die Flasche Champagner herauszurücken, die

die Mimis als Preis für seine »Indezenz« verlangen.

Es ist sicherlich kein Zufall, daß die Mimis einen klassischen und an sich völlig neutralen Scherzartikel erotisiert haben. Ich denke am Abend nach diesem Sonntagsdiner darüber nach, als ich mich schlafen gelegt und das Licht gelöscht habe.

Die Frau existiert auf einem U-Boot nicht. Nicht in Fleisch und Blut. Trotzdem ist sie sehr präsent. In den Filmen für das breite Publikum, die in der Cafeteria vorgeführt werden. In den anderen, die nicht für die Öffentlichkeit bestimmt sind, natürlich auch. Auf den Kassetten mit Schlagern und Chansons, die man sich im Kopfhörer anhört, wenn man sich nach der Wache auf der Liege ausstreckt. In den Magazinen, die total zerfleddert sind, weil sie von Hand zu Hand gehen. In den Romanen, in denen man die »interessanten« Stellen für die Kumpel anstreicht, denen man sie leiht. In den Pin-ups, die die Türen der Unterkünfte schmücken und auch, in diskreterer Form, die Bedienungspulte der Computer und die Instrumententafeln. Bei den Auftritten in weiblicher Verkleidung am Fest der Cabane. In den Gesprächen in den Unterkünften und den Aufschneidereien der Junggesellen über ihre »Ruhmestaten«. Und natürlich auch in den Sehnsüchten und Träumen der Stillen und Introvertierten.

Ich muß hier eine Anmerkung einflechten: Je verliebter ein Mann in seine Frau ist, um so weniger spricht er von ihr, selbst zu seinen engsten Freunden. Von seinen Kindern dagegen erzählt er gern und viel. Und wenn Sie ihn bitten, Ihnen ihr Foto zu zeigen, dann wird er mit gespielter Gleichgültigkeit eins aus der Brieftasche ziehen, das die Kinder nicht allein, sondern gemeinsam mit seiner Frau zeigt. Nach meinem Gefühl gebietet es in diesem Fall der gute Ton, ihm ein diskretes Kompliment über seine Frau zu machen, aber bei seinen Sprößlingen nicht mit Lob zu sparen. Im Carré habe ich mehr als einmal Gelegenheit gehabt, diese Rolle zu spielen, und gegen Ende der Patrouille hatte ich eine sehr genaue Vorstellung gewonnen, welche Offiziere besonders verliebt in ihre Frauen waren. Offen gesagt, ich beneide sie. Ich verstehe sehr gut, daß es ihnen beim Auslaufen in Brest schwergefallen sein muß, sich von einem so liebenswerten

Heim loszureißen. Aber die Rückkehr wird sie für ihre Entbehrungen hundertfach entschädigen.

Ein SNLE ist mit einer solchen Menge hochentwickelter Maschinen und Geräte ausgerüstet, daß man sich fragt, wie die Männer, die sie bedienen, mit dieser nüchternen Technik die Vorstellung weiblicher Reize assoziieren können. Aber es ist ihnen tatsächlich gelungen.

Im hinteren Teil der Kommandozentrale befinden sich auf der Backbordseite drei Trägheitsnavigationsgeräte. Das sind extrem teure Apparate, die man nur auf den SNLE und auf zwei unserer Flugzeugträger findet.

Sie erlauben dem Navigator, die Position des Schiffes mit einer erstaunlichen Präzision zu bestimmen. Das ist für ein SNLE um so wertvoller, als man nicht wie auf Überwasserfahrzeugen die Möglichkeit hat, von der Brücke aus mit herkömmlichen Methoden das Besteck zu machen und nicht einmal – aus Sorge um die sakrosankte Diskretion – das Periskop zu diesem Zweck auszufahren.

Im PCNO selbst sieht man nur drei Bedienungspulte, die zwar nebeneinander stehen, aber voneinander unabhängig sind; die zugehörigen Geräte, die sehr viel Platz beanspruchen, befinden sich außerhalb des Raums. Daß es drei dieser Geräte gibt, hat folgenden Grund: Je weiter wir uns von unserer Basis entfernen und je länger wir unterwegs sind, um so größer wird die Wahrscheinlichkeit kleinerer Abweichungen. Man bestimmt daher eins der Geräte zum Pilotgerät, und die beiden anderen dienen der Kontrolle und Korrektur.

Der Verantwortliche für die Trägheitsnavigationsgeräte ist ein kleiner dunkelhaariger Unteroffizier mit lebhaften Augen. Ich bitte ihn, mir die Funktionsweise zu erklären. Was er mit etwas skeptischer Miene tut. Und er hat recht. Ich verstehe nicht ein Wort von dem, was er sagt. Während ich jedoch nach kurzer Zeit nur noch mit halbem Ohr zuhöre, entdeckt mein Auge, das flüchtig über die Bedienungspulte schweift, daß jedes der drei Geräte durch ein liebliches weibliches Antlitz eine persönliche Note bekommen hat.

»Und welches der drei«, frage ich ihn, als er seine Ausführungen beendet hat, »haben Sie als Pilotgerät gewählt?«

»Das mittlere.«

»Ach? Und was ist der Grund für diese Wahl?«

»Es ist das netteste«, sagt er mit einem fast zärtlichen Lächeln.

Als ich heute morgen ins Krankenrevier komme, begrüßt mich Le Guillou mit den Worten: »Ah, guten Morgen, Doktor, es war schon ein Patient da, Longeron, der Elektriker. Er will sich von Ihnen einen ›Check-up‹ machen lassen.«

»Einen ›Check-up‹?«

»Das ist der Ausdruck, den er gebraucht hat.«

»Und warum will er diesen ›Check-up‹?«

»Er hat es mir nicht sagen wollen. Er machte einen ängstlichen Eindruck.«

»Ängstlich? Merkwürdig, so wenige Tage vor der Heimkehr Depressionen zu haben. Wann, hat er gesagt, will er wiederkommen?«

»Gleich.«

Ich mache mich an meinen Papierkram, aber nur für einen Augenblick. Longeron erscheint fast sofort. Er ist klein, mager, und er scheint wirklich sehr angespannt und nervös zu sein.

»Guten Morgen, Longeron. Wie ich höre, wollen Sie einen Check-up?«

»Ja, Doktor.«

»Aber einen Check-up, Longeron, haben Sie an Land gehabt. Das ist eine Routineangelegenheit. Jeder hat ihn regelmäßig zu machen. Und bei Ihnen hat man nichts gefunden, sonst wären Sie nicht hier. Haben Sie irgendwelche Beschwerden?«

»Nein, Doktor.«

»Nun, worüber machen Sie sich Sorgen?«

»Also«, sagt er. Aber er fährt nicht fort. Er schaut Le Guillou an. Der tut, als habe er den Blick nicht bemerkt. Aber mit geschäftiger Miene, ganz natürlich, ohne mich auch nur mit einem Blick zu fragen, geht er in den Isolierraum, wo er sicherlich nichts zu tun hat. Was Morvan betrifft, den sehe ich nirgendwo; er wird wohl schlafen.

»Also, das ist so, Doktor«, fängt Longeron nach einer Weile an.

Aber er kann sich nicht zu einem Entschluß durchringen. Er steht vor mir mit geschlossenem Mund, flatternden Augenlidern, blassen Wangen, er sieht so unwohl aus, daß ich fürchte, er wird mir ohnmächtig werden.

»Setzen Sie sich«, sage ich. »Ich werde Ihnen ein Glas Wasser geben.«

Er trinkt gierig, sein Gesicht bekommt wieder Farbe, er schluckt hart. Als er jedoch endlich zu sprechen beginnt, ist seine Stimme völlig tonlos.

»Also, es ist so: Ich glaube, ich werde impotent.«
Ich lächle.
»Was bringt Sie auf diesen Gedanken?«
»Ich habe seit einer Woche nachts keine Erektion mehr gehabt.«
»Und vor einer Woche hatten Sie nachts Erektionen?«
»Ja.«
»Wie viele?«
»Drei oder vier.«
»Und was taten Sie in einem solchen Fall?«

Obwohl ich die Frage ganz beiläufig und in sachlichem Ton gestellt habe, verwirrt sie ihn sehr, und er wiederholt, um Zeit zu gewinnen: »Was ich in einem solchen Fall tat?«

»Ja. Was taten Sie?«
»Nun ja«, rafft er sich endlich auf, »ich verlängerte sie.«
Le Guillou hat recht: Er versteht sich auszudrücken. Eine geniale Formulierung, dieses »verlängern«.
»Verlängerten Sie Ihre Erektion manuell?«
»Ja.«
»Bis zum Orgasmus?«
»Ja.«
Das erste »Ja« ist leise, das zweite nur gehaucht.
»Und wo ist nun das Problem?«
Longeron sieht mich an. Er scheint fast entrüstet über meine Gelassenheit zu sein.

»Was soll das heißen: ›Wo ist das Problem?‹ Das Problem ist, daß ich Schuldgefühle habe.«

Meine nächste Frage folgt sofort: »Warum?«

»Wieso ›Warum‹?« Er schluckt hart.

»Hören Sie, Longeron, wiederholen Sie nicht dauernd meine Fragen. Beantworten Sie sie.

»Ja, Doktor. Entschuldigen Sie.«

»Und lassen Sie bitte die Entschuldigungen weg. Erklären Sie mir lieber, warum Sie Schuldgefühle haben.«

»Aber Doktor, die Masturbation ist eine perverse sexuelle Handlung.«

»Sind Sie katholisch, Longeron?«

»Nein, Doktor.«

»Dann sagen Sie mir bitte, wo Sie diese schöne Phrase gefunden haben.«

»Im *Larousse médical*.«

»Ich bedaure sehr, daß sie dort steht. Wenn ein Arzt so was schreibt, dann verzapft er Unsinn. Eine solche Aussage ist idiotisch. Der *Larousse médical* dürfte mit diesem idiotischen Satz vielen Menschen großen Schaden zugefügt haben. Bei Ihnen zum Beispiel hat er Schuldgefühle geweckt. Sind Sie verheiratet, Longeron?«

»Ja.«

»Und wenn Sie zu Ihrer Frau heimkommen, werden Sie versagen. Das ist die Angst, die Sie plagt?«

»Ja, das ist es, das ist es... Wenn ich daran denke, bricht mir der kalte Schweiß aus. Nachts werde ich von wüsten Alpträumen gequält. Ich bin total in Panik.«

»Und Sie haben Gewissensbisse?«

»Ja.«

»Gegenüber Ihrer Frau auch?«

»Ja.«

»Warum?«

»Deshalb, weil das Masturbieren mich in meinen Augen moralisch entwürdigt. Ich fühle mich meiner Frau gegenüber schuldig.«

»Das Masturbieren entwürdigt Sie moralisch, weil man Ihnen eingetrichtert hat, daß es ein ›perverses sexuelles Verhalten‹ sei.«
»Und stimmt das nicht?«
»Es ist ein absoluter Blödsinn. Wissen Sie, was Perversion ist, Longeron? Es ist der Geschmack am Bösen. Und nehmen Sie die Heranwachsenden, die Einsamen, die Gefangenen und ganz allgemein die Männer, die aus beruflichen Gründen längere Zeit von ihren Frauen getrennt sind: Glauben Sie, daß die aus Geschmack am Bösen masturbieren? Sie masturbieren, um ein Bedürfnis zu befriedigen: Das ist alles.«
»Mir würde ein Stein vom Herzen fallen, wenn ich das glauben könnte, Doktor.«
»Nun, glauben Sie es. Wer hindert Sie daran? Der *Larousse médical*? Haben Sie den Eindruck, daß er ein kompetenterer Arzt ist als ich? Wie alt sind Sie?«
»Einunddreißig.«
»Und Sie glauben, daß man einfach so impotent wird, mit einunddreißig Jahren, von einer Woche zur anderen?«
»Und wie wird man denn impotent?«
»Es gibt physische Ursachen: Diabetes, Gefäßkrankheiten, Alkoholismus und Drogen. Trifft etwas davon auf Sie zu?«
»Soweit ich das beurteilen kann, nein.«
»Es gibt auch moralische Gründe, die Sie temporär impotent machen können. Zum Beispiel eine große Liebesenttäuschung.«
»Also das ist nicht der Fall!« sagt Longeron lebhaft. »Ich kann sagen, nie ist ein Familigramm ausgeblieben. Nicht ein einziges Mal. Nicht ein einziges!«
»Gut, bravo, Longeron. Und schlafen Sie in Zukunft ruhig und ohne Alpträume. Sie sind nicht impotent. Sie werden sehen, bei Ihrer Rückkehr wird alles in bester Ordnung sein.«
»Aber angenommen, ich habe Diabetes, Doktor?«
Ich lache. »Also wirklich, Sie machen sich selbst verrückt! Hören Sie, Longeron: Wenn Sie Diabetes hätten, würde man das an Land festgestellt haben.«
»Seit meiner letzten Untersuchung kann sie sich doch entwickelt haben. Das liegt sechs Monate zurück.«

»Also schön. Wenn es Sie beruhigt, werde ich Le Guillou bitten, Ihnen eine Urinanalyse und eine Blutanalyse zu machen.«
»Danke, Doktor.«
Er ist zufrieden. Der Zauberer wird ihm ein bißchen Blut abzapfen und sich seinen Urin ansehen. Noch bevor das Ergebnis der Analysen vorliegt, ist er beruhigt. Ich gebe ihm ein gewöhnliches Stärkungsmittel: Auch das ist Magie. Und vor allem wiederhole ich noch einmal mit Überzeugungskraft und Autorität, daß ihm nichts fehlt, absolut nichts.
»Doktor«, sagt er etwas verlegen.
»Ja, Longeron.«
»Entschuldigen Sie bitte, aber es würde mir lieb sein, wenn das alles unter uns bleibt.«
»Ihr Fall unterliegt der ärztlichen Schweigepflicht. Es wird nichts aus dem Krankenrevier nach außen dringen.«
»Und Le Guillou?«
»Auch er ist zum Schweigen verpflichtet.«
Als ich am Nachmittag allein mit Le Guillou bin, schneide ich kurz den Fall Longeron an, denn ich vermeide möglichst jede unnötige Geheimniskrämerei. Er hört mir zu, ohne sich ein Grinsen zu erlauben, und als ich auf die Definition des *Larousse* zu sprechen komme, die die Masturbation als »perverses sexuelles Verhalten« klassifiziert, traut auch er seinen Ohren nicht. Aber er macht mir einen sehr wertvollen Vorschlag.
»Wissen Sie, Doktor«, sagt er, »es wäre vielleicht eine gute Idee, wenn Sie darüber ein paar Worte in der Cafeteria sagen würden. Der Fall Longeron ist vielleicht kein Einzelfall.«
Ich bin skeptisch: »Einen Vortrag über Impotenz halten, einfach so aus blauem Himmel? Wäre das nicht ein bißchen delikat? Vor allem so kurz vor der Heimkehr?«
»Ja, zweifellos. Aber Sie könnten vielleicht einen Vortrag über sexuell übertragbare Krankheiten ankündigen und in diesem allgemeinen Rahmen auch Fragen der Sexualität behandeln. Das gäbe Ihnen die Gelegenheit, solche Vorstellungen von der Impotenz richtigzustellen.«

Was ich gleich am nächsten Tag tat, mit Genehmigung des Paschas und mit größtem Erfolg. Wie ich erfuhr, wurde in den Quartieren eifrig über dieses Thema diskutiert, wodurch der Teil der Besatzung, der wegen des Wachdienstes verhindert war, den Vortrag zu hören, meine Informationen ebenfalls erhielt – hoffentlich ohne zu große Entstellungen.

Ich bin schon halbwegs überzeugt, daß dieser Fall der letzte sein wird – abgesehen natürlich von dem üblichen Routinekram kleiner Erkältungen und unbedeutender Verletzungen –, als ich am selben Abend gegen 9 Uhr 30 einen Anruf erhalte, ich möchte dringend ins Krankenrevier kommen. Ich sause hin und finde dort den Boula, der mit seiner linken Hand seine blutverschmierte rechte Hand hält. Ich untersuche die Wunde. Das ist kein Wehwehchen. Er hat sich tief in die Daumenwurzel geschnitten und dabei die Extensor-Sehne zwischen Daumen und Zeigefinger partiell durchtrennt.

»Und wie ist das passiert, Boula?«

»Beim Bettenmachen. Diese verdammten kleinen Federn sind scharf wie Rasiermesser.«

»Welche Federn?«

»Die der Sprungfedermatratze. Ich habe die Decke ein bißchen hastig unter die Matratze gestopft, und schon war's passiert.«

»Ich hatte Sie darauf aufmerksam gemacht, Doktor«, sagt Le Guillou.

»Ja, ich erinnere mich. Jacquier hat mich auch gewarnt. Zu Beginn der Patrouille hat er mich sogar gebeten, nicht selbst meine Liege zu machen. Nun, ich muß schon sagen, Sie haben sich ganz schön zugerichtet.«

»Werden Sie mich nähen, Doktor?« fragt der Boula mit schwacher Stimme.

»Zweimal, unten und oben. Aber haben Sie keine Angst: Ich werde Ihnen eine Spritze zur lokalen Betäubung geben.«

»Wird es lange dauern?«

»Eine knappe halbe Stunde. Die meiste Zeit nimmt das Nähen der Sehne in Anspruch. Das ist eine heikle Sache, denn diese Sehne ist nicht sehr dick, vielleicht zwei Millimeter im Durchmesser. Und man muß die Stiche mit sehr kleinen Nadeln machen. Aber zunächst legen Sie sich mal ganz entspannt hin.«

Während der gesamten Dauer des Eingriffs – aus der knappen halben Stunde werden mehr als vierzig Minuten – spreche ich mit dem Boula und beschreibe ihm jeweils, was ich tue: Dadurch ist sein Geist beschäftigt, und ich brauche nicht zu befürchten, daß er mir ohnmächtig wird.

Ich setze also meine Erklärungen fort: »Hier ist alles klein, verstehen Sie: die Sehne, der Faden, die Nadel.«

»Wenn die Nadel so klein ist, wie können Sie dann den Faden einziehen?«

Gott sei Dank, er spricht, und mit einer ganz normalen Stimme.

»Ich brauche nicht einzufädeln, der Faden ist in den Kopf der Nadel eingelassen. Nadel und Faden sind ohne irgendeine Vorbereitung einsatzbereit.«

»Aber dann müssen Sie die Nadel wegwerfen, wenn der Faden aufgebraucht ist.«

»Natürlich.«

»Na, sehr wirtschaftlich ist das nicht«, sagt er skeptisch.

»Vielleicht, aber es hat große Vorteile: Die Nadel ist sofort verwendbar... Man nimmt sie steril aus der Packung... Und vor allem, der Nadelkopf besitzt keine Öse... Die Nadel ist feiner, und die Löcher im Gewebe sind weniger groß...«

Ich sage diese kurzen Sätze, von kleinen Pausen unterbrochen, im Ton entspannter, ja heiterer Konversation, während ich konzentriert arbeite.

»So«, sage ich nach einiger Zeit aufatmend, »das Nähen der Sehne ist geschafft. Jetzt müssen wir die Wunde nur noch oben vernähen.«

Zum erstenmal wird der Boula unruhig: »Werde ich meine Hand auch wieder richtig bewegen können? So wie vorher? Wissen Sie, in meinem Beruf...«

»Machen Sie sich darüber keine Sorgen. Sie werden den vollen

Gebrauch der Hand wiederbekommen. Aber es braucht Zeit. Drei Monate wird es mindestens dauern. Und das lästigste wird sein, daß Sie sie drei Wochen in einem festen Verband tragen müssen.«

Sobald ich ihm den Verband angelegt habe, mache ich mich auf die Suche nach dem Zweiten. Das bedeutet: das SNLE in seiner ganzen Länge durchstreifen, überall fragen: »Wissen Sie, wo der Zweite ist?«, und immer die gleiche Antwort erhalten: »Er ist gerade vorbeigekommen.«

Ich entdecke ihn schließlich im PCP der Sektion Maschinen, und in zwei Sätzen – er erwartet von anderen die gleiche Prägnanz des Ausdrucks, wie sie ihm selbstverständlich ist – berichte ich ihm vom Unfall des Boula.

»Und natürlich«, zieht er die Schlußfolgerung, »kann er mit einer verbundenen Hand keine Brote formen. Können Sie sich das vorstellen, Toubib? Franzosen ohne Brot! Das ist die Revolution. Ein Glück, daß wir kurz vor dem Ende der Patrouille sind. Kommen Sie, Toubib, schauen wir in der Cuisse nach, ob man nicht irgendwie Abhilfe schaffen kann.«

Aber in der Küche treffen wir weder Tetatui noch Jegou an. Ihre harte Tagesarbeit haben sie beendet, sie sind schlafen gegangen. Nur Le Rouzic ist da; er überwacht die Kleinmatrosen, die in der Cafeteria aufräumen.

»Sie erinnern sich vielleicht, Commandant«, sage ich, »daß Le Rouzic sich hier nicht schlecht auskennt. Er hat dem Boula beim Brotbacken geholfen.«

»Aber natürlich«, strahlt der Zweite. »Ich habe ihn selbst im Vorbeigehen gesehen.«

Wie hätte er ihn nicht sehen sollen! Er ist allgegenwärtig, und er sieht alles. Und schon redet er auf Le Rouzic ein, dessen Gesicht alles andere als Begeisterung zeigt, so hilfsbereit er sonst ist.

»Wissen Sie, Commandant, die Brote, das ginge ja noch, das könnte ich vielleicht schaffen. Aber die Pâtisserie, die Brioches, die Croissants, das ist nicht drin. Und wer macht tagsüber meine Arbeit in der Cafeteria? Ich kann nicht Tag und Nacht arbeiten.«

»Der Boula wird Sie als Steward vertreten.«
»Mit einer Hand?«
»Er wird die Kleinmatrosen dirigieren.«
Le Rouzic verzieht das Gesicht: »Also gut, ja. Wenn Sie es so wollen. Er ist nicht sehr geduldig, der Boula.«
Mit anderen Worten, Le Rouzic beschützt seine Kleinmatrosen – die er gelegentlich übrigens selbst ganz schön zusammenstaucht. Er scheint zu glauben, daß Anschnauzen nicht gleich Anschnauzen ist. Nur seines hat pädagogischen Wert.
»Ich werde dem Patron einen Wink geben«, sagt der Zweite. »Er wird den Boula mäßigen. Und Sie werden nur Brot backen. Auf Brioches wird man wohl oder übel verzichten müssen. Wie es die Königin Marie-Antoinette ja auch mußte.«
»Verzeihung, Commandant«, widerspricht Le Rouzic, »nicht die Königin Marie-Antoinette mußte auf Brioches verzichten, sondern das Volk. Und auf Brot auch.«
»Sehr richtig, Le Rouzic«, sagt der Zweite mit seinem abrupten Lachen und klopft ihm auf die Schulter.
So wird die Angelegenheit mit Hilfe historischer Reminiszenzen im besten Einvernehmen geregelt. Wir haben gerade noch ein Mini-Waterloo verhindert. Bis zum Ende der Patrouille werden wir zum Frühstück nur Baguettes essen.

Zwei oder drei Tage vor unserer Rückkehr nach Brest befinde ich mich zur Teestunde mit dem Pascha allein im Carré.
»Ist diese Patrouille nach Ihrer Meinung, Commandant, eine gute Patrouille gewesen?«
»Bis jetzt ja«, sagt er ohne den Anflug eines Lächelns. »Aber meine endgültige Antwort werde ich Ihnen geben, wenn wir am Kai der Ile Longue festgemacht haben.«
Und abergläubisch, wie die Seeleute es meist sind, streckt er den Arm aus und legt die Hand verstohlen auf das Holz der Bibliothek. Nachdem er so den Zwischenfall oder Unfall der letzten Minute gebannt hat, den meine unbesonnene Frage beschworen – und, wer weiß, vielleicht herausgefordert hat –, streicht er seinen Bart und lächelt mich freundlich und etwas maliziös an.

»Noch andere Fragen, Toubib?«

»Sie schwellen mir die Backen, Commandant, aber wenn Sie es wünschen, kann ich sie herunterschlucken.«

»Und daran ersticken? Nein, nein, fragen Sie nur, Toubib.«

»Was ist eine gute Patrouille?«

»Eine gute Patrouille ist eine Patrouille, bei der sich nichts ereignet und über die ich in meinem Abschlußbericht schreiben kann: ›Nach meiner Kenntnis bin ich nicht entdeckt worden.‹«

»Es hat sich jedoch während dieser neun Wochen einiges an Bord ereignet.«

»Gewiß, es hat einige Pannen gegeben, aber sie sind repariert worden.«

Er lächelt: »Sie selbst haben Brouard, Roquelaure, Langonnet und manche andere repariert...«

»Danke, Commandant.«

Wir schweigen. Er trinkt seinen Tee mit kleinen, andächtigen Schlucken.

»Wie Sie wissen«, sagt er nach einer Weile, »muß man immer eine Lehre aus den Zwischenfällen ziehen, die sich im Verlauf der Patrouille ereignet haben. Und das ist es übrigens, was Sie getan haben.«

Ich schaue ihn verblüfft an: »Wie, Commandant, was ich getan habe? Aber ich habe überhaupt nichts getan!«

»Toubib, Sie unterschätzen sich. Es ist Ihnen sicher manches aufgefallen, was nicht optimal abläuft. Ich würde sehr überrascht sein, wenn ein so aktiver und pragmatischer Geist wie der Ihre nicht einiges an Anregungen parat hätte. Vielleicht setzen Sie eine kleine Notiz auf, die Sie mir am Ende der Patrouille geben.«

»Ah, Commandant,« sage ich lachend, »das ist ein Überfall aus dem Hinterhalt. Auf jeden Fall würden das äußerst bescheidene Vorschläge sein.«

»Das macht sie nicht unbedingt weniger wertvoll. Los, Toubib, rücken Sie schon damit heraus, ich höre.«

»Also gut. *Primo*: Man sollte die Sprungfedern in den Matratzen der Liegen ändern, um die Verletzungsgefahr zu verringern. *Secundo*: Wir haben einen Hilfskoch. Ein Hilfsbäcker würde ebenfalls nützlich sein. Nach meiner Meinung arbeitet der Bäcker, der zudem nur Nachtdienst macht, zuviel, und er arbeitet ganz allein zuviel. Die Konsequenz ist: Wenn der Bäcker krank wird oder einen Unfall hat, ist das SNLE ohne Brot. *Tertio* – aber entschuldigen Sie, Commandant, ich möchte mein *Tertio* lieber nicht formulieren: Es würde mich allen U-Boot-Fahrern verhaßt machen.«

»Dann sagen Sie es mir nur mündlich, in Ihrer Notiz können Sie es ja weglassen.«

»Lieber nicht, Commandant, auch Sie selbst würden nicht erfreut sein, diesen Vorschlag zu hören.«

»Toubib, wenn Sie weiter so obstinat sind, werden Sie in Ihrer Beurteilung den Satz finden: ›Hat kein Vertrauen zu seinem Kommandanten.‹«

Er sagt es lachend, und ich lache mit. Im übrigen hätte ich mein *Tertio* ja nicht zu erwähnen brauchen, wenn ich nicht davon sprechen wollte. Ich habe selbst die Falle gelegt, in der ich mich gefangen habe.

»Gut, Commandant«, sage ich entschlossen, »ich habe Vertrauen zu Ihnen. Es handelt sich um die Familigramme.«

»Aha!«

»Das ist eine Institution, die zu kritisieren ich große Bedenken habe; zunächst wegen meines persönlichen Falls – ich habe nur ein einziges erhalten –, dann aber auch, weil sie der Marine zu großer Ehre gereicht, denn sie ist im Prinzip sehr menschenfreundlich. Aber nach meinem Empfinden richtet sie ebensoviel Schaden an, wie sie Gutes bewirkt. Vielleicht sogar mehr.«

»Sie werden erstaunt sein, Toubib«, sagt der Commandant ernst, »daß der Zweite Ihre Meinung teilt. Und wenn ich sie auch nicht teile, so verstehe ich doch Ihre Gründe.«

Er läßt den Satz in der Schwebe, und nach kurzem Schweigen führe ich ihn zu Ende: »Sie glauben, daß es nicht mehr möglich ist, in dieser Angelegenheit an höherer Stelle zu intervenieren, um rückgängig zu machen, was einmal eingeführt worden ist.«

»Ja, so ungefähr ist es.«

Er geht gleich auf ein anderes Thema über: »Toubib, in einem Wort: Ihr persönlicher Eindruck von der Patrouille.«

»Faszinierend. Aber wenn Sie mir noch ein weiteres Wort erlauben, würde ich hinzufügen: erschöpfend.«

»Sie machen mir keinen erschöpften Eindruck.«

»Das kommt daher, daß ich aufgeregt bin wie ein Floh. Ich halte es keine fünf Minuten an einem Platz aus. Ich kann mir einfach nicht vorstellen, daß wir uns in zwei Tagen in der freien Luft befinden werden. Ein merkwürdiger Ausdruck, ›freie Luft‹, finden Sie nicht? Er hört sich so banal an.«

»Das ist er durchaus nicht«, sagt der Pascha.

Während der restlichen Zeit der Teestunde schweigen wir. Wir empfinden das Schweigen nicht als bedrückend. Wir verstehen uns auch, ohne zu sprechen. Ich habe viel mehr als Sympathie für den Pascha. Als Offizier ist er ein sehr tüchtiger Fachmann. Er liebt seinen Beruf, und er führt seine »Mission« mit leidenschaftlichem Engagement durch. Aber auch als Mensch imponiert er mir: Er ist geistreich, kultiviert, und sein Humor entspricht einer Lebensauffassung, die zugleich von Mut und Zartgefühl geprägt ist. Er versteht es, Menschen zu führen, weil er die Menschen liebt. Im Umgang mit den Untergebenen ist er zugleich freundschaftlich und autoritär, vertraulich und distanziert.

Für den letzten Abend haben die Mimis von Miremont eine Flasche Champagner losgeeist. Sie haben mich eingeladen, mit ihnen im Carré das letzte Glas zu trinken. Ich mag Champagner nicht besonders, aber wie könnte ich ihre gastfreundliche Einladung zu einer kleinen Abschiedsfeier ablehnen? Außer den beiden Mimis treffe ich im Carré auch andere junge Offiziere an: Angel, Callonec, Saint-Aignan, aber sie verabschieden sich sehr bald. Sie haben Wachdienst. Verdoux ebenfalls. Die Flasche Champagner ist noch halbvoll. Sie alle haben kaum an ihren Gläsern genippt. Wenn man Wachdienst hat, ist Nüchternheit ein ungeschriebenes Gesetz.

Verdelet schenkt sich ein neues Glas ein. Er kann es sich

leisten, er geht anschließend schlafen. Ich lehne ab. Ich weiß, daß es als unmännlich gilt, Champagner nicht zu mögen. Aber es ist mir lieber, unmännlich zu erscheinen, als am nächsten Morgen mit saurem Aufstoßen bezahlen zu müssen.

Verdelet ist doppelt glücklich; zum einen, weil er »die freie Luft« wieder genießen wird, zum anderen, weil er in der freien Luft seine Verlobte wiedersehen wird, von der er jede Woche treu ein Familigramm bekommen hat. Ich beneide ihn.

»Ich habe Bilanz gemacht«, sagt er, das Glas in der Hand. »In beruflicher Hinsicht habe ich das gelernt, was notwendig ist, um meine Arbeit sachgerecht und zuverlässig tun zu können. Ich bin mir klar darüber, daß ich vieles intensiver hätte lernen können. Aber ich bin kein Mathematiker. Meine Interessen liegen auf literarischem Gebiet.«

»Aber gerade dein literarisches Talent war hier sehr wertvoll. Ich erinnere an deine Dichterlesungen und Rezitationsabende in der Cafeteria. Und wir wollen auch nicht vergessen, was du zur Belebung der Unterhaltung im Carré getan hast.«

»Den Ball gebe ich dir zurück. Du hast genauso dazu beigetragen. Auch Verdoux. Und der Zweite und der Pascha. Aber fünf Offiziere, die sprechen, gegen elf, die schweigen, das ist nicht viel. Da liegt das Problem. Und du weißt so gut wie ich, was wir alles versucht haben, um ein Gespräch in Gang zu bringen. Ich habe dem Pascha den Vorschlag gemacht, man solle sich auf eine Auswahl allgemein interessierender unpolemischer Themen verständigen, über die während der Mahlzeiten debattiert wird...«

Nach einer Weile verabschiede ich mich von Verdelet und begebe mich auf einen Sprung ins Krankenrevier, wo ich Le Guillou eifrig mit der Abrechnung der Coop beschäftigt finde. Normalerweise hätte ich sie gemeinsam mit ihm machen müssen, denn ich habe die Verantwortung für diese wertvolle Institution. Also biete ich ihm sofort meine Hilfe an, und nach einer guten Stunde ist der Abschluß fehlerlos fertig.

Ich schaue mich ein letztes Mal in diesem Krankenrevier um, das ich morgen endgültig verlassen werde – Le Guillou räumt auf. Im Nebenraum schläft Morvan – alles ist normal. Alles ist banal alltäglich.

Le Guillou hat sein perfektionistisches Aufräumen beendet. Er lehnt sich gegen den Operationstisch. Seine grünen Augen über den breiten Backenknochen nehmen einen nachdenklichen Ausdruck an. Ich frage mich, ob er nicht wieder von seinen metaphysischen Ängsten heimgesucht wird, und ich fürchte fast, daß er mir von neuem Fragen über die Unsterblichkeit der Seele stellen wird. Aber nein. Es handelt sich um etwas ganz anderes.

»Doktor, was halten Sie persönlich von der Abschreckung?«
»Ich bin dafür, leider.«
»Warum leider?«
»Weil es die bessere Lösung wäre abzurüsten. Aber Frankreich kann nicht ohne wirksame Verteidigungsfähigkeit in einer Welt des Wettrüstens leben. Abrüstung ist nur möglich, wenn die USA und die UdSSR damit beginnen. Leider denken sie nicht daran. Sie starren sich mißtrauisch an, und für jede der beiden Großmächte ist die andere das Reich des Bösen.«
»Sie schließen also daraus, daß die Abschreckung eine Notwendigkeit ist?«
»Eine Notwendigkeit und ein Vabanquespiel.«
»Wieso ein Vabanquespiel?«
»Wir setzen alles darauf, daß sie erfolgreich ist und erfolgreich bleiben wird.«
»Und wenn die Abschreckung scheitert?«
»Wir werden wohl nicht mehr auf Erden sein, um das festzustellen.«
»Also wirklich, Doktor! Sie sind ein Pessimist!«
»Da irren Sie sich gewaltig. Ich bin so optimistisch, wie man es nur sein kann. Die Erde ist doch schön, auch wenn wir nur eine kurze Zeit auf ihr verbringen. Wissen Sie, woran ich oft denke? Wenn wir wieder in die freie Luft hinaufsteigen, dann wird die Ernte eingefahren sein, und ich werde mich glücklich fühlen, wenn ich die großen Strohzylinder geometrisch aufgereiht auf den Stoppelfeldern sehe.«

»Ich weiß«, sagt Le Guillou mit bewegter Stimme. »Meine Mutter hat uns Kindern erzählt, sie wären die Würste des lieben Gottes. Aber ich denke vor allem an einen kleinen Bach, in dem ich als Junge Krebse fing.«

Ich wünsche ihm eine gute Nacht und verlasse das Krankenrevier. Bevor ich meine Kajüte aufsuche, mache ich noch einen Abstecher zum Carré. Ich möchte es noch einmal sehen und mich für einen Augenblick in einen der Sessel des Salons setzen. Zu meiner Überraschung finde ich Wilhelm noch dort.

»Wieso sind Sie noch auf, Wilhelm?«

»Ach, Doktor, ich kann nicht mehr schlafen, wenn ich den Stall rieche.«

»Ich fürchte, mir geht es nicht anders. Aber ich werde es wenigstens versuchen. Wilhelm, darf ich Sie um einen Gefallen bitten? Würden Sie mich wohl wecken, wenn das Boot auftaucht?«

»Versprochen.«

In meiner Kajüte lege ich mich vollständig angezogen auf meine Liege und lösche das Licht. Mit weit geöffneten Augen denke ich an die Heimkehr und, wie könnte es anders sein, an die Frauen. Das erste Mädchen, dem ich auf der Straße begegne, werde ich küssen, das schwöre ich! Ich schwöre es, aber ich werde es nicht tun. Man verbringt sein halbes Leben damit, die Dinge nicht zu tun, die man sich vorgenommen hat. Statt dessen tut man die Dinge, die man sich verboten hat. Zum Beispiel, an Sophie denken. Ich hätte auf der Hut sein müssen. Die Grenze zwischen Gattung und Individuum ist fließend. Und wie kann man sich verbieten, an eine bestimmte Person zu denken, wenn dieses Verbot selbst ihr Bild wachruft. Ich verbringe eine sehr bittere Viertelstunde. Alle diese Männer auf unserem SNLE kehren nicht nur in die freie Luft zurück. Sie kehren auch zu ihren Familien zurück. Auf sie wartet eine liebende und geliebte Frau. Nicht auf mich. Ich bin wütend auf Sophie, und ich bin wütend auf mich, weil ich an sie denke. Mein Bitterkeits-Ablaßventil funktioniert nicht besonders gut.

Es gelingt mir schließlich, meine Erinnerungen zu verdrängen. Ich rede mir sogar ein, daß ich diese Prüfung siegreich bestanden habe. Ich muß dann bald eingeschlafen sein, für zwei gute Stunden. Jedenfalls zeigt mir das meine Uhr, als Wilhelm mich rüttelt, um mich wach zu kriegen.

»Es ist soweit, Doktor. Wir sind aufgetaucht. Der Zweite erwartet Sie auf dem Massiv. Sie sollten diese Gelegenheit nicht verpassen.«

»Was zieht man an?«

»Es scheint ein sehr mildes Wetter zu sein. Ruhige See. Das Schiff schlingert und stampft kaum.«

»Danke, Wilhelm.«

Ich merke es selbst, als ich den Fuß auf das Parkett setze. Es stimmt, ich spüre nur ein schwaches Rollen. Ich werde also meinen Parka nicht wie beim Auslaufen anziehen. Das Massiv verdient diesmal nicht die Bezeichnung »Badewanne«. Allerdings erinnere ich mich an die alte Seemannsweisheit, daß es auf See immer frisch ist, und ziehe vorsichtshalber einen Wollpullover über mein T-Shirt. Ich steige die Eisenstufen des Niedergangs hoch, wobei ich belustigt daran denke, wie schwierig mir diese Übung bei meiner ersten Fahrt auf dem Angriffs-U-Boot vorgekommen war.

Auf dem Massiv befinden sich vier Männer. Nein, es sind fünf einschließlich des Zweiten, den ich sogleich frage: »Wohin soll ich mich verdrücken, damit ich nicht störe?«

»In die Ecke dort hinten.«

Natürlich ist es Nacht. Die Rückkehr der SNLE zur Basis findet meist bei Nacht statt. Wir scheuen das Tageslicht wie Diebe bei ihren dunklen Geschäften.

Aber diese Nacht ist vom Licht des Vollmonds erhellt, er scheint wie ein Lampion am Himmel aufgehängt zu sein, so hoch über uns, daß mir, der seit zwei Monaten den Kopf einzuziehen gewohnt ist, beim Hinaufschauen schwindlig wird.

Aber das Bild vom hoch über uns aufgehängten Lampion-Mond erweist sich bald als falsch – er bewegt sich, er segelt zwischen den Wolken hindurch, die er von hinten erleuchtet, dann erscheint er plötzlich in seinem vollen Glanz und zieht mit majestätischer Langsamkeit über den klaren Himmel. Das Meer ist von seinem sanften Licht geisterhaft erhellt, es ist ruhig, aber nicht ganz glatt, in einer langen Dünung leicht auf und ab wogend. Das U-Boot, dessen Bug sich noch unter der Wasseroberfläche befindet, fährt mit großer Vorsicht auf seinen betonierten Liegeplatz zu. Wir passieren gerade die enge Einfahrt zur Reede, an beiden Seiten ist das Land ganz nahe, ich bin überwältigt von seinem Anblick, von den sanften Hängen und den Bäumen: Ich hatte fast vergessen, wie die Erde aussieht.

Ich atme kräftig durch, die Luft ist so scharf, daß sie mir fast in der Kehle brennt. Ah, das ist nicht mehr die chemisch reine und geruchlose Luft des U-Boots. Der Geruch der Luft, die ich jetzt auf dem Massiv einatme, ist fast zu herb und scharf, so daß ich sie vorsichtig in kleinen Zügen inhaliere. Gewiß, wir sind noch auf dem Meer, und daher ist die Luft feucht und salzig. Aber die Erde ist so nah, daß ich ihre Ausdünstungen ebenfalls wahrnehme. Es riecht nach Humus, Blättern, Rauch. Ich empfinde das gleiche, was Mowgli so anschaulich beschreibt, als er den Dschungel und seine Wolfsbrüder verläßt, um in der Hütte der Dorfbewohner zu leben: »Die Gerüche springen mich an. Sie sind zu zahlreich und zu stark. Ich kann nicht sagen, daß sie mir unangenehm sind. Aber ich werde mich erst an den Geruch des Menschen wieder gewöhnen müssen.«

Der Himmel dagegen ist reines Entzücken. So hoch, so weit, und »die Wolken, die vorüberziehen dort oben, dort oben, die wunderbaren Wolken!« Ich kann mich an diesem herrlichen Anblick nicht satt sehen. Hätte ich hundert Augen, sie würden nicht reichen, die unglaubliche Schönheit dieses Blicks voll aufzunehmen.

Der Zweite stößt mich leicht mit dem Ellbogen an. Ich wende den Kopf, und das helle Mondlicht beleuchtet voll sein Gesicht. Ich bin überrascht von seinem Ausdruck. Noch mehr überrascht mich die Art, wie er nun zu mir spricht, ohne Ironie, ohne abruptes Lachen.

»Das ist schön, nicht wahr?«

»Sehr schön«, antworte ich leise.

»Es lohnt schon, finden Sie nicht, fünfundsechzig Tage unter Wasser zu leben, wenn man beim Auftauchen so etwas erlebt?«

»Ja«, stimme ich ihm zu, »das ist eine Entdeckung. Eine Wiederentdeckung. Es ist wunderbar.«

»Nun hören Sie mir gut zu, Toubib.« Seine Stimme ist ernst, eindringlich.

»Während einer Woche, vielleicht auch zwei Wochen werden Sie entzückt sein, den Himmel und die Wolken zu sehen. Dann wird sich das legen.«

»So rasch?«

»Ja. Sie werden vergessen.«

»Ich werde vergessen, daß die Welt so schön ist?«

»Ja, man vergißt, man vergißt immer. Es sei denn, man ruft sich bewußt dieses unglaubliche Glück, das uns geschenkt worden ist, in Erinnerung.«

»Aber«, sage ich bedrückt, »es wird nie mehr dasselbe Entzücken sein wie heute?«

»Nein, das Entzücken nützt sich ab. Aber man muß sich erinnern, welches Glück es für uns ist, daß wir das jeden Tag vor Augen haben: die Erde, den Himmel, die Wolken.«

Nach einer Weile fügt er leise hinzu: »Und das ist jetzt so zerbrechlich.«

Dienstgradvergleich

Marine militaire	Kriegsmarine	Armée	Heer
Officiers	*Offiziere*	*Officiers*	*Offiziere*
Capitaine de vaisseau	Kapitän zur See	Colonel	Oberst
Capitaine de frégate	Fregattenkapitän	Lieutnant-Colonel	Oberstleutnant
Capitaine de corvette	Korvettenkapitän	Commandant	Major
Lieutenant de vaisseau	Kapitänleutnant	Capitaine	Hauptmann
Enseigne de vaisseau de 1re classe	Oberleutnant zur See	Lieutenant	Oberleutnant
Enseigne de vaisseau de 2e classe	Leutnant zur See	Sous-Lieutenant	Leutnant
Officiers mariniers	*Unteroffiziere*	*Sous-officiers*	*Unteroffiziere*
Maître principal	Stabsbootsmann	Adjutant	Stabsfeldwebel
Premier maître	Hauptbootsmann	Sergent-major	Hauptfeldwebel
Second-maître de 1re classe	Bootsmann	Sergent-chef	Feldwebel
Second-maître de 2^e classe	Maat	Sergent	Unteroffizier
Quartiers-maîtres	*Gefreite*	*Caporaux*	*Gefreite*
Quartier-maître de 1re classe	Obergefreiter	Caporal-chef	Obergefreiter
Quartier-maître de 2^e classe	Gefreiter	Caporal	Gefreiter
Matelots	*Matrosen*	*Soldats*	*Soldaten*

INTERNATIONALE THRILLER

Brian McAllister
Legionär des Teufels
9091

John Trenhaile
Roter Schnee in der Taiga
9107

William Heffernan
Im Sog der Macht
9118

Tom Clancy
Jagd auf »Roter Oktober«
9122

Philippe van Rjndt
Letzter Aufruf
9152

Robert Littell
Der Töpfer
9143

GOLDMANN

INTERNATIONALE THRILLER

A. J. Quinnell
Im Namen des Vaters
8988

William Katz
Sirenen des Todes
9191

Thomas Perry
Der Tag der Katze
9192

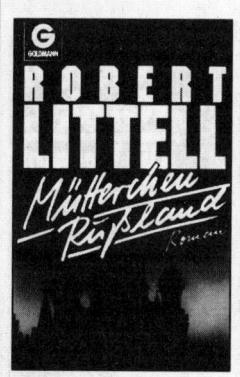

Robert Littell
Mütterchen Rußland
9073

Andrew Kaplan
Feuerdrache
9221

Richard Moran
Eisflut
9238

GOLDMANN

INTERNATIONALE THRILLER

Peter O'Donnell
Modesty Blaise – Die
silberne Lady   9189

Robert Merle
Nachtjäger
9242

Stuart Woods
Still ruht der See
9250

Sidney Sheldon
Im Schatten der Götter
9263

William Bayer
Tödlicher Tausch
9265

Andrew Kaplan
Die Tarantel
9257

GOLDMANN